Literatur TANDEM letterario
2022

zweisprachige Anthologie
mit Kurzgeschichten in Deutsch und Italienisch

antologia bilingue
con racconti in tedesco ed italiano

Herausgeber
Heimann Stiftung für Völkerverständigung

FSC
www.fsc.org

MIX

Papier aus ver-
antwortungsvollen
Quellen
Paper from
responsible sources

FSC® C105338

Weitere Informationen
zum «Literatur **TANDEM** letterario»
auf der Webseite
www.heimann-stiftung.de

Bibliografische Information der Deutschen Nationalbibliothek:
Die Deutsche Nationalbibliothek verzeichnet diese Publikation in der
Deutschen Nationalbibliografie; detaillierte bibliografische Daten sind
im Internet über http://dnb.dnb.de abrufbar.

Herstellung und Verlag: BoD – Books on Demand, Norderstedt

ISBN: 978-3-754-39736-7

Heimann
Stiftung
FÜR
VÖLKER-
VERSTÄNDIGUNG

VORWORT
LITERATURTANDEM

Deutsche und italienische Autoren und Autorinnen haben eine Kurzgeschichte in ihrer Landessprache geschrieben. In einem deutsch-italienischen Tandem haben sie dann die Kurzgeschichte des fremdsprachigen Partners in die eigene Landessprache übertragen. Die AutorInnen übertrugen die Texte auf ganz verschiedene Arten: von der semantischen Übersetzung, zur freien Übersetzung mit der Neufassung von Textteilen oder dem kreativen Nacherzählen der Texte mit eigenen Worten.

Mit dem Literaturtandem soll der intellektuelle und interkulturelle Austausch zwischen deutschen und italienischen AutorInnen gefördert werden.

Der Sammelband ist das Ergebnis eines gemeinsamen Projektes der *Heimann-Stiftung,* des *Italienisches Kulturinstitut Stuttgart* und der Buchhandlung *Eulenspiegel* in Wiesloch.

PREFAZIONE
TANDEM LETTERARIO

Autrici e autori tedeschi ed italiani hanno scritto un racconto breve nella propria lingua nazionale. Nell'ambito di un tandem tedesco/italiano, hanno poi trasposto il racconto del partner di lingua straniera nella propria lingua nazionale. Gli autori hanno trasposto i testi in modi molto diversi: dalla traduzione semantica alla traduzione libera con la nuova versione di parti del testo, oppure tramite la rinarrazione creativa dei testi con parole proprie.

L'obiettivo del tandem è quello di promuovere scambi intellettuali e interculturali tra autori italiani e tedeschi.

L'antologia è il risultato di un progetto congiunto della *Fondazione Heimann*, dell'*Istituto Italiano di Cultura Stoccarda* e della libreria *Eulenspiegel* di Wiesloch.

Inhaltsverzeichnis

F L U I D I .

S A R A   M E I

Io sono un essere che pensa, che dubita, che nega, che
conosce solo poche cose, che ne ignora molte, che odia, che
vuole e che non vuole, che immagina, che ama e che sente.

(Cartesio)

Durante l'ultima ora, nell'asilo americano, i bambini avevano il permesso di giocare liberamente in una stanza disseminata di vari oggetti. Costruzioni, peluche, sonagli, maschere, puzzle, spade, libri, cucine, frutta di plastica. Verso gennaio, quando aveva quasi tre anni, S. per una settimana intera mi venne incontro vestito da Biancaneve: mi si gettava addosso con la gonna che strusciava saltandomi al collo, gli occhi nocciola di suo padre, le sopracciglia svettanti e il taglio da marines che gli faceva un vecchio barbiere di quartiere.

Il quarto giorno mi tolse il fiato.

Non davo nessun peso ai suoi gusti, aveva una sorella di un anno più grande che abitava tutto. Nella casa c'era una camera solo per lei dove si giocava, S. era sistemato provvisoriamente nel mio vecchio studio dove aveva solo un lettino e un fasciatoio. Immaginavo che la sua affezione per le bambole, i lustrini, le ali, gli strass, facesse parte di un innamoramento fisiologico per la sorella maggiore, presumevo che con il tempo sarebbe passato: nella casa nuova dove sognavo di andare avrebbe avuto una stanza tutta per lui e inoltre mi sentivo una madre moderna, con una spolverata di contezza steineriana che delle macchinine e del soldatini se ne sbatteva: se mio figlio preferiva le bambole in quel momento della sua vita, non sarei stata certo io a imporgli il calcio balilla. Eppure osservarlo corrermi incontro ripetutamente con quell'abito di raso giallo e blu e uno strano brillìo nello sguardo, mi aveva agitato il cuore. Mi aveva spaventata, al punto di chiedere alla maestra come mai lo trovassi sempre vestito da principessa. «You know, he likes it...» Fu la risposta, secca e limpida. Allora decisi di parlarne con il terapeuta di coppia, un uomo piccolo e concluso in un'ostinata pedanteria psicanalitica, che ci riceveva il martedì sera, verso le sette di un inverno angusto, nel suo studio geometrico, impolverato di buonsenso. Ascoltava la nostra impasse sentimentale con qualcosa di annoiato: la postura, lo sguardo, i pollici che frullavano. I temi erano: poco sesso, bambini al centro del mondo, la coppia che si allontanava. Argomenti da manuale, che più che replicati venivano ascoltati in un silenzio fiaccante. Invece quando dissi che S., aveva una predilezione per i giochi femminili, che si trovava meglio con le bambine che con i bambini, che preferiva il rosa all'azzurro e sottolineai che noi lo lasciavamo fare con il cuore sgombro, Sangallo avanzò sulla sedia e afferrò i braccioli della sua poltrona da santone. Spiegò concitato che un bambino così piccolo non poteva avere un orientamento sessuale, piuttosto si identificava nell'altro sesso e se l'identificazione persisteva, il bambino avrebbe finito per desiderare di essere dell'altro sesso, avrebbe finito per sentirsi imprigionato nel suo corpo, disorientato, infelice, nato nella carcassa sbagliata. Poteva trattarsi di un comportamento adesivo nei confronti della sorella... oppure, oppure senza girarci tanto intorno di disforia di genere. Non avevo mai sentito quelle parole, ma ricordo perfettamente che il discorso mi fece gelare il sangue, suonò alle mie orecchie come l'anamnesi che anni prima aveva dato per morta mia madre, nel giro di venti giorni. Ricordo che Sangallo insistette perché vedessimo subito uno specialista per fare un quadro della situazione, parlava delle inclinazioni di S. come si trattasse di cellule, e di noi (i genitori) come parte integrante della grande rivoluzione interiore che stava cavalcando nostro figlio. Parlava veloce di cose sconosciute che suonavano come un malanno. Parlava a un uomo e una donna che si erano ostinati per un anno intero a blaterare di loro, quando a casa c'era un bambino che sognava di diventare una donna. Parlava a un padre e una madre, in una sera d'inverno che avrebbe segnato lo spartiacque delle nostre vite.

L'incongruenza di genere, o disforia di genere, precedentemente conosciuta anche come DIG (abbreviazione di disturbo dell'identità di genere, nomenclatura in disuso) è il malessere percepito da un individuo che non si riconosce nel proprio sesso fenotipico assegnatogli alla nascita.

Assegnatogli alla nascita.

Avevo pianto durante l'amniocentesi quando mi avevano detto che era maschio. Avevo pianto senza vergogna, annaspavo spiegando che io volevo una femmina, la seconda femmina, perché crescere due bambini dello stesso sesso mi sembrava più semplice, più facile, persino più economico. Avevo pianto mentre la ginecologa e mio marito mi guardavano interdetti - invece lo sguardo dello specialista dove ci aveva spedito il terapista di coppia, cui avevo riferito la faccenda - era anonimo, indecifrabile. Tutto sembrava avere un principio lì, nel mio desiderio prenatale di una bambina. Lo specialista dopo averci ascoltato decise che sì, aveva ragione Sangallo, S. andava seguito, aiutato, ascoltato, capito e instradato, in un senso o nell'altro. Quale senso? Quale altro? Nessuno lo aveva visto eppure tutti sapevano di lui, tutti tranne noi. Inclusa la dottoressa Marrasso, dalla quale venimmo mandati dopo un consulto tra Sangallo e lo specialista. Era giovane, dinamica, svettante: preparatissima. Giulia Marrasso ascoltò la mia confessione (deposizione) circa il desiderio di una bambina e mi chiese perché assecondassi con tanta disinvoltura che mio figlio giocasse con le bambole invece che con i playmobil? Perché non lo riportavo nel regno maschile, dove sarebbe stato opportuno vivesse? Perché non capivo che non era consono che crescesse fantasticando di essere una femmina? Era depresso, stanco, svogliato, afasico, apatico? Era forse infelice S.?

Aveva quasi tre anni… Non sapevo rispondere alle sue domande. Non era felice, era contento, ecco… (contento come contenere?).

Certe cose sono invisibili a chi non le sa guardare. A chi non sa o a chi non vuole?

I figli sradicano tutto. Tu pensi di essere qualcuno finché non ti misuri con la genitorialità.

Negli occhi Giulia Marrasso aveva le stelle, uno scintillio di sapere che cercava di seppellire in frasi circostanziate e brevi, incisi chiari, e una comprensione dell'altro (di noi, di me: io parlo per me) precisa e gelida. Più dell'empatia sconvolgeva la sua competenza e il suo essere la prima della classe di una materia incandescente e altrettanto «fresca», poiché la disforia di genere viene trattata nell'infanzia da una manciata di anni. E come viene trattata? A vantaggio dei piccoli pazienti, che trascinati da un desiderio oscuro ma altrettanto lampante, procedono sulle ali dell'innocenza verso un'inclinazione che si fa, giorno dopo giorno, tangibile. I primi segni sono i giochi, il mischiarsi con il sesso opposto, le bambine con i maschi, i bambini con le femmine, poiché nella prima infanzia si sceglie di appartenere a un gruppo nel quale ci si riconosce; c'è poi l'abbigliamento, fino ad arrivare alla scoperta dei genitali e al rifiuto di questi, intorno ai sei anni i maschi fanno pipì seduti, le bambine all'impiedi, gesti naturali non ancora contaminati dagli occhi del mondo. Le cose si complicano nella pre-adolescenza, il disagio cresce, il sociale «si accorge», i pensieri si confondono.

Nell'età dello sviluppo accade l'imponderabile, i corpi si definiscono fino a diventare prigioni dalle quali sembra impossibile fuggire, gli ormoni mandano in orbita un sistema delicatissimo che spesso precipita in un collasso depressivo. Per evitare che tutto questa avvenga, gli adolescenti vengono spediti farmacologicamente in un limbo ormonale nel quale la crescita si arresta e il sesso resta sospeso, niente barba e niente mestruazioni, per intenderci: inizia un tempo incerto nel quale si vive «come angeli», un rinvio ab libitum nel quale si attende una schiarita dell'identità, diversamente si procede verso quella che viene propriamente definita «transizione», per poi forse un giorno decidere di cambiare per sempre.

Non ricordo se tutte queste informazioni, così come le scrivo oggi, mi vennero fornite da Giulia Marrasso nei primi incontri preliminari, so che cominciai a leggere tutto sull'argomento, a comprare libri di cui capivo il quindici per cento, poiché trovavo esclusivamente pubblicazioni scientifiche e poche, pochissime storie umane. Leggevo la sera, in camera, sdraiata sul letto con il cuore che sfondava il materasso, leggevo davanti allo studio della giovane terapeuta, dall'altro capo della città, in una strada popolare di palazzi stretti, sottili, piantati nel cemento come una schiera di fucili. Due volte alla settimana. Quarantacinque minuti per andare, quarantacinque minuti di terapia, quarantacinque minuti per tornare.

La prima volta entrammo insieme, io e S.

C'erano i soliti giochi a terra, mischiati e inequivocabili: una maschera di Batman contro una coroncina di diamanti, una barbie e un soldato, uno specchio argentato e un carrarmato, c'erano stesi sul tappeto gli strumenti principali per decidere l'avvenire di mio figlio. Giulia Marrasso rimase seduta alla scrivania e non mi rivolse mai uno sguardo mentre le mani di S. afferravano l'universo femminile, scivolò accanto a lui senza proferire verbo, rimase paziente in silenzio per altre tre sedute, fino a quando venni confinata nella stanza accanto e poi dopo qualche tempo, in macchina. Dopo un mese io e mio marito, tornammo da lei. Fu chiara nello spiegare che S. andava aiutato e non come avevo fatto io fino a quel momento. Non bisognava assecondarlo piuttosto ricentralo e indirizzarlo verso il maschile, perché lui era un bambino. Io volevo ancora una femmina? *Davvero? Ancora?*

In quell'inverno eterno e intemperante parlammo con la maestra dell'asilo, un'indiana minuta, dolcissima e materna come una capanna, non so esattamente quali parole usammo per raccontare quello che avevamo scoperto (capito), so solo che disse che S. non aveva particolari interessi, era educato e diligente, ma estraneo alle passioni. Era triste? Era abulico? «Era altrove» disse Miss Misty, se andava aiutato era nel trovare una predilezione.

Gli piaceva nascondersi negli anfratti, preferiva la luce artificiale a quella naturale, tirava giù le serrande, si infilava sotto le coperte e mi domandava, la sera prima di dormire, cosa accadeva dopo la morte? sarebbe rinato? Come un fiore, un'animale, un sasso?

Lui, disse, credeva nella *ricreazione*.

Non nella rincarnazione bensì nella ricreazione, il tempo dello svago, un tempo in cui lui si sarebbe ricreato. In cosa? Gli domandavo. Il tema dell'altrove mi spaventava eppure sapevo che era fisiologico a quell'età, e poi sulla nostra famiglia l'ombra della morte era lunga e fonda, l'unico nonno vivo era mio padre; e per quanto vivo totalmente assente. Interpretavo ogni sua parola, ogni suo gesto, cercavo ostinatamente senza sosta di arrivare alla radice quadrata del suo essere, torturandomi sul mio desiderio primario di avere una seconda figlia, sul fatto che eravamo circondati da donne (c'era solo mio marito, poi uno stuolo di tate, di amichette di mia figlia, di maestre, di insegnati di nuoto); cercavo di capire quanto io, suo padre e sua sorella, avessimo influito su di lui o quanto diversamente S. fosse nato così. Così come?

Cominciammo a lavorare sul maschile come diceva la Marrasso, e se mio marito era agile e svelto nell'eliminare una serie di richieste, io restavo ammutolita e congelata, con il terrore che non si sentisse capito o accettato. Non ero capace di negare le sue richieste; mi sono trovata decine di volte sola, in grandi centri commerciali dove la luce surgelata del neon avvolgeva tutto, con abiti da bambina tra le mani che nella mia testa avevano una neutralità palese (magliette a righe, piumino tortora, salopette nera): sapevo che lui le desiderava. Con le mani che mi tremavano, continuavo a chiedermi: Chi vuoi fare felice? Lui? Te stessa? Lo stai aiutando? Vuoi una bambina? *Davvero? Ancora?*

La vita improvvisamente si era trasformata in una crocevia di immagini che mi terrorizzavano, di oggetti obliqui, di cantanti equivoci, di messaggi inaccettabili. Alla recita della scuola di fine anno avevano cantato Thriller e S. si era appassionato. Gli piaceva il cantante, le movenze, i calzini glitterati. Anche io ero stata un'adolescente appassionata, ora Michael Jackson mi terrorizzava, era un pedofilo, un nero che aveva cercato di trasformarsi in un bianco, un uomo malefico che aveva trovato la voce e il modo di irretire milioni di bambini. Il diavolo mi sembrava ovunque, acquattato nelle pubblicità, nelle serie televisive, nella musica, nei film. Anche nella mia sfera privata l'autocensura si era propagata a macchia d'olio, la mia sessualità era come un giardino essiccato. La mia parte omosessuale che abitava le mie fantasie a piedi scalzi, era stata cacciata dal paradiso dei sogni. L'erotizzazione del mondo si era spenta, la mia curiosità, la mia parte ludica si erano ritirate con la marea della paura. Era tutto sabbia, cenere.

Per galvanizzare la parte maschile, era stata appiattita quella femminile: «quando un bambino è a dieta, l'unica soluzione è mettere a dieta la famiglia» aveva spiegato La Marrasso. I fratelli pagano il prezzo dell'altro. Non ho mai truccato mia figlia e lei non ha mai truccato me, non ci siamo messe lo smalto, pettinate le chiome, salite sui tacchi per ridere, non abbiamo giocato alle principesse; il mio armadio è diventato una fortezza inespugnabile, una cassaforte a tre mandate; anche io piano piano sono scesa dai tacchi, ho legato i capelli e sono rimasta giorni e giorni in tuta, a casa, a scrivere, a legiferare su un mondo verde, turchese, pastello; mai rosa, mai lilla, mai fuxia… due inverni si sono succeduti dominati da pensieri ossessivi, avanti e indietro con lo studio della Marrasso: certe volte arrivando in anticipo ho visto ragazzini sghembi uscire dal palazzo, vuoti, anoressici, con gli sguardi suturati nel pavimento, le cuffie alle orecchie, bambini attesi da una madre così piantata in terra da far pensare che la forza di gravità, non esista. Madri sgomente, ossessionate, mute. Non abbiamo mai parlato con nessuno della terapia di S., solo con la famiglia, con un'amica, un argomento delicato, privato, spinoso, equivocabile. Un non detto che ha trovato un verbo tra di noi, in silenzio, taciuto. Le famiglie conoscono i loro segreti, palpitano intorno a un solo organo, respirano dallo stesso polmone.

«Cambia canale, è troppo da femmine» frasi sfuggite, maldette, impronunciabili; eppure presenti e subdole, il lessico del problema. Mia figlia E. ha capito tutto. E S.? Non abbiamo mai verbalizzato, il ricordo più dolente risale ai suoi cinque anni, ci eravamo già trasferiti nella casa nuova, gli è toccata la stanza più grande, il letto turchese, la lampada in pendant, la carta da parati argento con le stelle bianche (Dio solo sa, quanto ci ho messo a scovare quella carta da parati: gli piaceva d'oro, gli piacevano le rose, gli piaceva una giungla di cuori.

Anche a me. Vuoi una bambina? *Davvero? Ancora?*). Una sera di rientro da una cena, la nostra tata mi disse che S. le aveva chiesto di glitterare dei guanti, ricoprirli di un sottile velo di colla e poi cospargerli con la porporina, rosa pallido, rosa fuxia e poi, se possibile, di non riferirmelo, perché io, la mamma, avevo paura delle cose da femmina. Io non lo capivo, io censuravo, da me doveva nascondersi. Io mi ero trasformata nel nemico. Invece altre madri capivano, lasciavano fare, mandavano i figli con lo smalto a scuola, gli sticker attaccati alle orecchie come fossero orecchini, la felpa nera con un fiore di pailettes rosa; quanti ne ho visti di bambini come S. in questi anni, a briglia sciolta, senza un mastino napoletano dietro a rodergli le caviglie, i desideri, i sogni. «Pensiamo a S., non agli altri» Mi ripeteva la Marrasso. Non l'ho mai capita davvero, certe sedute erano indecifrabili, facevo fatica seguire le sue parole, io e mio marito spesso entravamo mano nella mano e uscivamo distanti anni luce, lui aveva uno sguardo più laico, più distante, più equilibrato, al punto che mise una regola. Basta parlare, basta rimuginare, eroderci, non serviva a nulla. C'era la Marrasso, potevamo parlare quando andavamo da lei, più di quello non potevamo fare. Più che seguire le indicazioni, interpretare le frasi, rimanere accanto a S.. Su mio marito non pendeva la colpa capitale, lui voleva un maschio, amava S. così come era. Io no. Io volevo una femmina e ora volevo eliminare il problema alla radice, volevo un verdetto, una dichiarazione, una nuova anamnesi. Anamnesi? O Diagnosi? Volevo sentirmi dire che era cambiato. Guarito. *Guarito? Da cosa? Ma lo senti come parli? Si guarisce da una malattia? Tuo figlio non è malato. Sei impazzita…?*

Sono impazzita, sì. Per due, forse tre anni. Non ho pensato altro, non ho letto altro, non ho visto altro: transessuali, transizioni, testimonianze, statistiche, storie agghiaccianti, storie felici, storie stranissime, storie troppo distanti dalla mia educazione sentimentale, storie incomprensibili. Una sera mi sono imbattuta in un piccolo documentario su una famiglia di Berlino. Il bimbo era piccolo, tre, quattro anni: capelli biondo grano fino alle spalle e due occhi grandi e grigi: di metallo; la madre opulenta, radiosa, giovane. Il padre era morto. Vivevano in una casa piccola, i mobili di compensato, gli armadi di formica: pieni di abiti da bambina, collanine di perle sintetica, unghie finte, ombretti azzurri, scarpette di vernice bianca con i tacchi a rocchetto. Loro due lì dentro, assecondavano le fantasie di Jonas. Joanna dentro casa, in una stanza tempestata di bambole, barbie: la roulotte, il cavallo, la piscina. Jonas con i capelli legati fuori di casa, le movenze di una soubrette da avanspettacolo; lo smalto non lo levavano mai neanche quando uscivano allo scoperto. Ricordo il volto serafico e sereno della madre, che guardava dritta nella macchina da presa: «Jonas, Joanna... è il mio cuore, la mia vita, è parte di me, così com'è». Così come? Le storie cui assistevo parlavano di metamorfosi, di genitori eroici capaci di accogliere l'identità interiore dei figli, gladiatori dei buoni sentimenti pronti a tutto pur di affrontare un muro sociale e aiutare i loro piccoli. Poi c'erano quelli che rifiutavano la realtà, prendevano a cinghiate un desiderio, infilavano gli occhi nel piatto e negavano l'evidenza. C'erano insomma, gli arcangeli e i demoni. La nostra storia invece, non aveva voce, non c'erano dubbi o contro luci in quelle testimonianze, era tutto bianco o nero. Come i primi disegni di S. che cominciammo a stimolare dopo le parole della maestra americana. Cercavamo la passione tra le fiabe, le caccie al tesoro, il lego, le piste delle macchinine, le matite e gli acquarelli. Cominciò a disegnare ovunque. In macchina, sul tavolo in salone, sui tronchi degli alberi: al mare. Case, animali, bambine, fate, ragazze, teschi, scheletri, la famiglia: io grandissima sempre con lo chignon, mia figlia E. alta come lui, lui: S., mio marito. Un occhio chiuso, un occhio aperto e poi esseri umani divisi in due: bright side, dark side. Anche a scuola si erano accorti di come disegnava, era incensato da tutti. Dalla Marrasso non lesinava: era la loro forma di comunicazione, il codice da Vinci, l'espressione della sua interiorità. Restavo sere intere a guardare i fogli, fotografavo, mandavo alla terapeuta, incorniciavo, riempivo l'armadio, il frigorifero, la casa. Tutti gli regalavano le tempere, gli acquarelli, i pennelli, passavamo le domeniche pomeriggio «a fare le telette», tutti e quattro, testa china sul grande tavolo verde a disegnare il mondo. Ascoltavamo De Gregori, Bennato, i Queen mentre mia figlia disegnava cose piccole piccole dai colori tenui e un altro anno scivolò via e per S. arrivò la prima elementare: cominciò a perdere i denti da latte. La scuola era un campus, una città nella città, dove i sorrisi splendevano dalle 8,30 alle 15,30, le madri laccate di tutto punto prendevano cappuccini schiumati al mattino nella caffetteria, le maestre gongolavano di buon amore: «Hi!!! How do you do?» I pulcini appendevano le cartelle fuori dalla classe e sedevano in un cerchio, gli occhi puntati sulla Miss di turno. S. non fece fatica a farsi strada nel Campus, amato e benvoluto da tutti, inchiodò nuove amicizie, e arrivò qualche maschietto, insieme alle sue amiche del cuore. Il pomeriggio andava a nuoto e poi avanti e indietro con la Marrasso, cominciarono a fioccare le festicciole, e io ebbi modo di conoscere le nuove mamme, scoprendo che tre bambini su dieci facevano una terapia. Dislessia, ritardo della crescita, iperattività, ognuno aveva un angolo da smussare, un difetto da correggere, c'era un plotone di terapeuti pronti a instradare i bambini alla vita. Le altre madri ne parlavano apertamente, era un argomento di conversazione come un altro. Io no, io facevo silenzio e quando lui diceva, *non posso venire a giocare, devo andare da Giulia,* lo tiravo per la mano e attraversavo la città parlando senza sosta, avevo paura si addormentasse in macchina. La sera faceva fatica a prendere sonno, restavo lì come una sentinella a osservare le sue pupille fantasticare dietro le palpebre abbassate, fino a quando si appassionò ad Harry Potter. Cominciammo a leggere i libri della J.K. Rowling: la stanza si era riempita di scope volanti, mantelli, civette, araldi, stemmi, sciarpe con i colori di Hogwarts: Harry era il primo eroe maschile al quale si era dedicato, l'orfano nel collegio della magia nera aveva fatto breccia nel suo cuore, scansando le pallide icone di Spiderman, Batman, Superman, Capitan America, Thor, Wolverine, tutti immobili e impolverati sulla mensola sopra la scrivania. L'arrivo di quel personaggio, il desiderio di identificazione di S. nel maschile schiarì quell'inverno, fino a farmi tirare un sospiro. Vederlo giocare nella sua stanza, con gli occhiali tondi e maneggiare un esercito di bacchette alleggerì di dieci grammi la paura. Faceva pipì all'impiedi. Stava cambiando. *Cambiando? Cambiando da chi? Da sé stesso? Da te? Una bambina? Ancora? Davvero?*

Ogni suo desiderio era un ordine, ogni sua fantasia cercava di essere realizzata, da me, dal padre, sotto gli occhi taglienti di E. che mi chiedeva senza nessuna indecisione, perché preferissi lui, a lei. La gelosia di E. costellava gli anni, dominando le stagioni, mentre suo fratello cercava di somigliarle, piangeva di fronte alla sua porta chiusa (NO BOYS, PLAESE!), si accalorava per ogni dettaglio la riguardasse: «Che bei capelli! – Ti metti il top? Dovresti metterti la gonna jeans!». Soffocandola di attenzioni, alle volte facendole sfiorare l'insopportazione, con i suoi occhi vigili e attenti che le si stringevano attorno come un cappio. S., inseguiva E. che mi cercava disperatamente senza riuscire a capire che cosa sfuggisse tra me e lei: abbiamo corso uno dietro l'altro, affannandoci sulla grande ruota del luna park domestico, senza fermarci un giorno.

Quell'anno in cui Harry Potter era entrato nelle nostre vite, in cui la tensione si era allentata per un attimo, io ed E. ricevemmo un invito per partecipare alla finale di X Factor. Io e lei, a Milano, in un grande albergo, alla serata di premiazione di quel programma che le piaceva tanto. S. non voleva lasciarci andare, era furioso, piagnucolante, elettrico. Passammo due giorni d'incanto: ricordo gli occhi di E. mentre Robin Williams sbrilluccicava davanti a lei, la sorpresa al mattino quando trovammo una sfarinata di neve sulla città, la foto a colazione con la ragazza che aveva vinto, lo shopping sfrenato a piazza del Duomo prima di prendere il treno, la sua testa inclinata sulla mia spalla mentre prendeva sonno dondolata dal movimento obliquo del Frecciarossa, dopo quella notte da leoni. Eravamo felici e la sera al rientro, E. riferì piena di entusiasmo tutto quello che era successo, a S. e al padre, che invece erano rimasti mesti alla vita di sempre. Poi quando mettemmo tutti a letto, mio marito mi raccontò che S. il giorno prima gli aveva confessato che a casa di un amichetto si erano tirati giù le mutande e si erano toccati. S. non avrebbe voluto, raccontava, era stato l'altro a insistere. Una cosa era certa, io non lo dovevo sapere. Era una cosa da maschi quella, una cosa che non avrei potuto capire. La storia mi paralizzò, letteralmente. La paura che si era sottratta nei mesi precedenti, pareva aver preso la rincorsa per aggredirmi con nuova forza, più furia se possibile. Anche mio marito era colpito anche se consapevole che certe cose a quell'età potevano succedere. A me sembrava infinitamente presto, e non credevo affatto alla versione di S., ero certa che ad aprire le danze a certi giochi fosse stato lui e non l'altro. Più di tutto mi pesava l'esclusione dalla sua vita - non dirlo a mamma, è una cosa da femmine; non dirlo a mamma, è una cosa da maschi – pensavo a una punizione in piena regola, mi ero allontanata per 48 ore e lui aveva accorciato il guinzaglio di dieci metri. Restammo indecisi se parlare con la mamma dell'amichetto o meno, alla fine desistemmo, cercando di declinare gli inviti per avere noi l'altro bimbo a casa (e controllarli), ma quell'amicizia sembrò sfaldarsi sul nascere a prescindere dalle nostre resistenze. Riferì tutto alla Marrasso, che si disse sorpresa, non dall'evento in sé (faceva parte della scoperta, poco importava che l'altro fosse un maschio) ma del fatto che in seduta non fosse emerso nulla, anche lei suggerì che poteva trattarsi di una fantasia, di un allarmismo, per ritirare gli sguardi su di lui. Più di così? Avrei voluto gridarle.

Ero andata a Milano con E., mi disse. Sembrava fisiologico che S. mi volesse punire. E poi, io, alla sua età che facevo? Non stavo forse cercando di scoprire il mondo?

Esattamente a sette anni avevo avuto la mia unica esperienza omosessuale congrua. Con una mia vicina di casa pallida, silenziosa, dalla personalità fioca e sguisciante: Lucia mi infilava un quarantacinque giri di vinile tra le gambe, sopra le mutande, e lo muoveva piano piano, mandandomi in uno strano circuito di estasi e panico. L'avevo dimenticato. L'avevo rimosso. Come molte altre cose della mia vita che si incrociavano con quella di S.. Le avevo infilate tutte in un cassetto, le tenevo lì a marcire mentre cercavo la sera, quando lo mettevo a letto, di farmi raccontare di lui. Usando domande subdole e vischiose per farlo aprire a me. Era furbo e chiuso come un'ostrica, le sue fantasie come le sue avventure dovevano restare private ma suscitare sempre il mio interesse. «Oggi è successa una cosa brutta a scuola ma non ne voglio parlare». Mi teneva agganciata a lui mentre i denti cominciavo a cadere e il suo corpo di bambino si allungava sotto le lenzuola. Una sera dopo aver lanciato la solita «esca»: *qualcosa non va ma non posso dirtelo*, gli chiesi perché allora, mi doveva informare se poi non aveva nulla da raccontarmi. Precipitammo in una discussione, l'unica della nostra vita, che si concluse con queste parole: «Tu devi capire che io sono unico, io sono speciale!». Non era certo una risposta alla mia domanda ma mi folgorò la tenacia con la quale rivendicava sé stesso. Mi sembrò una conseguenza inequivocabile della sua terapia di cui spesso non capivo la logica. Mi domandavo cosa accadesse tutti quei pomeriggi, lì, in quella stanza della Marasso, dalla quale usciva sempre saltellando e di ottimo umore. Si stava costruendo un io forte e solido, molto deciso e determinato che non aveva niente a che fare con quel suo modo di fare tenerissimo, angelico, di sulfurea dolcezza: il bambino di zucchero, lo chiamò una volta un'amica. Il bambino di zucchero stava armando un guerriero nel suo piccolo cuore, un samurai cosciente e consapevole, che non avrebbe mai messo in discussione la sua unicità. La tenacia è sempre stata una parte importante di lui, la stessa che ha impiegato nella ginnastica artistica che è arrivata dopo mesi di ponti, verticali, ruote senza mani. Il suo corpo (esattamente come il mio) scioltissimo, sembrava non conoscere confini, si rovesciava come un contorsionista, camminava in parallelo sui bordi delle porte fino a sfiorare il soffitto, sfidava la forza di gravità ogni volta che poteva dimostrando un'audacia sorprendente e una scarsa consapevolezza dei suoi limiti. Attirava lo sguardo di tutti, a scuola, per strada, in casa con gli amici quando planava all'improvviso a terra in una spaccata centrale, simmetrica e perfetta. Dopo un'po' trovai decine di link sul suo Ipad legati a un fotografo che si chiamava Jordan Matter, ritraeva soprattutto ragazzine bellissime, ginnaste provette scolpite in dei fermo immagine mozzafiato: in volo, gambe dietro la testa, piegate in due dentro una valigia. Sorridenti, truccate e sfolgoranti. Adorava quelle foto e cercava di replicarle tra le mura domestiche oltrepassando ogni limite fisico. Dopo sei mesi lo iscrivemmo in palestra, al CONI.

Che S. avesse un dono straordinario fu chiaro subito ai maestri che nel giro di qualche mese ci chiesero se era possibile inserirlo in un corso agonistico e iniziare a farlo partecipare a delle gare regionali. Cominciò ad allenarsi tre volte a settimana, mentre gli altri due rimanevano occupati dalla Marrasso, nonostante non saltasse mai un appuntamento con il suo corpo e la sua mente, si lamentava di non avere mai un giorno libero per giocare. La ginnastica, il disegno, gli amici, l'esuberanza, le finestre aperte della sua camera da letto: S. era cambiato. La sua predilezione verso il femminile non era svanita, ma il suo stare al mondo era diverso. Si era trasformato in un ragazzino appassionato e pieno di grinta. Unico. Speciale.

Era stata la terapia? La crescita? L'attenzione?

Alla fine di quell'anno vinse la sua prima medaglia d'oro e la Marrasso annunciò che il pericolo di una papabile disforia di genere pareva scongiurato, S. sembrava consapevole di essere un maschio e non in contraddizione con questo, eppure lei aveva ancora bisogno di tempo per lavorare con lui. Era un momento delicatissimo e preferiva seguirlo ancora. Quanto a quelle che sarebbero state le sue preferenze sessuali non ci riguardavano. Su questo aveva ragione da vendere. Le inclinazioni femminili erano come onde, andavano e venivano. Mi riferisco non solo agli atteggiamenti, poteva scrollare la frangetta da un lato come una bambina ma ruttare e fare la lotta come un maschio alfa, poteva appassionarsi all'arco oppure guardare ragazzine su you-tube che si incollavano ciglia finte. Non era chiaro cosa dominasse queste sinusoidi, che si sono succedute nel tempo (e continuano tutt'oggi). All'occhio adulto, a una vicinanza non stretta, nulla è mai apparso lampante, ma quell'estate dopo «il verdetto favorevole» della Marrasso, accadde un fatto per me, sorprendente. Eravamo in vacanza e avevamo appena conosciuto un bambino italo-inglese, nostro vicino di casa. Guglielmo aveva dieci anni e S. otto. Dopo solo qualche giorno di sommaria frequentazione, lo incontrammo sulla spiaggia, io e S. ci tenevamo per mano. Il bambino chiese a mio figlio se stavamo tornando a casa e poi senza neanche aggiungere una virgola, domandò se era gay. Così, tutto d'un fiato. S. scrollò le spalle e rispose che non lo sapeva, forse, stavamo andando a mangiare un gelato, voleva venire con noi? No, replicò il bambino. Camminammo verso la gelateria mentre lo osservavo con la coda dell'occhio, avanzava sulla sabbia confabulando che forse avrebbe preferito un frullato. La conversazione si era svolta tra i due con una naturalezza abbacinante, una spontaneità impossibile da immaginare. Il dialogo mi parve meno fulminante quando l'anno successivo, mia figlia cominciò a guardare le serie televisive dei teeneger, a seguire gli influencer, a sbriciare qualche video di tick tock dai cellulari delle amiche.

Nei telefilm vigeva la regola del politically correct e tra i piccoli protagonisti di avventure scolastiche e domestiche c'era sempre un bambino/a nero-asiatico, una bambino/a gay e nessuno di questi veniva emarginato, esiliato, allontanato - anzi erano personaggi integratissimi e benvoluti da tutti. Gli argomenti relativi all'identità sessuale dei piccoli, sembravano ai miei occhi di madre, folli. Capivo osservando l'emisfero della fiction che il mio sguardo materno oltre a essere «anagraficamente antico», era prosciugato dallo spavento. La paura batteva anche osservando il pianeta della rete, pullulante di un oceano di giovanissimi che non rivendicava assolutamente nulla, semplicemente si manifestava nelle sue infinite forme sbattendo in faccia al mondo la sua esistenza: ragazzi truccati, femmine androgine, maschili, barba, fili argento, cappellini da baseball e tacchi a spillo: ogni tanto en passant facevano riferimento alla loro sessualità che non era mai ovvia né scontata rispetto l'immagine che proiettavano. Eppure guardando quei volti, giorno dopo giorno, ho sentito una crepa farsi strada dentro di me. Da una parte sobbolliva la paura del «nuovo mondo», dall'altra sopiva una strana pace al pensiero che S. - qualsiasi cosa sarebbe stata di lui – avrebbe dovuto combattere con i pugni meno chiusi rispetto alle generazioni precedenti.

Mia figlia aveva il potere di gettare altre luci sulle parti in contraddizione che coabitavano dentro di me. Poteva tranquillizzarmi, come mettermi in allerta. Lo scorso anno mentre eravamo in fila per imbarcarci a Nuova Delhi – una volta divisi tra maschi e femmine per superare il gate - mi ha chiesto con lo stesso tono incolore di Guglielmo: «Mamma, ti sei mai chiesta se S. sarà gay?»

«Sì» ho risposto.

«Anche io» ha confutato lei, tirandosi dietro il suo trolley turchese. La sua domanda mi ha messo una certa pace addosso. Come si è interessata al fratello, la sua grazia sentimentale, il suo equilibrio. Ha cercato un momento in cui eravamo sole, un punto preciso e simbolico - la divisione tra gli uomini e le donne - per assicurarsi che i suoi pensieri fossero speculari o almeno simili ai miei. Immaginando che i nostri cuori avessero le stesso ritmo e i nostri occhi lo stesso sguardo libero. Lei che non ha mai dato segnali simili a quelli del fratello, con quello stesso tono soave e senza accenti – qualche tempo dopo - ha messo le cose in chiaro. Eravamo appena tornati dalle vacanze, - E. durante l'estate aveva preso una cotta per un ragazzino sottile come una spiga e la voce che si stava trasformando in un ottava baritonale. Anche lei si stava trasformando, la vedevo apparecchiare con gesti sicuri, sostenuta dalle sue gambe da stambecco e i capelli lunghi e sottili sbionditi dal mare.

«Te lo sposeresti...?» Le ho domandato scherzando. Lei ha sistemato le posate e di slancio ha detto: «Sì...»

«...»

Poi ha riflettuto: «E se invece mi innamoro di una donna?»

«Una donna?»

«Metti che mi innamoro di una donna, non c'è niente di male...»

«No certo...»

«Noi siamo diversi, come generazione intendo... tu l'hai capito, vero mamma, che noi siamo fluidi?».

Ci siamo guardati tutti e tre per un attimo, una ronda liscia di sguardi.

«Ci sto provando» le ho risposto con il sorriso fermo e un impercettibile tremolio alle mani.

DIE FLIESSENDEN
SARA MEI
Aus dem Italienischen von Sabine Oberpriller

Ich bin ein Wesen, das denkt, das zweifelt und verneint, das nur
Weniges weiß und Vieles nicht, das
hasst, das will und nicht will, das träumt, liebt, fühlt.

Réné Descartes

Während der letzten Stunde im amerikanischen Kindergarten durften die Kinder ins Spielzimmer und sich dort selbst beschäftigen. Der
Raum war voller Zeug: Bausätze, Plüschtiere, Rasseln, Kostüme, Puz-
zles, Schwerter, Bücher, Spielküchen, Obst aus Plastik. Im Januar, als
Matteo etwa drei Jahre alt war, kam er mir eine ganze Woche als
Schneewittchen entgegen: Der Rock streifte an mir entlang, als er mir
in die Arme sprang, mit den nussbraunen Augen seines Vaters, den
aufragenden Brauen, die Haare im Militärschnitt, den ihm der alte Fri-
seur unseres Viertels verpasste.

Am vierten Tag setzte mein Herz aus.

Nein, ich gab nicht viel auf Matteos Vorlieben. Seine Schwester war
nur ein Jahr älter und füllte unser ganzes Haus. Es gab ein Zimmer nur
für sie, in dem gespielt wurde. Matteo hatte provisorisch Platz in meinem alten Büro gefunden, wo nur sein Bett und ein Wickeltisch hinein-
passten. Ich ging davon aus, dass seine Vorliebe für Puppen, Pailletten,
Flügel und Strass ein Ausdruck seiner innigen Liebe zur größeren
Schwester war, der mit der Zeit vergehen würde: in dem neuen Haus,
von dem ich träumte, würde er ein eigenes Zimmer haben. Und außerdem hielt ich mich für eine moderne Mutter, die zumindest einen so
großen Hauch von Steiners Lehre abbekommen hatte, dass sie nichts
auf Autos und Kriegsspielzeug gab: Wenn mein Sohn im Moment
Puppen bevorzugte, würde ich ihm sicher nicht Kicker aufzwingen.

Dennoch, es wühlte mich auf, immer wieder zu sehen, wie er mir in
diesem gelb-blauen Satinkleid und einem seltsamen Leuchten in den
Augen entgegenrannte. Es erschreckte mich so sehr, dass ich schließlich die Erzieherin fragte, wie es denn käme, dass ich meinen Sohn

immer als Prinzessin verkleidet anträfe. Ihre Antwort war knapp und trocken. «You know, he likes it…»

So beschloss ich, mit unserem Paartherapeuten darüber zu reden, einem kleinen Mann von der Pedanterie eines Psychoanalytikers, der uns in einem beklemmenden Winter jeden Dienstagabend gegen sieben Uhr in seinem nüchtern eingerichteten Büro empfing, das vor Gutbürgerlichkeit strotzte.

Er lauschte unseren Ausführungen über die partnerschaftliche Sackgasse mit einem Ausdruck von Langeweile, in seiner Haltung, seinem Blick – wie seine Daumen leicht trommelten. Die Themen waren: wenig Sex, Kinder im Mittelpunkt der Welt, wie wir als Paar auseinanderdrifteten. Probleme aus dem Handbuch, die eher weniger Kommentare fanden als sie in stiller Ergebenheit angehört wurden. Bis ich sagte, dass Matteo eine Vorliebe für Mädchensachen habe, dass er sich besser mit Mädchen als mit Jungs verstehe, Rosa lieber habe als Blau, und dass wir ihn ruhigen Herzens gewähren ließen. An der Stelle rückte Dr. Sangallo nach vorn und umfasste die Lehnen seines Heiligenstuhls. Er erklärte, dass ein so kleines Kind noch keine sexuelle Orientierung haben könne, sich vielmehr mit dem anderen Geschlecht identifiziere und wenn diese Identifikation anhielte, sagte er, dann würde das dahinführen, dass das Kind sich wünsche, vom anderen Geschlecht zu sein und sich schließlich gefangen fühle, orientierungslos, unglücklich, im falschen Körper. Sicherlich, sagte er, könne es sich um ein durch Adhäsion an die Schwester geprägtes Verhalten handeln… oder, ja oder, ohne lange herum zu reden, um eine Geschlechtsdysphorie.

Ich hatte solche Worte noch nie gehört, aber ich erinnere genau, wie die Rede des Therapeuten mir das Blut in den Adern gefrieren ließ, sie surrte in meinen Ohren, wie die Diagnose, auf die hin wenige Jahre zuvor meine Mutter innerhalb von nur zwanzig Tagen gestorben war. Ich weiß noch, wie Sangallo darauf drang, unverzüglich einen Experten aufzusuchen, um ein Bild von der Lage zu gewinnen. Er sprach von Matteos Neigungen, als handelte es sich um Brandherde und von uns Eltern als Teil einer großen Revolution, die das Innere unseres Sohnes überzog. Er sprach unendlich schnell über uns völlig unbekannte Dinge, die nach großem Unheil klangen. Er sprach zu einem Mann und zu einer Frau, die ein ganzes Jahr lang sich lieber über sich selbst ausgebreitet hatten, während zu Hause ein kleiner Junge lieber eine Frau werden wollte. Er sprach zu einem Vater und einer Mutter, an einem Winterabend, der in unserem Leben einen Scheidepunkt markieren würde.

Bei der Geschlechtsidentitätsstörung, oder Geschlechtsdysphorie, auch bekannt unter der Abkürzung GIS oder GID (engl.: gender identity disorder) handelt es sich um das Unwohlsein einer Person, die sich im ihr bei der Geburt zugeteilten phänotypischen Geschlecht nicht wiederfindet.

Bei der Geburt zugeteilt.

Ich hatte geheult, bei der Fruchtwasserpunktion, als man mir sagte, es wäre ein Junge. Ich hatte hemmungslos geweint, war außer mir und versuchte zu erklären, dass ich ein Mädchen haben wollte, noch ein Mädchen, weil es mir einfacher vorkam, zwei Kinder vom selben Geschlecht großzuziehen, viel einfacher – und auch billiger. Ich hatte geheult, während die Gynäkologin und mein Mann mich entgeistert anstarrten. Der Blick des Spezialisten dagegen, zu dem der Paartherapeut uns geschickt hatte, blieb unbewegt und unergründlich, als ich ihm die Angelegenheit schilderte. Alles schien seinen Ausgang, seinen Ursprung dort zu haben, in meinem so dringlichen Wunsch als Schwangere, ein Mädchen zu bekommen.

Nachdem er uns angehört hatte, entschied der Spezialist, dass – ja – Sangallo recht habe, dass Matteo geholfen werden müsse, dass er angeleitet und angehört, verstanden und in dem einen oder anderen Sinne auf den richtigen Weg gebracht werden müsse. In welchem anderen?

Niemand hatte ihn gesehen, doch alle wussten über ihn Bescheid – alle außer wir. So auch Dr. Marrasso, zu der wir von Sangallo und dem Spezialisten geschickt wurden, nachdem die beiden sich abgesprochen hatten. Sie war jung, dynamisch, flink, auf dem neuesten Stand.

Giulia Marrasso hörte sich meine Beichte (meine Aussage) über meinen Wunsch nach einem Mädchen an und fragte mich, warum ich meinen Sohn derart gelassen mit Puppen statt mit Playmobil spielen ließe? Warum ich ihn nicht in die männlichen Bereiche zurückführe, die für seinen Zeitvertreib angebracht waren? Warum verstand ich nicht, dass da etwas nicht zusammenpasste, wenn er mit der Vorstellung aufwuchs, ein Mädchen zu sein? War er niedergeschlagen, müde, desinteressiert, aphasisch, apathisch? War er, Matteo, vielleicht unglücklich?

Er war fast drei Jahre alt... Ich wusste auf ihre Fragen keine Antworten. Er war... nicht glücklich... er war: ja! Zufrieden war er! (Definiere zufrieden?!) Manche Dinge bleiben denjenigen verborgen, die nicht wissen, was sie sehen. Die es nicht wissen oder die es nicht sehen wollen? Kinder enthüllen alles. Du denkst, du seist ein gewisser Mensch, bis zu dem Moment, wenn du dich mit dem Elternsein auseinandersetzen musst.

In den Augen von Giulia Marrasso lag ein Sternenleuchten, ein Abglanz des Wissens, das sie in ausführlichen und kurzen, in beiläufigen und in prägnanten Sätzen versteckte, und ein präzises und messerscharfes Verständnis ihres Gegenübers (von uns, von mir: ich kann nur für mich sprechen). Mehr als Empathie überwältigte mich ihre Kompetenz und dass sie die Klassenbeste in einem vollkommen neuen und zugleich heiß umstrittenen Gebiet war, denn die Geschlechtsidentitätsstörung wird erst seit wenigen Jahren bereits in der Kindheit therapiert. Und wie? Zugunsten der kleinen Patienten, die von einem dunklen wie brennenden Wunsch getrieben, auf den Schwingen Unschuld hin zu einer Neigung gleiten, die Tag für Tag greifbarer wird. Die ersten Zeichen sind die Spiele, das Vermischen mit dem anderen Geschlecht: Mädchen mit Jungen, Jungen mit Mädchen, denn im frühen Kindesalter wählt man die Gruppe, in der man sich selbst erkennt. Dann kommt die Kleidung, bis hin zur Entdeckung der Genitalien – und ihrer Ablehnung. Im Alter von etwa sechs Jahren pinkeln Jungs im Sitzen und Mädchen im Stehen, noch unbeeinflusst von der Welt. Kompliziert wird die Sache kurz vor der Pubertät, das Unbehagen nimmt zu, das Kind wird sich des sozialen Gefüges bewusst, die Gedanken geraten durcheinander. In der Pubertät schließlich geschieht das Unwägbare: Die Körper bilden sich heraus, werden zu Gefängnissen, aus denen es scheinbar kein Entkommen gibt, die Hormone schaffen ein sensibles System, das allzu oft in eine Depression kollabiert. Um das zu vermeiden, werden die Jugendlichen medikamentös in eine hormonelle Schwebe geschickt, während der das Wachstum aussetzt, die Herausbildung des Geschlechts unterbrochen wird, kein Bart, keine Menstruation, sprich: es bricht eine ungewisse Zeit an, ein «Engelsleben», ein beliebig langer Aufschub, während man hofft, dass die Identität sich herausbildet, andernfalls schlägt man den Weg der «Umwandlung» ein, um dann eines Tages vielleicht zu entscheiden, sich für immer zu verändern.

Ich weiß nicht mehr, ob ich all diese Informationen, die ich hier zusammenfasse, damals von Giulia Marrasso während der ersten vorbereitenden Treffen bekommen habe. Ich weiß noch, dass ich begann, alles zu dem Thema zu lesen, dass ich Bücher kaufte, von denen ich vielleicht fünfzehn Prozent verstand. Denn es waren nur wissenschaftliche Abhandlungen zu finden, und nur wenige, sehr wenige menschliche Geschichten. Ich las abends, im Schlafzimmer, auf dem Bett liegend, und mein Herz pochte heftig gegen die Matratze, ich las vor dem Behandlungszimmer der jungen Therapeutin am anderen Ende der Stadt in einer Wohnstraße aus eng und schmal wie Jagdgewehre aufgereihten Häusern. Zweimal pro Woche. Fünfundvierzig Minuten hin und fünfundvierzig Minuten zurück.

Beim ersten Mal gingen wir zusammen hinein, Matteo und ich.

Auf dem Boden verstreut lagen die üblichen Spielzeuge, durcheinander und unmissverständlich: Eine Batman-Maske und eine diamantene Krone, eine Barbie und ein Spielsoldat, ein silberner Spiegel und ein Panzer. Auf dem Boden waren die Gegenstände versammelt, die über die Zukunft meines Sohnes entscheiden würden. Giulia Marrasso blieb am Schreibtisch sitzen und blickte mich kein einziges Mal an, während Matteos Hände nach der Weiblichkeit griffen, sie kniete neben ihm nieder, ohne ein Wort zu verlieren, und behielt ihr Schweigen einige Sitzungen lang bei, bis sie mich nach einiger Zeit ins Nebenzimmer und schließlich ins Auto verbannte.

Nach einem Monat kamen mein Mann und ich wieder zu ihr in die Sprechstunde. Sie sagte deutlich, dass Matteo geholfen werden musste, und zwar nicht so, wie ich es bisher getan hatte. Man musste ihn nicht unterstützen, vielmehr neu zentrieren und zurück zum Männlichen führen, denn er war ein Junge. Ob ich denn immer noch ein Mädchen haben wolle? *Wirklich? Noch immer?*

In jenem ewigen und unmäßigen Winter sprachen wir mit der Leiterin des Kindergartens, einer zierlichen und äußerst liebevollen Inderin, einladend und behütend wie ein heimeliges Zuhause. Ich erinnere mich nicht mehr an die genauen Worte, mit denen wir ihr versuchten zu schildern, was wir entdeckt – beziehungsweise erfahren – hatten. Ich weiß nur noch, dass sie sagte, Matteo habe keine besonderen Interessen; er sei wohl erzogen und sorgfältig, aber ohne eine Leidenschaft für irgendetwas. War er traurig? Apathisch? «Abwesend», sagte Miss Misty, wenn ihm geholfen werden müsse, dann dabei, Leidenschaft für etwas zu entwickeln.

33

Es machte ihm Spaß, sich in Nischen zu verstecken. Er mochte künstliches Licht lieber als das natürliche. Er zog die Rollos herunter, verkroch sich unter der Decke und fragte mich abends vor dem Einschlafen, was nach dem Tod käme. Ob er wiedergeboren werde? Als Blume, als Tier oder Stein?

Er, sagte er, glaube an die «Recreation».

Er meinte nicht die Reinkarnation, sondern die Recreation, die Pause, wie im Kindergarten und in der Schule, im Sinne einer erholsamen Zeit, in der er sich neu erschaffen könne. Als was? Ich fragte es ihn. Dass er sich mit dem Jenseits beschäftigte, schockierte mich, auch wenn ich wusste, dass es typisch für sein Alter war, und umso naheliegender, da der Tod einen langen Schatten über unsere Familie warf. Nur ein Großvater lebte noch, mein Vater – und der war völlig weggetreten.

Ich interpretierte jedes Wort, jede seiner Gesten, versuchte pausenlos die Quadratwurzel seines Seins zu entschlüsseln und marterte mich mit endlosen Selbstvorwürfen, dass ich mir so unbedingt eine zweite Tochter gewünscht hatte, dass wir nur von Frauen umgeben waren (außer meinem Mann war da nur eine große Schar an Kindermädchen, Freundinnen meiner Tochter, Erzieherinnen, Schwimmlehrerinnen). Ich versuchte zu verstehen, wie sehr ich, sein Vater und seine Schwester ihn beeinflusst hatten oder wie sehr Matteo so auf die Welt gekommen war. Wie: So?

Wir begannen an der Männlichkeit zu arbeiten, wie es Marrasso nannte und während mein Mann ihm schnell und nachdrücklich diverse Bitten abschmetterte, war ich stumm und starr vor Angst, dass Matteo sich nicht verstanden oder akzeptiert fühlte, und dazu nicht fähig. Dutzende Male fand ich mich allein im Einkaufszentrum wieder, wo das Neonlicht eine Frostschicht über alles zog, mit Mädchenkleidung in den Händen, die in meinem Kopf neutral war: gestreifte T-Shirts, eine taubengraue Daunenjacke, schwarze Latzhosen – ich wusste, dass er sie mochte. Mit zitternden Händen fragte ich mich: Wen willst du glücklich machen? Ihn? Dich? Hilfst du ihm? Willst du ein Mädchen? *Wirklich? Immer noch?*

Das Leben hatte sich unversehens in eine Kreuzung verwandelt, an der Bilder sich trafen und überlagerten, die mich quälten: von verzerrten Dingen, androgynen Sängern, und inakzeptablen Nachrichten.

Bei der Aufführung am Ende des Kindergartenjahres sangen sie Thriller und Matteo war völlig begeistert. Ihm gefiel der Sänger, seine Bewegungen, die glitzernden Schuhe. Auch ich war als Jugendliche begeistert gewesen, doch jetzt grauste mir vor Michael Jackson. Er war ein Pädophiler, ein Schwarzer, der sich lieber in einen Weißen umwandeln ließ, ein schrecklicher Mann, der eine Stimme und eine Möglichkeit gefunden hatte, Millionen Kinder durcheinander zu bringen. Ich sah überall den Teufel; versteckt in der Werbung, in den Fernsehserien, in der Musik, im Film. Durch mein eigenes Inneres fraß sich die Selbstzensur wie ein Lauffeuer, meine Sexualität war ein verdorrter Garten. Der homosexuelle Teil meines Wesens, der barfuß meine Phantasie durchwandert hatte, war aus dem Paradies der Träume verbannt. Die Erotik der Welt war erloschen, meine Neugierde, meine spielerische Seite waren im Meer der Angst fortgetrieben. Alles war Sand und Asche.

Um die männliche Seite aufzurütteln, war die weibliche niedergewalzt worden: «Wenn ein Kind eine Diät braucht, ist die einzige Lösung, dass die ganze Familie mitmacht», hatte Marrasso erklärt. Die Geschwister zahlen den Preis. Ich habe meine Tochter nie geschminkt und sie niemals mich, wir haben uns nicht gegenseitig die Nägel lackiert, die Haare gekämmt oder sind albern auf Stöckelschuhen herumspaziert. Wir haben nie Prinzessin gespielt. Mein Schrank wurde zu einer uneinnehmbaren Festung, ein dreifach abgeriegelter Tresor. Und auch ich habe nach und nach die Stöckelschuhe weggelassen, die Haare zusammengebunden und bin ganze Tage im Jogginganzug zu Hause geblieben, um dort über eine Welt in Grün, Türkis und Pastell zu regieren. Nie Rosa, nie Lila, kein Fuchsia. Zwei solche Winter folgten aufeinander, geprägt von zwanghaften Grübeleien und einem Hin und Her zwischen Zuhause und der Praxis von Marrasso. Manchmal, wenn wir früh dran waren, sah ich gekrümmte Jungen aus dem Gebäude herauskommen, leer, magersüchtig, die Blicke auf den Boden gesenkt, die Ohren mit Kopfhörern verstopft, Kinder die von Müttern erwartet wurden, die sich derart in den Boden krallten, dass man an der Schwerkraft der Erde zweifeln musste. Erschütterte, besessene, sprachlose Mütter.

Über Matteos Therapie haben wir niemals mit jemandem außerhalb der Familie gesprochen, nur mit einer Freundin. Es war ein sensibles Thema, persönlich, heikel, missverständlich. Etwas Ungesagtes, dass zwischen uns stillschweigend Gesetz wurde. Familien kennen ihre Geheimnisse, sie pulsieren um ein gemeinsames Organ, atmen durch ein und dieselbe Lunge.

«Schalt um. Zu mädchenhaft.» Flüchtige, verfluchte, unsagbare Sätze, dennoch der heimtückisch präsente Wortschatz des Problems.

Meine Tochter, Eleonora, hat alles durchschaut. Und Matteo? Wir haben nie darüber gesprochen. Die schmerzhafteste Erinnerung stammt aus seinem sechsten Lebensjahr: Wir endlich im neuen Haus, er im größten Zimmer. Türkises Bett, passende Lampe, die Tapete silbern mit weißen Sternen (Gott weiß, wie lange ich gebraucht hatte, um sie zu finden: Matteo wollte Gold, ihm gefiel Rosenmuster, er war angetan von einem Dschungel aus Herzen. Ich auch. Willst du ein Mädchen? *Wirklich? Immer noch?*).

Als wir eines Abends von einer Verabredung zurückkamen, berichtete mir das Kindermädchen, dass Matteo sie gebeten hatte, mit ihm zusammen Handschuhe mit Glitzer zu bestäuben, ihm ein dünnes Tuch um den Hals zu drapieren und dann mit Purpurglitter, Hellrosa und Himbeerrot zu überpudern – und dann, wenn es ginge, bitte nichts mir zu sagen, weil die Mama, ich, Angst vor Frauensachen hätte.

Ich verstand ihn nicht, ich verurteilte ihn, vor mir musste er sich verstecken. Ich war zum Feind geworden. Andere Mütter dagegen hatten Verständnis, ließen den Dingen ihren Lauf, schickten ihre Söhne mit lackierten Fingernägeln in die Schule, mit Stickern an den Ohrläppchen, mit einer schwarzen Jacke, bestickt mit einer Blume aus rosa Pailletten. Wie viele Kinder habe ich in diesen Jahren gesehen, die wie Matteo waren, aber ungezügelt und ohne, dass ihnen ein Wachhund auf den Fersen war, der nach ihren Wünschen und Träumen schnappte. «Wir denken an Matteo, nicht an die anderen», sagte mir wieder und wieder die Marrasso. Ich habe sie nie wirklich verstanden, manche Sitzungen blieben unlösbare Rätsel, ich hatte Mühe, ihren Erläuterungen zu folgen. Oft traten mein Mann und ich Hand in Hand ein und danach Lichtjahre voneinander entfernt wieder hinaus. Er ging mit allem sachlicher, distanzierter um, gemäßigter, sogar soweit, dass er schließlich eine Regel aufstellte: Genug geredet, genug damit, alles immer wieder hin und her zu wälzen, sich fertig zu machen, das führe zu nichts. Marrasso sei dafür da, wir könnten reden, wenn wir zu ihr gingen, mehr stehe nicht in unserer Macht. Nicht mehr, als ihren Anweisungen zu folgen, ihre Sätze zu interpretieren, an Matteos Seite zu stehen. Auf meinem Mann lastete nicht die Generalschuld, er wollte einen Jungen, und er liebte Matteo wie er war. Ich dagegen nicht. Ich hatte ein Mädchen gewollt und nun wollte ich das Übel an der Wurzel bekämpfen, ich wollte einen Freispruch, eine Klärung, eine neue Anamnese. Anamnese oder Diagnose? Ich wollte gesagt bekommen, dass er sich geändert hatte. *Dass er genesen war. Genesen? Von was denn? Wie*

redest du denn? Man wird gesund von einer Krankheit. Dein Sohn ist nicht krank! Bist du jetzt völlig verrückt?
Ja, ich bin verrückt geworden. Für zwei, drei Jahre. Ich habe an nichts anderes gedacht, nichts anderes gelesen, nichts anderes gesehen: Transsexuelle, Geschlechtsumwandlungen, Erfahrungsberichte, Statistiken, grauenvolle Schicksale, glückliche Lebensläufe, seltsame Geschichten, Geschichten, die von meiner emotionalen Prägung zu weit entfernt, die mir nicht nachvollziehbar waren. Eines Abends blieb ich an einer kleinen Doku über eine Familie in Berlin hängen. Der Sohn war noch klein, drei, vier Jahre alt: blondes feines Haar bis auf die Schultern, die Augen groß und grau wie Metall. Die Mutter war eine korpulente, strahlende junge Frau. Der Vater: gestorben. Sie lebten in einem kleinen Haus, die Möbel aus Sperrholz, Schränke aus Kunststoff: vollgestopft mit Mädchenkleidung, künstlichen Perlenketten, künstlichen Fingernägeln, blauem Lidschatten, weißen Lackschuhen mit Diabolo-Absätzen. Und mittendrin die beiden, die Jonas' Phantasien auslebten. Joanna im Haus, in einem Zimmer vollgestopft mit Puppen und Barbies: Die Kutsche, das Pferd, der Pool. Jonas vor dem Haus mit zusammengebundenen Haaren, bewegt sich wie ein Showgirl im Vorabendprogramm. Den Nagellack entfernten sie auch nicht, wenn sie rausgingen. Ich erinnere mich an das engelhafte, zufriedene Gesicht der Mutter, als sie direkt in die Kamera schaute: «Jonas, Joanna… ist genau so mein Herz, mein Leben, ein Teil von mir.»
Wie: genau so? In den Geschichten, die ich wahrnahm, ging es um Metamorphose, um heldenhafte Eltern, die die innere Identität ihrer Kinder annehmen konnten, Vorkämpfer der positiven Einstellung, die zu allem bereit waren, um die soziale Mauer zu durchbrechen und ihren Kleinen zu helfen. Dann gab es diejenigen, die die Realität leugneten, Wünsche niederknüppelten, Scheuklappen aufsetzen und das allzu Offensichtliche übersahen. Kurz gesagt: Es gab die Erzengel und die Dämonen.
Unsere Geschichte dagegen war unsichtbar, es gab keine Zweifel oder Zwischentöne in jenen Berichten: alles war schwarz oder weiß. Wie Matteos erste Zeichnungen, zu denen wir ihn nach unserem Gespräch mit der Erzieherin anspornten. Wir suchten seine Leidenschaft zwischen Märchen, Schnitzeljagden, Lego, Autorennbahnen, Stiften und Zeichnungen. Er fing an, überall zu malen. Im Auto, auf dem Esstisch, unter den Bäumen, am Meer. Häuser, Tiere, kleine Mädchen, Elfen, junge Frauen, Totenköpfe, Skelette, die Familie: Mich immer riesig groß mit Dutt, meine Tochter Eleonora, so groß wie er,

sich selbst, meinen Mann. Ein geschlossenes und ein geöffnetes Auge, und dann Menschen. Aufgeteilt in zwei Gruppen: Bright side. Dark side. Auch im Kindergarten fiel bald auf, wie er zeichnete. Von allen Seiten wurde er gelobt und bewundert. Bei Marrasso hielt er sich nicht zurück – es war ihre Art der Kommunikation, ihr Da-Vinci-Code, der Ausdruck seines Inneren. Viele lange Abende betrachtete ich die Zeichnungen, fotografierte, leitete ich einige an Marrasso weiter, rahmte ich, tapezierte ich den Schrank, den Kühlschrank, das Haus. Von allen Seiten bekam er Tempera- und Wasserfarben und Pinsel geschenkt, wir verbrachten ganze Sonntagnachmittage damit «Bildchen» zu machen, zu viert über den grünen Tisch gebeugt malten wir die ganze Welt. Und hörten De Gregori, Bennato und Queen, und meine Tochter malte in zarten Farben winzige Dinge, und darüber verging ein weiteres Jahr, und Matteo kam in die Schule. Die ersten Milchzähne fielen ihm aus.

Die Schule war ein ganzer Campus, wo von 8 Uhr 30 bis 15 Uhr 30 Lächeln strahlten, die schick lackierten Mütter morgens in der Cafeteria Cappuccino mit Schaumhäubchen tranken und die Lehrerinnen vor guter Laune übersprudelten: «Hiiii!!! How do you do?!» Die Schüler hängten die Schultaschen vor dem Klassenzimmer auf und setzten sich im Kreis, die Augen auf die Miss gerichtet, die grade dran war. Matteo lebte sich mühelos auf dem Campus ein, er wurde von allen geliebt und geschätzt. Er schloss neue Freundschaften und unter seine engsten Freundinnen mischte sich der ein oder andere Bub. Nachmittags ging er entweder schwimmen oder zur Marrasso. Erste Feten taten sich auf und ich hatte Gelegenheit die anderen Mütter kennenzulernen, und fand heraus, dass drei von zehn Kindern in Therapie waren. Legasthenie, Entwicklungsverzögerung, Hyperaktivität, jeder hatte seine Kanten, die geschliffen, einen Makel, der korrigiert werden musste. Und ein ganzer Trupp an Therapeuten stand bereit, um die Kinder fit fürs Leben zu machen. Die anderen Mütter redeten darüber ganz offen, es war ein Gesprächsthema wie jedes andere. Für mich nicht. Ich schwieg und wenn er sagte: «Ich kann nicht kommen, da muss ich zu Giulia.», zog ich ihn an der Hand fort, durchquerte mit ihm die ganze Stadt, pausenlos redend, denn ich hatte Angst, dass er im Auto einschlief. Abends wiederum hatte er Schwierigkeiten, zu schlafen. Wie ein Wachhund verharrte ich an seinem Bett und beobachtete, wie seine Pupillen hinter den Augenlidern hin und her huschten.

Dann irgendwann entdeckte er Harry Potter. Wir lasen alle Bücher von J.K. Rowling: Das Kinderzimmer füllte sich mit fliegenden Besen,

Umhängen, Boten, Eulen, Wappen und Schals in den Farben von Hogwarts: Harry war Matteos erster männlicher Held, der Waisenjunge in der magischen Welt hatte sein Herz erobert, und alle blassen Darstellungen von Spiderman, Batman, Superman, Captain America, Thor und Wolverine umgangen, die reglos auf der Ablage über dem Schreibtisch verstaubten.

Diese Figur, das Männliche, mit dem Matteo sich identifizieren wollte, brach sich in jenem Winter Bahn, es entlockte mir Seufzer der Erleichterung. Ihn in seinem Zimmer mit der runden Brille auf der Nase spielen, ihn mit einem Haufen Zauberstäben hantieren zu sehen, nahm meiner Angst einen Gutteil ihres Gewichts. Er pinkelte im Stehen. Er veränderte sich. *Verändern? Verändern von was? Weg von sich selbst? Weg von dir? Ein Mädchen. Immer noch? Echt jetzt?*

Jeder seiner Wünsche war ein Befehl, jede seiner Phantasien wurde verwirklicht, von mir, dem Vater, unter der scharfen Beobachtung von Eleonora, die rund heraus fragte, warum ich ihn ihr gegenüber bevorzugte. Eleonoras Eifersucht beherrschte die Jahre und Monate, während ihr Bruder versuchte, sie nachzuahmen, vor ihrer geschlossenen Zimmertür heulte (NO BOYS, PLEASE), sich für jede Kleinigkeit an ihr begeisterte: «Was für schöne Haare!» – «Ziehst du das Top an? Du solltest den Jeansrock dazu tragen!» und sie mit Aufmerksamkeiten überhäufte, sie mit seinen wachen und aufmerksamen Blicken umschlang, bis sie es manchmal nicht mehr aushielt. Matteo verfolgte Eleonora, die sich verzweifelt zu mir flüchtete, ohne genau zu verstehen, was ihr zwischen uns beiden entging: So sind wir alle einer dem anderen hinterhergejagt, haben uns im Karussell der häuslichen Kirmes abgehetzt, ohne auch nur einen Tag lang innezuhalten.

In jenem Jahr, in dem Harry Potter in unser Leben trat und die Spannung einen Augenblick nachließ, erhielten Eleonora und ich eine Einladung zum Finale von X-Factor. Sie und ich, in Mailand, in einem großen Hotel bei der großen Preisverleihung des Programms, das sie so sehr liebte. Matteo wollte uns nicht gehen lassen, er war elektrisiert, raste, schluchzte.

Wir zwei verbrachten zwei wunderbare Tage: Ich habe noch Eles leuchtende Augen vor mir, während Robin Williams vor ihr glänzte, die Überraschung beim Aufstehen: eine dünne Schneeschicht über der Stadt, das Foto vom Frühstück mit dem Mädchen, das gewonnen hatte, das hemmungslose Shoppen auf der Piazza del Duomo, bevor wir schließlich wieder den Zug nach Hause nahmen; ihren Kopf an meiner Schulter, während sie im wiegenden Schwanken des Frecciarossa nach dieser denkwürdigen Nacht eindöste. Wir waren glücklich, und als wir abends heimkamen, berichtete Eleonora voller Begeisterung alles, was wir erlebt hatten, erzählte es Matteo und dem Vater, die dagegen im traurigen Alltagstrott zurückgeblieben waren. Und dann, als alle zu Bett gingen, erzählte mir mein Mann, was Matteo ihm tags zuvor anvertraut hatte, dass er und ein Freund bei ihm zu Hause die Unterhosen heruntergezogen und sich angefasst hätten. Matteo habe das nicht gewollt, erzählte mein Mann, es sei der andere gewesen, der nicht lockergelassen habe. Eine Sache sei sicher: Ich dürfe es nicht wissen. Das sei eine Männersache, etwas, das ich nicht verstehen könne. Dieser Bericht lähmte mich sprichwörtlich. Die Angst, die sich in den vergangenen Monaten etwas verflüchtigt hatte, schien einfach nur Anlauf genommen zu haben, um mich mit neuer Kraft und möglichst noch gewaltiger zu attackieren. Auch mein Mann war betroffen, wenn auch ihm bewusst war, dass in diesem Alter so etwas vorkommen konnte. Mir kam es unnormal früh vor, und tatsächlich glaubte ich keine Sekunde lang Matteos Version der Geschichte. Ich war sicher, dass den Reigen gewisser Spiele er und nicht der andere eröffnet hatte. Am meisten belastete mich, dass er mich aus seinem Leben ausschloss – «Sag Mama nichts, das sind Frauendinge; sag es nicht Mama, das sind Männersachen.» – Ich hielt es für nichts weniger als eine Maßregelung, ich hatte mich für achtundvierzig Stunden entfernt, und er hatte die Leine um zehn Meter straffer gezogen. Wir waren unentschlossen, ob wir mit der Mutter des Freundes reden sollten oder nicht. Schließlich entschieden wir, Einladungen dorthin abzulehnen, und lieber das andere Kind bei uns im Haus zu haben (und kontrollieren zu können), aber diese Freundschaft schien ganz unabhängig von unseren Vorbehalten auseinander zu gehen, bevor sie richtig begonnen hatte. Ich berichtete alles der Marrasso, die sich überrascht zeigte, nicht vom Vorfall an sich (der war Teil der Entdeckung des eigenen Körpers und es war unwichtig, ob das Gegenüber ein Junge war), sondern davon, dass während den Sitzungen nichts davon zutage gekommen war. Auch sie vermutete, dass es sich um eine Erfindung handeln musste, um Panikmache, um meine Aufmerksamkeit zurück auf sich zu lenken. *Noch mehr als jetzt?* Hätte ich sie am liebsten angeschrien.

Ich sei mit Eleonora nach Mailand gefahren, sagt sie. Es schien allzu logisch, dass Matteo mich bestrafen wollte. Außerdem: Als ich in seinem Alter gewesen sei, was hätte ich denn da gemacht? Hatte ich denn da vielleicht nicht versucht, die Welt zu entdecken?

Exakt mit sieben Jahren hatte ich meine einzige vergleichbare, homosexuelle Erfahrung. Mit dem Nachbarsmädchen, blass, still, eine unscheinbare, nicht greifbare Persönlichkeit: Lucia legte mir eine Single-Platte zwischen die Beine auf die Unterhose und drehte sie langsam, bis in eine seltsame Spirale aus Extase und Panik geriet. Ich hatte es vergessen. Ich hatte es verdrängt. Wie viele andere Dinge aus meinem Leben, die sich mit dem Leben von Matteo kreuzten. Ich hatte sie alle in eine Schublade gestopft und ließ sie dort verrotten, während ich abends, wenn ich ihn zu Bett brachte, versuchte, etwas von ihm zu erfahren. Listige und hartnäckige Fragen stellend, damit er sich mir endlich öffne. Er war schlau und verschlossen wie eine Auster, seine Phantasien und Abenteuer mussten sein Geheimnis bleiben, aber immer mein Interesse wecken. «Heute ist in der Schule was Blödes passiert, aber ich will nicht darüber reden.» Er hielt mich an sich gefesselt, während seine Milchzähne ausfielen und der Kinderkörper sich unter der Bettdecke in die Länge zog. Eines Abends warf er wieder seinen üblichen «Köder» aus: «Etwas ist nicht in Ordnung, aber ich darf es dir nicht sagen.», da fragte ich ihn, warum er mich darüber informierte, wenn er mir dann doch nichts zu erzählen hatte. Wir gerieten in eine Diskussion, die einzige in unserem Leben, sie endete mit diesen Worten: «Du musst verstehen, dass ich einzigartig bin, ich bin besonders!» Das war sicher nicht die Antwort auf meine Frage, doch die Zähigkeit, mit der er sich an mir rächte, schmetterte mich nieder. Sie schien mir eine unbegreifliche Folge seiner Therapie zu sein, deren Sinn ich oft nicht verstand. Ich fragte mich, was all diese Nachmittage vor sich ging, dort, in jenem Raum bei Marrasso, aus dem er immer bestens gelaunt heraushüpfte. Er war dabei, ein starkes und solides «Ich» zu entwickeln, das sehr entschlossen und bestimmt war und nichts mit seiner sanften, engelsgleichen und süßen Art zu tun hatte: Zuckerjunge, hatte eine Freundin ihn mal genannt. Das zuckersüße Kind bildete nun in seinem kleinen Herzen einen Krieger heraus, einen selbstbewussten und hellwachen Samurai, der seine Einzigartigkeit keine Sekunde lang in Frage stellen würde. Zähigkeit war immer eine seiner größten Stärken gewesen, dieselbe Zähigkeit steckte er in die Akrobatik, monatelang in Brücken, Handstand und Flugräder. Sein Körper (genau wie meiner) war äußerst beweglich, er schien keine Grenzen zu kennen, er verbog sich wie ein Schlangenmensch, er robbte, sich zwischen die Türpfosten stemmend, hoch bis zur Zimmerdecke. Er forderte die Schwerkraft heraus, wann immer er konnte, überraschend tollkühn und seiner Grenzen nur wage bewusst. Er zog die Aufmerksamkeit aller auf sich, in der Schule, auf der Straße, zu Hause mit Freunden, wenn er ohne Vorwarnung auf der Erde in einen perfekten, symmetrischen Spagat glitt. Kurz darauf fand ich auf seinem Ipad ein Dutzend Links zu einem Fotografen namens Jordan Matter. Hauptsächlich fotografierte er wunderhübsche Mädchen, geübte Artistinnen, die er in atemberaubenden Momentaufnahmen festhielt: Im Flug, die Füße hinter dem Kopf, in einen Koffer gefaltet. Lächelnd, geschminkt, funkelnd. Er liebte diese Fotos und versuchte zu Hause jedes nachzuahmen und überwand dabei sämtliche körperliche Grenzen. Nach sechs Monaten schrieben wir ihn im Turnverein ein, im CONI.

Dass Matteo ein außergewöhnliches Talent besaß, war den Trainern sofort klar. Schon nach wenigen Monaten fragten sie, ob man ihn in die Wettkampfklasse eintragen und ihn zu regionalen Wettbewerben anmelden dürfe. Matteo begann, dreimal pro Woche zu trainieren, während die anderen beiden Tage der Marrasso vorbehalten blieben. Auch wenn er niemals einen Termin weder mit seinem Körper noch mit seinem Geist ausließ, beklagte er sich, dass ihm kein einziger Tag zum Spielen übrigblieb. Das Turnen, das Zeichnen, die Freunde, seine Überschwänglichkeit, die weit geöffneten Fenster seines Zimmers: Matteo hatte sich verändert. Seine Vorliebe für das Weibliche war nicht verschwunden, aber in der Welt behauptete er sich anders. Er war zu einem Jungen voller Leidenschaft und Durchsetzungskraft geworden. Einzigartig. Besonders.

Hatte die Therapie das bewirkt? Das Wachstum? Die Aufmerksamkeit?

Ende des Jahres gewann er seine erste Goldmedaille und Marrasso konstatierte, dass die Gefahr einer möglichen Geschlechtsdysphorie abgewendet schien. Matteo schien sich bewusst und damit im Reinen zu sein, dass er ein Junge war. Und dennoch brauche sie noch etwas Zeit mit ihm. Es sei ein sensibler Moment und sie wolle ihn lieber noch etwas begleiten. Was seine sexuellen Vorlieben beträfe, die gingen uns nichts an. Da hatte sie nur zu Recht. Die femininen Einflüsse waren wie Wellen, sie kamen und gingen. Damit meine ich nicht nur seine Verhaltensweisen, er konnte seine Stirnfranse zur Seite werfen wie ein Mädchen und rülpsen und raufen wie ein Alpha-Junge, er konnte sich für Bogenschießen begeistern und auf Youtube zusehen, wie Mädchen sich künstliche Wimpern anbrachten. Es war nicht klar, was diese Sinuskurven dominierte, die in dieser Zeit (und bis heute!) aufeinanderfolgten. Uns Erwachsenen, auf eine weniger geringe Distanz, ist nie etwas Offensichtliches aufgefallen, aber in jenem Sommer geschah etwas für mich sehr Überraschendes.

Wir waren im Urlaub und hatten gerade einen italienisch-englischen Jungen kennengelernt, unser Nachbarskind. Guglielmo war zehn, Matteo acht. Nach wenigen Tagen, in denen wir uns nur flüchtig begegneten, trafen wir ihn am Strand. Matteo und ich gingen Hand in Hand. Der Junge fragte meinen Sohn, ob wir zum Haus zurückkehrten, und dann ohne auch nur Luft zu holen, ob er schwul sei. Einfach so. Matteo zuckte die Schultern und antworte, er wisse es nicht, *vielleicht*, wir gingen gerade ein Eis holen, ob er mitkommen wolle? Nein, antwortete der Junge. Wir wanderten also Richtung Eisdiele, während ich ihn aus den Augenwinkeln musterte: Er stapfte durch den Sand, vor sich hin schwatzend, dass er vielleicht lieber ein Frullato wollte. Das Gespräch hatte sich zwischen den beiden mit einer Natürlichkeit, einer kaum vorstellbaren Selbstverständlichkeit abgespielt.

Im darauffolgenden Jahr erschien mir dieser Austausch bedeutend weniger außergewöhnlich, als meine Tochter Teenie-Serien für sich entdeckte, Influencern zu folgen begann, heimlich mit den Freundinnen Videos auf Tiktok schaute. Die Filme setzten ganz selbstverständlich Political Correctness um und zu den kleinen Protagonisten der schulischen Abenteuer zählten immer ein schwarzes oder asiatisches und ein homosexuelles Kind und keines wurde verstoßen, ausgeschlossen, auf Abstand gehalten – im Gegenteil, sie waren sehr gut integrierte und von allen geschätzte Persönlichkeiten. Die Themen rund um die Sexualität der Kleinen erschienen in meinen mütterlichen Augen verrückt. Doch im Anbetracht des fiktionalen Geschehens wurde mir bewusst, dass dieser mein mütterlicher Blick mehr noch als er meldeamtlich alt war, vom Schreck ausgedörrt worden war.

Die Angst rebellierte in mir auch, wenn ich das Internet betrachtete, das nur so wogte von einem ganzen Meer an sehr jungen Jugendlichen, die sich zu nichts bekannten und einfach in ihren mannigfaltigen Formen in Erscheinung traten, der Welt ihre Existenz ins Gesicht schleudernd: geschminkte Jungen, androgyne, männliche Mädchen, Bart, Silberfäden, Baseballkappen und Pfenningabsätze: hin und wieder gaben sie nebenbei einen kleinen Hinweis zu ihrer Sexualität, die niemals aus ihrem Auftreten ersichtlich oder eindeutig war. Diese Gesichter täglich sehend spürte ich, dass mehr und mehr ein Riss mein Inneres durchzog. Auf der einen Seite brodelte die Angst vor der «neuen Welt», die auf der anderen Seite ein seltsamer Frieden linderte beim Gedanken daran, dass Matteo, was auch immer sein Ich war, weniger würde kämpfen müssen als frühere Generationen.

Meine Tochter hatte die Fähigkeit, ein neues Licht auf die widerstreitenden Teile in mir zu werfen. Sie konnte mich genauso schnell beruhigen wie in größte Alarmbereitschaft versetzen. Letztes Jahr, während wir zum Boarding nach Neu Delhi anstanden – um das Gate zu passieren wurden Männer und Frauen in zwei Reihen aufgeteilt – fragte sie mich mit dem gleichen beiläufigen Tonfall wie Guglielmo: «Mama, hast du dich schon mal gefragt, ob Matteo schwul sein könnte?»

«Ja», sagte ich.

«Ich auch», gab sie zurück, und ruckelte ihren türkisen Trolley hinter sich her. Ihre Frage löste in mir eine ungekannte Ruhe aus. Wie sie sich für ihren Bruder interessierte, ihr Feingefühl, ihr Gleichgewicht. Wie sie einen Moment gewählt hatte, in dem wir allein waren, einen präzisen und symbolischen Augenblick – die Trennung von Frauen und Männern –, um sich zu vergewissern, ob ihre Gedanken die meinen widerspiegelten oder ihnen zumindest ähnlich waren. Davon ausgehend, dass unsere Herzen den gleichen Takt und unsere Augen den gleichen freien Blick hatten. Sie, die niemals vergleichbare Signale wie ihr Bruder ausgesendet hatte, brachte wenig später mit derselben sanften und von Untertönen freien Stimme die Dinge ins Reine.

Wir waren gerade aus dem Urlaub zurück, und Eleonora hatte sich während des Sommers in einen Jungen verguckt, der dünn wie eine Gräte war und eine Stimme hatte, die ständig in einen Bariton abrutschte. Auch sie veränderte sich, mit sicheren Bewegungen deckte sie den Tisch, getragen von ihren muskulösen Beinen und umhüllt von ihren langen, feinen vom Meer gebleichten Haaren.

«Würdest du ihn heiraten…?», fragte ich sie scherzhaft. Sie verteilte das Besteck und sagte nachdrücklich: «Ja.»

Dann dachte sie einen Moment lang nach: «Und wenn ich mich stattdessen in eine Frau verliebe?»

«Eine Frau?»

«Naja, nehmen wir mal an, ich verliebe mich in eine Frau, daran wäre doch nichts Schlimmes…»

«Sicher nicht.»

«Ich meine, unsere Generation ist anders… Oder Mama, das hast du verstanden, dass wir fließend sind?»

Alle drei sahen wir uns an, schickten still unsere Blicke in die Runde.

«Ich versuch's», antwortete ich mit festem Lächeln; unmerklich zitterten meine Hände.

KOMMENTAR VON
SABINE OBERPRILLER

Ricreazione – mein neues italienisches Lieblingswort (dicht gefolgt von il brigante Ozziplozzi). Ricreazione, ein Wortspiel auf so philosophischem Niveau, macht mir einfach Spaß. Wie es die Wiedergeburt, sprich das Neuerstehen, und die Pause, die Erholung zusammenbringt. In meiner präzisen Muttersprache habe ich dafür keine Entsprechung gefunden. Ist es da nicht bezeichnend, dass zu den kulturellen Klischees die deutsche rastlose Arbeitsamkeit und das italienische Dolce Vita gehören? Weil in Sara Meis Geschichte öfter Englisch eine Rolle spielt, habe ich mich schließlich für diese Krücke entschieden, um das Wortspiel zu erhalten.

Das Sezierende und fast streng Separierende der deutschen Sprache ist mir auch an einer anderen zentralen Stelle bewusst geworden: Gender Fluidity hat direkt als Anglizismus und sperriger und wenig spielerischer Fachbegriff Einzug in die Alltagssprache gefunden, obwohl auch das nichts anderes als «fließend» bedeutet. Hat das sprachtheoretische Gründe oder verrät es auch etwas, wie die Gesellschaften an das Thema herangehen?

In diesem Tandem zusammen intensiv in beiden Richtungen an Sprache zu arbeiten, sich über die kulturellen Hintergründe auszutauschen, die in den Bildern und Metaphern und damit auch im kollektiven Textverständnis der beiden Kulturkreise stecken, hat mich wieder sehr bereichert. Diese Gelegenheit bekommen zu haben, dafür bin ich sehr dankbar. Über die andere Sprache konnte ich auch einen neuen Blick auf meinen Text finden, neue Fragen stellten sich: Verfängt sich meine Protagonistin nun eigentlich im Dickicht des Waldes, oder gerät sie ins im Italienischen eher gebräuchliche Herz des Waldes, das gleichermaßen verwirrt und Kraft spendet?

Von Anfang an hat mich die Geschichte von Sara Mei berührt. Wie auch in meiner Geschichte, steht die (Selbst-)Definition der Frau, des Weiblichen infrage, bis zu dem – für mich als Leserin schmerzlichen – Punkt «auf Diät» gesetzt zu werden. Und eine ganze Familie gerät in

ein unbekanntes Fahrwasser der Emotionen, der schwer nachvollzieh-
baren Psychologie und der Zeitenwende. Besonders die Mutter schafft
es im Rausch aus Eindrücken und Angst kaum Luft zu holen, denn
zwischen Eltern und Kindern findet diese Auseinandersetzung des
Sozialen und der Generationen in jeder Minute des Tages statt.

Sollte ich die Geschichte in eigenem Duktus nacherzählen? Letztendlich war ich doch neugierig darauf, mich mit einer Übersetzung
möglichst genau an die Sprache von Sara Mei anzutasten.

Eine Ausnahme habe ich gemacht. Von Anfang an sprechen, beobachten und entscheiden in dieser Geschichte die Erwachsenen. Die
Kinder, die ebenso in diesem Schlamassel stecken, bleiben in der
Ursprungserzählung durch die Abkürzungen S. und E. anonym. In der
ersten Hälfte fand ich das ein starkes Stilmittel für die Machtlosigkeit
der Kinder im sozialen Gefüge. Doch die beiden, die ganze Generation,
entwickeln großes Selbstbewusstsein und übertreffen bei diesem
Thema die Erwachsenen an Lebensweisheit. Mit Zustimmung von
Sara Mei habe ich also beschlossen, den Kindern Namen zu geben –
und damit aus meiner Sicht auch ein Gesicht.

IM DICKICHT
SABINE OBERPRILLER

Dreißig Meter bin ich schon gegangen. Fast nichts. Ein Mädchen allein im niederbayerischen Wald. Anlass elterlicher Sorge. Emotionale Stürme beim Abschied. Aber sag, welches böse Element haust hier denn heute noch unter den zivilisierten Fichten? Zwischen die vorbeiziehenden Baumschatten huscht ein Geist, ein lumpiges Gesicht, das um einen der düsteren Stämme herumlukt, ein schlampiger Hut. Spuk aus Kindertagen. *Dem* Räuber Hotzenplotz möchte ich mal begegnen.

Hinter mir flappt etwas lautstark durch die Zweige, aber die Amsel schimpft längst nicht mehr, die meinen Aufbruch lautstark begleitet hat. Sie schwätzt in der Frühsommerwärme vor sich hin, wie auch der Zilpzalp und die Goldammer.

Vorher auf dem Weg bin ich den Bub auf seinem Krabbelfahrrad geflohen wie ein Wildtier. Ich habe mich mit pochendem Herzen in die Büsche geschlagen. Verstecke mich. Vor dem Jungen, vor der Welt, und vor dem, was nach meiner Rückkehr auf mich wartet. Wer sagt denn, dass es einen Weg zurück gibt. Es gibt keinen Weg zurück, zuckt es in mir. Keinen. Nur vorwärts. Immer vorwärts! Wohin? Ich weiß es nicht, will es auch gar nicht wissen, sagt es in mir trotzig. Ich weise mich zurecht, deswegen bin ich doch ohne Ziel unterwegs – um endlich wieder eines zu finden. Eine Raupe hat sich mein Hosenbein als Pfad auserkoren. Ich befreie sie von dem wenig fruchtbaren Irrweg. Ich sollte auch mal weiter.

Landstraße. Von wegen «ziellos». Ich bin hierauf geraten und laufe zielgenau auf den nächsten größeren Ort zu. Ausweichen ziemlich unmöglich. Kein Weg geht ab und die Fuhrrinnen der Traktoren enden in Getreidefeldern. Häuser stemmen sich vor mir in den Boden, scheinbar tadelnd sehen sie mir entgegen. Komm nur und steh uns Antwort! Jeden Moment kehren Menschen in Autos zu ihnen zurück, poltern Menschen aus ihnen heraus, Taschen, Geräte, Handys oder Kinder an der Hand. Menschen, Autos, Häuser, Teerhitze. Und kein Weg geht darum herum. Also renne ich auf dem Kiesstreifen am Fahrbahnrand entlang. Links und rechts hechten Felder aus meinem Blickwinkel. Junge Gerste brilliert im Landwind, schüchterne Maispflänzchen, eifriger Weizen. Ich eile, atemlos, vorwärts, vorwärts. Die gut 14 Kilo Gepäck auf meinem Rücken, knapp ein Drittel meines Körpergewichts. In den Steigungen zwinge ich mich dazu, die Tritte nicht zu verlangsamen. Selbst die Blumenwiese mit ihren unbekannten, weißen und pinken Knospen konnte mich zu keiner ausgiebigen Betrachtung verführen. Der Weg saugt mich an, nur leider ist es das Wohin, das mich fesselt.

Fetzen von Melodien und Versen ziehen in meinem Kopf Bahnen. Verstärken die Stumpfheit des Asphalts. «Hoch oben schwebt *jubend* der Engeleinchor.» In einer Adventskalendergeschichte aus meiner Kindheit hält die kleine Hauptperson *«Jubend»* für einen großen Schutzengel mit Schwert. «Hoch oben schwebt *Jubend* der Engeleinchor. Viel holder und schöner, als Engel es sind. Maria und Josef betrachten es froh. Die redlichen Hirten knien betend davor.» Die redlichen Hirten knien betend davor maria und josef die redlichen hirten knien betend davor die redlichen hirten

Ich fliehe die Bilder meiner Kindheit, ich fliehe die Worte. Die Gegend ist getränkt davon.

Die Sonne brennt auf die Schultern und ich entschließe mich zu einer Trinkpause in der schützenden und duftenden Umarmung eines Rosenstrauches. Umarmt wird dort auch ein Wegmarterl. Jesus, Maria. Sie sehen mir entgegen wie zwei Mallorcatouristen, die morgens von der Strandlektüre aufblicken. Ha. Schneller auf der Liege gewesen. So muss ich die liebevolle Hecke teilen. Betrachte die beiden misstrauisch. Doch Maria und Jesus sind im eigenen Zwiegespräch versunken. Leise. Bin nicht gezwungen hinzuhören. Das beruhigt mich im Moment. Ich ziehe die Füße aus den Schuhen und lasse die Sohlen auf den sonnenwarmen Holzplanken der Bank entspannen.

Von weitem wächst ein Radfahrer heran und besonders in die Breite.

«Sie ham no einen weiteren Weg vor sich», sagt er, vermeidet das Bayerische betont, klingt dabei jedoch bei jedem Wort urbayerisch, und lässt sein Gewicht bremsend auf das Rad wirken.

«Ja», sagt sie, hält Schritt.

«Geht's denn Wallfahrten? Nach Altötting?», er fragt es in den Wind, das Rad lässt sich nicht vom Altherrenwanst zähmen und ist ein Stück an ihr vorüber gerollt.

«Nein», sagt sie. «Ich gehe einfach der Nase nach.»

«Also direkt nach Italien? Über die Berg' rüber?»

«Weiß nicht.»

«Aber Sie müssen doch a Ziel ham.» Er rümpft die Nase. Sie möchte zurückrümpfen. Sie ist seine Altherrenbequemlichkeit jetzt schon leid. Er ruft ein Adieu in den Gegenwind, halbherzig gute Reise. «Geh nur, geh», denkt er bei sich und sie: «Fahr nur hin!»

Nach der ersten Nacht unter den Baumkronen am Waldsaum, wo ich im taufeuchten Gras in meinem Schlafsack gefangen mit dem harten Erdboden gekämpft habe, tritt langsam die gewünschte Verwilderung ein. Frühstückspause. Noch bin ich wundersam wach. Ich breite meine Matte aus und verschwende lustvoll Zeit. Schließlich greife ich mir alle rund um die Matte wachsenden Kräuter, die sicher nicht giftig sind und koste sie. Spitzwegerich – würzige Ahnung eines Hustenbonbons, liebliche Gänseblümchen, Klee wie Eisbergsalat, Breitwegerich schmeckt wie Champignon und Gemüsesuppe zugleich, das heißt: Wie Sellerie. Am Wegrand wächst ein ganzer Teppich zartweißer Stern-Blümchen, die betörend nach Honig duften. Und mein zweites Ich bewegt sich von mir weg ins Gegenlicht. Es knickt eine Blüte, um ihren Tropfen Nektar in einer weiten, achtungsvollen Geste auf die Zunge zu zelebrieren. Und dann? Bin ich dann göttlich?

Heute verfolgt mich kein Weihnachtslied, sondern ein englischer Popsong, den ich sonst selten und nur im Radio höre. «Don't let it go, never give up, it's such a wonderful live…» Ich singe vor mich hin.

Im Wald stoße ich auf einen sandweichen Reitweg und nutze diese Gelegenheit, um barfuß zu laufen. Zwischen den Bäumen glänzen funkenweise Tümpel, andere Leben. Grüne und braune Schlangen ziehen durchs Dickicht und gleiten zwischen verwegenen Menschengruppen hindurch, die dort gelassen zwischen den Stämmen streifen, in Grüppchen sitzen, einander das Haar entwirren, sich liebkosen. Eine Nymphe räkelt sich schlummernd zwischen dunkelgrünen Dickblättern und auf ihr döst, zutraulich wie eine Katze eingekringelt, eine Giftnatter… Blinzelnd wende ich mich ab, schon nimmt mich eine andere Vision ein: Mit Harry Potter stecke ich unter dem sprechenden Hut. «Griffindor», hat dieses Dingwesen bereits gerufen, «Hufflepuff»,

«Ravenclaw», und den ein oder anderen ausgespukt, der überglücklich seinen neuen Platz am Tisch seiner Wohngruppe im Zaubererinternat einnahm. Jede mit besonderen Fähigkeiten gesegnet: Mut, Klugheit, Einfühlungsvermögen, nur die grausame Intelligenz von Slytherin ist verrufen.

Bitte

nicht
SLYTHERIN

Flüstert Harry. «Bitte nicht Slytherin», bete ich. «Bitte nicht Slytherin!» «Nicht Slytherin?», wispert der Hut in unsere Schwärze hinein. «….Unterschätze das Haus nicht…

Hm…

Interessant!»

Unterschätze

das   Haus   nicht.

Nicht Slytherin?

Interessant.

«Bitte nicht Slytherin», wispern wir und klammern uns an die Krempe. «Nun denn: Griffindor,» der Hut hebt sich an und Harry verlässt mich, wie ich es unzählige Male gelesen, unzählige Male *erlebt* habe, taucht ein ins helle, verschwommene Meer des Hintergrundes. Ich bleibe in der Schwärze zurück. Hier lässt sich nichts verstellen und kein Spiegel kann mein Gegenüber oder mich selbst täuschen. «Bitte lass mich nur kein Slytherin sein!», denke ich mir. Die Schwärze schweigt und schaut mich an, schweigt und schaut. Meine Grenzen lösen sich auf und mein Kern verliert an Dichte. Alles wird einzeln, stellt sich mir selbstständig entgegen; schwarze, scharf umrissene Gewissheit verdichtet die Luft um mich herum und windet sich in leuchtend schwarzen Schleiern um mein Gemüt. Wissen türmt sich unausweichlich vor mir auf. Es grinst und lacht heiser, nähert sich verlangend, will mich berühren, in mich hineinfahren. Mein Herz rast und mit allen mir verbliebenen Identitäten sträube ich mich, doch es lacht nur noch hungriger. In mir formt sich Schreien. Ich kann die Wahrheit jetzt nicht ertragen. Ich zerre hektisch am Hut.

Dann merke ich, dass mich der Weg im Kreis geführt hat. Muss die Runde noch einmal zur nächsten Abzweigung gehen.

Ich pausiere wieder am Waldrand, wieder unter einer Eiche. Mit allen Poren sauge ich nach all dem Waldschatten die wärmende Sonne auf.

Abertausende Insekten stehen
in einer Armada, breit
und hoch gleich weit
gegen den Wind
Eine Bö springt
in sie und bringt
sie durcheinander.

In wilden Kapriolen
ordnen sie sich neu.

Dritter Tag. Der Wegverlauf verschwimmt zu wenigen Eindrücken – eine Biegung, eine Kreuzung, verwichteltes Walddunkel, ein Baum, eine Waldstufe, ein Gesicht, ein Hof aus altem Stein und Holz, weites Kornfeld, eine Wolkenfantasie – flüchtig, die *Basis*, meine schon ewig und noch lange vorhandene Welt. Ist es wichtig, wo ich lang geschritten bin? Welchen Hang ich hinauf, welche Waldsenke ich hinuntergestiegen bin? Ist nur mein Weg in Versenkung wichtig? Ach, welche Versenkung. Nichts als Bewegung wünscht sich die Seele, bloß kein Senkblei.

Du musst auf dein Herz hören… Ich habe ein altes Leben abgeschlossen. Das neue noch nicht begonnen. Novemberregen im ganzen Körper. Du musst auf dein **Herz** hören. Du musst auf dein Herz hören. Du musst auf **dein** Herz hören. **Du musst** auf dein **Herz** hören. Du **musst** auf dein **Herz hören.**

Witzig. Es flüstert. Das Herz flüstert und im Kopf wummern Bässe.

Sandmann, lieber Sandmann, es ist noch nicht so weit. Verse hämmern durch meinen Körper. Es steckt mir in allen Gliedern. Sand hat sich überall angesammelt. All die Möglichkeiten. Das Leben, das sich nicht anders als ein schillernder Farbteppich vor mir ausbreitet, ein Basar der Erfahrungen und Abenteuer, riesige Amphoren voll Wegen und Kreuzungen werden feilgeboten. Als Bezahlung wird Qualifikation verlangt: Hast du Sex? Mit wie vielen? Und wie viele zugleich? Kannst du das Leben lieben? Die Nacht durchtanzen? Prall glänzende

Äpfel der Versuchung. Und auf der anderen Seite mein so geordnetes Leben, mein so verlässlicher Andreas, mein Studium. Darf die Jugend gegen die Liebe spielen? Die Treue gegen das Erleben? Das Vertrauen gegen den Erfolg? Die Sicherheit gegen die Vision? Die Freiheit gegen die Verlässlichkeit? Wie viel Ich habe ich nötig, was kann ich verschenken und auf was von mir kann ich verzichten? Muss ich denn verzichten? Muss – ich – denn – verzichten! Und Norbert Blüm schreibt über die vom Individualismus zerfressene Gesellschaft. Der Selbstverwirklichungstrieb zerlöchert unsere Bande und foltert die Kinder. Foltert sie bishin zu ihrer Nichtexistenz. In unermesslichen Qualen schreit vielleicht schon oft gezeugt mein Ungeborenes. Der Hut grinst. Geh noch ein bisschen!

Es duftet nach frisch gemähtem Gras und Frühsommerflieder. Ein falkengroßer Vogel tanzt akrobatisch über einem Feld und begleitet sein Spiel mit einer melodischen Altstimme «Diuk». Überall heuen die Bauern und da, am Dorfrand, arbeitet noch einer per Hand, fährt ungehindert seiner Rundungen geübt mit dem Rechen zwischen die Heureihen. Da sieht er mich. «Jessas, Sie ham's weida!», ruft er und strahlt über sein ganzes, rotes, bierbackiges Gesicht voll Gutmütigkeit und Einfalt. Auf zwei um viele Zentimeter ungleichen Beinen schaukelt er heran.

«Ja, heut noch bis zum Erlensee.»

Den kennt er. «Jo mei», sagt er. «Wandern ist eine wunderbare Sach'. Aber i mach des ned. Mein Gehgestell taugt nix.» Er bleibt dabei ohne Bedauern und fährt fort:

«23 bist du? Hei, da hat unsereins schon geheirat'. Und die Frau hat am gleichen Tag entbunden. – Sonst hätt' ich ja ned geheirat'.» Er grinst stolz. «Dann hab i mi g'schieden und nochmal geheirat'.»

Vier Kinder hat er. Eins bei der einen, drei bei der anderen Frau.

«Ja, aber so allein? Macht das denn Spaß?» Er blickt zweifelnd auf meinem Rucksack und fasst sich an den Bauernschlapphut. «Der Mensch sucht doch immer nach Geselligkeit, nach *Nächstenliebe*...» Er schaut direkt in die Augen, zweifelnd, hoffend.

Was willst du da sagen? Du willst den lebenslustigen Mann, der dich offensichtlich ins Herz geschlossen hat, nicht enttäuschen.

«Ein bisschen Alleinsein ist mal ganz gut. Zur Besinnung», fügst du hinzu.

«Hanoh.»

Also untertreibst du die Dauer der Wanderung. Da erhellt sich sein Gesicht, erleichtert, beruhigt. «Ach ja, drei Dog san alleweil in Ordnung.»

Krieche wegen schlechten Wetteraussichten auf einem Campingplatz unter. Zeitinsel. Mein Dach über dem Kopf ist ein muffiger, ungenutzter Wohnwagen des Platzhirsches, Baujahr 80iger, wie alle Bauten der Dauercamper hier. Die Jahre haben nicht an den Gewohnheiten genagt. Am Kiosk ist die Bild seit 30 Jahren aus dem gleichen Behälter zu kaufen, Dosenbier, Currywurst. Im Angebot Frühstückskaffee, schwarz im Pott. Genagt hat das Vergehen an den Gesichtern und Körpern. Von Jeanswesten, verlebten Lederwesten und ausgeleierten Shirts behangen lenken die einstmals wuchtig trainierten Schultern nicht mehr vom Bierbauch ab. Die Stimmen sind vom Tabak bräsig und verschleimt. Nebenan ruft ein ältlicher Mann daheim an, er bleibt doch noch die Nacht, das habe er nur sagen wollen. Dann ruft er Tanja an, gratuliert zum Geburtstag. Legt auf, seufzt, hantiert leise raschelnd. Hustet.

Penne in der ausrangierten Karre wie ein zweitklassiger Landstreicher. Die Erkenntnis ekelt mich. Schlafe mit Aufwachpausen, weil Leute am Hauptweg unter meinem Fenster vorbeigehen und in meine Träume als glotzende Strolche eindringen, die sich damit vergnügen, schlafende Frauen durch die Fenster zu betrachten und zu kommentieren. Oder ich meine, dass jemand die Wohnwagentür öffnet. Dann packen spinnfingerige Hände meinen Rucksack als wöge er nichts und ziehen ihn in einem Ruck hinaus, woraufhin sich wanstige Bierbäuche heran schieben, um sich an mich zu drängen.

Kaum aufgewacht bin ich davongeeilt, vor Kälte und von der Nacht schlotternd. Über frischgemähte Wiesen bin ich barfuß gelaufen und habe auf getränkten Waldwegen einen Forst durchkreuzt, durch den sich tief der Rainbach gegraben hat.

Da steht eine Rehgeis vor mir am Wegrand, hinter ihr ein Kitz, winzig und zottig. Zitternd vor Anstrengung alles zu begreifen und in sich aufzusaugen, was es sieht, hört, riecht und schmeckt. Sekundenlang verharren ich und Geiß ohne Luft zu holen, betrachtet mich das glänzende Auge der Mutter, dann verschwindet sie in einem Satz. Und das Kitz folgt. Warum, das sehe ich an der ungelenken Bewegung, warum, das versteht es nicht.

Ist das jetzt meine Schuld? Eine Schuld? Dass ich nicht verstehe, warum? Dass ich kein Ziel habe? Ich gehe nach Süden, liegt es mir immer auf der Zunge, das ist so behaftet wie Osten, Norden, Westen. Dem Poeten sagt das was. Mir ist es egal. Süden war Zufall. «Der Weg ist das Ziel», mag mir jemand helfend beispringen. Aber so einfach ist es nicht. Wenn es darum geht, dass noch viel wichtiger als das Ziel das Hinarbeiten auf ein Ziel ist, dass dieser letzte Punkt einer Reise möglicherweise nicht mehr als eine Belohnung ist, der eigentliche Gewinn aber das, was man bisher getragen, ertragen, gesehen und aufgesammelt hat, so braucht es eben doch ein Ziel. Kann da Reichtum, Bequemlichkeit, Alter mithalten? Alles leere Hüllen. Leere Hüllen. Alles das, was vor mir liegt. Aber was will ich jenen vorwerfen, die mit der Erziehung ihrer Kinder, mit dem Bestellen ihres Gemüsegartens völlig zufrieden sind? Geht es im Leben darum, seinen Platz einzunehmen, die Regel zu erfüllen, das Haus in der Nachbarschaft zu bauen? Zufriedenheit zu finden?

Längst ist meine Reise nicht ziellos, wenn Plan das Gegenteil davon ist. Einmal am Tag muss ich Wasser kaufen. Weil das Wetter nicht hält, steuere ich jeden Abend eine Herberge an, darf daher nicht trödeln, muss Wege beiseite lassen, die viel einladender aussehen. Im Kampf mit den Feldwegen die ins Leere führen, den Waldpfaden, die längst verwest sind und den Landstraßen, die nach jeder Biegung lauern, muss ich aufpassen, wann Glaslwang kommt, denn da geht es rechts weiter. Schon wieder eine Schummelei, nicht wahr? Die Wanderkarte. Ich hasse die Karte. Der Weg ist das Ziel.

Da rumpelt der erste Donner und der Wind fährt zwischen alle Grashalme und um die Hausecken. Ich genieße den Sturm, lasse mich von ihm auf eine weitere Wiese tragen. Wollige Schafe, darunter das obligatorische schwarze, tribbeln wie eine Spiegelung des Himmels hektisch durch das tiefe Gras. Plötzlich peitscht alles um mich her, Blätter tosen vielstimmig in den Baumkronen, Wellen überschlagen sich in der Gerste, jagen sich kreuz und quer und im Rausch des Wetters schreien die Tiere, die Krähen, die Eichelhäher, die Amseln, die Feldschwirle und Grillen, die Hähne und Kühe und Schafe in den Sturm hinein. Und ich schreie die Urmelodie des Königs der Löwen.

Nants ingonyama bagithi baba! – Der Löwe kommt!

«Wer do verkehrt, verkehrt ned verkehrt, wer do ned verkehrt, verkehrt verkehrt.» Mit den ersten Tropfen trete ich unter den Spruch ein. Zimmer frei, 20 Euro für Nacht und Frühstück. Muss morgen zeitig den Pilgern Platz machen. Direkt am Bach, Küchenzeile, Wasserkocher, Terrasse, auf deren Wellblech nun aus allen Himmelsporen der Regen stürzt. Ich richte mich warm auf der Korbbank unter dem Blechdach ein und lausche dem Wasserprasseln, sehe wie der grüne Wald am andern Ufer unter dem schweren Regen ausharrt. Der Bach schwillt an, bis er nur wenige Zentimeter unter der Eisenbrücke hindurch rast. Neben mir schläft eine dicke Katze. Ihre Ruhe legt sich wie eine Wolldecke auf mich. Es ist schön, wenn jemand in deiner Nähe so unbekümmert träumt.

Das Haus Rivendell nenne ich nach dem «Hobbit» die Herberge, wo das Fräulein Rivendell Waschtag hat, weil es regnet – oder es regnet, weil Rivendell Waschtag hat – und einem archetypische, bedrohliche Träume zuteilwerden. Mitten in einem fröhlichen Fest taucht ein Braunbär auf. Die anderen halten sich ängstlich zurück. Aber der Bär kommt ja zu mir, wie immer. Ich füttere ihn. Weitere stoßen dazu, darunter ein Junges. Wir feiern. Ich habe Hochachtung vor dir, sagt ein Freund, weil du das alles geschafft hast und wieder zu dir findest. Da rast etwas durchs Gestrüpp am Zaun entlang. Ein Miniaturdinosaurier, klein wie ein Kaninchen. Seltsam, sagt mein älterer Bruder, ich dachte, wir hätten wirklich alle gefangen. Der Mini-Saurus-Rex schlingt einen weiteren rattenkleinen Saurier hinunter.

Im Plätschern des kalten Baches habe ich mich hin und her gewunden und es schien, als krochen Waldgeister ums Haus. Du darfst das Bett nicht verlassen, ich recke den Arm nach dem gekippten Fenster und verfalle in die nächste Rolle, als Au-pair in einer Familie mit drei Kindern. Der Mann hat eine Affäre mit mir. Die Kinder laufen herum und entdecken ihn halb entkleidet, während ich mich in einiger Entfernung reinige, lustlos, plötzlich ekelt mich der bierbäuchige, kahlköpfige, nach altem Schweiß stinkende Mann, den ich eben noch begehrte. Ich nähere mich der Szene, die Kinder umringen ihren Vater, von hinten spüre ich die weiße Mutter nahen. Da sieht er auf und in seinem Gesicht vereinen sich die Gesichtszüge aller Männer, die mir je in meinem Leben nahe sein wollten. Ich will die Augen aufreißen und mich übergeben, aber die Bachgeister drücken mich aus grünen Augen grinsend zurück in die Kissen. *Rührt mich nicht an, ihr habt schon dem Kna-*

ben ein Leids getan. Ich ziehe die schützende Decke bis zu den Ohren, draußen tummelt sich Zwischenleben im Bach. Der Kampf dauert an. Mit Terroristen, Polizisten und Geheimdiensten. Auf welcher Seite stehe ich? Sekündlich wechseln Verfolgung und Verstecken. Erschossene um mich herum.

Pfingstsonntag. Die Alpen sind heute nach Osten wie nach Westen gleich viele, gleich hohe. Alle unterscheiden sich in einzelnen Gipfeln, Tälern, jeder für sich hebt in phantastischen Zackenformen andere Stellen seiner Flanken hervor. Hier ists ein Bart, dort sind es Nasen, ein dreifaches Kinn, Ellbogen. Berg, Berg. Warum Berg. Mont, mons, monte, mountain, acaraho [indianisch], vuori [finnisch], oldoinyo [massai]. Berg. Entgegen der Willkür der Sprache will ich eine Wurzel finden!

Über dem Feld Geschrei: vier Krähen jagen einen Bussard derart, dass er sich in riskanten Flugmanövern aus ihren Attacken herauswinden muss. Ein Kräftemessen. Ich sehe die Römischen Centurio anhalten, nach oben zeigen. Auspicium. Was den Römern das wohl bedeutet: Vier Krähen und ein Bussard Richtung Osten im Flugkampf?

Ein letztes Örtchen passiere ich, um endlich wieder im Wald zu verschwinden. Häuser scharen sich um einen Gasthof. Pfingstbetrieb. In Wellen verströmt Duft nach Schweinebraten und warmer Biersoße. Vater, Opa und zwei Kinder tummeln sich auf der Straße. Heißt: die Männer reden. Rundherum jagen sich das Mädchen, etwa vier, der Bub, noch im Windellauf, schon verständlich brabbelnd. Ich gerate mitten in ihr Toben hinein und strahle. Mein Arm zuckt und möchte auch einmal fangen. Ha, rufen, hab dich, und fliehen, damit mich der andere nicht gleich wieder erwischt, stolpern, lachen, ringen. Wenn ich nur ein Wort an sie richte, meine ich, werden sie mich mitmachen lassen, mir etwas Tolles zeigen, eine Geschichten erzählen. Da sieht mich der Bub und saust zwischen die großväterlichen Beine, schaut scheu hervor. Plötzlich ist alles stumm, aus weiter Ferne murmeln die beiden Väter sich Dinge zu. Das Mädchen dagegen schaut mich unverhohlen von oben bis unten an, ich spüre die Blicke im Rücken, als ich mich kurz auf der Karte orientiere und gleich den Feldweg finde.

«Was macht die Frau?», fragt der Bub und singt das «macht» in seiner Kinderweise. «Was macht», das schnalzt er in die Höhe. «Was macht die Frau?» «Die Frau sucht auf der Karte nach dem richtigen Weg», sagt der Vater. «Die Frau hat einen großen Rucksack», sagt das Mädchen. «Sie macht eine lange Wanderung.»

Der Wald ist anders. Der Wanderung bin ich nicht gewachsen, ich kämpfe mich durch das Netz aus verwachsenen, sumpfigen Wegen durch schmale eng stehende Birkenstämme wie ein Kitz, von einer Kreuzung zur anderen stolpernd und nichts denkend, kaum dass ich nicht denken muss. Hinter mir laufen die «Gib acht's und «du weißt», «Bedenke!», «aber du machst das ja nicht», «Man geht da», «Nicht das», «Geh», «Mach». Eine ganze Gruppe ist es, die mir nachtrappelt und mir abwechselnd auf die Schultern stipft, damit ich mich diesem oder jenem zuwende. Mit erhobenen Stimmen und am liebsten noch mit erhobenen Fingern quasseln sie auf mich ein. Seid doch leise, will ich dazwischen brüllen, wir sind im Wald. Der Wald erwartet von mir Neues. Ein neues Wort, ein neues Gefühl. Er horcht auf das, was eben in mich gefahren ist oder riecht jenes, was nun aus mir gestürzt auf dem Weg liegt, noch frisch nach meinem Fleisch duftend. Er sieht mir entgegen: Was machst du nun damit? Ich folge einfach seinem Pfad, halte inne und schaue in den Spiegel der Bäume. Ich schaue und teile auf: in die Bäume nahebei und in jene im Hintergrund. Ich denke mit dem Herzen, mit jener unmöglich ortbaren Stelle im Brustkorb. Der Geist hat zu schweigen. Der Weg steigt an, es ist ein schmaler Rehpfad. Oben am Waldrand finden die Tiere selbst hinaus und der Pfad verliert sich. Auch ich werde wie sie hinausfinden, früher oder später, irgendwie.

Die Frau.

        Was

            macht

                die

                    Frau?

Die Frau **hat** einen großen Rucksack.

Die Frau

        hat

einen **großen**

Rucksack.

                Was macht die Frau?

                    Die **Frau**... **Die** Frau...

Was macht die Frau?

            Was

        macht

die Frau?   Was **macht** die Frau? **Macht** die Frau.

                Sucht.

                Die Frau.

    Den richtigen Weg.   Frau.

                Frau.

                Den richtigen **Weg.**

Die Frau.   Die Frau hat

                einen

                großen

                Rucksack.

        Was macht die Frau?

        Die Frau.

NEL CUORE DEL BOSCO
SABINE OBERPRILLER
Traduzione di Sara Mei

In un certo modo misterioso i boschi non mi sono mai sembrati cose statiche.
In termini fisici, io mi muovo attraverso essi, tuttavia in termini metafisici,
essi sembrano muoversi attraverso me.
(John Fowles)

Ho camminato per trenta metri. Quasi nulla. Una ragazza sola nei boschi della Bassa Baviera. Fonte di preoccupazione per i genitori. Tempeste emotive al momento dei saluti. *Ma dimmi, quale elemento maligno pensi che imperversi ancora oggi in mezzo agli abeti rossi e civilizzati?* Tra le ombre degli alberi che corrono e si sfilacciano scivola uno spirito, un volto squallido che occhieggia ora qua ora là dietro uno dei tronchi oscuri, il cappello logoro e malconcio. Sembra uno spettro dell'infanzia. *Il* brigante Ozziplozzi, lui sì che vorrei incontrare.

Dietro di me qualcosa fileggia vibrante tra un ramo e l'altro: il merlo chiassoso che ha accompagnato la mia partenza non brontola più. Discorre con se stesso nel tepore di inizio estate, come il luì piccolo e lo zigolo giallo.

Prima sul sentiero sono scappata come un animale selvatico per non incrociare il ragazzino sulla bicicletta senza pedali. Con il cuore in gola mi sono infilata nei cespugli. Mi sto nascondendo. Dal ragazzino, dal mondo, e da quello che mi aspetta al mio rientro. Chi lo dice che esiste una via, un modo di tornare indietro. Non esiste un modo di tornare indietro, mi sorprende questo pensiero. Non esiste una strada. Solo avanti. Sempre avanti! Verso dove? Non lo so, *e non voglio saperlo*, dice la mia ostinata voce interiore. Mi richiamo all'ordine, è per questo che sto vagando senza meta – per trovare una voce. Un bruco ha scelto la mia gamba, percorre la costa del pantalone come fosse una traccia da seguire. Lo libero da quella rotta sbagliata, non c'è nulla di creativo. Anch'io dovrei rimettermi in marcia, a questo punto.

Strada provinciale. A proposito di «senza meta». Ormai sono finita qui, e mi dirigo veloce verso il paese. Quasi impossibile evitarlo. Non vedo diramazioni e le strade agricole per i trattori finiscono nei campi di grano. Le case si sollevano davanti a me puntandosi nella terra e sembrano guardarmi con rimprovero, almeno questa è la sensazione. *Avanti: preparati a darci delle risposte!* Ininterrottamente la gente dentro le automobili fa ritorno alle case, poi esce: tra strepiti e rumori di borse, oggetti, cellulari o bambini tenuti per mano. Persone, automobili, case, tepore di catrame. E non c'è verso, non c'è possibilità di aggirarli. Allora procedo sulla sottile striscia di ghiaia lungo il ciglio della carreggiata. A destra e a sinistra terreni coltivati si tuffano fuori dal mio campo visivo. L'orzo è la giovane scintilla mossa dal vento della campagna, insieme a timide piantine di mais, e il frumento cresce veloce. Mi affretto, il respiro corto, avanti, avanti. Quattordici chili di bagaglio sulle spalle, quasi un terzo del mio peso corporeo. In salita mi costringo a non rallentare il passo. Nemmeno il prato fiorito con i suoi insoliti germogli bianchi e rosa è riuscito a sedurmi, a impormi una lunga pausa contemplativa. La strada mi risucchia: è il pensiero della meta a incatenarmi.

Brandelli di melodie e di versi incidono traiettorie nella mia testa. Rafforzano l'ottusità dell'asfalto. Ricordo: «Su in alto si libra *giubiante* il coro di angioletti». Ricordo il calendario dell'avvento di quand'ero bambina: il piccolo protagonista di una storiella crede che «Giubiante» sia un grande angelo custode armato di spada. «Su in alto si libra Giubiante il coro di angioletti. Molto più bello e grazioso degli angeli. Maria e Giuseppe lo osservano felici. I pastori devoti si inginocchiano pregando davanti a lui». Gli onesti pastori si inginocchiano pregando davanti a lui, maria e giuseppe, gli onesti pastori si inginocchiano pregando davanti a lui gli onesti pastori... è un blaterare, la memoria.

Fuggo le immagini della mia infanzia, fuggo le parole. Questo luogo gronda di ricordi.

Il sole brucia sulle spalle, ho bisogno di bere e decido di fare una sosta nell'abbraccio profumato e accogliente di un cespuglio di rose, è inerpicato su una cappella votiva. Gesù, Maria. Mi guardano come se fossero due turisti tedeschi a Maiorca, stesi su una spiaggia nelle prime ore del mattino, distratti per un attimo dalla lettura. Ah ah. Si muovono velocissimi per accaparrarsi una sdraio. E così devo dividere con loro quell'amabile siepe. Contemplo i due con diffidenza. Ma Gesù e Maria sono immersi nei loro discorsi. Sussurrano. Non sono costretta ad ascoltare. La cosa lì per lì mi conforta. Mi tolgo le scarpe e lascio che le piante si distendano sulla panca di legno scaldata dal sole.

Da lontano il profilo di un ciclista si fa evidente, si allunga verso di me.

«Allur: hai ancora tanta strada da fare», dice cercando di nascondere l'accento provinciale, anche se ottiene l'effetto contrario, e mentre parla frena piegandosi sulla bicicletta.

«Sì» dice lei, e mantiene il passo.

«Vai in pellegrinaggio? Ad Altötting?» Le parole si perdono nel vento, la pancia del vecchio signore non riesce a domare la bici, la oltrepassa di qualche metro.

«No» dice lei. «Vado semplicemente dove mi portano gli occhi.»

«Dritta in Italia quindi? Al di là delle montagne?»

«Non so.»

«Ma una meta ce la devi avere...» Arriccia il naso.

Anche lei vorrebbe rispondergli arricciando il naso. Comincia ad averne abbastanza di quella confidenza che ostenta, da vecchio signore.

Lui le grida un saluto controvento, un esitante buon viaggio. «Vai pure, vai» Lei pensa tra sé e sé: «Pedala, pedala!»

Trascorsa la prima notte sotto le chiome degli alberi al margine del bosco, dove imprigionata nel sacco a pelo steso sull'erba umida di rugiada, ho lottato con la terra dura che mi ospita, sopraggiunge quel senso di abbandono selvatico che desideravo. Pausa colazione. Sono ancora meravigliosamente sveglia. Distendo la stuoia e soddisfatta perdo tempo. Poi strappo qualche foglia delle erbe che crescono intorno alla stuoia, che di sicuro non sono velenose, e le assaggio. Piantaggine – sentore aromatico di una caramella per la tosse, deliziose pratoline, trifogli simili a lattuga, un'altra varietà di piantaggine sa nel contempo di funghi e zuppa di verdura, e quindi: di sedano. Sul ciglio del sentiero cresce un tappeto compatto di aster bianchi delicati che emanano un seducente profumo di miele. E il secondo IO si allontana da me in controluce. Spezza un germoglio e con un gesto ampio e rispettoso spreme sulla lingua la goccia di nettare. E poi? Poi avrò un che di divino?

Oggi non mi perseguita un canto di Natale, ma una canzone pop inglese che in realtà non sento quasi mai, soltanto alla radio. «Don't let it go, never give up, it's such a wonderful live...» Canto fra me e me. Nel bosco mi imbatto in una pista per cavalli soffice come la sabbia, e approfitto per camminare scalza. Tra gli alberi scintillano piccole pozze di acqua, altre vite. Serpi brune e verdi attraversano la boscaglia e scivolano in mezzo a combriccole umane, individui che si aggirano imperturbabili fra i tronchi, siedono in gruppetti, si districano i capelli, si accarezzano e si vezzeggiano. Una ninfa si stiracchia sonnecchiando su uno spesso tappeto di foglie verde scuro, su di lei riposa, docile come un gatto acciambellato, un aspide... Socchiudo gli occhi e distolgo lo sguardo, mi rapisce un'altra visione: sono insieme a Harry Potter sotto il Cappello Parlante. «Grifondoro», ha appena gridato l'oggetto magico, «Tassorosso», «Corvonero», e ha diviso gli studenti, che al colmo della gioia, vanno a occupare un nuovo posto al tavolo della casa cui appartengono, nella scuola di magia. Ogni casa è caratterizzata da particolari qualità: coraggio, astuzia, capacità di immedesimazione, solo l'intelligenza crudele di Serpeverde è malfamata.

Ti prego

non

SERPEVERDE

sussurra Harry. «Ti prego non Serpeverde», imploro io. «Non Serpeverde?» bisbiglia il Cappello nel buio del nostro angolino. «... Non sottovalutare la casa...

Hm...

Interessante!»

Non sottovalutare

la   *casa.*

Serpeverde no?

Interessante.

«Ti prego non Serpeverde» bisbigliamo, e ci aggrappiamo alla falda del Cappello. «Ebbene allora: Grifondoro», il Cappello si solleva e Harry si allontana da me, come ho letto infinite volte, come ho *vissuto* infinite volte, e si immerge nel mare luminoso e sfocato che appare sullo sfondo. Io rimango nel buio. Qui non è possibile simulare nulla, e non c'è specchio che possa ingannare chi ho di fronte, neanche me stessa. «Ti prego solo di non farmi essere Serpeverde!» penso tra me e me. Il buio tace e mi guarda, tace e guarda. I miei confini si dissolvono e il mio nucleo perde consistenza. Tutto diventa qualcosa, e ogni cosa mi oppone resistenza; una certezza oscura, dai contorni definiti, addensa l'aria che ho intorno e in velature di un nero splendente si attorciglia stringendomi l'anima. La consapevolezza si fa congrua davanti a me. Sogghigna e ride roca, si avvicina reclamando qualcosa, mi vuole toccare, vuole entrare dentro di me. Il cuore batte all'impazzata e con tutte le identità che mi sono rimaste reagisco, lotto, ma lei ride ancora più affamata. Dentro di me prende forma un urlo. In questo momento non sono in grado di sopportare la verità. Con un gesto convulso mi strappo via il Cappello.

Poi mi accorgo che il sentiero mi ha fatto girare in tondo. Devo percorrere ancora una volta l'anello fino alla prossima diramazione.

Un'altra sosta ai margini del bosco, di nuovo sotto una quercia. Con tutti i pori, dopo le interminabili ombre degli alberi, assorbo il calore del sole.

Mille e mille insetti schierati
in un armada, massiccia
e imponente in ugual misura
contro il vento
Una folata si tuffa
in mezzo a loro e li
scompiglia.

Tra impetuose capriole
trovano di nuovo un ordine.

Terzo giorno. Lo snodarsi del sentiero sfuma in qualche immagine confusa, suggestione – una curva, un incrocio, uno scorcio buio del bosco abitato dagli gnomi, un albero, una soglia, un volto, una fattoria di pietre antiche e di legno, una distesa di campi di grano, una fantasia di nuvole – instabile, la mia *base,* il mio mondo presente, sempre presente, per molto ancora. Conta forse quanta strada ho fatto? O quale pendio ho risalito, quale avvallamento del bosco ho disceso? Conta forse solo il sentiero che ho scelto, che affonda dentro di me? Ah, ma quale affondare... L'anima non desidera altro che muoversi, rifugge il piombo.

Devi ascoltare il tuo cuore... Ho concluso la vecchia vita. Non ho ancora iniziato quella nuova. Pioggia di novembre in tutto il corpo. Devi ascoltare il tuo **cuore**. Devi ascoltare il tuo cuore. Devi ascoltare il **tuo** cuore. **Devi** ascoltare il tuo **cuore**. **Devi ascoltare** il tuo **cuore**. *Buffo. Sussurra.* Il cuore sussurra, e nella testa rimbombano i bassi.

Caro Uomo Nero[1], non è ancora arrivato il momento. Versi martellanti in tutto il corpo. In ogni arto. Ovunque si è accumulata la sabbia. Tutte le possibilità. La vita mi si dispiega davanti come un tappeto dai colori scintillanti, un bazar delle esperienze e delle avventure, gigantesche anfore messe in vendita, traboccanti di sentieri e di incroci. La qualificazione come contropartita: *fai sesso? Con quanti o quante? E con quanti o quante contemporaneamente? Sei in grado di amare la vita? Di attraversare la notte ballando?* Grandi e lucenti mele della tentazione. E dall'altra parte la mia vita così ordinata, il mio Andreas così affidabile, i miei studi. Può la giovinezza giocare contro l'amore? La fedeltà contro la vita vissuta? La fiducia contro il successo? La sicurezza contro la visione? La libertà contro l'affidabilità? Di quanti «IO» ho bisogno, cosa posso concedermi e a cosa posso rinunciare? Devo davvero rinunciare? Devo – davvero – rinunciare! Norbert Blüm scrive della società divorata dall'individualismo. L'istinto di autodeterminazione bucherella le nostre sagome ed è una tortura per i bambini. Li tormenta fino a portarli alla non-esistenza. Fra indicibili tormenti grida anche mio figlio forse più volte concepito e non ancora nato. Il Cappello sogghigna. *Procedi per un altro tratto!*

C'è profumo di erba appena falciata e di lillà di inizio estate. Un uccello grande come un falco si esibisce in acrobazie danzanti sopra un campo e accompagna la sua esecuzione con un richiamo da contralto, «Diuk». Ovunque contadini che mietono il fieno e laggiù, ai confini del paese, uno ancora intento a lavorare a mano: le rotondità del rastrello non gli impediscono di passare disinvolto tra le file di fieno. Finché non mi vede. «Oddio, quanta strada hai ancora da fare!» mi grida raggiante con il viso opulento, rosso, gonfio di birra, che trasuda bontà e semplicità. Mi si avvicina barcollando su gambe asimmetriche per una buona manciata di centimetri.

«Sì, oggi vado fino al lago Erlensee.»

---

1 Sandmann

Lo conosce. «Eh sì», mi dice. «Camminare è una cosa meravigliosa. Ma io non ci vado, a camminare. Non vale un'acca, il mio telaio». Eppure non c'è rammarico nella sua voce, e poi riprende: «Hai ventitré anni? Ehi, noialtri eravamo già sposati. Mia moglie è rimasta incinta subito. Altrimenti mica me la sarei presa.» Sogghigna fiero. «Poi ho divorziato e mi sono sposato di nuovo.» Ha quattro figli. Uno con la prima, e tre con la seconda moglie. «Sì, ma così da sola? Ti diverti?» Guarda diffidente il mio zaino e si sistema il cappello floscio da contadino. «Alla fine tutti cerchiamo sempre un po' di compagnia, l'*amore del prossimo*...» Mi guarda dritto negli occhi, con uno sguardo pieno di diffidenza e di speranza.

Che cosa mi stai dicendo? Non vuoi certo deludere quell'uomo pieno di vita che ti ha aperto il suo cuore...

«A volte stare un po' da soli non è male. Per riflettere», aggiungi.

«Mah.»

Quindi minimizzi la durata dell'escursione. E a quel punto gli si rasserena il viso, è sollevato, più tranquillo. «Ma sì, tre giorni vanno sempre bene.»

Il meteo non annuncia niente di buono, trovo riparo in un campeggio. Un'isola sospesa nel tempo. Il tetto che ho sopra la testa è una muffosa roulotte in disuso, risale agli anni '80, come tutte le strutture dei campeggiatori che sostano qui. Il tempo non ha corroso le abitudini. All'edicola da trent'anni si può comprare il quotidiano «Bild», insieme alle lattine di birra e le salsicce al curry. In offerta c'è del caffè per fare colazione, nero, americano Il trascorrere del tempo ha corroso invece i volti e i corpi. Rivestite di gilet di jeans o di pelle vissuta e magliette logore, le spalle un tempo sottoposte a pesanti allenamenti non sono più in grado di distogliere lo sguardo dalle pance voluminose. Le voci sono impigrite e intrise di tabacco. Accanto a me un uomo di una certa età sta chiamando casa: sì, rimane per la notte, voleva solo avvertire. Poi chiama Tanja, le fa gli auguri di compleanno. Riattacca, sospira, traffica, provocando un fruscio lieve. Tossisce.

Dormo nella carretta fuori servizio come una vagabonda di seconda classe. Una consapevolezza che mi disgusta. Dormo risvegliandomi spesso, c'è gente che passa lungo il vialetto principale sotto la mia finestra, si insinuano nei miei sogni come randagi che si divertono a osservare e commentare dalle finestre, le donne addormentate. Oppure mi immagino che qualcuno apra la porta della roulotte. E poi sento mani dalle dita simili a ragni che mi afferrano lo zaino come se non pesasse nulla e con uno strattone lo tirano fuori, lasciando il posto a uomini panciuti che si intrufolano all'interno e mi si strusciano addosso.

Appena sveglia me ne vado subito, tremando per il freddo e per la notte trascorsa. Sui prati falciati di fresco ho camminato scalza e percorrendo sentieri fradici ho attraversato una foresta, dove il torrente Rainbach si è scavato il letto in profondità.

D'un tratto sul ciglio del bosco mi trovo davanti una capriola, dietro di lei il suo piccolo, minuscolo e arruffato. Trema per lo sforzo di comprendere tutto e di assimilare quello che vede, sente, percepisce all'olfatto e al gusto. Per qualche secondo rimaniamo ferme immobili, la capriola e io, senza respirare, l'occhio scintillante della madre mi osserva, poi con un salto scompare. E la piccola la segue. Non sa perché lo stia facendo, lo vedo dai movimenti disarticolati, che è inconsapevole.

È colpa mia? È una colpa? Non capire, il perché? Non avere una meta? Vado verso sud, ce l'ho sulla punta della lingua, l'associazione mentale è quella di est, nord, ovest. Al poeta dice molto. Per me è indifferente. Il sud è stato un caso. «La via è la meta», mi potrebbe dire qualcuno venendomi in aiuto. Ma non è così semplice. Più importante della meta è mirare l'arrivo. La meta di un viaggio non è che una ricompensa, mentre la vera conquista è ciò che si è portato in spalla, sopportato, visto e raccolto, certo, sì che si ha bisogno di una meta. Possono starci la ricchezza, le comodità, l'età? Tutti involucri vuoti. Involucri vuoti. Tutto ciò che ho davanti. Ma che cosa voglio rimproverare a quelli che educando i propri figli e coltivano i propri orti e si sentono totalmente appagati? Nella vita si tratta di occupare il proprio posto, di rispettare le regole, di costruire una casa nel quartiere? Di trovare l'appagamento?

Da sempre il mio viaggio non è senza meta, progettarlo è il senso, il contrario di tutto questo. Una volta al giorno devo comprare dell'acqua. Siccome il tempo non regge, ogni sera mi dirigo verso qualche rifugio, quindi sono costretta a non perdermi, a lasciarmi alle spalle sentieri dall'aspetto più invitante. Mentre affronto la mia lotta con i viottoli nei campi che conducono nel vuoto, con i sentieri nel bosco infittiti e le strade provinciali che mi spìano dietro ogni curva, devo fare attenzione a quando mi troverò a Glaslwang, perché lì devo svoltare a destra. È un altro trabocchetto, vero? La mappa escursionistica. La odio. È la via, la meta.

Ecco che rimbomba il primo tuono e il vento si insinua tra i fili d'erba e aggira gli angoli delle case. Assaporo il temporale, lascio che mi spinga verso un altro prato. Pecore lanose, tra loro anche l'inevitabile pecora nera, zampettano febbrili in mezzo all'erba alta come un riflesso del cielo. All'improvviso tutto intorno a me sibila e sbatte, le foglie ululano polifoniche sulle chiome degli alberi, le onde si accavallano nei campi di orzo, si rincorrono in lungo e in largo, e nel delirio gli animali gridano alla tempesta: le cornacchie, le ghiandaie, i merli, i forapaglie macchiettati e i grilli, i polli e le mucche e le pecore. E io grido l'antica melodia del Re Leone.

Nants ingonyama bagithi baba! – Ecco che arriva il leone, padre!

«Chi qui si avvia, non svia»». Quando arrivano le prime gocce di pioggia passo convinta sotto l'arco della porta su cui è inciso questo detto. Camera libera, venti euro a notte con colazione. Il mattino dopo devo lasciarla in tempo per i nuovi pellegrini. È affacciata sul ruscello, un monoblocco, bollitore, terrazza sulla cui lamiera ondulata, batte una pioggia che precipita da ogni atomo del cielo. Mi accoccolo all'asciutto sulla panca di vimini sotto il tetto e rimango in ascolto del rumore battente, vedo come il bosco verde sull'altra sponda oppone resistenza ai rovesci di pioggia. Il ruscello si gonfia e infuria a pochi centimetri dal ponte di ferro. Accanto a me dorme un gatto corpulento. La sua quiete mi investe come una coperta di lana. È bello quando qualcuno vicino a te sogna tranquillo.

Ispirata da Il Signore degli Anelli do a questa locanda il nome di Gran Burrone, dove la signorina Rivendell oggi fa il bucato, perché piove – oppure piove perché la signorina Rivendell fa il bucato – e ti toccano in sorte sogni arcaici, minacciosi. Nel bel mezzo di una festa allegra compare un orso bruno. Gli altri, impauriti, rimangono in disparte. Ma l'orso viene verso di me, come sempre. Gli do da mangiare. Altri orsi si avvicinano, tra cui uno più giovane. Festeggiamo. Ti ammiro molto, dice un amico, perché sei riuscita ad attraversare il viaggio e a ritrovare te stessa. A quel punto qualcosa saetta nella sterpaglia, lungo il recinto. Un dinosauro in miniatura, piccolo come un coniglio. Strano, dice mio fratello maggiore, pensavo che li avessimo catturati tutti. Il mini T-Rex ingurgita un altro sauro delle dimensioni di un topo.

Con il gorgoglìo del ruscello gelido in sottofondo mi sono girata e rigirata, la sensazione era che certi spiriti del bosco strisciassero intorno alla casa. *Non puoi lasciare il letto...* allungo il braccio verso la finestra e piombo in un altro sogno: sono una ragazza au-pair in una famiglia con tre figli. Il marito ha una relazione con me. I bambini girano per la casa e lo scoprono mezzo nudo mentre io mi sto lavando vicino a lui, controvoglia, d'un tratto mi ripugna quell'uomo con la pancia, calvo, che puzza di sudore acido, ma nonostante tutto lo desidero. Mi accosto alla scena, i bambini sono in cerchio intorno al padre, da dietro percepisco la presenza immacolata della madre che si avvicina. Allora lui alza lo sguardo e nel suo viso si confondono i tratti di tutti gli uomini che nella vita mi si sono avvicinati. Voglio aprire gli occhi e vomitare, ma gli spiriti del ruscello mi spingono sul cuscino sogghignando con i loro occhi verdi. *Non mi toccate, avete già fatto del male al fanciullo* (Erlkönig Goethe). Mi tiro la coperta fin sopra le orecchie, per proteggermi; fuori, nel ruscello, sguazzano vite sospese. La lotta continua. Con terroristi, poliziotti e servizi segreti. Da che parte sto? Ogni secondo si alternano la persecuzione e la ricerca di un nascondiglio. Intorno a me tutto mi appare stremato.

Domenica di Pentecoste. Sia verso est che verso ovest oggi le Alpi sono dello stesso numero e della stessa altezza. Si distinguono per le cime, le valli, ciascuna mette in risalto punti diversi dei propri fianchi, in fantastiche configurazioni dentiformi. Scorgo una barba, un naso, un triplo mento, un gomito. Berg² in tedesco. Altura, altura. Perché *Berg*, altura... Mont, mons, monte, mountain, acaraho (indiano), vuori (finlandese), oldoinyo (masai). *Berg,* altura. A dispetto dell'arbitrio della lingua voglio trovare una radice!

Grida sopra il campo: quattro cornacchie assediano violentemente una poiana costringendola a sfuggire agli attacchi, compie rischiose manovre di volo. Un braccio di ferro. Vedo i centurioni romani fermarsi, rivolgere lo sguardo in alto. Auspicium. Chissà che presagio ci leggerebbero i Romani: quattro cornacchie e una poiana in lotta rivolti verso est...

Attraverso un ultimo paesino per essere di nuovo ingoiata nel bosco, finalmente. Case raccolte intorno a una trattoria. Fermento di

---

2 Montagna

Pentecoste. A ondate arriva il profumo di arrosto di maiale, cucinato in un sugo di birra. Padre, nonno e due bambini scorrazzano sulla strada. O meglio: gli uomini parlano. Intorno a loro si rincorrono una bambina, di circa quattro anni, e un piccoletto che girovaga con un pannolino, farfuglia parole comprensibili. Finisco in mezzo alle loro corse scatenate e sorrido felice. Un guizzo al braccio, voglia di giocare a prendersi insieme a loro. Gridare: «Preso!» e scappare via, perché l'altro non mi acciuffi: inciampare, ridere, affannarsi. Mi basta dire una parola, penso tra me e me, e mi lasceranno giocare, mi mostreranno qualcosa di meraviglioso, mi racconteranno una storia. Il piccoletto mi vede e corre a nascondersi tra le gambe del nonno, poi si affaccia e mi guarda timidamente. D'un tratto c'è silenzio, ormai distanti i due padri mormorano qualcosa. Invece la bambina mi osserva senza vergogna dalla testa ai piedi, sento gli sguardi alle mie spalle mentre mi fermo un attimo per orientarmi sulla carta e poi trovare il viottolo che attraversa i campi.

«Cosa fa la donna lì?» chiede il piccoletto cantando. Il «fa» pronunciato come dicono i bambini. «Cosa fa», schiocca, guardando in su. «Cosa fa la donna?»

«Cerca sulla cartina il sentiero giusto» dice il papà.

«Ha uno zaino grande» risponde la bambina.

«Fa una lunga camminata.»

Il bosco è diverso. Non sono veramente preparata, cerco di raccapezzarmi nel groviglio di sentieri tortuosi e paludosi tra tronchi fitti e sottili di betulle, come un cerbiatto, incespicando da un bivio all'altro senza pensare a nulla, solo al fatto che *non* devo pensare. Dietro di me sento: «Stai attenta» e «lo sai», «Considera!»,«Tu non lo fai, vero… ti conosciamo» Questo non si fa», «Lì si può», «Qui no», «Vai», «Fallo». Un grande gruppo che mi trotterella dietro e a momenti alterni mi picchietta sulle spalle per farmi girare verso l'uno o verso l'altro. Con voci alte e con dita lunghe, mi toccano, mi blaterano addosso. Fate piano, mi viene da brontolare, siamo in mezzo al bosco. Il bosco si aspetta da me della novità. Una parola nuova, un sentimento nuovo. Sta in ascolto, cerca di cogliere quello che mi si agita dentro, e annusa quel che resta di me sul sentiero, e rimane circonciso dall'odore della mia pelle. Mi guarda: e ora che cosa ci fai con questo? Io seguo semplicemente la traccia che lo attraversa, il bosco, mi soffermo e guardo nello specchio degli alberi. Osservo e ripartisco: negli alberi vicini e in quelli sullo sfondo. Penso con il cuore, con quella parte della gabbia toracica a cui è impossibile assegnare un posto. Lo spirito deve tacere. Il sentiero si inerpica, è una traccia sottile per i caprioli. Lassù, ai margini del bosco, gli animali trovano da soli la via per uscire, e la traccia si perde. Anch'io come loro troverò la via per uscire, prima o poi, in qualche modo.

La donna.

Cosa

fa

la

donna?

Ha uno zaino grande.

Ha

uno zaino
grande.

Cosa fa la donna?

La **donna...** **La** donna.

Cosa fa la donna?

Cosa

fa

la donna?   Cosa **fa** la donna?   **Fa** la donna.

Cerca.

La donna.

Il sentiero giusto.

donna.

donna.

Il **sentiero** giusto.

La donna.   Ha

uno

zaino

grande.

Cosa fa la donna?

la donna.

COMMENTO DI SARA MEI

Il testo di Sabine, racconta il viaggio di una giovane donna che si inabissa in un bosco. Mentre lo attraversa si interroga sul senso del tragitto, si domanda quanto sia decisiva la meta e quanto invece sia importante perdersi in una peregrinazione istintiva. Il suo percorso è tracciato da qualche incontro, dilemmi, ricordi, sogni e da un discernimento interiore che spesso la mette di fronte a un bivio. La protagonista vacilla in cerca di un'identità, il suo avanzare è puntellato da domande che l'assillano, interpellandola di continuo. Il bosco simboleggia la vita. Come deve essere: appagante e obbligata oppure selvatica e intuitiva? La voce di Sabine è lirica e libera. Liberissima. Si muove su più piani narrativi, non facendo distinzioni. Sono passata decine di volte sul testo, cercando di restituire il senso in italiano, senza perdere la sua capacità descrittiva che confina con un'astrazione fluida. Il racconto ha qualcosa di aulico che per me era importantissimo riuscire a mantenere. Ho differenziato la seconda voce interiore, usando il corsivo, per cercare di facilitare il lettore. Agevolarlo, distinguendo i due piani narrativi. Il racconto in tedesco si chiama: «Im Dickicht», l'ho modificato - in accordo con l'autrice - ne «Il cuore del bosco». Ho pensato che il tragitto che traccia la protagonista, penetra sì nella foresta ma contemporaneamente nell'io della donna, dunque nel suo cuore. E questo cuore, il suo interrogarsi, mi è famigliare. Le questioni che affronta Sabine hanno dominato la mia giovinezza. Mentre gli scenari che contempla mi sono sconosciuti, camminare con lei tra trifogli, campi di orzo, aster bianchi, dove si incontrano il luì piccolo, lo zigolo giallo e il falco, ha rappresentato il mio di viaggio.

KLETTENBERG PLASTIC RAIN
THOMAS EMPL

Während des Umarmens dachte er an die Zigaretten, die am 31. Dezember 2007 am Tresen geraucht worden waren. Doré war kein Raucher, konnte nur mutmaßen, wie das war; man saß im *Kilombo* in München, im Dresdner *Hebedas* oder dem rheinensischen *Trinke*, die Luft drückte, wie mans kannte und mochte, scheinbar wie gewohnt, und nicht. In wenigen Minuten durfte man nicht mehr, nie mehr, Feuerwerk. Bestimmt hatten sogar einige der Rauchenden für das Verbot gestimmt, und trotzdem war Doré sicher, die letzte Zigarette schmeckte beschissen.

Es war kalt; schleich dich, riefen die dreistelligen Wartezeiten an den Haltestellen. Die Freundin, die Doré umarmt hatte, würde weggehen nach Wien, und er kam nicht mit, das war so entschieden, das war so vernünftig. Redete er im *Dürr* davon, sprach er das Suffix *-ik* aus, nie *-ich*. Es war eine harte Vernunft gewesen, keine sanfte.

Seit die Büdchen nach 23 Uhr kein Bier mehr verkauften, gehörte die Luxemburger nachts ihm; oft war er für Tausende von Schritten der letzte Mensch. Selbst in den Studentenwohnheimen, diesen rechteckigen Mahnmalen des Trübsinns, brannte kaum Licht. Wahrscheinlich weil man es nicht ertragen konnte, aus dem einen Gräuel über die Hauptverkehrsstraße hinweg auf das andere zu schauen, man lieber die Bettdecke über den Kopf zog und hoffte, morgen sei es verschwunden. Bei Doré wirkte der Alkohol eh nicht gescheit in letzter Zeit, wurde in seinem Körper zu Koffein fast, das ihn triezte und beunruhigte, inneres Zittern statt betrunkenem Zen. Vielleicht lags am Regen, am Wasser, hatte er vermutet – aber ob tschechisches, bayerisches oder kölsches Bier, der Effekt war der gleiche.

Es musste eine stille Absprache geben, was das Verlassen und Verlassenwerden von Freunden anging. Die Menschen erlaubten ihnen, in andere Städte und Länder zu ziehen, tausende Kilometer weit – im Gegenzug durften sie es selbst, ohne sich rechtfertigen zu müssen. Allein aus dem Bett zu kommen, hatte Lidia einmal gesagt, wenn sie die Augen öffne und hinter dem Fenster die gleiche Sülze sehe wie an den letzten zehn Morgen, sei schwer. Sie prügle sich mit Tabletten und anderen Hilfsmitteln in den Tag. Aber dann noch eine Bereitschaft zu entwickeln, im selben etwas wie Momente des Glücks zu finden, sei eine kaum zu bezwingende Herausforderung. «Die Frage, mein Lieber», hatte sie gesagt, «wie man im Januar in Köln glücklich sein kann, beinhaltet wahrscheinlich alle anderen Fragen».

Auf dem Fahrradweg geht sichs glatter, wie man weiß, und hier gab es zwei, drei Dutzend Meter davon. An der nächsten Kreuzung versandete er. Die Stunden addiert, dieser Nachhausewege, sie würden zu Tagen werden, Wochen. Doré fuhr nicht Taxi. Leid, dachte er, würde sich irgendwann lohnen, und egal, wie lang er ging, fror, Durst und Hunger hatte, scheißen musste, sich verlief und die Außenbänder schmerzten, er ging weiter. Schöner war es gewesen, wenn am Ende der Wege jemand gewartet hatte, verschlafen im Pyjama oder horny ohne, doch Bett und Triumph waren Anreiz genug.

Die Armbanduhr zeigte 00:38 Uhr, als der letzte Mitarbeiter den Rewe von außen dunkel schaltete. Er schaute in den Nichthimmel und streckte eine Hand aus, zuckte zurück, als ein Tropfen sie traf. Die Leute schienen sich nicht an den neuen Regen zu gewöhnen, reagierten noch immer, wie wenn man eine Welt ohne Smartphones träumt und plötzlich von einem geweckt wird. Regungslos blieb der Mitarbeiter unter dem Dachvorsprung stehen. Doré fragte ihn, ob er Feuer bräuchte, ertastete, dass er gar kein Feuerzeug in den Taschen hatte – der Mann brauchte keines und kein Gespräch.

Das Plastik musste schon viel früher eingedrungen sein, unbemerkt. Im Oktober war Doré nach Klettenberg gezogen, näher ans Archiv. Die ersten Wochen in neuen Wänden schlief er wenig, und fast jeden Morgen riss ihn ein Geräusch aus dem Dämmern: ein elektronischer Schluckauf, draußen. Der Scanner des Paketboten. Gelber LKW, gelber Bote, braune Paketberge. Doré zog sich am Bettgestell in aufrechte Position, sah zu, wie der Mann die Lieferungen verteilte, an Türen klingelte, jeder Scan vom Fröhlichkeit suggerierenden Computersound belohnt. Und nach ein paar Tagen wurde Doré klar, dass er nicht sagen konnte, ob das jedes Mal derselbe Bote war oder ein anderer – denn seine Gesichtszüge ließen sich nicht erkennen. Auch die Schrift auf dem Fahrzeug war verschwommen. Als würde eine Sichtschutzfolie auf dem Fenster kleben, doch machte Doré es auf, blieb die Unschärfe. Es regnete, und etwas an diesem Regen war anders.

Schwierig, im Treppenhaus nicht auf die Pakete zu treten, auf beinahe jeder Stufe stand eines, matratzenlänglich, schuhkartoneckig, orange, weiß, meistens braun. Donnerstags steckte in sechs von acht Briefkästen die *Zeit*, lag also noch mehr auf dem Boden. Doré stakste hindurch und darüber. Auf dem Bürgersteig dann die übervollen Papiertonnen, der Sperrmüll, Lattenroste, Fahrräder, Drucker, Wasserkocher, die beschrifteten Kartons: Alle drei Meter konnte man sich beschenken lassen, Kinderschuhe, Schuhe, Verstärker, «ihr Irren», grantelte Doré, Tastaturen, Schmuck, Uhren, zu Brei geregnete Kochbücher und Romance Novels. Einmal kam er an einer gerahmten Photostrecke vorbei. Zwei Körper im Saunalicht, aneinandergepresst, ein halberigierter dünner Penis, Brüste: «zu verschenken».

Überquerte man die Unterführung Richtung Zollstock, klarte die Sicht auf, stand weniger Ware herum; dafür Schlangen vor den Paketshops, Retouren umklammernde Klettenbergerinnen und Klettenberger. Das Medieninteresse hielt nicht lange. Nach einer Reportage im Express war das Thema für den Rest der Stadt erledigt. Partikel von zerkleinerten Plastikflaschen hatten sich wohl, zusammen mit aus Kleidung ausgefransten Mikrofasern, in der Erdatmosphäre verfangen – nun kamen sie in den Regentropfen wieder herunter. «Plastic never really goes away», wurde eine amerikanische Forscherin zitiert. Man habe Ähnliches bereits in den Pyrenäen und der Arktis gemessen, zwar noch nie über Städten, aber Köln sei eben sehr schmutzig.

Seit langem atme man beinah überall Nanoplastik ein, hatte die Forscherin gesagt. Kügelchen aus Farbe, Zahnpasta, Schminke, nur könne man die nicht sehen. Das Mikroplastik jetzt eben schon. Stürmte es, kam es sogar vor, dass der Regen bunt wirkte: Tropfen in allen Farben klatschten gegen die Fenster, die Luft flirrte – na ja – lustig. Aber Sturm war selten. Warum Klettenberg? Die Anwohner fanden keine rationale Erklärung. Am passendsten erschien ihnen die Rache eines Gottes; nicht des christlichen vermutlich, dafür war sie zu raffiniert, eher die eines Loki oder Hermes.

Doré ging durch dickflüssigen Niesel, Nebel. Schnee wärs wohl woanders gewesen; die Abgasglocke über der abgesenkten Stadt hatte etwas dagegen. Aus Dorés Büro im Archiv konnte man sie gut beobachten: Um halb fünf wechselte die Welt von Grau auf Schwarz, wie mit dem Füllwerkzeug von MS Paint gefärbt. Natürlich ging Lidia nach Wien, und Doré litt lieber. Oft hatte er genau gewusst, was sie auf bestimmte Fragen antworten würde, hörte hundertmal dieselben Geschichten mit. Lidia erzählte immer gleich, Wort für Wort, Betonung für Betonung, Pause für Pause. Es wurde nicht unangenehm. Doré mochte es, wie präzise sie sprach – eigentlich. Nur warum musste sie so viel Englisch reden? Die ganzen Serien-Floskeln, «fair enough», «well, actually», und «ich war like –». Ihre Probleme waren *issues* und sie konnte sie nicht aussprechen, sagte *is-shoes*, und Doré ertrug das nicht, und fragte nicht, ob er mitkommen könne nach Wien, damit sie nicht «I thought you'd never ask» sagte. Aus dem Nebelreich vor ihm leuchteten rostende E-Roller, wie Überbleibsel untergegangener dummer Zivilisation, deren dummer König er sich für ein paar Schritte nennen durfte.

Im *Dürr* brannte Licht. Rein? Rein. Warme Luft und der Geruch von Körpern. Tony, alt, und Selin, jung, und die Wirtin, Name vergessen, sahen fern, je eine Orangina Blutorange vor sich. Strohhalme.

«Dein Schnörres riecht nach Bier», sagte Tony, drückte ihre glitzernde Wange an ihn, «kommst von Lidia?» «Bin auf dem Heimweg», sagte er. «Noch weit?», fragte sie. Doré: «Das Problem ist nicht der Weg, sondern dass ich irgendwann ankomme.» Tony: «Tür zu erstmal.»

Die Wirtin bückte sich, stellte eine Orangina auf den Tresen. Kastenweise im Keller gefunden, sagte Selin, von ihrem Zeichenblock aufsehend, noch vor Einsetzen des Plastikregens produziert, und Doré wüsste ja, ne. «Spielst du?», fragte die Wirtin und schüttelte den roten Koffer, in dessen Bauch die Ziegel klackerten. Doré vermutete, die Kneipe hatte sich Mahjong beigebracht, weil sich Skat und Schocken ohne Alkohol falsch anfühlten, gelegentlich stieg er ein. Es war sehr kompliziert, er dachte ständig, er sei der Gewinner, rief *Ron!* und wurde korrigiert.

«Fünfeck!» oder «Fuckhead!», fluchte Tony und reckte ihr langes Kerpener Kinn so Richtung Fernseher, dass mans nur missbilligend nennen konnte. Im Fernseher stand wieder dieser Kerl, von dem Doré gar nicht so viel kannte eigentlich, außer dem nur in Amerika möglichen eckigen Namen, Bruce Willis, Max Power, Elon Musk, und einem Photo aus den Neunzigern, als er ein im Gsicht schwabbliger Programmierer mit Haarausfall gewesen war. Der Kerl stand neben den Staats-chefs, die ihn bewundernd anschauten (der Russe unmerklich), und redete minutenlang daher. In monotoner Stimmlage verwandelte die Tagesschau die Kunde vom nun unvermeidlichen Ende in indirekte deutsche Rede. Werde, plane, freue sich. Doré hatte die Sendung bereits mit Lidia gesehen, auch der Wiederholung hörte er kaum zu.

«Ich sach es euch», sagte Tony, «ich kenne seinen Vatter.»

«Ah ja?», sagte Selin.

«Der Herr Musk, lasst es euch gesagt sein, der hat gebarmt bei jedem Abendbrot: Bald werd ich gefeuert, die Kollegen hassen mich, die Weltwirtschaftslage entwickelt sich für meine Branche schlecht, ach was, katastrophal.»

«Gabs leider Gottes noch keine Achtsamkeitsratgeber.»

«Nie ist was passiert, aber Musk senior rechnet hartnäckig mit dem plötzlichen Ruin, alles schon vorgekommen, und der Junior glaubt ihm natürlich.»

«Fernseher verkaufen, Schule wechseln, im Auto leben. Mutter –»

«Tablettenabhängig, jawohl. Man kann es sich vorstellen, der junge Musk wär lieber Kindergärtner geworden, Schuster oder – nee, aber auch da, kannste gleich vergessen, keine Branchenzukunft, also wird programmiert, und zwar ohne Pause, keine Zeit für Rebellion –»

«Achtsamkeit für Führungskräfte, Think and grow rich, You deserve this, hallelujah.»

«– und jetzt steht dieser Musk, Elon Musk, vor seiner großen Rakete, mit den Haarimplantaten, und ihm ist bis heute – nicht dass ers wüsste – himmelangst. Davor, sein Zuhause, seine Basis zu verlieren nämlich, und deshalb pflanzt er die auf den Mond und nimmt paar von uns mit netterweise.»

«Nächste Woche geht die Lotterie los», sagte Selin in Richtung Doré, «haben sie vorher offiziell gemacht. Man braucht iOS 18 oder neuer für die App.»

Die üblicherweise an dieser Stelle in Büros, Aufzügen und Kantinen gestellte, in sämtlichen Leitartikeln von Wirtschaft bis Sport diskutierte Frage, wurde hier nicht gestellt. Selin nahm ihre Perücke vom Kopf, kratzte sich an der Glatze und setzte sie wieder auf.

Eine Zeitlang sahen sie weiter der Wiederholung zu. «Anderes Thema jetzt», sagte die Wirtin dann, «Linschen, was hast du denn um Himmels willen gegen Achtsamkeit?» Ach, bah, sagte Selin, das wäre wie mit dem Unterstützen oder dem Erleben, von der Reklame geka-pert. Erfolg kommt von innen, aus Krisen als Gewinner herausgehen, alles aufs Ich, ein jeder wäre fertig von Welt und Technik und müsste jetzt Ratgeber und Kalender lesen, um weiter Leistung bringen zu können, sich trotz der ganzen Leere selbst zu lieben und besonders zu finden. Dann würdest du, sagte Selin, in der Bahn zwischen zwanzig solcher Bücher sitzen, sogar auf dem Krimi würde das Kind in mir achtsam morden wollen, und du würdest denken, nee, You deserve nix, denn kein einziger und keine einzige würde nachlesen, wie man während der Krise vielleicht anständiger miteinander umgehen könnte, höflicher trotz Dauerstress, rücksichtsvoll im Untergang. «You deserve nix», sagte diesmal Tony.

Schön war es, dachte Doré, nicht zu wissen, was die beiden tagsüber machten. Warum Selin Perücke trug, und Tony Glitzer. Sie tranken noch eine Orangina, die Wirtin schaltete um zum Billard, Selin zeichnete brennende Tiere und Doré verabschiedete sich in den Regen.

Auf den Karosserien und Windschutzscheiben funkelte der Frost. Verheißungsvoll, nicht fremde Welten versprechend, sondern den Fahrern drei Minuten, die sie abschabend verbringen würden und nicht dort, wo sie gar nicht hätten hinfahren wollen. Köln ging also wirklich unter, Wien genauso, vielleicht nicht morgen, aber bald, wo war der Unterschied. Doré würde, das war klar, nicht vor den Elektronikfachgeschäften campieren. Er würde morgen aufstehen und zur Arbeit gehen. Meldungen, Veranstaltungstexte und Newsletter der «digitalen Metropole», Chefinnenzitat Ende, aus den Nullerjahren archivieren, Dateien und Code aus dem Papstbesuchsjahr auf die Archivplatten kopieren. Die Datenbank pflegen. Trotz dieser Klarheit spürte er einen Ärger hinter den Schläfen, es war ihm zu viel nüchterne Harmonie gewesen in der Kneipe, Kopfnicken und Satzvollenden. Er bekam Lust, etwas umzutreten – ausgerechnet jetzt stand kein Roller auf dem Bürgersteig. In einer Seitenstraße, an einem Friedhofs- oder Parkzaun entlanggehend, spürte er eine Zeit, in der er sehr jung und bartlos gewesen war. Die Zeit der theatralischen Gesten, mit Anfang zwanzig schien alles so – man kennts. Eine Frau hatte ihn abgelehnt. («Wollen wir Kaffee trinken?» «Nein.») Er war heimgegangen durchs Eis und hatte sich in einer ähnlichen Straße in Efeu und Schnee gesetzt. Hier bleibe ich jetzt, hatte er gedacht. Es war jedoch mehr ein matschiger Dreigradschnee gewesen und richtig kalt war ihm nicht geworden. Nach zehn Minuten hatte er schiffen müssen, war aufgestanden und ging dann durch die Nacht, angenehm gequält. Mit Anfang dreißig waren, schien es, auch die theatralischen Gesten abhanden gekommen, zu Geschichten geworden, die man prahlend Freunden erzählte, sich aneinander vorbei Nostalgie einredend. Damit muss Schluss sein jetzt, dachte er. Es lag kein Schnee.

Zwei Arten von Menschen gab es doch: die, die das Taxi nahmen, und die, die zu Fuß gingen. Genauer: die, die das Taxi nehmen konnten, und die, die es nicht nehmen konnten. Die einen wegen des Geldes und die anderen wegen ihres Wesens. Der Befürchtung, innerlich zu verrotten, sobald man einmal den Luxus anstelle des Leids wählte. Dachte Doré, während er gegen den Zaun pinkelte, aber stimmte das? Konnte man sein Wesen nicht verändern, gleich an der Luxemburger den Arm heben und einsteigen? «Schnell, bringen Sie mich bloß fort von hier.» Überhaupt, die Seitenstraße lag weit abseits der direkten Strecke. Das war nicht mehr der Heimweg.

Es war vielmehr der Teil des Weges, zu dem er Kopfhörer in seine Ohren schob, sich von der Musik tragen ließ. Mitsummend, mitsingend, ob betrunken oder nicht, die Nacht kannte keine Scham. «Our next number», sagte Hitchcock, «is designed to drown out the sound of shovels: music to be buried by», und Doré musste an Truffauts Interview denken, das hintenraus eine Größe annahm, als Hitchcock nicht vom Früher, sondern von der Zukunft erzählte – und man wusste, wird nichts, du bist tot. Hitchcock hatte einen Film im Kopf gehabt, der 24 Stunden im Innenleben einer Stadt verbringen sollte. Frühmorgens beginnend, den Essenslieferanten folgend, dann den Bediensteten, die Kisten in die Speisekammern tragen, danach den Köchen, die das Gelieferte verarbeiten, und so weiter. Als wollte man Soundeffekte beisteuern, durchdrang ein Rückfahrpiepen die Musik, ein LKW fuhr an den Lieferzugang eines weiteren Rewe an. Zwei Männer sahen dem Manöver zu, tranken abwechselnd aus einem gestopften Handschuh. Sie schienen sich anzuschreien, bewegten aufgeregt die Lippen. Spucke flog, Doré schaltete die Musik leise. Weiß doch jeder, dass der nach der Scheidung durch den Wind war, rief der kleinere, nein, nein, der andere, der geht mit Ralf Schumacher, das ist bekannt, seit Jahren, ach, Jahrzehnten! Doré nickte im Vorbeigehen, denn der Mann hatte recht. Ganz Köln wusste das, so wie laut dem Huber, der früher im *Durst* am Fenster gestanden hatte, die Münchner wussten, dass der Gomez damals die Freundin vom –, worauf er nach Florenz ins Exil –. Außerhalb der Stadtmauern lebte die Information, die Wahrheit, jedoch nicht einmal als Internetgerücht. Woran das wohl lag, dachte Doré, dass

Städte noch heute ein Geheimwissen besaßen, in ihren Innereien? Um das würde es schade sein. Man hätte wohl den Hitchcock gebraucht, die Bäuche kunstvoll aufzuschlitzen, aber die Mörder dieser Tage interessierten sich nur fürs eigene Innere.

Dorés Magen lärmte, hätte doch gerne ein Bier gehabt inzwischen. Mann, dachte Doré, hinter dem Zynismus suchst auch du die einfachste Antwort, möchtest das innere Zittern für wenige Stunden als Torkeln deuten. Willst du hier sein oder wo geht es hin, du weißt es nicht. Er floh, auch um sich vom Bierdurst abzulenken, in den Beethovenpark, ein schwarzes Loch im aufhellenden Rest, nicht beleuchtet oder beregnet unter gigantischen Bäumen. Die letzte Straßenlaterne warf ihr Licht auf Pfützen, in denen die toten Würmer glänzten.

Rückblenden kamen ihm entgegen. Rückblenden, die nicht hinreichend wiederzugeben sind, weil Doré sich weigerte, sie ganz in seine Vorstellung zu lassen. Körper sah er, auch seinen eigenen, und in keiner war er allein. Er ging langsam. Ein Mond war keiner. Er blieb stehen und stand. Es kann sein, dass er für einige Zeit nichts dachte. In dieses Nichts hinein rief Lidia an. «Ich kann nicht schlafen», sagte sie.

«Ich auch nicht», sagte er.

«Ich habe von meiner Feindin geträumt.»

Sie schwieg, aber er kam nicht drauf, was er sagen sollte, durfte. Die Regeln des Verlassenwerdens verboten es auch, Freunden mit zu großer Deutlichkeit zu sagen, man vermisse oder liebe sie.

«Ich hatte nie viele Feinde, im ganzen Leben höchstens zwei oder drei. Mit der Feindin – im Traum hat sie mich erwürgt, glaube ich – ging ich zur selben Universität. Wir teilten uns kaum Klassen, ich grüßte sie, wenn ich ihr begegnete. Es ist lange her, ich war Anfang zwanzig. Sie hat mich vor einer großen Gruppe diffamiert.»

«Wofür?»

«Darüber möchte ich nicht sprechen. Es hat mich zu Boden gerissen. Ich sprach sie an, sie wand sich heraus. Mir ging es schlecht, über Jahre kriegte ich sie nicht aus meinen Ängsten. Letting somebody live in your head rent free.»

«Du hast nie davon erzählt.»

«Irgendwann habe ich mein Postfach im Hausflur aufgeschlossen und ihren Namen gelesen. Nicht auf der Post, sondern auf dem Etikett des Postfachs daneben. Sie hat einen seltenen Nachnamen, trotzdem wollte ich nicht glauben, dass sie in mein Haus gezogen war. Am nächsten Tag stand ein Großbrief vom Stromanbieter auf dem Postfach, ihr Vorname, ihr Nachname.»

«Die Wohnung am Griechenmarkt?»

«Nein, in Bochum noch. Als ich zwischen der JVA und dem Ruhrstadion gelebt habe. Ein kleines schmutziges Haus, die vier anderen Mieter wechselten oft wegen der Ratten.»

«Von denen hast du mal gesprochen.»

«Zuerst sind wir uns gar nicht begegnet. Es war zwischen den Jahren, ich glaube, sie war verreist. Jeden Morgen kam ich an dem Postfach vorbei und der Brief lehnte dort. Jeden Morgen Panik. Ich überlegte, was ich tun würde.»

«Sie ignorieren? Schimpfend vorbeigehen?»

«Das hättest vielleicht du gekonnt. Es kam immer mehr dazu, GEZ, die Kirche, Mieterverein. Ich hab mich fürs Lächeln entschieden. Kill 'em with kindness. Die Sache hatte für sie bestimmt nicht dieselbe Bedeutung wie für mich. Die Zeilen süffiger Hass waren schnell gesagt. Sie hat es wahrscheinlich bald vergessen.»

Trotz des eisigen Windes, der im Park ging, stand Doré still, äußerlich, innerlich.

«Also ging ich Tag für Tag lächelnd die drei Stockwerke herunter. Sie war nicht da. Sie bekam Pakete geliefert, verspätete Weihnachtsgeschenke, glaube ich, mehr und mehr. Wieso bekommt ein so hinterlistiger Mensch so viel Gutes? Beim Hinausgehen bin ich versehentlich gegen einen Karton gestoßen, der Brief vom Stromanbieter fiel vom Postfach. Ich habe mich gebückt und ihn aufgehoben.»

Sie hielt einen Moment inne. Doré mochte ihr Schweigen, und er mochte ihre Stimme.

«Ich habe ihn eingesteckt. Den Brief. An den U-Bahngleisen in einen Mülleimer geworfen.»

«Oha.»

«Ich kam dann erst spät von der Arbeit zurück. Das Viertel war verlassen, ausgeknipst, bis auf die Gefängnisscheinwerfer. Auch im Hausflur: niemand. Ich habe zwei der Pakete unter die Arme genommen und sie zu den Müllcontainern getragen. Auf der Straße fühlte ich mich, als würde ich zum ersten Mal so leben, wie man leben sollte. Ich schmiss die Kartons in den Container. Kam zurück, nahm nach und nach die Briefe, die restlichen Pakete, dann die Zeitschriften mit und entsorgte sie.»

«Hat sie –?»

«Nie. Im neuen Jahr ist sie vor meiner Tür gestanden. Ich war erschrocken. Sie hat gelächelt, mir eine Flasche Rotwein geschenkt. Was für ein Zufall, hat sie gesagt. Jedes Mal, wenn morgens ihre Post im Gang stand oder lag, nahm ich sie mit und warf sie weg. Manche Pakete waren schwer, manche leicht. Hin und wieder habe ich mir extra einen Wecker gestellt, ging zu den Containern und legte mich wieder ins Bett. Sie hat mich nicht verdächtigt, never. Ein halbes Jahr später habe ich die Stelle in Köln bekommen.»

«Und jetzt hast du ein schlechtes Gewissen.»

«Nein, ich glaube nicht. Wahrscheinlich ist es keine große Sache. Es war nicht viel, alles in allem. Aber jetzt bedrückt es mich. Right now. Jetzt, jetzt, jetzt gerade.»

Hinterm Schwarz rauschte die Landstraße, die Tonspur des alten Köln hing noch im Kommenden.

«Soll ich doch nochmal zu dir?», fragte Doré. Gemeinsam die Sülze und das Plastik und die Stadt bezwingen.

Sie habe ohne ihn weiter getrunken, sagte Lidia. Man merke es ihr nicht an, sagte er. Ob er das kenne, sagte sie, wenn man so spät telefoniere, so besoffen, müde, durcheinander, dass man am nächsten Tag nicht mehr wisse, ob das Gespräch geträumt gewesen sei oder echt?

«Träume ich jetzt?», fragte sie. «Nein», sagte er.

Doré war bereit, ein Taxi zu nehmen.

«Wann musst du zur Arbeit?», fragte Lidia.

«Acht, halb neun.»

«Das ist mir zu früh.»

«Ich könnte mich rausschleichen.»

«Da wache ich auf. Und wenn du dich krankmeldest?»

«Gibt viel zu erledigen, zu viel.»

«Aber du weißt doch, ich brauche meine sieben Stunden, sonst schaffe ich nichts, du kennst meine sleep is-shoes, du ——»

—— Doré schleuderte das Handy von sich. Kein Aufprall war zu hören. Eine Weile suchte er auf den Wiesen, aber der Park hatte es bereits aufgesaugt und an die Atmosphäre abgetreten, aus der es in den nächsten Tagen über Klettenberg herabregnen würde.

Außerhalb des Parks war nicht mehr Nacht, ein bläuliches Morgengrau kündigte den Tag an. Dorés Körper war müde. Dorés Geist ließ ihn nicht heim. Reinigungsfahrzeuge reinigten, DHL-Fahrzeuge trugen die gestrigen Bestellungen aus. An den Bahnstationen warteten unter Regenschirmen die Frühaufsteher, die Gesichter noch nicht hochgefahren. Es war richtig, dachte oder fühlte Doré, hier zu sein. Hier war eben ein Ort, an dem Menschen sich aufhalten konnten, eine Stadt. Er kletterte über einen Zeitungsstapel, die Titelseite so durchnässt, dass nur noch zwei Silben lesbar waren: «Poldi». Vor dem Café stand Tony, rauchend, es war ihr nicht anzusehen, ob die Zigarette schmeckte, aber Selin leistete ihr, wie man sagt, Gesellschaft. «Alles jut?», sagte Tony. «Und bei euch?», sagte Doré. «Dieser Scheißregen», sagte Selin. «Na, bald isset vorbei», sagte Tony.

In einer halben Stunde, ab sieben Uhr, durfte wieder Alkohol ausgeschenkt werden. Um halb acht würde Doré nach Hause aufbrechen, dort duschen und danach zur Arbeit fahren. Das Wort Prost wirkte, man stieß an. Müde wurden noch einige Fragen besprochen, hat das Mittelalter existiert (nein), wo liegt die Schweiz (unklar), die Wirtin warb ums Spielen eines Brettspiels. Einige Minuten herrschte Stille. Alle vier waren, die Arme auf die Theke gelegt, die Köpfe auf die Arme gestützt, eingeschlafen. Draußen brach das Licht durch.

KLETTENBERG PLASTIC RAIN
THOMAS EMPL
Traduzione di Cesare Sinatti

Durante l'abbraccio pensò alle sigarette, quelle del 31. Erano state fumate al bancone nel Dicembre 2007. Dorè non era un fumatore, poteva solo immaginarsi come fosse stato; uno si sedeva da *Kilombo* a Monaco, nell'*Hebedas* di Dresda o al *Trinke* di Rheine, l'aria opprimeva, apparentemente come al solito, come si sa e si vuole – o no. Ancora qualche minuto e sarebbe stato proibito, niente più fuochi d'artificio. Di sicuro certi fumatori dovevano aver votato per il ban, e tuttavia Dorè era sicuro che l'ultima sigaretta dovesse sapere di merda.

Era freddo; vattene, dicevano i tre numeri del tempo d'attesa alla fermata. La ragazza che aveva abbracciato Dorè se ne sarebbe andata a Vienna e lui non sarebbe venuto, così era stabilito, così era razionale, *vernünftig*. Ogni volta che ne parlava, da *Dürr*, pronunciava il suffisso come un *-ik*, mai come un *-ich*. Era una razionalità dura, non morbida.

Visto che i chioschi smettevano di vendere birra alle 23, di notte la Luxemburger Straße gli apparteneva; spesso era l'ultima persona a camminare per migliaia di passi. Persino nei dormitori degli studenti, quei memoriali rettangolari di tristezza, non c'era quasi nessuna luce accesa. Probabilmente, visto che passare con gli occhi da un orrore all'altro oltre la strada era insopportabile, gli studenti preferivano piuttosto tirarsi le coperte sulla testa e sperare di essere spariti il giorno dopo. Nell'ultimo periodo, per Dorè, l'alcool non funzionava granché, diventava quasi caffeina nel suo corpo, lo eccitava e agitava, tremori interni invece di Zen brillo. Forse era per la pioggia, l'acqua, aveva sospettato – ma che fosse ceca, bavarese o di Colonia, l'effetto della birra era lo stesso.

Doveva esserci un tacito accordo sull'andarsene e essere abbandonati dagli amici. Le persone si permettevano a vicenda di trasferirsi in altre città e altri paesi lontani migliaia di chilometri – in cambio avevano il permesso di fare lo stesso senza doversi giustificare. Alzarsi da sola era difficile, aveva detto Lidia una volta, quando apriva gli occhi e vedeva la stessa cappa grigia davanti alla finestra, come ogni mattina negli ultimi dieci giorni. Si faceva violenza con stimolanti e altri aiuti per cominciare la giornata. Ma poi sviluppare la volontà di trovarvi momenti di felicità poteva diventare una sfida quasi impossibile. «La domanda, mio caro,» aveva detto, «di come si possa essere felici a Colonia a gennaio include probabilmente tutte le altre domande.»

Sulla pista ciclabile è più facile, si sa, e qui ce ne sono due o tre dozzine di metri. La pista scompariva all'incrocio seguente. Le ore di questi ritorni a casa si sommavano, diventavano giorni, settimane. Dorè non prendeva taxi. Il dolore, pensava, sarebbe valso la pena, un giorno, e non importava quanto a lungo avesse camminato, sofferto il freddo, avuto fame e sete o dovuto cagare, quante volte si fosse perso e quanto gli facessero male i tendini: avrebbe continuato a camminare. Era più bello quando qualcuno lo aspettava alla fine della strada, addormentata in pigiama o eccitata senza, ma letto e trionfo erano già incentivi sufficienti.

L'orologio segnava le 00.38, quando l'ultimo cassiere spegneva da fuori le luci dal Rewe. Guardò in alto il non-cielo notturno e stese una mano, la ritrasse quando una goccia la colpì. La gente non sembrava essersi abituata alla nuova pioggia, reagivano ancora come se stessero sognando un mondo senza smartphone per poi essere svegliati all'improvviso proprio da uno di essi. L'impiegato rimase immobile sotto la sporgenza del tetto. Dorè gli chiese se gli servisse un accendino, poi si accorse di non aver in tasca alcun accendino – al tizio non ne serviva nessuno e non gli serviva nessuna conversazione.

La plastica doveva essere penetrata nell'aria molto prima, inosservata. A ottobre Dorè si era trasferito a Klettenberg, più vicino all'archivio. Le prime settimane tra mura nuove aveva dormito poco, e quasi ogni giorno un rumore lo strappava dal sonno leggero: un singhiozzo elettronico, fuori. Lo scanner del corriere. Camion giallo, corriere giallo, montagna di pacchi marrone. Dorè si issò sul lato del letto, guardò l'uomo che faceva le consegne, suonava i campanelli, ogni scan ricompensato da un allegro suono al computer. Dopo qualche giorno, Dorè si accorse di non poter dire se si trattasse ogni volta dello stesso corriere o di uno diverso – perché i tratti del viso erano indistinguibili.

Anche la scritta sul veicolo era sfocata. Come se una pellicola per vetri fosse incollata alla finestra, ma Dorè aveva aperto la finestra e la sfocatura era rimasta lì. Pioveva, e c'era qualcosa di diverso in quella pioggia.

Difficile non inciampare nei pacchi lungo le scale, ce n'era uno quasi su ogni gradino, materassi, scatole di scarpe, arancioni, bianchi, ma più che altro marroni. Giovedì c'era lo Zeit in sei cassette postali su otto, quindi c'era ancora più roba sul pavimento. Dorè si fece strada vacillandovi attorno e sopra. Poi, sul marciapiede, bidoni della carta troppo pieni, rifiuti ingombranti, sdraio a doghe, bicilette, stampanti, bollitori, scatole di cartone etichettate: ogni tre metri si trovava un regalo, scarpe per bambini, scarpe, amplificatori, «'sti matti», borbottava Dorè, tastiere, gioielli, orologi, libri di cucina ridotti in poltiglia dalla pioggia e romanzi rosa. Una volta era passato vicino a delle foto incorniciate. Due corpi nella luce di una sauna, premuti insieme, pene sottile, mezzo eretto, seno: «gratis.»

Se si attraversava il sottopassaggio in direzione Zollstock, la visuale si liberava, c'erano meno prodotti in giro; ma in fila di fronte ai punti di ritiro per i pacchi c'erano gli abitanti e le abitanti di Klettenberg che artigliavano i resi. L'interesse dei media non era durato a lungo. Dopo un articolo nell'Express, la faccenda si era sistemata per il resto della città. Particelle da bottiglie di plastica triturate, insieme a microfibre di vestiti, erano probabilmente finite nell'atmosfera – adesso venivano giù nelle gocce di pioggia. «Plastic never really goes away,» si diceva citando un ricercatore Americano. Qualcosa di simile era già stato rilevato sui Pirenei e nell'Artico, e mai sopra una città, ma Colonia è molto sporca.

Per un lungo periodo, le nanoplastiche erano state inalate quasi dappertutto, aveva detto il ricercatore. Pallottole di vernice, dentifricio, cosmetici, ma non si vedono. Le microplastiche, però, sì. Se c'era una tempesta, a volte succedeva persino che la pioggia sembrasse colorata: gocce di tutti i colori colpivano le finestre, l'aria luccicava – per così dire – allegramente. Ma le tempeste erano rare. Perché Klettenberg? I residenti non avevano trovato una spiegazione razionale. La vendetta di qualche dio gli sembrava quella più adatta; probabilmente non del Dio Cristiano, vista la trovata raffinata, ma piuttosto di un Loki o di un Hermes.

Doré attraversò una pioggerella spessa, una nebbia. Da un'altra parte sarebbe stata neve; la cupola di smog sopra la città, però, aveva qualcosa in contrario. Era facile vedere dentro l'archivio dall'ufficio di Doré: alle quattro e mezza il mondo cambiava da grigio a nero, come se fosse stato riempito col secchiello di MS Paint. Ovvio che Lidia se ne sarebbe andata a Vienna, e che Doré avrebbe preferito soffrire. Spesso aveva indovinato esattamente cosa avrebbe risposto a certe domande, e ascoltato le stesse storie centinaia di volte. Lidia racconava sempre tutto allo stesso modo, parola per parola, accento per accento, pausa per pausa. Non era sgradevole. A Doré in realtà piaceva che parlasse in modo così preciso. Ma perché doveva usare così tanto inglese? Tutto quel frasario-vuoto-da-serie, «fair enough», «well, actually» e «I was like -». I suoi problemi erano issues, e non li sapeva pronunciare, diceva is-shoes, e Doré non lo sopportava, e non le aveva chiesto se poteva andare a Vienna con lei solo per non sentirle dire «I thought you'd never ask». E-scooters arrugginiti emergevano dal mondo nebbioso di fronte a lui, come resti di una civiltà perduta e stuida, di cui avrebbe potuto nominarsi, per un paio di passi, lo stupido re.

La luce era accesa, da *Dürr*. Entriamo? Entriamo. Aria calda e odore di corpi. Tony, vecchia, e Selin, giovane, e la barista, nome dimenticato, guardavano la televisione, ognuna con una bottiglia di Orangina davanti. Cannucce.

«Ti puzzano i baffi di birra,» disse Tony, premendogli addosso la sua guancia glitterata, «vieni da Lidia?» «Sto andando a casa,» disse lui. «Ancora lontano?» chiese lei. Doré: «Il problema non è la strada, ma che a un certo punto dovrò arrivare.» Tony: «Chiudi la porta, prima.»

La barista si piegò e mise un'Orangina sul bancone. Alzando gli occhi dal suo blocco da disegno, Selin disse che aveva trovato delle scatole nel seminterrato, prodotte prima che cominciasse a piovere plastica, Doré aveva capito, no? «Giochi?» Chiese la barista, scuotendo la scatola rossa nella cui pancia schioccavano i mattoncini. Doré sospettava che al pub avessero imparato il Mahjong perché giocare a Skat e a Schocken senza alcool suonava falso, e a volte partecipava anche lui. Era molto complicato, continuava a pensare di aver vinto, gridava «Ron!» e veniva corretto.

«Il pentagono!» o «Fuck off!» imprecò Tony, indicando la tele col suo mentone di Kerpenese alla Schumacher in un modo che si poteva solo definire di dissenso. In TV c'era di nuovo questo tizio che Doré non conosceva poi così tanto, a parte per il nome angolare possibile solo in America, Bruce Willis, Max Power, Elon Musk, e una foto degli anni novanta in cui era ancora un programmatore dalla faccia gelatinosa che perdeva capelli. Il tipo stava vicino ai capi di stato che lo guardavano con ammirazione (il russo impercettibilmente), e aveva parlato per qualche minuto. In un tono di voce monotono, il telegiornale trasmetteva le notizie della fine ormai inevitabile trasformandole in un tedesco indiretto: faranno, pianificano, sono compiaciuti che. Doré aveva già visto il programma con Lidia, e non aveva ascoltato granché neanche la replica.

«Te lo dico io,» disse Tony, «conosco suo padre.»

«Ah, sì?» disse Selin.

«Il signor Musk, fattelo dire, si lamentava tutte le sere, a cena: presto mi licenzieranno, i miei colleghi mi odiano, la situazione globale è difficile per il mio settore, oh, che catastrofe.»

«Purtroppo Dio non ci aveva ancora dato guide alla *self-care.*»

«Non è mai successo niente, ma tutto è già accaduto, pensa Musk senior con un'improvvisa sensazione di rovina, e ovviamente il junior gli crede.»

«Avrebbero dovuto vendersi la televisione, cambiargli scuola, vivere in macchina. Sua madre–»

«– sarebbe diventata dipendente da psicofarmaci, sì. Puoi immaginarti che il giovane Musk avrebbe preferito diventare un insegnante d'asilo, un calzolaio o – no, ma anche lì, può scordarselo, il settore è senza futuro, si va avanti senza sosta a programmare, non c'è tempo per la ribellione –»

«*Self-care* per i leader, *think and grow rich, you deserve this,* hallelujah.»

« – e ora questo Musk, Elon Musk, sta davanti al suo gran missile, coi capelli trapiantati, e a oggi – non che lo sappia – ha una fifa di Cristo. Più di tutto di perdere casa, cioè la sua base, e per questo ora ne vuole piantare una sulla luna portandosi gentilmente dietro alcuni di noi.»

«La lotteria comincia la settimana prossima,» disse Selin in direzione di Doré, «l'ha reso ufficiale prima. Serve iOS 18 o successivo per l'app.»

La domanda che ci si chiedeva di solito a questo punto negli uffici, negli ascensori e nelle mense, la domanda discussa in tutti gli editoriali dal business allo sport, non era stata chiesta lì. Selin si tolse la parrucca, si grattò la testa pelata, e se la rimise.

Per un po' continuarono a guardare la replica. «Un'altra cosa,» disse la barista, «Lisetta, cos'hai contro la self-care?» Ah, boh, disse Selin, che era dirottata dalla pubblicità, come il 'supportare' o il 'fare esperienza'. Il successo che viene da dentro, emergere vincenti dalle crisi, è tutto incentrato sull'Io, tutti sono stufi del mondo e della tecnologia e devono leggersi guide e calendari per poter continuare a funzionare, a amarsi nonostante tutto il vuoto e a trovarsi speciali. Poi se ti siedi in treno, disse Selin, ti ritrovi con venti libri del genere attorno, pure sulle copertine dei thriller leggi «inspira, espira, uccidi» e pensi, no, *you deserve* niente, perché non uno di loro sarebbe lì a leggere come magari ci si potrebbe trattare più decentemente durante una crisi, più edu-catamente nonostante lo stress costante, o avere più riguardo gli uni per gli altri nel declino generale. «*You deserve* niente,» disse questa volta Tony.

Era bello, pensava Doré, non sapere cosa facessero tutti e due durante il giorno. Perché Selin indossasse una parrucca e Tony met-tesse il glitter. Avevano bevuto un'altra Orangina, la barista si era spo-stata al biliardo, Selin disegnava animali che bruciavano, Dorè li aveva salutati nella pioggia.

La brina scintillava sulle carrozzerie e sui parabrezza. Un buon auspicio, promettente non tanto strani mondi quanto piuttosto i tre minuti che i viaggiatori avrebbero speso a grattarla via senza andare dove già dall'inizio non volevano andare. Quindi anche Colonia sarebbe davvero andata distrutta, proprio come Vienna, magari non domani, ma presto, che differenza c'era?

Era chiaro che Doré non si sarebbe accampato di fronte ai negozi di elettronica. Il giorno dopo si sarebbe alzato e sarebbe andato al lavoro. Archiviare i rapporti, i messaggi e le newsletter dalla «digital metropo-lis», fine citazione della capa, copiare sui dischi dell'archivio dati e codici dagli anni zero, a partire dall'anno della visita del papa. Manu-tenzione del database. Nonostante la chiarezza, sentiva un fastidio die-tro le tempie, c'era troppa armonia sobria al bar, troppi cenni del capo e frasi finite a vicenda. Voleva prendere a calci qualcosa – proprio ora che non c'erano scooter sul marciapiede. In una via laterale, cammi-nando lungo un cimitero o il recinto di un parco, si era ricordato un periodo in cui era stato molto giovane e senza barba. Il tempo dei gesti teatrali, nei suoi primi vent'anni tutto sembrava così – si sa. Una ragazza l'aveva rifiutato. («Prendiamo un caffè?» «No.») Era andato a casa attraverso il ghiaccio e si era seduto tra l'edera e la neve su una via simile. Resto qui, aveva pensato. Comunque, era più che altro un nevischio sciolto da tre gradi, e non faceva davvero freddo. Dopo dieci minuti gli era scappato da pisciare, si era alzato e aveva attraversato la notte, piacevolmente tormentato. Nei suoi primi trent'anni, gli pareva, i gesti teatrali erano scomparsi, diventando storie da raccontare vantandosi agli amici, parlando di una nostalgia dopo l'altra. Ora doveva smetterla, pensò. Non c'era neve.

Ci sono due tipi di persone: quelle che prendono il taxi e quelle che camminano. Più precisamente: quelli che possono prendere il taxi e quelli che non possono. Alcuni per i soldi, altri per la loro natura. La paura di marcire dentro dopo aver scelto il lusso al posto della sofferenza. Ma era vero? Pensò Doré mentre pisciava contro la staccionata. Non puoi cambiare natura, alzare il braccio lungo la Luxemburger e salire? «Portami via di qui e basta, veloce.» Comunque, la via laterale era troppo lontana dalla strada principale. Non era più la strada di casa.

Piuttosto, era la parte di strada dove si infilava le cuffie nelle orecchie, lasciando che la musica lo portasse. Mormorando, canticchiando, ubriaco o no, la notte non conosceva vergogna. «Our next number», disse Hitchcock, «is designed to drown out the sound of shovels: music to be buried by,» e Doré dovette pensare all'intervista di Truffaut, in cui, verso la fine, Hitchcock non parlava del passato, ma del futuro – e si sa, non succede niente, sei morto. Hitchcock aveva in testa un film che spendesse 24 ore dentro la vita interiore di una città. Cominciando la mattina presto, seguendo i fornitori di cibo, poi i domestici che portano le scatole nelle dispense, poi i cuochi che processano le provviste, e così via. Come volesse aggiungere un effetto sonoro, il beep di una retromarcia penetrò nella musica, un camion accostava all'entrata delle consegne di un altro Rewe. Due uomini seguivano la manovra, bevendo a turno da una bottiglia dentro un guanto. Sembrava che gridassero uno all'altro, muovendo eccitati le labbra. Lo sputo volava, Dorè abbassò la musica. Tutti sapevano che era arrabbiato dopo il divorzio, esclamò il più piccolo, no, no, l'altro, è andata con Ralf Schumacher, si sa da anni, oh, quindic'anni! Doré annuì passando, perché l'uomo aveva ragione. Tutta Colonia lo sapeva, proprio come, secondo Huber, che stava alla finestra di *Durst*, la gente di Monaco sapeva che Gomez era andato con la ragazza di –, dopodiché era scappato in esilio a Firenze –. Fuori dalle mura della città viveva l'informazione, la verità, non come una semplice diceria di internet. Per quale ragione, pensò Doré, le città possiedono ancora una conoscenza segreta nelle loro viscere? Che vergogna sarebbe. Ci vorrebbe un Hitchcock a aprire con arte le pance, ma gli assassini, di questi tempi, sono solo interessati alle proprie, di viscere.

Lo stomaco di Doré brontolò, ma gli sarebbe piaciuto bersi una birra, nel frattempo. Cazzo, pensò Doré, dietro il cinismo cerchi anche tu la risposta più semplice, preferisci far finta che i brividi interiori siano un barcollare, per qualche ora. Vuoi stare qui, e ora dove vai? Non lo sai. Anche per distrarsi dalla voglia di birra, scappò dentro il Beethovenpark, un buco nero in mezzo al resto che rischiarava, non ancora illuminato o bagnato di pioggia sotto gli alberi giganteschi. L'ultimo lampione gettava la sua luce su pozzanghere dove brillavano vermi morti.

Gli venivano incontro dei flashback. Flashback che non possono essere ben rappresentati, perché Doré si rifiutava di lasciarli entrare nella sua immaginazione. Aveva visto corpi, incluso il suo, e in nessuno di essi era da solo. Camminava lentamente. Non c'era nessuna luna. Si fermò e rimase in piedi. Può darsi che non pensò a niente per un po'. In questo niente, Lidia lo chiamò al telefono: «non riesco a dormire», disse.

«Neanch'io,» disse lui.

«Ho sognato la mia nemica.»

Lei rimase in silenzio, ma lui non sapeva che cosa dire, cosa avrebbe dovuto, potuto dire. Le regole dell'abbandono proibiscono anche di dire troppo chiaramente agli amici che ti mancano o che li ami.

«Non ho mai avuto molti nemici nella mia vita, due o tre al massimo. Io e la nemica – nel sogno lei mi strangola, credo – andavamo all'università insieme. La incontravo di rado ai corsi, la salutavo quando la vedevo. È passato molto tempo, avevo più o meno vent'anni. Mi ha diffamata davanti a un sacco di gente.»

«Per cosa?»

«Non ne voglio parlare. Mi ha abbattuta. Le ho parlato, è svicolata. Ci ero rimasta male, per anni non sono riuscita a farla uscire dalle mie paure. *Letting somebody live in your head rent free.*»

«Non me l'avevi mai detto.»

«A un certo punto, mentre aprivo la mia cassetta postale nel pianerottolo, ho letto il suo nome. Non sulla posta, ma sull'etichetta della cassetta postale accanto alla mia. Ha un cognome raro, ma non volevo credere che si fosse trasferita nel mio condominio. Il giorno dopo c'era una lettera dalla compagnia dell'elettricità nella cassetta postale, col suo nome e cognome.»

«L'appartamento a Griechenmarkt?»

«No, ero ancora a Bochum. Quando vivevo tra il JVA e il Ruhrstadion. Una piccola casa sporca, gli altri inquilini cambiavano un sacco a causa dei topi.»

«Mi avevi parlato di loro.»

«Non ci siamo neanche incontrate, all'inizio. Era verso la fine dell'anno, credo, e lei era via. Ogni mattina passavo davanti alla cassetta della posta e la lettera era ancora lì. Ogni mattina, panico. Pensavo a cosa fare.»

«Ignorarla? Borbottarle qualcosa passando?»

«Tu magari avresti fatto così. Ma c'erano sempre più cose, il GEZ, la Chiesa, le riunioni dei coinquilini. Ho scelto di sorridere. *Kill'em with kindness.* Di certo per lei non ha significato la stessa cosa che ha significato per me. Le battute dolci dell'odio sono state dette rapidamente. In tutta probabilità se le è dimenticate presto.»

Nonostante il vento freddo che soffiava nel parco, Doré restava immobile, fuori e dentro.

«Quindi giorno dopo giorno sono scesa giù per i tre piani sorridendo. Lei non c'era. Le avevano consegnato dei pacchi, dei regali di Natale, credo, sempre di più. Perché una persona così falsa deve ricevere tutte queste cose buone? Mentre uscivo, una lettera della compagnia dell'elettricità era caduta fuori dalla cassetta postale. Mi sono piegata e l'ho raccolta.»

Si era fermata per un momento. A Doré piaceva il suo silenzio e piaceva la sua voce.

«Me la sono intascata. Poi l'ho buttata in un bidone vicino ai binari della metro.»

«Oh.»

«Sono tornata tardi dal lavoro. Il quartiere era deserto, tutto spento a parte le luci della prigione. Anche all'entrata: nessuno. Ho preso due pacchi sottobraccio e li ho portati ai bidoni. Lungo la strada mi sentivo di star vivendo per la prima volta come si deve vivere davvero. Ho gettato le scatole nel container. Sono tornata, ho preso le lettere una a una, il resto dei pacchi e delle riviste e li ho buttati.»

«Ma lei...?»

«Mai. L'anno dopo stava davanti alla mia porta. Ero sciccata. Ha sorriso e mi ha dato una bottiglia di vino rosso. Che coincidenza, ha detto. Ogni mattina la sua posta stava sul pianerottolo, io la prendevo e la buttavo via. Certi pacchi erano pesanti, altri leggeri. Qualche volta mettevo addirittura la sveglia, andavo ai bidoni e me ne tornavo a letto. Lei non ha mai sospettato di me, *never*. Sei mesi dopo ho avuto il posto a Colonia.»

«E ora hai la coscienza sporca.»

«No, non credo. Probabilmente non è niente di che. Ma ora mi da fastidio. *Right now*. Ora, ora, proprio ora.»

Dietro il nero, la strada sterrata frusciava, la colonna sonora della vecchia Colonia ancora appesa nel futuro.

«Vuoi che venga di nuovo da te?» chiese Doré. Conquistando la cappa di maltempo e la plastica e la città insieme.

Lidia disse che aveva continuato a bere senza di lui. Lui disse che non se n'era accorto. Aveva presente, disse lei, quando si sta al telefono fino a tardi, così ubriachi, stanchi, confusi che il giorno dopo non ci si ricorda se la conversazione era reale o era un sogno? «Sto sognando, ora?» chiese.

«No,» disse lui.

Doré era disposto a prendere un taxi.

«A che ora vai al lavoro?» chiese Lidia.

«Otto, otto e mezza.»

«Troppo presto, per me.»

«Vado via senza fare rumore.»

«Mi sveglio anch'io, allora. Se no, ti dai malato?»

«C'è un sacco da fare, troppo.»

«Ma sai, mi servono le mie sette ore, altrimenti non riesco a fare niente, li conosci i miei *sleep is-shoes*, tu ---»

Doré scagliò via il telefono. Non si sentì nessun urto. Cercò nel prato per un po', ma il parco l'aveva già assorbito e rilasciato nell'atmosfera, da cui sarebbe piovuto su Klettenberg nei giorni a venire.

Fuori dal parco non era più notte, un'alba bluastra annunciava il giorno. Il corpo di Doré era stanco. L'anima di Doré non lo lasciava andare a casa. I camion degli spazzini spazzavano, quelli della DHL portavano gli ordini di ieri. Alle stazioni dei treni, chi si alzava presto aspettava sotto gli ombrelli, le facce non ancora sveglie. Era giusto, pensò o sentì, essere qui. Qui è un posto dove si può stare, una città. Scavalcò una pila di giornali, le prime pagine così bagnate che solo due sillabe erano leggibili: «Poldi.» Tony stava davanti al bar, fumando, non si capiva se la sigaretta fosse buona, ma Selin, come si dice, le teneva compagnia.

«Tutto bene?» disse Tony. «E tu?» disse Dorè. «Sta pioggia di merda,» disse Selin. «Dai, smette presto,» disse Tony.

Fra mezz'ora, dalle sette, si sarebbe potuto di nuovo servire alcool. Doré se ne sarebbe andato alle sette e mezza, avrebbe fatto una doccia e poi sarebbe andato al lavoro. La parola *Prost* faceva il suo mestiere: si brindava. Si discusse stancamente qualche questione, se fosse esistito il medioevo (no), dove fosse la Svizzera (non si sa), e la barista chiese di giocare a un gioco da tavolo. Per qualche minuto ci fu silenzio. Tutti e quattro si erano addormentati sul bancone, la testa sulle braccia. Da fuori entrò la luce.

COMMENTO DI CESARE SINATTI

«In Klettenberg Plastic Rain», frammentario come lo sono la nostra società, le nostre informazioni e, a volte, i nostri dolori quotidiani, Thomas Empl ha distribuito sapientemente nella narrazione i dettagli di un futuro prossimo sempre più presente. Un futuro che si ricompone intero, però, nelle parole e nei gesti individuali dei personaggi: nella sua urgenza di confrontarsi con tematiche attuali, infatti, il racconto non perde mai di vista la dimensione umana e personale in cui ogni crisi, anche globale, si svolge in realtà.

Seguendo Doré nel suo ritorno verso casa attraverso una Colonia coperta da una cappa impenetrabile di maltempo e inquinamento, nonché tormentata da piogge colorate, falsamente allegre, di microplastiche, si mescolano allo stesso tempo la sensazione di sconforto per l'incombere di catastrofi ecologiche e la tristezza per ciò che la loro impellenza comporta: mancanza di futuro, separazioni, e lo stato di abbandono generale in cui versa chi è costretto ad abitare troppo a lungo la tensione di un problema insolubile. Seguendo un linguaggio incisivo e asciutto, di una razionalità «dura» come quella del suo protagonista, ma allo stesso tempo capace di ospitare le parole raccolte dalle strade e dai bar della Colonia vivente, anche il lettore è invitato a domandarsi, con Doré, se sia meglio restare – e resistere – oppure andarsene. «Ci sono due tipi di persone:», scrive Thomas, «quelle che prendono il taxi, e quelle che camminano.» C'è chi sceglie di fuggirsene da solo sulla sua luna personale, come Elon Musk e il suo manipolo di fortunati vincitori di lotteria, e c'è chi sceglie di rimanere, senza prendere scorciatoie, e far lavorare la parola *prost* ancora per una notte, in compagnia.»

STRATIGRAFIA
CESARE SINATTI

Sarà la terza volta dall'inizio del mese, non c'è neanche da sorprendersi vista la situazione. Alla fine mi ha sempre fatto così, basta trovarsi una macchia sulla pelle, sentirsi un mal di pancia strano o uno di quei dolori alle ossa che ti vengono da adolescente, quando lo scheletro si allarga tutto in una volta e i muscoli sembra quasi che non riescano a stargli dietro e a restargli sopra, strato su strato. Lo scheletro: una gruccia a cui sta appeso il vestito dei tendini e della carne: all'improvviso si prende tutto lo spazio e comincia a far male. Sta lì anche se non lo vedi, lo senti solo in bozzi duri sotto la pelle, nocche gomiti ginocchia, nella bolla di calce della testa sotto il cuoio capelluto, ma all'improvviso è lì, diventa grande, si fa sentire in tutto il corpo, come volesse scoppiare da sotto e restare solo lui, lo scheletro, da solo.

Mi spaventavo, pensavo ai tumori delle ossa, a quelle immagini su internet con cui mi diagnosticavo malattie mortali. Mamma non sapeva cosa dire. Una volta le diagnosi le facevano fare ai medici, non a Google. Come lo gestisci un ragazzino ipersensibile che di colpo si ritrova in mano tutta la conoscenza del mondo, vera o falsa, e quindi a tutta l'ansia del mondo, fondata o no? Filo non mi dire così, mi faceva, mi fai cascare le braccia. Si scoraggiava anche lei alla fine, non perché potevo davvero essere malato, mamma lo vedeva subito se ero malato (dovrei chiamarla ora?), ma perché iniziava a rendersi conto che per me l'ansia era sempre lì, come per babbo. Avrà pensato di aver sbagliato qualcosa se ho tutta questa paura, avrà visto che mi aspetta una vita difficile, mi avrà immaginato da vecchio, magari, o almeno adulto, come babbo, un tizio solo che passa la vita a guidare da solo e deve fermarsi nelle stazioni di sosta a boccheggiare da solo in una notte che non finisce mai, anche quando le cose vanno bene, anche quando avevo cominciato a andare bene a scuola dopo aver perso un anno, perché quando hai l'ansia il punto è che le cose vanno male anche se vanno bene, che ti senti sempre come se le cose stessero andando male o stessero per andare male, anche se vanno bene, come se per ogni cosa bella dovesse succederne una brutta, tipo una malattia o un lutto, che se ti danno il lavoro che volevi all'Istituto Zooprofilattico di Padova allora il treno che ti porta lì deve schiantarsi per forza perché devi morire tu, fra tutti i passeggeri, gli altri magari si salvano ma tu devi morire, solo tu.

Oppure scoppia una pandemia e tutti a casa, proprio ora che le cose con la Mara stavano ingranando e ti tocca stare chiuso a farti venire gli attacchi di panico ogni volta che sale un po' di mal di testa, a odorare il caffè per vedere se l'olfatto funziona ancora, a cercare di non prendere lo smartphone poggiato sul comodino perché tutti dicono di non guardare troppo il numero dei casi, che non serve a niente, fa venire solo ansia, ma io a un certo punto comunque lo guardo: e non serve a niente, e fa venire solo ansia. Potessi almeno andare a correre mi sfogherei. Una volta quando stavo male e sentivo che stavo morendo mettevo su una maglia di merda e i pantaloncini blu della Erreà, ficcavo i piedi nelle mie Nike sfondate e uscivo. Potevo fare anche dieci, quindici chilometri in una volta, andavo al mare, in campagna, dappertutto, mi facevo scorrere tutta la città sotto i piedi come un tapis-roulant infinito, le cose apparivano e sparivano, le vie in cui entravo e uscivo, il cuore che intanto batte un tempo tutto suo e butta sangue ossigenato in tutto il corpo, batte il tempo e ti tira fuori dai pensieri che ramificano a caso. Ci sono studi che dicono che l'esercizio aumenta la neuroplasticità e aiuta a non farti marcire il cervello: nel mio caso è vero: finché vado a correre non mi accartoccio nell'ipocondria e posso ancora tirare avanti. Ma ora non si può fare più neanche quello. Bisogna stare a casa, al massimo vai a fare la spesa, per il resto stai nella tua stanza, da solo.

Di sicuro ho qualcosa, mi formicolano le dita, ho le mani fredde, nello stomaco mi cresce la spora del panico come per i mal d'auto mal di mare mal d'aereo di cui forse non ho neanche mai sofferto davvero, non sono mai stato male se guidavo con gli amici, con la Grazia, con la Mara. Solo con babbo. Stasera muoio. Sento che muoio, come quando andavamo in gita in macchina verso Urbania e Cagli lungo strade che si facevano sempre più strette e rade tra le colline, e così i nostri scambi di parole, con l'aria sempre più densa di fumo di sigarette bruciate una dopo l'altra, un'aria di pietra che rosola al sole e fuori piante assetate in una natura isterica, giusto la musica, giusto quella ci tirava su in momenti del genere, mentre anno dopo anno mettevo a fuoco la sua solitudine senza radici e mi dicevo che non volevo diventare così (così come?), così: guidare da solo per campagne deserte tra ruderi smangiati dall'edera – e babbo come leggendomi nel pensiero si appendeva alla barba la metà buona di un sorriso, mentre pensavo: morirei, a vivere così, in macchina ci muoio, stasera muoio, sono io a morire, io e non qualcuno che ho visto, io e non il personaggio di uno di quei thriller della domenica sera dove la morte arriva con uno schiocco di dita e uno scoppio di petardi e si vedono solo inquadrature di mani cascanti e sangue che scorre nei tombini davanti alla mia ansia e alla faccia annoiata di babbo, io e non l'eroe di un kolossal storico che appiccica le sue parole alle note di una colonna sonora di Hans Zimmer, io: dietro la faccia di una persona distesa in un letto d'ospedale, occhieggiante a occhi chiusi come nonno e sempre più lontana, sempre più sorda ai richiami e agli incoraggiamenti a mezza voce fatti da estranei travestiti da nipoti, io dietro a due palpebre sempre più chiuse, per sempre chiuse ma io sono ancora lì, per sempre buio ma ci sono io, lasciare tutti ma io resto lì, tutti salutano, ciao Filo, e i muri verdi della stanza si allontanano dal letto, la corolla dei colori si apre a fiore e fugge via dal punto di fuga della mia visuale, lasciando allargarsi al suo posto una macchia d'ombra che è l'ombra della morte, del restare sempre sveglio nella morte, solo io, da solo.

Muoio. Stasera mi prende un infarto e muoio. Mi scoppia l'appendice e muoio. Una trombosi e muoio. Devo chiamare qualcuno ma babbo a quest'ora figurati se risponde, se non dorme ha il telefono staccato e comunque non lo chiamerei. Non posso neanche chiamare mamma, però, a trent'anni. Quali sono le ultime parole che le ho detto? Qualcosa come «sì, sì, ciao. Ciao,» qualcosa così, neanche un «ti voglio bene», ero pure mezzo scazzato, ci sarà rimasta male, stasera muoio e ci rimarrà malissimo. Allora chi chiamo? La Guardia Medica? Il Corto mi ha detto che sono soverchiati, c'è gente che sta malissimo e io mi metto a chiamare perché ho la tachicardia, perché sono rincoglionito. Alla fine potrei, però: di sicuro non posso essere l'unico ipocondriaco che chiama durante una pandemia. Ma tanto anche se rispondono dicono solo due cose: o «non è niente» o «venga qui» e io in Guardia Medica a prendermi il virus non ci vado di sicuro. Chiamo la Mara? Ma non voglio rovinare le cose con la Mara, non voglio che veda subito che sono così. Forse l'ha intuito ma non voglio che lo veda, eravamo rimasti che dovevamo prenderci un altro caffè al Pedrocchi ma poi hanno chiuso tutto. Appena finisce sto macello recuperiamo i caffè, le ho scritto l'altra sera, coi casi che salgono e salgono. E invece non recuperiamo un bel niente perché se continua così o soffoco o impazzisco o entrambe, già immagino quando sarà finito tutto, un incontro casuale fra lei e Walter, una conversazione alla macchinetta del caffè al 4F, lui che le fa: ma aspetta, conoscevi Filo? È morto il mese scorso, sì, era amico mio, studiavamo a Ozzano insieme. Un giorno stava bene e quello dopo… Dimmi te se uno può andarsene così. Lo conoscevi anche tu? Lei: sì, cioè no, cioè un po'. Un po' lo conoscevo, ci stavamo sentendo, in realtà, ci scrivevamo, qualche volta siamo usciti, avevamo preso un caffè al Pedrocchi, lui mi prendeva in giro perché ho fatto gli scout e mi parlava di *In Utero* dei Nirvana come se fosse un album uscito ieri, aveva dei gusti un po' da zio rockettaro, gliel'ho anche detto, sei un po' uno zio rockettaro, dai, e mi sono pentita subito perché certe volte i ragazzi ci restano male se ridi delle cose che gli piacciono, anche se fanno i duri sotto sotto sono tutti sensibili, vengono da te e ti parlano e cercano un po' di darsi un tono e io invece li perculo perché non so stare zitta e perché comunque, sì, siete sempre un po' ridicoli, ma lui non si è offeso, ha riso, ha fatto il ridicolo con questa voce bassa ma pulita che lo faceva sembrare bello anche se non era tanto bello, una voce con le A della risata che uscivano chiare come fossero tutte maiuscole, impilandosi una sull'altra. Magari, pensavo, con una voce così poteva aver cantato, potrebbe cantare, anche se balbetta un po' e gli si bloccano le parole in bocca alla fine delle frasi, qualche volta, se è emozionato. Si vedeva se era emozionato: mi ha accompagnato alla fermata dell'autobus e un po' si vedeva, si impuntava sulle parole finali. Era Febbraio, poco prima che scoppiasse tutto il casino, e c'era quella nebbia che fa a Padova che lascia intravedere solo gli aloni delle luci e le punte dei campanili, dall'alto, e fa scomparire i passanti in sagome sfocate che sembra abbiano addosso dei mantelli come in una serie fantasy, quella nebbia che fa un po' paura a attraversarla da sola perché toglie le dimensioni alle cose e le schiaccia tutte insieme, e lui come se l'avesse capito era venuto per tenermi compagnia sotto la pensilina del bus e si vedeva che era emozionato, saltellava un po' come un maratoneta che si riscalda, diceva di avere freddo, e quando ci siamo seduti sulla panchina guardava le scritte lasciate dai ragazzini col pennarello come se cercasse qualcosa, le nostri mani vicine e… non è successo niente, sono morto così, senza seconde uscite, sono andato a casa dandomi dello stupido perché la Mara non è la Grazia e solo un cretino poteva pensare che la stessa cosa succede identica due volte, eccola da sola in autobus, la chiamo? Domani la richiamo? Stasera dovrei? Sono le tre e mezza del mattino. Sono da solo. Stasera me la devo cavare da solo.

Magari se mi concentro sui respiri, sul ritmo dei respiri, il punto in mezzo fra la bocca e il naso avevo letto online, *in, es,* come il ritmo di una canzone, *in, es,* cerca di pensare a qualcos'altro. Adesso se potessi uscire a correre starei scendendo le scale a due a due, sbuffando, *in, es,* il peso dei piedi che rimbalza sulle suole spesse delle Nike, l'eco dei pianerottoli di sei piani di scale, le voci di qualche bambino che fa la tigna dietro porte chiuse, coppie che litigano, coppie che si lasciano, coppie che forse si ritrovano dopo tanto tempo al ritmo di tamburo dei miei piedi, la mano che scivola lungo la ringhiera facendo sibilare il ferro, non cado, non ho bisogno di aggrapparmi a nulla. Starei uscendo, starei andando via, andrei a correre e farei passare tutto. Penserei di aver fatto queste scale saltando i gradini due a due per migliaia di mattine, andando a scuola, addormentato, andando a prendere la Grazia, sveglio, d'inverno con le felpe nere dei Korn e dei Cannibal Corpse, d'estate con una maglia leggera di Star Wars e infradito: starei uscendo e sarei in tutti questi momenti, sarei lì, sarei fuori. L'aria potrebbe essere fresca d'aprile o fredda e umida di novembre o calda d'agosto, di quella che brucia dentro i polmoni, *in,* prenderei dentro tutte queste arie diverse di tutte queste stagioni diverse, *es,* le lascerei uscire, il portone di vetro e ottone del condominio si richiuderebbe con un suono che conosco talmente bene da sentirlo prima di sentirlo. E a quel punto sarei fuori e avrei alle spalle i palazzoni del blocco di via Corelli e davanti a me il parcheggio con le auto di tutti quelli che abitano nel quartiere, la Punto di mamma, i motorini con le marmitte modificate sotto gli oleandri e il 46 di Valentino Rossi mezzo grattato via sul muso, la Peugeot di quell'igienista dentale figa che certe sere vedo in mutande alla finestra del terzo piano, la Panda del vecchietto che alle sei del mattino precise esce a dare l'acqua a tutta una giungla di basilichi e prezzemoli e gerani e chissà che altre piante. Mi guarderei attorno saltellando sul posto per sciogliermi un po' e forse vedrei fermarsi davanti a me gli ologrammi tremolanti di tutte le macchine che sono venute a prendermi negli anni, sotto casa: c'era babbo nella sua Toyota scassata secolare che arrivava senza essersi inventato un posto in cui portarmi, i peli rossi della barba a contargli gli anni diventando bianchi, ce li ho anch'io, c'era Duccio che arrivava facendo sghignazzare la frizione tutto esaltato neanche un quarto d'ora dopo aver preso la patente, c'era il Corto con due sue compagne di classe su una Lancia rossa alle undici e un quarto di un sabato sera di luglio per andare tutti quanti a ballare, c'era la Grazia la mattina di San Valentino con la sua Mini celeste, sorridente alla guida in un maglione di panna che la faceva sembrare ancora più morbida. Comincerei a correre, lento ma convinto, le mani raccolte in ali ritratte vicino al petto, molleggiano, palme libere, dita libere, sentirei aumentare piano il battito del cuore e il sangue spargersi tra gli strati dei muscoli mentre taglio i giardini spennellati in mezzo ai palazzoni coi loro sentierini a mattoncini di cemento, le panchine rovinate dalla pioggia e dalla noia dei ragazzini, le merde di cane spiaccicate e quelle raccolte nei sacchetti di plastica dentro i cilindri verdi dei bidoni, passerei vicino al campo da basket tra i giardinetti dei condomini e vedrei l'ologramma di me stesso a sedici anni che centra tiri a canestro con Duccio lamentandosi di qualche verifica andata male, scordandosene neanche due ore dopo, vedrei crescere questo ologramma nel me stesso di diciannove anni che centra tiri a canestro con Duccio cercando di decidere che università scegliere, continuerei a correre molleggiando nei fasci elastici delle caviglie, riascoltando riflussi di frasi dette con Duccio, col Corto, con la Grazia, con babbo, chiacchiere su futuri possibili e giornate storte e ragazze che ci piacevano e ragazze che non ci hanno voluto, sitcom, film, serie TV, anime, manga e videogiochi, incontrerei altri Filippo olografici che mi vengono incontro e che pure stanno sentendo tutte queste frasi dentro qualche canzone degli Stone Sour o dei Red Hot, immaginando un'infinità di posti da vedere e da visitare, l'infinità dei posti che non ho mai visitato e che sono sempre più sicuro di non poter più visitare, perché stasera muoio, devo morire – i posti dei film di mio padre, le cittadine belghe e tedesche dei suoi thriller o le New York bieche e tremende dei suoi noir dove detective disperati si aggirano da soli sdoppiati nella silhouette di un'ombra, le Americhe latine di cui mi aveva raccontato le guerre e guerriglie e rivoluzioni e che nei miei incubi qualche volta mescolavo alle abbaglianti Californie dei cartoni e alle Tokyo acquerellate degli anime e dei manga, Americhe e Giapponi che non esistono da nessuna parte se non, forse, almeno un po', in bilico sulle sopracciglia sollevate della Mara che sotto la pensilina dell'autobus racconta le sue due città: Londra e Edimburgo, dove ha vissuto suo fratello, prima Londra e poi Edimburgo, visitate tante volte, Londra coi suoi autobus rossi così pieni da volere un piano in più, Edimburgo con la sua folla di torri e torricine gotiche appuntite disegnate nella nebbia con le dita, mentre stiamo lì a aspettare sulla panchina e la Mara riempie piano piano di persone l'aria vuota, la riempie di aneddoti e di nomi tutti vivi in quelle città reali dove ora non atterrano più aerei, città che non vedrò non perché muoio ma perché il non averle visitate mi farà morire, perché stasera tutto mi si chiude

101

addosso, tutto si accartoccia nel mio mal di testa e nei miei brividi e in tutti gli altri sintomi, e non c'è niente di quei posti dove credevo avrei potuto, dove avrei voluto vivere: restano solo i sintomi, solo la mia malattia, solo io.

Se potessi correre, anche solo un giro breve attorno al vicinato, andrei a vedere se esiste ancora tutto il resto, se ci sono ancora il Palasport Allende e il Conad City in tutto quel complesso di palazzine rovinate su due piani e rampe gialle di San Lazzaro, vuoto di notte e buono giusto a far passeggiare i cani, con l'aula studio Cubo dove andavo da solo a preparare gli esami della sessione di luglio, toglierei le cuffie e cercherei di sentire se ci sono ancora le voci che salgono tutte insieme a ondate da dietro la cupola di luce proiettata dai riflettori puntati sullo stadio, che poi chi le vede le partite del Fano? E troverei quella panchina sotto l'acero dove devo essermi seduto un numero incalcolabile di volte, prima stanco d'estate, da piccolo, alla fine di giochi che non finivano mai, sudato e con le tasche piene di figurine e il cervello pieno di cartoni animati, e poi più avanti svuotandomi anno dopo anno di personaggi colorati a due dimensioni e riempiendomi di persone man mano più vere, man mano più concrete e capaci di mentire e farmi male come un personaggio dei cartoni non potrebbe mai fare, starei correndo immobile, un braccio un po' più in alto dell'altro, la bocca col rigonfio di uno sbuffo, un piede a terra e l'altro sollevato pendente dalla tibia, sarei un ologramma fermo e tremolante di me stesso mentre ascolto tutte le conversazioni che ho avuto sulla panchina sotto l'acero, o anche solo i silenzi quando mi sedevo a immaginare che qui, come diceva nonno, una volta era tutta campagna, e con gli occhi abbassavo i palazzi fin sotto i fili d'erba calpestati e immaginavo: tutta campagna, sentieri battuti, silenzi di pastori e capre e greci e romani in cammino o a cavallo, in marcia, in corsa anche loro verso il mondo conosciuto, verso i confini degli imperi dei documentari Rai e dei romanzi storici con scudi e spade incrociati in copertina che mi leggevo quando ancora avevo tempo, anche se in latino non sono mai andato troppo bene – rosa, rosa, rosae? E io qui sulla panchina a sbollire nel nu metal le interrogazioni della Ranieri, a risentirle rimuginate nei Korn su quel bordo di panchina, sarei di nuovo lì a ripetermi: guarda quest'imbecille, mi sentirei pensarlo passandomi accanto proprio lì, proprio sulla panchina dove qualche mese prima ho dato il primo bacio alla Grazia, quella notte che camminavamo insieme verso casa e non avevo balbettato neanche una parola, ci vedrei così, seduti, sono stanca, mi fanno male i piedi, sediamoci un secondo (non ti facevano male i piedi, non è stato un secondo), e continuavamo a parlare non so di cosa, non mi ricordo, e comunque non sentirei di cosa parlavamo se ripassassi correndo di fronte alla panchina e vedessi i nostri ologrammi seduti lì, non sentirei le parole, vedrei solo il graffito «sgarrata del 12/02/2004 F+G» sbucare inciso dalla tavola di legno sotto la sua mano, solo le iniziali però, tutto intero l'avrei riletto la mattina dopo il bacio ripassando alla panchina, lo rivedrei come l'ho visto in quel momento, solo le iniziali, la mia e la sua, inscritte da qualcun altro in un cuore o in una specie di cerchio bitorzoluto, un geoide, mi avrebbe suggerito in testa la prof di scienze: la forma della Terra. Mi vedrei pensare che quel cerchio marchia il mio punto d'arrivo della serata, magari non della vita ma di sicuro della serata, il punto in cui portare la mano, la mia mano, la mia mano sulla sua. Avevo paura, certo che ce l'avevo, dopo tutte le cose che ci eravamo raccontati avevo paura che se avessi fatto qualcosa avrei rovinato tutto, forse potevo aspettare ancora un po' e restare lì, una specie di amico poco più di un amico, un amico con cui ci si è detti tutto e con cui a quel punto ci si può solo scontrare o incontrare, e io ti volevo incontrare, se non lo faccio ora non lo faccio più, lo devo fare ora se non voglio restare fermo qui, chiuso qui, da solo qui con tutte queste storie che mi hai versato dentro, con questo vaso di cose che ho pensato e sentito e patito per te, riempito di te, solo con tutto questo stratificarsi di cose dentro e sopra di me: nel cerchio minuscolo del graffito con le iniziali F+G, con a fianco una data a caso che stasera potrebbe avere qualche significato numerologico incomprensibile, dove sarei rimasto da solo se non avessi mosso la mano, se non avessi stratificato la mia mano sulla tua mano sul graffito sull'asse della panchina sul prato sugli strati geologici sotto il prato e sugli strati mentali di me che penso te che pensi me fino al centro di nichel e ferro del pianeta Terra. Vorrei, passando lì, poter vedere la chiusura a cerchio della nostra storia che non c'è stata, perché una storia è un cerchio solo quando ci sei dentro e solo lì è perfetta e chiusa e funziona, ma poi si slaccia, si slacciano i due estremi e ci si separa, ognuno per la sua strada: Grazia in America da un cugino della madre e io lì alla panchina nei due mesi dove non riuscivo neanche a ritornare a Ozzano e dovevo stare qui, a aspettare, mentre mamma mi diceva parti, vai, torna su, come dovessi salire sopra qualcosa, e Duccio insisteva con queste metafore, «chiodo schiaccia chiodo», «mettici una pietra sopra», per dire che trovare un'altra non significava sostituire ma stratificare, aggiungere, mettere me sopra qualcosa di me che sta sotto di me. Eppure il mondo sembrava collassato tutto in un punto a cui non si poteva aggiungere nulla, tutto dentro il cerchio o il cuore del graffito che ora neanche si legge più, tutto ridotto a un'unica grande massa omogenea, continua, attraversata da un unico dolore articolare, da un brivido terribile di febbre che fa eco nel vuoto del parco e dei pori nel legno della panchina sotto il mio culo magro di ventenne abbandonato come tutti, pensoso come tutti, fisso a guardarsi in mano i resti del cuore rotto in qualche foto non ancora cancellata dal telefono, come tutti, a pensare di essere il solo a stare male davvero, il solo da solo.

Se potessi uscire a correre e vedermi così e restassi fermo di fronte a quella panchina nel secondo di sospensione fra un passo e l'altro, entrambi i piedi staccati da terra, cercherei di dirmi una parola, una soltanto perché di certo non me ne potrebbe uscire più di una in una situazione così, con l'ologramma di me stesso che corre a parlare con l'ologramma di me stesso che piange, mi direi: coraggio, per dire: coraggio, verranno altre giornate e altre ragazze e altri amici e questa non è la fine, non è il punto dove ti inchiodi qui da solo e non succede più nulla e non incontri nessuno e non compare niente, dove non si appoggia niente sopra quello che c'è già, non è l'unico punto, l'ultimo punto, il punto in cui muori. Non resterai qui, tornerai a Ozzano e darai tutti gli esami di veterinaria in tempo e ci sarà la Ludo che ti insegnerà il sesso divertente e leggero Walter che ti farà scoprire che tutti i film diventano più interessanti con un po' d'erba e poi Padova con la sua nebbia fatata da videogioco fantasy e il suo bel centro storico e i tuoi primi stipendi e la tua prima macchina, e la Mara con il suo camice da laboratorio e i suoi incisivi un po' storti ma bianchissimi, perché non fuma, il fumo uccide, sta scritto sui pacchetti (e brava scout), la Mara che alza gli occhi se le parlo dei Nirvana e che quella sera sotto la pensilina dell'autobus anche se non è successo niente ha fatto succedere tutto ascoltando le mie storie su babbo, sulla Grazia, su Duccio e sul Corto, lì alla panchina, raccontandomi le sue con gli occhi fissi in un futuro che non si sa neanche dov'è, lontano, lontanissimo, e il suo sguardo una freccia che attraversa decine di migliaia di strati d'acqua per respirare finalmente nell'aria luminosa di un sole lontanissimo anche lui, con l'autobus che tardava apposta per lasciarci parlare, mi dispiace di farti aspettare, mi fa lei, no, guarda, in realtà faccio finta, è che con la nebbia mi sono perso, non sono sicuro di dove siamo (lei ride) guarda che sono serio! Ho un senso dell'orientamento da persona normale io, se non si vede niente e resto da solo mi perdo, mica ho fatto gli scout. Va bene, allora ti insegno un trucco da scout, dice, un vecchio trucco che usavo quando portavo i bambini a fare le escursioni: lì se ti perdi non puoi darlo tanto a vedere perché poi i bambini vanno nel panico, sono stupidi, è un attimo che si mettono a piangere e cominciano a andare in giro da soli. Pronto per il trucco? Sicuro? Guarda che è un segreto scout. Non racconto niente, mano sul cuore. Bene, ecco il trucco: usa il telefono. (Io rido), tutto qui? Dieci anni di scout per imparare a usare Google Maps? Aspetta, c'è una funzione segreta che conoscono solo gli scout – mette la mappa in modalità satellite: allo strato delle vie e dei blocchi grigi di case si aggiunge quello nuovo dei colori fotografati dallo spazio, dei tetti rossi attraversati dalle reti grigiobianche delle strade, delle macchie verdi di alberi e parchi, delle toppe squadrate dei campi. Due dita pallide di freddo zoomano sul reticolo della città avvicinandosi a dove siamo ora, zoomano fin sopra la pensilina del bus, ecco, ora siamo qui, e io devo andare qui, dita chiuse, zoom indietro, salto in alto, le case e le strade si moltiplicano, dita aperte, zoom indentro, un palazzo e un indirizzo localizzano la Mara tra tutte le persone della città di Padova, tu dove abiti? Mi passa il telefono, digito l'indirizzo. Sono nella direzione opposta, un po' fuori, dalle parti dell'Unieuro. E la tua città dov'è? Zoom indietro, la striscia azzurra della costa adriatica, scorro lungo le strade che ho risalito in macchina e lungo i nomi delle cittadine della riviera, lungo le nuvole degli alberi dall'alto e le macchine di altri come me in movimento verso altre città, atri lavori, altre storie, altre persone: qui? Chiede toccando i palazzoni di via Corelli. L'indice si appoggia sul giardinetto e lascia la patina della sua impronta digitale stesa sopra la chiazza verde dell'acero e sopra la panchina sotto l'acero, un'impronta leggerissima, invisibile se non dal mio angolo di vista con la luce del lampione a rischiarare le spirali dei suoi dermatoglifi, a lasciare il velo fine di una firma su quel punto, esatto sì, vivevo qui, quando correvo mi facevo tutto il giro e… Ecco l'autobus. Allora ci rivediamo alla prossima. Cioè ci vediamo domani in Istituto. Ah, altro trucco scout: se non hai internet puoi sempre chiamare. O scrivere. Così gli altri vedono i messaggi, appena torni alla civiltà. Va bene, rido, va bene (schermo luminoso, qualche settimana dopo: appena finisce sto macello dobbiamo recuperarci quei caffè). Vado allora. Non ti perdere, eh, forza e coraggio! Forza e coraggio, c'è ancora tutto questo e la folla sterminata di persone che oltre a te sono state sedute su quella panchina e magari hai visto solo di sfuggita mentre uscivi e mentre tornavi, ma che ti sono entrate nella coda dell'occhio col polline bioluminoso delle loro sagome, decantando una sull'altra nel tuo ologramma fermo che corre: fermo, ma corre: gli amori delle coppie che si sentono al telefono, delle famiglie coi bambini ammassati uno sull'altro dentro i passeggini a ruote rotte, le famiglie in folla con gli amici di famiglia, coi cani, coi gatti, coi pesci rossi in sacchetti di plastica pieni d'acqua che sembrano bolle di diamante liquido e coi cestini da picnic e le birre e i biberon, abbracciati come i vecchietti del sesto piano, quelli dei gerani, da cui sono partiti prima i figli e poi frotte di nipoti e loro intanto fermi lì, sul balcone, capelli grigi di ferro e nichel a sorridere degli strati che hanno sovrapposto al proprio, e poi rimasti soli, lei è morta, lui vedovo macchiato di vecchiaia sulle mani, solo sulla panchina sotto l'acero nelle ore del tramonto della Terra, tutto il corpo un fascio fragile di acciacchi, denti persi, ossa porose, seduto lì da solo a ricontare tutto quello che gli manca, a dirsi passo, adesso passo, adesso muoio, stasera muoio, stasera tocca a me nell'esplosione del tramonto di incamminarmi solo – ma se potessi uscire a correre, al posto di starmene qui a penare, a contare i gradi di febbre e le pulsazioni del polso, se potessi passare davanti a quella panchina forse incontrerei davvero il vecchietto dei gerani e lo vedrei pensare e vedendolo pensare sentirei, una sull'altra, le cose accumulatesi nel tempo, un numero incalcolabile di cose che lui va comunque contando una per una, e contandole le moltiplica, e moltiplicandole le allarga nello spazio d'aria densa della mia corsa olografica, affollandola con tutte le figure che gli sono entrate dentro nell'osmosi della sua vita con le altre. Forse lo vedrei: e vedendo sarei lì, se potessi uscire a correre, sarei fuori, in questa osmosi, correndo senza muovermi, senza passare, insieme agli altri.

STRATIGRAPHIE
CESARE SINATTI
Aus dem Italienischen von Thomas Empl

Es wird das dritte Mal in diesem Monat gewesen sein, auch keine Überraschung in Anbetracht der Lage. Schließlich ist es mir immer so gegangen, es genügt, einen Fleck auf der Haut zu finden, komisches Bauchweh zu kriegen oder diese Schmerzen in den Knochen, die man als Jugendlicher bekommt, wenn das ganze Skelett auf einmal wächst und die Muskeln kaum mitzukommen scheinen, sich fast nicht darauf halten können, Schicht auf Schicht. Das Skelett: ein Kleiderbügel, an dem das Kleid aus Sehnen und Fleisch hängt: Plötzlich nimmt es allen Raum ein und fängt an, zu schmerzen. Es ist da, auch wenn du es nicht siehst, du spürst es bloß als harte Beulen unter der Haut, Knöchel, Ellbogen, Knie, als Kalkblase unter der Kopfhaut, aber plötzlich ist es da, wird größer, man kann es im ganzen Körper spüren, als wollte es herausplatzen und allein übrigbleiben, das Skelett, alleine.

Ich bekam Angst, dachte an Tumoren in den Knochen, an die Bilder im Internet, mit deren Hilfe ich mir tödliche Krankheiten diagnostizierte. Mama wusste nicht, was sie sagen sollte. Früher ließ man Ärzte die Diagnosen stellen, nicht Google. Wie geht man mit einem hypersensiblen Jungen um, der auf einen Schlag alles Wissen der Welt zur Hand hat, das wahre und das falsche, und deshalb auch alle Ängste der Welt, ob begründet oder nicht? Filo, sag sowas nicht, sagte sie, du bringst mich dazu, die Schultern hängenzulassen. Auch sie war am Ende entmutigt, nicht weil ich vielleicht wirklich krank war, Mama sah es sofort, wenn ich krank war (Sollte ich sie jetzt anrufen?), sondern weil ihr langsam klar wurde, dass die Angst für mich immer da war, wie für Papa. Sie dachte bestimmt, sie hätte etwas falsch gemacht, wenn ich all diese Furcht habe, wird gesehen haben, dass mir ein schwieriges Leben bevorsteht, sich mich als alten Mann vorgestellt haben, vielleicht, oder wenigstens als Erwachsenen, wie Papa, ein einsamer Typ, der sein Leben damit verbringt, alleine Auto zu fahren, und der an den Raststätten halten muss, um alleine nach Luft zu schnappen, in einer Nacht, die niemals endet, selbst wenn es gut läuft, selbst als ich langsam wieder gut in der Schule wurde, nachdem ich ein Jahr verloren hatte, denn die Sache ist die: Wenn du die Angst hast, dann läuft es schlecht, selbst wenn es gut läuft, sodass es dir immer so vorkommt, als ob etwas schiefläuft oder schiefgehen wird, auch wenn es gut läuft, als ob für jede schöne Sache eine hässliche passieren müsste, etwa eine Krankheit oder ein Todesfall, dass, wenn sie dir die Stelle am Zooprophylaktischen Institut von Padua geben, die du wolltest, der Zug, mit dem du hinfährst, zwangsläufig entgleisen müsste, denn du musst sterben, von all den Passagieren, vielleicht können die anderen sich retten, aber du musst sterben, allein du.

Oder eine Pandemie bricht aus, und alle bleiben zuhause, ausgerechnet jetzt, wo es mit der Mara ernster wurde, und du musst hier weggesperrt bleiben, wo du von jedem bisschen Kopfschmerzen Panikattacken bekommst, am Kaffee riechst, um zu schauen, ob dein Geruchssinn noch funktioniert, wo du dich bemühst, das Smartphone nicht vom Nachttisch zu greifen, weil alle sagen, man solle nicht zu oft die Fallzahlen nachlesen, weil das nichts bringt, nur Angst macht, aber ich schaue sie mir irgendwann trotzdem an: Und es bringt nichts, und es macht nur Angst. Könnte ich doch wenigstens laufen gehen, mich abreagieren. Wenn ich früher krank war und das Gefühl hatte, im Sterben zu liegen, zog ich mir ein beschissenes Trikot an und die blaue Turnhose von Erreà, steckte meine Füße in meine zerschlissenen Nike und ging raus. Ich konnte sogar zehn, fünfzehn Kilometer am Stück schaffen, lief ans Meer, aufs Land, überallhin, ich ließ die ganze Stadt unter meinen Füßen rattern wie ein endloses Laufband, die Dinge tauchten auf und verschwanden wieder, wie die Straßen, die ich betrat und hinter mir ließ, dabei schlägt das Herz seinen ganz eigenen Rhythmus und spuckt sauerstoffreiches Blut durch den ganzen Körper, schlägt den Rhythmus und zieht dich aus den sich willkürlich verzweigenden Gedanken. Es gibt Studien, die sagen, dass Sport die neuronale Plastizität anregt und dazu beiträgt, dass dein Gehirn nicht verfault: In meinem Fall stimmt das: Solange ich laufen gehe, knülle ich mich nicht in der Hypochondrie zusammen und komme irgendwie durch. Aber jetzt kann man nicht einmal das mehr machen. Man muss zuhause bleiben, du gehst höchstens noch einkaufen, ansonsten bleibst du in deinem Zimmer, alleine.

Sicher habe ich was, es kribbelt in den Fingern, die Hände sind kalt, in meinem Bauch keimen die Paniksporen, wie bei der Reisekrankheit, Seekrankheit, Luftkrankheit, die ich alle vielleicht noch nie wirklich gehabt habe, ich bin nie krankgeworden, wenn ich mit Freunden unterwegs war, mit der Grazia, mit der Mara. Nur mit Papa. Heute Nacht sterbe ich. Ich spüre, dass ich sterbe, wie damals, als wir mit dem Auto einen Ausflug nach Urbania und Cagli gemacht haben, zwischen den Hügeln, auf Straßen, die immer knapper und karger wurden, genau wie unsere Wortwechsel, während die Luft von den kettengerauchten Zigaretten immer dicker wurde, eine steinerne Luft, Gestein, auf das die Sonne brennt, und draußen vertrocknete Pflanzen in einer hysterischen Natur, nur die Musik hat uns in solchen Momenten aufgeheitert, nur die, während ich mich Jahr für Jahr auf Papas grundlose Einsamkeit konzentrierte und mir einredete, auf keinen Fall so werden zu wollen (Wie denn?), so: Alleine durch verlassene Landschaften zu fahren, durch vom Efeu zerfressene Ruinen – und als hätte Papa meine Gedanken lesen können, ließ er die gute Hälfte eines Lächelns aus seinem Bart hängen, während ich dachte: Ich würde sterben, wenn ich so leben würde, in diesem Auto hier sterbe ich, heute Nacht sterbe ich, ich bin es, der stirbt, ich und nicht einer, dem ich zugesehen habe, ich und nicht der Protagonist von einem dieser Sonntagabendthriller, in denen der Tod mit einem Fingerschnipsen auftaucht und einem Knallen der Böller, und in denen man nur Einstellungen von schlaffen Fingern sieht und Blut, das durch die Rinnsteine fließt, vor meiner Angst und Papas gelangweilter Miene, ich sterbe und nicht der Held eines Sandalenepos, der seine Reden ans Notenblatt eines Soundtracks von Hans Zimmer pappt, ich: hinter der Miene eines ans Krankenhausbett Gefesselten, der aus geschlossenen Augen wie denen Großvaters herausschaut, immer weiter entfernt, zunehmend taub für die mit gesenkter Stimme gesprochenen Begrüßungen und Ermunterungen der als Enkel verkleideten Fremden, ich hinter zwei Augenlidern, die sich immer weiter schließen, die sich für immer verschließen, aber ich bin noch da, für immer im Dunkel, aber hier bin ich, lass alle los, aber ich bleibe da, alle verabschieden sich, ciao Filo, und die grünen Zimmerwände rücken ab vom Bett; als würde sich die Krone einer Blume öffnen, entfliehen sämtliche Farben dem Fluchtpunkt meines Blicks und an ihrer statt breitet sich ein Schattenfleck aus, der Schatten des Todes, des Wachbleibens im Tod, allein ich, alleine.

Ich sterbe. Heute Nacht habe ich einen Herzinfarkt und sterbe. Mein Blinddarm platzt, und ich sterbe. Thrombose, und ich sterbe. Ich muss jemanden anrufen, aber du glaubst doch nicht, dass Papa um diese Uhrzeit rangeht, entweder er schläft oder er hat das Telefon ausgesteckt, und ihn würde ich sowieso nicht anrufen. Mama kann ich auch nicht anrufen, doch nicht mit dreißig. Was sind die letzten Worte, die ich zu ihr gesagt habe? Sowas wie »ja, ja, ciao, ciao«, sowas in der Art, nicht einmal ein »Ich hab dich lieb«, ich war sogar ein bisschen genervt, sie wird gekränkt gewesen sein, heute Nacht sterbe ich und sie wird sehr gekränkt sein. Also wen rufe ich an? Den ärztlichen Notdienst? Der Kurze hat mir erzählt, dass die überfordert sind, es gibt Leute, denen geht es schrecklich, und ich ruf da an, weil mir das Herz rast, weil ich bescheuert bin. Letztendlich könnte ich das schon machen, wobei: Sicher bin ich nicht der einzige Hypochonder, der da während einer Pandemie anruft. Aber selbst wenn sie rangehen, geben die nur zwei Antworten: entweder «Sie haben nichts»oder »Kommen Sie her«, und ich gehe sicher nicht in die Notaufnahme, um mir da das Virus zu holen. Soll ich die Mara anrufen? Aber ich will die Sache mit der Mara nicht kaputtmachen, ich will nicht, dass sie gleich sieht, dass ich so bin. Vielleicht ahnt sie es schon, aber ich will nicht, dass sie es sieht, wir wollten doch noch einen Kaffee im Pedrocchi trinken, aber dann haben sie alles geschlossen. Sobald dieses Chaos vorbei ist, holen wir die Kaffees nach, habe ich ihr neulich abends geschrieben, während die Zahlen stiegen und stiegen. Und stattdessen holen wir rein gar nichts nach, denn wenn es so weitergeht, ersticke ich entweder oder werde verrückt oder beides; ich seh's schon vor mir, wenn alles vorbei ist, trifft sie zufällig Walter, sie unterhalten sich an der Kaffeemaschine im vierten Stock, er fragt sie: Moment, du kanntest Filo? Der ist letzten Monat gestorben, ja, wir waren befreundet, wir haben zusammen in Ozzano studiert. Von einem Tag auf den anderen… Wer hätte gedacht, dass einer so abtreten kann. Du hast ihn auch gekannt? Sie: Ja, das heißt: nein, das heißt: ein bisschen. Ein bisschen hab ich ihn gekannt, wir standen in Kontakt, ja, wir schrieben uns, manchmal sind wir ausgegangen, wir waren im Pedrocchi einen Kaffee trinken, er hat sich über mich lustig gemacht, weil ich früher Pfadfinderin war, und mir von *In Utero* von Nirvana erzählt, als ob das gestern rausgekommen wäre, er hatte ein bisschen den Geschmack eines Rockonkels, das hab ich ihm auch gesagt, du bist so ein bisschen ein Rockonkel, oder?, und ich hab's sofort bereut, weil Jungs ja manchmal eingeschnappt sind, wenn man über das lacht, was sie gutfinden, auch wenn sie nach außen einen auf hart machen, sind sie im Inneren alle empfindlich, sie kommen zu dir und sprechen dich an und versuchen einen guten Eindruck zu machen, und ich verarsche sie einfach, weil ich den Mund nicht halten kann, und weil ihr sowieso, doch, immer ein bisschen lächerlich seid, aber er war nicht beleidigt, hat gelacht, sich über sich selbst lustig gemacht mit dieser tiefen, aber klaren Stimme, wegen der er gutaussehend klang, obwohl er gar nicht so gut aussah, eine Stimme, die, wenn er lachte, jedes A wie Großbuchstaben wirken ließ, die sich aufeinander stapeln. Vielleicht, hab ich gedacht, hätte er mit so einer Stimme sogar singen können, er könnte singen, auch wenn er ein bisschen stottert, und ihm am Ende der Sätze die Wörter im Mund steckenbleiben, hin und wieder, wenn er aufgeregt ist. Man sah es ihm an, wenn er aufgeregt war: Er hat mich zur Bushaltestelle begleitet und ein bisschen sah man es ihm an, und er blieb an den letzten Wörtern hängen. Es war Februar, kurz bevor der ganze Zirkus losging, und es lag dieser typische Nebel über Padua, der von oben nur noch die Lichthöfe der Laternen und die Spitzen der Kirchtürme erahnen lässt und durch den die Passanten zu unscharfen Formen verschwimmen und wirken, als würden sie Umhänge aus einer Fantasy-Serie tragen, dieser Nebel, der einem ein bisschen Furcht davor einjagt, ihn alleine zu durchqueren, weil er den Dingen ihr Maß nimmt und sie alle zusammendrückt, und er, als hätte er das verstanden, war mitgekommen, um mir unter dem Dach des Bushäuschens Gesellschaft zu leisten, und man sah es ihm an, dass er aufgeregt war, er hüpfte ein bisschen herum wie ein Marathonläufer beim Warmmachen, er sagte, ihm sei kalt, und als wir uns auf die Bank gesetzt hatten, schaute er sich die Wörter an, die Jugendliche mit Filzstift daraufgeschmiert hatten, als würde er etwas suchen, unsere Hände waren nah beieinander und … gar nichts ist passiert, ich bin so gestorben, ohne ein zweites Treffen, bin nach Hause gegangen und nannte mich einen Dummkopf, weil die Mara nicht die Grazia ist und nur ein Idiot hatte glauben können, eine Sache würde zweimal genau gleich ablaufen, da sitzt sie nun alleine im Bus, rufe ich sie an? Besser morgen? Oder doch heute Nacht? Es ist halb vier morgens. Ich bin alleine. Heute Nacht muss ich selbst klarkommen, alleine.

Vielleicht wenn ich mich aufs Atmen konzentriere, auf den Rhythmus der Atemzüge, den Punkt in der Mitte von Mund und Nase, hatte ich online gelesen, *ein, aus,* wie der Rhythmus eines Lieds, *ein, aus,* versuch an was anderes zu denken. Wenn ich jetzt rauskönnte, laufen gehen, würde ich zwei Treppenstufen auf einmal nehmen, schnaufend, *ein, aus,* das Gewicht meiner Füße wird abgefedert von den dicken Nike-Sohlen, man hört das Echo der Treppenabsätze von sechs Stockwerken, die Geräusche von irgendeinem Kind, das hinter verschlossener Tür einen Wutanfall hat, von einem Paar, das streitet, einem Paar, das sich trennt, einem Paar, das sich vielleicht nach langer Zeit wiedersieht, zum Trommelrhythmus meiner Füße, meine Hand gleitet über das Geländer und lässt das Eisen pfeifen, ich falle nicht, ich muss mich an nichts festklammern. Ich würde rausgehen, mich auf den Weg machen, würde loslaufen und alles vorbeiziehen lassen. Ich würde daran denken, wie ich an Tausenden von Morgen diese Treppe hinuntergelaufen bin, zwei Stufen auf einmal übersprungen habe, zur Schule ging, verschlafen, die Grazia abholen ging, wach, im Winter in schwarzen Band-Pullovern von Korn oder Cannibal Corpse, im Sommer in Star-Wars-T-Shirt und Flip-Flops: Ich würde rausgehen und ich wäre zurück in all diesen Momenten, ich wäre dort, ich wäre draußen. Die Luft wäre frisch wie im April oder klamm wie im November oder warm wie im August, eine Luft, die in der Lunge brennt, *ein*, ich würde all die unterschiedliche Luft all dieser unterschiedlichen Jahreszeiten einatmen, *aus*, würde sie rauslassen, die Haustür aus Glas und Messing würde mit einem Geräusch zufallen, das ich dermaßen gut kenne, dass ich es hören kann, bevor ich es höre. Und in diesem Moment wäre ich draußen, in meinem Rücken die Wohnblöcke der Via Corelli und vor mir der Parkplatz, voll mit den Autos all der Bewohner des Viertels, der Punto von Mama, unter den Oleandern die Motorroller mit den frisierten Auspuffrohren und Valentino Rossis halb abgeblätterter 46 unterm Windschild, der Peugeot der heißen Dentalhygienikerin aus dem dritten Stock, die ich manchmal abends in Unterwäsche am Fenster sehe, der Panda des Alten, der exakt um sechs Uhr morgens loszieht, um einen Dschungel aus Basilikum und Petersilien und Geranien zu gießen und was weiß ich welchen Pflanzen noch. Ich würde mich umsehen und dabei auf der Stelle hüpfen, um meinen Körper ein bisschen zu lockern, und vielleicht würde ich dabei flimmernde Hologramme all der Autos vor mir anhalten sehen, die mich über die Jahre von Zuhause abgeholt haben: Es gab Papa in seinem ramponierten uralten Toyota, der kam, ohne sich ein Ziel überlegt zu haben, an das er mich fahren könnte, die roten Haare seines Barts zählten die Jahre, indem sie weiß wurden, auch ich habe sie gezählt, es gab Duccio, der ganz überschwänglich, die Kupplung durchgedrückt, den Motor auflachen ließ, keine Viertelstunde nachdem er seinen Führerschein gekriegt hatte, es gab den Kurzen mit zweien seiner Klassenkameradinnen in einem roten Lancia um Viertel nach elf, ein Samstagabend im Juli, an dem ausnahmslos alle tanzen gingen, es gab die Grazia am Morgen vom Valentinstag mit ihrem himmelblauen Mini, lächelnd am Steuer in einem cremefarbenen Pullover, der sie noch zarter aussehen ließ. Ich würde loslaufen, langsam, aber entschlossen, die Hände vor meiner Brust wie eingezogene Flügel, sie springen auf und ab, die Handflächen frei, die Finger frei, ich würde spüren, wie sich der Herzschlag langsam beschleunigt und das Blut durch die Muskelschichten fließt, während ich die Abkürzung durch die zwischen die Wohnblöcke hingepinselten Grünstriche nehme, die Wohnblöcke mit ihren Betonfliesenpfaden, den vom Regen und der Langeweile der Jugendlichen zerstörten Sitzbänken, der plattgedrückten Hundescheiße und den Massen von Plastiksäcken in den zylinderförmigen grünen Mülltonnen, ich würde an dem Basketballplatz zwischen den Gärtchen der Mehrfamilienhäuser vorbeikommen und ich würde das Hologramm von mir selbst als Sechzehnjährigem sehen, der mit Duccio Körbe wirft und über irgendeine verpatzte Klausur jammert, die keine zwei Stunden später vergessen sein wird, ich würde sehen, wie dieses Hologramm von mir selbst zu einem Neunzehnjährigen heranwächst, der mit Duccio Körbe wirft und dabei versucht, sich für eine Universität zu entscheiden, ich würde weiterlaufen, abgefedert durch die elastischen Bänder in meinen Knöcheln, würde Aufnahmen wiederhören von Sätzen, die ich mit Duccio gesprochen habe, mit dem Kurzen, mit der Grazia, mit Papa, Gerede über Zukunftsträume und schlechte Zeiten und Mädchen, die uns gefielen, und Mädchen, die uns nicht wollten, Sitcoms, Filme, Fernsehserien, Anime, Manga und Videospiele, andere holographische Filippos würden mir entgegenkommen, die auch all diese Sätze aus irgendeinem Song von Stone Sour oder den Red Hot Chili Peppers hören und sich unendlich viele Orte vorstellen, die es zu sehen und zu besuchen gilt, unendlich viele Orte, die ich nie besucht habe und von denen mir immer klarer wird, dass ich sie nicht mehr besuchen werde können, weil ich heute Nacht sterbe, ich muss sterben – die Orte aus den Filmen meines Vaters, die belgischen und deutschen Städtchen aus seinen Thrillern oder die durchtriebenen und unheimlichen New Yorks aus seinen Film noirs, in denen hoffnungslose Detektive alleine herumschleichen, verdoppelt durch die Silhouette eines Schattens, oder die Lateinamerikas, von deren Kriegen, Guerillas und Revolutionen er mir erzählt hatte und die ich in meinen Alpträumen manchmal mit den schillernden Kaliforniens aus den Cartoons vermischte und den in Aquarellfarben gemalten Tokyos aus den Anime und Manga; Amerikas und Japans, die es nirgendwo gibt, außer vielleicht – zumindest ein bisschen – auf den beiden hochgezogenen Augenbrauen der Mara balancierend, wenn sie unter dem Dach des Bushäuschens von ihren zwei Städten erzählt: London und Edinburgh, wo ihr Bruder gelebt hat, zuerst in London und dann in Edinburgh, sie war oft zu Besuch, London mit seinen roten Bussen, so überfüllt, dass sie ein Stockwerk mehr brauchen, Edinburgh mit seiner Unmenge an spitzen gotischen Türmen und Türmchen, die sie mit den Fingern in den Nebel zeichnet, während wir dort auf der Bank warten, und die Mara füllt langsam, langsam die Luft mit Menschen, füllt sie mit Anekdoten und Namen, deren Träger alle in echten Städten leben, in denen jetzt keine Flugzeuge mehr landen, Städte, die ich nicht sehen werde – nicht weil ich sterbe, sondern weil es mich umbringen wird, sie nicht besucht zu haben, weil sich heute Nacht alles in mir verschließt, alles knüllt sich in meinen Kopfschmerzen zusammen und in meinem Schüttelfrost und all den anderen Symptomen, und nichts ist mehr da von den Orten, an denen ich geglaubt habe, leben zu können, leben zu wollen: Übrig bleiben allein die Symptome, allein meine Krankheit, allein ich.

Wenn ich laufen gehen könnte, und wär's allein eine kurze Runde durch die Nachbarschaft, würde ich nachschauen, ob der ganze Rest noch existiert, ob die Allende-Sporthalle noch da ist und der Conad City in dieser ganzen Anlage aus abgewrackten Zweistockhäusern und gelben Rampen in San Lazzaro, die nachts menschenleer ist und bloß zum Gassigehen taugt, und wo der Studienraum Cubo ist, in dem ich mich alleine auf die Prüfungstermine im Juli vorbereitet habe, ich würde die Kopfhörer aus den Ohren nehmen und zu hören versuchen, ob die Stimmen noch da sind, die hinter der aufs Stadion projizierten Scheinwerferlichtkuppel gemeinsam in Wellen aufsteigen – wer bitte schaut überhaupt Spiele von Fano? Und ich würde die Bank unter dem Ahornbaum finden, auf der ich bestimmt unzählige Male gesessen habe, früher müde vom Sommer, als Kind nach endlosen Spielen, verschwitzt und die Taschen voller Sammelbilder und den Kopf voller Cartoons, und dann später schütte ich Jahr für Jahr mehr von den zweidimensional gemalten Figuren aus und fülle mich mit nach und nach immer echteren Menschen, die nach und nach immer konkreter werden und fähig sind, zu lügen und mich zu verletzen, wie es eine Figur aus den Cartoons niemals könnte, ich würde erstarrt laufen, ein Arm ein bisschen weiter oben als der andere, die Backen aufgeblasen, ein Fuß auf dem Boden und der andere angehoben, am Schienbein hängend, ich wäre ein feststehendes, flimmerndes Hologramm von mir selbst, während ich all die Gespräche höre, die ich auf der Bank unter dem Ahornbaum geführt habe, oder auch nur das Schweigen, wenn ich mich hingesetzt und mir vorgestellt habe, dass hier, wie Großvater gesagt hat, früher alles Landschaft war, und mit den Augen versenkte ich die Wohnhäuser bis unter die zertrampelten Grashalme und stellte mir vor: alles Landschaft, Trampelpfade, das Schweigen der Hirten und Ziegen und Griechen und Römer, zu Fuß oder zu Pferd, auf Wanderschaft, auch sie im Anmarsch auf die bekannte Welt, zu den Grenzen der Imperien aus Rai-Dokumentarfilmen und Historienromanen mit gekreuzten Schilden und Schwertern auf dem Einband, die ich gelesen habe, als ich noch Zeit hatte, obwohl ich in Latein nie besonders gut war – *rosa, rosa, rosae?* Und hier bin ich auf der Bank, koche mit Nu-Metal die mündliche Prüfung der Ranieri ab, höre ihre Fragen im Kopf vermischt mit Songs von Korn auf der Bankkante, wäre schon wieder dort, würde mir wieder und wieder sagen: Schau dir diesen Trottel an, würde mich denken hören, während ich direkt an mir vorbeiliefe, vorbei an der Bank, auf der ich ein paar Monate zuvor das erste Mal die Grazia geküsst habe, in der Nacht, in der wir zusammen heimgingen und ich kein einziges Mal gestottert habe, ich würde uns so sitzen sehen, ich bin müde, mir tun die Füße weh, setzen wir uns eine Sekunde hin (deine Füße taten nicht weh, es blieb nicht bei einer Sekunde), und wir redeten weiter über was weiß ich, ich erinnere mich nicht mehr, und ich würde sowieso nicht hören, worüber wir geredet haben, wenn ich beim Laufen wieder an der Bank vorbeikomme und darauf unsere Hologramme sitzen sähe, ich würde kein Wort hören, würde nur die eingeritzte Schrift sehen, »geschwänzt am 12/02/2004 F+G«, die auf dem Holzbrett unter ihrer Hand auftaucht, nur die Initialen allerdings, den ganzen Schriftzug hätte ich am Morgen nach dem Kuss nachgelesen, als ich wieder an der Bank vorbeikam, ich würde die Schrift genauso wiedersehen, wie ich sie in diesem Moment gesehen habe, nur die Initialen, meine und ihre, zufällig von irgendjemand anderem in ein Herz oder eine Art klumpigen Kreis eingeschrieben, ein Geoid, hätte mein Lehrer für Naturwissenschaften vorgeschlagen: die Form der Erde. Ich würde mich denken sehen, dass dieser Kreis meinen Zielpunkt der Nacht markiert, vielleicht nicht des Lebens, aber mit Sicherheit der Nacht, den Punkt, an dem ich die Hand, meine Hand, an dem ich meine Hand auf ihre lege. Ich habe mich gefürchtet, natürlich habe ich das, nachdem wir uns so viel erzählt hatten, habe ich befürchtet, ich könnte alles kaputtmachen, wenn ich etwas tun würde, vielleicht könnte ich noch ein bisschen warten und eine Art Freund bleiben, etwas mehr als ein Freund, ein Freund, mit dem alles gesagt ist, man kann sich jetzt nur noch bekriegen oder sich kriegen, und ich wollte, dass wir uns kriegen, wenn ich es jetzt nicht tue, tu ich's nie mehr, ich muss es jetzt tun, wenn ich nicht hier steckenbleiben will, hier eingeschlossen, hier alleine mit all den Geschichten, die du in mich hineingegossen hast, mit diesem Krug voller Dinge, die ich für dich gedacht und empfunden und durchgemacht habe, erfüllt von dir, alleine mit diesen ganzen Schichten in und auf mir: in dem winzigen eingeritzten Kreis mit den Initialen F+G, daneben ein willkürliches Datum, das heute Nacht irgendeine unbegreifliche numerologische Bedeutung haben könnte, an der Stelle, an der ich alleine geblieben wäre, wenn ich meine Hand nicht bewegt hätte, wenn ich nicht meine Hand auf deine Hand geschichtet hätte, deine Hand auf der eingeritzten Schrift im Holzbrett der Bank auf der Wiese auf den geologischen Schichten unter der Wiese und auf den mentalen Schichten von mir, der an dich denkt, die du an mich denkst, bis hinunter zum Nickel- und Eisenkern des Planeten Erde. Ich wünschte, ich könnte, wenn ich dort vorbeikäme, sehen, wie sich der Kreis unserer Geschichte schließt, was nicht passiert ist, denn eine Geschichte ist nur ein Kreis, solange du dich in ihr befindest, und allein dann ist sie perfekt und in sich geschlossen und funktioniert, aber danach löst sie sich auf, die beiden Enden lösen sich voneinander, und man trennt sich, jeder geht seinen Weg: Grazia in Amerika, bei einem Cousin ihrer Mutter, und ich dort auf der Bank während der zwei Monate, in denen ich nicht einmal zurück nach Ozzano konnte und hierbleiben und warten musste, wobei Mama mir sagte, los, komm, hoch mit dir, als müsste ich auf irgendetwas klettern, und Duccio Metaphern benutzte wie «Nur ein neuer Nagel haut einen alten Nagel raus»oder »Setz einen Grabstein drauf«, um darauf zu beharren, eine Andere zu finden hieße nicht, auszutauschen, sondern zu schichten, etwas hinzuzufügen, mich auf etwas von mir zu legen, das unter mir liegt. Doch die Welt schien komplett zu einem Punkt zusammengestürzt zu sein, dem man gar nichts mehr hinzufügen konnte, komplett zusammengestürzt im Kreis oder Herz um die eingeritzte Schrift, die jetzt nicht einmal mehr lesbar ist, komplett reduziert zu einer einzigen großen, gleichförmigen Masse, ununterbrochen, durchdrungen von einem einzigen beispiellosen Gliederschmerz, einem schrecklichen Fieberschauer, der in der Leere des Parks widerhallt und in den Poren der Holzbank unter dem dürren Hintern eines Zwanzigjährigen, der vereinsamt ist wie alle anderen, nachdenklich wie alle anderen, der auf die Überreste eines gebrochenen Herzens in seiner Hand starrt, auf irgendein Photo, das noch nicht vom Handy gelöscht wurde, und wie alle anderen denkt er, er wäre der Einzige, dem es wirklich schlecht geht, als Einziger alleine.

Wenn ich rauskönnte, laufen gehen, und mich so sehen und vor dieser Bank erstarren würde, in der Sekunde zwischen zwei Schritten, in der man schwebt, beide Füße losgelöst vom Boden, würde ich versuchen, mir etwas zu sagen, bloß zwei Silben, denn mehr brächte ich in so einer Situation bestimmt nicht heraus, würde mithilfe des laufenden Hologramms von mir selbst das weinende Hologramm von mir selbst ansprechen und mir sagen: nur Mut, soll heißen: nur Mut, es werden andere Tage kommen und andere Mädchen und andere Freunde, und das ist nicht das Ende, das ist nicht der Punkt, an dem du dich hier alleine festnagelst und nie wieder passiert was und niemanden lernst du mehr kennen, und von nichts kommt nichts, wo man nicht auf das aufbaut, was schon da ist, das hier ist nicht der einzige Punkt, nicht der Endpunkt, nicht der Punkt, an dem du stirbst. Du wirst nicht hierbleiben, sondern nach Ozzano zurückkehren und rechtzeitig alle Prüfungen in Tiermedizin ablegen, und dort wird die Ludo sein, die dich in spaßigem Sex ausbildet, und der lässige Walter, der dir zeigt, dass wirklich jeder Film mit ein bisschen Gras interessanter wird, und dann Padua mit dem zauberhaften Videospielnebel und der schönen Altstadt und deinem ersten Gehalt und deinem ersten Auto, und die Mara mit ihrem Laborkittel und ihren leicht schiefen, aber strahlend weißen Schneidezähnen, denn sie raucht nicht, Rauchen tötet, steht auf den Packungen (und sie ist eine brave Pfadfinderin), die Mara, die die Augen verdreht, wenn ich von Nirvana rede, und die an dem Abend unter dem Dach des Bushäuschens, auch wenn gar nichts passiert ist, alles möglich gemacht hat, indem sie meinen Geschichten zugehört hat, über Papa, über die Grazia, über Duccio und den Kurzen, da auf der Wartebank, und indem sie mir ihre Geschichten erzählt hat, die Augen auf eine Zukunft gerichtet, von der man nicht einmal weiß, wo sie liegt, weit weg, sehr weit weg, und ihr Blick war ein Pfeil, der Zehntausende von Wasserschichten durchquert, um schließlich die leuchtende Luft einer Sonne einzuatmen, die auch sehr weit weg liegt, und der Bus kam extra zu spät, um uns reden zu lassen, es tut mir leid, dass du wegen mir warten musst, sagt sie zu mir, nein, sage ich, schau, eigentlich spiel ich dir was vor, ich hab mich im Nebel verirrt, ich bin nicht sicher, wo wir sind, (sie lacht), ich mein es ernst! Ich habe einen Orientierungssinn wie normale Menschen, ich verlauf mich, wenn man nichts sehen kann und keiner da ist, ich war doch kein Pfadfinder. Na gut, sagt sie, ich bring dir jetzt einen Pfadfindertrick bei, einen alten Trick, den hab ich immer angewendet, als ich mit den Kindern wandern war: Wenn du dich verläufst, darfst du es dir nicht so sehr anmerken lassen, sonst geraten die Kinder in Panik, die sind dumm, die fangen dann an zu heulen und rennen alleine los. Bereit für den Trick? Ganz sicher? Pass auf, es ist ein Pfadfindergeheimnis. Ich erzähl dir keinen Unsinn, Hand aufs Herz. Gut, hier kommt der Trick: Benutz dein Handy. (Ich lache:) Das ist alles? Du warst zehn Jahre Pfadfinderin, nur um zu lernen, wie man Google Maps benutzt? Pass auf, es gibt eine geheime Funktion, die nur Pfadfinder kennen – die versetzt die Karte in den Satellitenmodus: Zur grauen Schicht aus Straßen und Häuserblöcken kommt dann eine neue mit den aus dem Weltall photographierten Farben dazu, die roten Dächer, durch die sich ein grauweißes Netz aus Straßen zieht, die grünen Flecken aus Bäumen, die quadratischen Sticker aus Feldern. Zwei von der Kälte bleiche Finger zoomen auf das Raster der Stadt und nähern sich der Stelle, an der wir gerade sind, zoomen bis auf das Dach des Bushäuschens, so, hier sind wir jetzt, und ich muss dorthin, Finger zusammen, wir zoomen wieder heraus, springen nach oben, die Häuser und Straßen vervielfachen sich, Finger auseinander, wir zoomen heran, ein Wohnhaus und eine Adresse verorten die Mara zwischen all den Bewohnern von Padua, und wo wohnst du? Sie gibt mir das Handy, ich tippe die Adresse ein. Ich wohne in der entgegengesetzten Richtung, etwas außerhalb, in der Nähe vom Unieuro. Und deine Heimatstadt, wo liegt die? Ich zoome heraus, der azurblaue Streifen der Adriaküste, ich scrolle über die Straßen, die ich mit dem Auto befahren habe, und über die Namen der Kleinstädte an der Riviera, über die Bäume, die von oben wie Wolken aussehen, und über die Autos von anderen, die sich wie ich in Richtung anderer Städte bewegen, hin zu anderen Jobs, anderen Geschichten, anderen Menschen: Hier?, fragt sie und berührt die Wohnblöcke der Via Corelli. Ihr Zeigefinger liegt auf dem kleinen Park und lässt auf dem grünen Fleck des Ahornbaums und auf der Bank unter dem Ahornbaum den Belag ihres Fingerabdrucks zurück, ein hauchdünner Abdruck, nur aus meinem Blickwinkel zu sehen, im Licht der Straßenlaterne, das auf die Spiralen ihrer Dermatoglyphen fällt, die den Film einer Signatur auf diesem Punkt hinterlassen haben, ja genau, hier hab ich gewohnt, da war ich überall unterwegs, wenn ich laufen war, und… da kommt der Bus. Dann sehen wir uns beim nächsten Mal. Das heißt, wir sehen uns ja morgen im Institut. Ah, noch ein Pfadfindertrick: Selbst ohne Internet kannst du vielleicht immer noch anrufen. Oder schreiben. Dann sehen die anderen die Nachrichten, sobald du in die Zivilisation zurückkehrst. Na gut, lache ich, na gut (leuchtender Bildschirm, einige Wochen später: Sobald dieses Chaos vorbei ist, müssen wir die Kaffees nachholen). Ich geh jetzt. Verlauf dich nicht, ja, komm schon, nur Mut! Komm schon, nur Mut, all das ist immer noch da, so wie die unzählbare Menge an Menschen, die außer dir auf dieser Bank gesessen haben und die du vielleicht nur flüchtig gesehen hast, im Kommen und Gehen, aber die in deinem Augenwinkel aufgetaucht sind, mit den biolumineszenten Pollen ihrer Silhouetten, und die sich übereinanderlegen, in deinem erstarrten Hologramm, das läuft: erstarrt, aber es läuft: die Liebe von Paaren, die telefonieren, von Familien, deren Kinder in Kinderwagen mit kaputten Rädern gezwängt sind, Familien in großen Gruppen mit Freunden der Familie, die Hunde dabeihaben, Katzen, Goldfische in mit Wasser gefüllten Plastiktüten, die wie Blasen aus flüssigen Diamanten aussehen, Picknickkörbe und Bierflaschen und Säuglingsfläschchen, sie liegen sich in den Armen wie früher die Alten aus dem sechsten Stock, die mit den Geranien, von denen sich erst die Kinder und dann Scharen von Enkeln verabschiedet haben, und sie standen dabei einfach nur da, auf dem Balkon, graues Haar aus Eisen und Nickel, und lächelten über die Schichten, die sie auf ihre eigenen gelegt hatten, und dann blieben sie allein zurück, sie ist gestorben, er wurde zum Witwer mit Altersflecken auf seinen Händen, alleine auf der Bank unter dem Ahornbaum, in den Stunden der Dämmerung auf Erden, der ganze Körper ein brüchiges Bündel aus Gebrechen, ausgefallenen Zähnen, porösen Knochen, da sitzt er alleine und erzählt sich von allem, was er vermisst, ich gehe, sagt er sich, jetzt gehe ich, jetzt sterbe ich, heute Nacht sterbe ich, heute Nacht bin ich an der Reihe, mich im Ausbruch der Dämmerung alleine auf den Weg zu machen – aber wenn ich rauskönnte, laufen gehen, anstatt hier festzuhängen, zu leiden und ständig Fieber und Puls zu messen, wenn ich an dieser Bank vorbeikommen könnte, würde ich vielleicht wirklich den Alten mit den Geranien treffen und würde ihn nachdenken sehen und während ich ihn nachdenken sähe, würde ich die Dinge spüren, die sich in all der Zeit aufeinander gestapelt haben, eines auf das andere, eine unermessliche Summe von Dingen, die er aufzählt, eines nach dem anderen, und indem er sie aufzählt, vermehrt er sie, und indem er sie vermehrt, lässt er sie in der dichten Luft meines holographischen Laufs heranwachsen und überfüllt die Luft mit all den Figuren, die in sein Inneres gelangt sind, durch die Osmose zwischen seinem und den anderen Leben. Vielleicht würde ich ihn sehen: Und wenn ich ihn sehen würde, wäre ich dort, wenn ich rauskönnte, laufen gehen, dann wäre ich draußen, Teil dieser

Osmose, ich würde laufen, ohne mich zu bewegen, ohne vorbeizugehen, zusammen mit den anderen.

KOMMENTAR VON THOMAS EMPL

Ich las oder vielmehr durchquerte die erste Seite von Cesare Sinattis *Stratigrafia* und war im Kopf eines anderen. Eines jungen Mannes namens Filippo aus der Kleinstadt Fano, in dessen Gedanken sich *tutta l'ansia del mondo* stapelte – und dem durch den Corona-Ausbruch im März 2020 gerade noch mehr Ängste dazugekommen waren. Eine Seite nur, und man meint, Filippos Panik verstehen zu können – das muss man erstmal hinkriegen. Das hätte ich nicht drauf, das konnten höchstens David Foster Wallace oder Rainald Goetz, und auch hier gelingt die Vermittlung fremder Gedanken nur, weil der Autor eine ganz eigene Sprache für sie findet. Der Erzähler Filippo ist ein komischer Typ, der manchmal stottert, der komisch läuft und aufgeregt herumhüpft, und genauso hüpft oder springt oder federt sein Erzählen auf und ab, seine seitenlangen Sätze landen mal in seiner Kindheit, mal in einer ausgedachten Zukunft, dann sind wir plötzlich in Edinburgh, New York oder der Antike. Ein Personal, das einen ganzen Roman füllen könnte, taucht auf, sagt ein paar Worte und verschwindet im nächsten Halbsatz wieder. Ich muss gestehen, dass es mein erster, falscher Impuls war, Filippo zu korrigieren: seine Sätze zu kürzen, die Wiederholungen zu streichen, das Tempus zu vereinheitlichen, die unverständlichen Metaphern verständlich zu machen. Was natürlich Blödsinn gewesen wäre! Denn als ich mich dann später, im Laufe der 56 E-Mails, die Cesare und ich austauschten, vollständig dieser Sprache hingab, war klar, dass das ganze Unterfangen nur gelingen kann, wenn man den von Cesare brillant gesetzten Rhythmus dieses Denkens beibehält. Und das habe ich versucht.

Noch kurz zurück zum Anfang: Ich lese eigentlich ungern Corona-Texte, und das war der erste, der mir gefiel. Wahrscheinlich weil *Stratigrafia* im Kern, unter all den Schichten, keine Erzählung über die Angst vor Corona ist, denke ich, sondern über die Angst, trotz aller Erinnerungen, Begegnungen und Beziehungen in unserem Leben allein zu sein.

WEISSE ERDE
NATALJA ALTHAUSER

Schnee überall. Je weiter wir laufen, desto tiefer sinken wir. Die Kleine habe ich um den Bauch gebunden, die Kapuze über den Kopf. Seit einigen Minuten ist sie ruhig. Das erste Mal seit Stunden. Ich gehe noch leiser, in der stillen Hoffnung, sie nicht gleich wieder aufzuwecken. Sie zahnt. Ungewöhnlich früh.

Der Schnee verwandelt sich in dicke Flocken, eine Wand aus weiß, die sich unbarmherzig vor uns aufbaut. Nie habe ich verstanden, wo diese märchenhaften Winterlandschaften sich versteckt haben sollen. Hier jedenfalls nicht. Nicht in unserem Land.

Die Stiefel sind nass, ich laufe weiter. Mit jedem Schritt sinke ich mehr ab. Tauwasser dringt durch die Sohle. Meine Socken füllen sich mit Flüssigkeit oder ist es mein eigener Schweiß? Ich laufe weiter. Je länger ich laufe, desto weniger spüre ich.

Die Kleine atmet aus. Es klingt eher wie ein Schnauben. Vielleicht träumt sie etwas Schönes, während der Nachmittag verstreicht. Ich würde es ihr wünschen.

Ich streichle über den kleinen Kopf. Sicherlich spürt sie das, auch wenn sie schläft. Das Kind wollte ich nicht und jetzt ist es da. Und mit ihm die Angst, es zu verlieren. Diese Angst, dass ihm etwas geschehe, lässt mich nachts oft aufschrecken. Seltsam, wenn man nie geliebt hat.

Es raschelt. Ich bleibe stehen und lausche. Die Stille ist ja gar nicht still. Immer ist was dazwischen. Es raschelt erneut. Ich mache einen Schritt vor, ein zugeschneiter Ast knackt unter meinen Sohlen. Ein Tier womöglich. Ich lausche. Nichts.

Ich muss weiter. Keine Zeit. Ohne mich umzudrehen, laufe ich weiter und presse die Kleine an mich. Sie schnarcht leise. Ihr Frieden ist beneidenswert.

Einen Namen, einen Namen. Wie wollen Sie's Kind denn nennen?

Hat er mich gefragt. Ich wusste es nicht. Ich hielt dieses Bündel im Arm, das mich bei der Geburt fast umgebracht hätte, und starrte in große, braune Augen. Sie musterten mich kritisch, als hätten sie sich verwählt und wären falsch verbunden. Sie hatte lange Wimpern, schöne, dichte Wimpern. Die hat sie nicht von mir. Genauso wenig wie den klaren Blick. Sie öffnete die kleine Hand, die Finger, so unendlich, kleine Finger, selbst die Nägel waren da und griff nach meinem Hemd. Sie krallte sich am Ärmel fest, öffnete den Mund und gluckste munter, als hätte sie soeben einen grandiosen Witz gemacht. Ihr Lächeln galt mir, nur mir. Ich muss anhalten. Nur eine Sekunde. Vorsichtig ziehe ich die Wasserflasche aus den Seitentaschen des Rucksacks. Der Verschluss ist angefroren, meine Finger so steif, dass ich drei Anläufe brauche, um sie zu öffnen. Das eiskalte Nass flutet meine Kehle, meinen Kopf, mein Hirn. Ich bin wieder klar. Weiterlaufen. Immer schön weiter.

Ich habe sie Isabella genannt, weil es auch abgekürzt noch schön klingt. Ein Name wie ein Gemälde. Der Mann trug den Namen in die Urkunde, neben meinen. Und der Vater?

Ich schüttelte den Kopf und er machte einen Strich. Bloß einen Strich quer über die Spalte mit seinem schwarzen Füllfederhalter, als wäre damit alles gesagt. Ich blieb sitzen und schwieg. Den Vater gab es natürlich schon, aber er wollte weder mich, noch das Kind.

Mein Vater sah das genauso und riet mir, es wegmachen zu lassen. Genauso hat er es gesagt, wegmachen lassen. Ich bin zur Ärztin gegangen, eine schweigsame, russische Frau mit einem strengen Dutt und sie hat bloß genickt und gefragt, wie lange schon, und ein Formular aus der Schublade herausgezogen, das ich unterschreiben sollte. Eine Spritze und das war's und dass es etwas unangenehm werden könnte, wenn der Körper den Embryo abstößt. Sie rollte das R, als würde sie ein Messer wetzen.

Ich habe es mir vorgestellt, ganz bildlich, wie dieses Stückchen Leben zwischen meinen Beinen herausfällt, wie dieser Klumpen Blut das Klo runtergespült wird, wie ich mir die Oberschenkel abwische und nie, nie wieder ohne Scham auf mein Blut blicken könnte.

Sie murmelt etwas. Ich blicke an mir herunter. Sie hat den Kopf gedreht und schlenkert mit den kurzen Beinen. Ihre Augen wandern aufmerksam über die verschneite Waldfläche. Ich bleibe stehen, nehme ihre Haube ab und küsse ihren Kopf. Dann binde ich sie fester an mich und laufe weiter.

Vater hat gesagt, das geht nicht. So ein Kind, ausgerechnet jetzt, das passt nicht. Ein Krieg vorbei und schon die nächste Katastrophe. Das Ding muss weg. Mutter war sehr still. Sie saß am Küchentisch und stopfte Löcher. Im matten Kerzenschein konnte ich ihr Gesicht nicht sehen. Ich saß da und wärmte mich am Ofen. Die Decke um den Bauch gebunden, der sich damals noch nicht anders anfühlte, als vorher. Die Wochen vergingen und Vater sagte nichts mehr. Zweimal kam der Dorflehrer vorbei, mit dem Vater sich im Nebenzimmer länger unterhielt. Mutter rührte schweigend den Eintopf und ich polierte die Kacheln. Mit den Monaten wurde es schwerer. Meine Rundlichkeit hinderte mich an meinen alltäglichen Aufgaben. Als ich den Wäschetrog hinaustragen wollte, kam meine Mutter mir zum ersten Mal hinterher und nahm mir den Korb ungefragt aus der Hand. Geh nach drinnen, sagte sie und ich stellte mich an den Herd.

Als die Kleine auf der Welt war, haben sie sie keines Blickes gewürdigt. Wenn sie am Tisch saß und nicht aufaß, herrschten sie mich an. Wenn sie aufstehen wollte und sich auf ihrem Holzstuhl wandte, schlug mein Vater mit der Faust auf den Tisch und als meine Mutter schließlich die Weihnachtsbrötchen buk, griff Isabella neugierig nach dem Nudelholz. Mutter schlug ihre kleine Hand weg und ich erinnere mich bis heute an den Blick in den Augen des Mädchens, das verstand, was es heißt, im Leben abgewiesen zu werden.

Das Licht nimmt ab. Es muss vier sein oder später. Eine Stunde vielleicht noch, dann ist es dunkel. Ich ducke mich. Zwischen den Blättern sehe ich den Zaun. Mein gefrorener Atem hinterlässt Spuren. Isabella gefällt das. Sie greift mit ihren kleinen Händen nach den Wolken, als würden sie ihr gehören. Ich löse das Band am Rücken, streife den Rucksack ab und nehme sie auf den Arm. Sie strampelt. So viel weiß, höre ich mich sagen. Sie schiebt den Finger zwischen die Lippen und kaut lange auf ihrer Antwort. Ich nehme eine Hand voll Schnee und lasse ihn über ihre Hand rieseln. Sie zuckt zurück und blinzelt zwei, dreimal.

Ich binde sie mir wieder vor den Bauch, ziehe ihre himmelblaue Mütze fest und schaue auf die Karte. Patrouilliert wird stündlich, vielleicht, wenn ich Glück habe, fahren sie bei dem Schneegestöber nicht ganz so pünktlich. Aber auf Glück allein will ich mich nicht verlassen.

Ich ziehe die Karte hervor und studiere den Pfad. Unnötig, denn ich habe ihn seit Wochen im Kopf. Dieser Fetzen Papier ist meine Lebensversicherung. Es hat einiges an Geld und Vorbereitung gekostet, das zu planen.

Schneeketten! Das Geräusch ist unverwechselbar. Sie schieben sich rigoros über die weiße Fläche. Ich verschwinde hinter einem Baum, presse das Kind an mich und gehe in die Hocke. Zwei Lichtkegel kündigen das Fahrzeug an, dann fährt es vorüber. Ich trinke einen Schluck Wasser. Ein Rest Flüssigkeit tropft mir aus dem Mund und landet im Schnee.

Ein Jahr, hatte es geheißen. Ein Jahr und keinen Tag länger. Sie standen zu Dritt in meinem Zimmer: Vater, Mutter und mein Lehrer. Die heilige Dreifaltigkeit. Eine Familie hatten sie schon. Ich wusste, dass Vater Geld bekäme. Für das neue Dach. Ein Dach gegen ein Kind. Mit den Bauarbeiten begannen sie nach der Geburt. Über mir bröckelte der Putz, es wurde gehämmert und gebohrt und ich saß im Erdgeschoss vor dem Ofen, die Kleine auf dem Schoss, und wippte im Schaukelstuhl hin und her.

Sie wollten mir den Namen nicht sagen. Auch nicht, wohin sie sie brächten. Das war die Vereinbarung. Ich sah das Kind, das so sorglos über den Teppichboden krabbelte und muntere Laute von sich gab, und fragte mich, warum sie nicht sehen konnten, was ich sah. Wie sie aus dem Fenster schaute, während sie auf ihren Beinen saß und wie ihr Finger plötzlich in die Höhe schnellte, weil sie einen Vogel gesehen hatte, eine Wolke, den unendlich blauen Himmel. Wie sie früh morgens die Decke wegstrampelte und anfing vor sich hinzubrabbeln, als wolle sie den Rest des Hauses endlich dazu bewegen, aufzustehen und nicht länger sinnlos im Bett zu liegen. Und wie sie abends nicht schlafen wollte, weil noch so viel Kraft und Fröhlichkeit in ihr steckten. Oft beneidete ich sie um ihre Heiterkeit, dieses unbekümmerte Wesen, das noch nichts von der Trübnis dieser Realität ahnte. Ein ums andere Mal hatte ich Gott, an dem man in diesem Land nicht glauben durfte, dafür gedankt, sie nicht einfach weggemacht haben zu lassen. Dieses Kraftwerk von Mensch.

Ich begann, Karten zu studieren und Kleider zu nähen. Stulpen für die Arme und Beine, eine Mütze für Isabella, die Stiefel besserte ich aus, aber das Leder war alt und rissig. Es war das einzige Paar Schuhe, das ich noch besaß. Am Tag meines Aufbruchs schlich ich mich ins Büro, brach den Sekretär auf und steckte das übrige Geld ein. Für mich wäre es auf immer Blutgeld.

Ich dachte an den Moment, als Isabelle zum ersten Mal aufstehen wollte, zur Seite knickte und vor Wut und Empörung aufschrie. An den Blick in ihren Augen. Dieser unbedingte Wille aufzustehen und dass mir klar wurde, dass, wer so sehr um das Aufstehen kämpft, im Leben nicht mehr fallen kann.

Danach marschierte ich mit ihr sieben Stunden ohne Unterlass, ausschließlich durch den Wald, fernab der Straßen. Die Pausen fielen kurz aus. Isabella quengelte, schließlich weinte sie und dann brüllte sie. Ich drückte sie an mich, bat und flehte, dass sie still sein mögen. Irgendwann schlief sie vor Erschöpfung ein und ich lief weiter durch die Kälte. Wenn sie mich fänden, wäre ich ebenso tot, wie wenn sie mich am Grenzzaun erschössen.

Ein wenig Geld ist noch übrig. Damit könnte ich zumindest ihr Leben sichern. Vielleicht.

Die Dunkelheit legt sich über den Wald. Ich kauere immer noch hinter dem Baum und wiege mich langsam hin und her. Den Anorak habe ich geöffnet, damit sie ihren Kopf auf meine Brust legen kann. Obwohl es kalt ist, sind meine Hände verschwitzt. Ich erhebe mich, um mich zwischen zwei Büschen zu erleichtern. Dann packe ich die Sachen zusammen und setze den Rucksack auf. Die eingerollte Karte klemmt zwischen meiner Faust. Ich brauche sie nicht und doch brauche ich sie. Wieder höre ich die Schneeketten, wieder weisen die Lichtkegel den Weg. Der Wagen ist gleich vorbei. Weniger als eine Minute.

Danach ist es sehr ruhig. Ich binde mir die Stiefel ein letztes Mal. So fest es geht, schnüre ich meine Unterschenkel ein. Bloß nicht stolpern, bloß nicht stehen bleiben.

Isabella schläft. Ihr Atem geht ganz gleichmäßig. Vorsichtig setze ich einen Schritt vor den anderen. Der Draht ist dick und sperrig, er schneidet geradewegs in meine Handinnenflächen. Ich kauere mich zusammen, so klein es eben geht, greife nach der Zange und lasse sie zuschnappen. Ich muss die Luft anhalten und mit aller Kraft zudrücken, bis es knackt. Die beiden Holzpflöcke links und rechts vibrieren gefährlich. Ich wiederhole das Prozedere und biege die Drahtenden zur Seite. Ein Loch von der Größe eines Waschtrogs.

Ich lege mich auf den Rücken, presse mich auf den Boden und robbe durch das Loch. Der Schnee läuft mir in den Mantelkragen, direkt in den Nacken, Auch die Haare unter der Mütze werden feucht. Hauptsache, das Kind ist trocken. Mit einem Arm greife ich zurück und ziehe den Rucksack hinterher. Schnee überall. In den Haaren, am Rücken, an der Kleidung.

Vierundfünfzig Minuten, ab jetzt.

TERRA BIANCA
NATALJA ALTHAUSER
Traduzione di Simone Gregorio

Neve ovunque. Più si avanza e più si sprofonda. Avevo legato la piccola attorno al mio ventre, il cappuccio sulla testa. Da alcuni minuti è tranquilla, per la prima volta da ore. Procedo ancora più piano, nella segreta speranza di non svegliarla più. Sta mettendo i denti insolitamente presto.

La neve si trasforma in un bianco muro di spessi fiocchi, che impietoso si erige davanti a noi. Non ho mai capito dove si nasconderebbero quei fiabeschi paesaggi invernali di cui si sente parlare. Non qui, ad ogni modo. Non nel nostro paese.

Gli stivali sono umidi, continuo a camminare. Ad ogni passo sprofondo sempre di più, l'acqua scongelata penetra nelle suole e i calzini si riempiono di liquido. O forse è il mio stesso sudore? Continuo a camminare. E ad ogni passo, il mondo intorno a me si fa più impercettibile.

La piccola espira, quasi come se ansimasse. Mentre il pomeriggio scorre sogna forse qualcosa di bello. Glielo auguro.

Le accarezzo la testolina. Lo sente senz'altro, anche se sta dormendo. Neanche la volevo, ed eccola qua. E con lei la paura di perderla, la paura che possa accaderle qualcosa, una paura che la notte mi fa svegliare di soprassalto. Un sentimento strano, quando non si ha mai amato.

Un fruscio. Mi fermo e resto in ascolto. Anche questa quiete è solo apparente. Di nuovo un fruscio. Faccio un passo in avanti, e sotto le suole scricchiola un ramo coperto di neve. Un animale, forse. Resto in ascolto. Nulla.

Devo proseguire, non c'è tempo. Senza voltarmi indietro, vado avanti e tengo stretta a me la piccola, che russa sommessamente. La sua pace è invidiabile.

Un nome, un nome. Come la volete chiamare?

Così mi chiese. Non ne avevo idea. Tenevo in braccio questo fagotto che quasi mi aveva ucciso durante il parto, e che ora mi fissava coi suoi grandi occhi marroni. Mi squadrava con aria critica, come se ci fosse stato uno sbaglio e fosse capitata lì per caso. Aveva lunghe ciglia, belle, spesse ciglia. Non le aveva prese da me, così come lo sguardo sveglio. Aprì la piccola mano, le lunghe dita in miniatura, unghie comprese, e afferrò la mia camicia. Si aggrappò con forza alla manica, aprì la bocca e si mise a chiocciare gioiosamente, come se avesse appena fatto una battuta particolarmente brillante. Il suo sorriso era per me, soltanto per me. Devo fermarmi. Solo un secondo. Facendo attenzione, sfilo la bottiglia dalla tasca laterale dello zaino. Il tappo è congelato e le mie dita sono così intirizzite che riesco ad aprirla solo al terzo tentativo. Freddo come ghiaccio, il liquido si riversa nella gola, nella testa, fino al cervello. Sono di nuovo reattiva. Proseguire, sempre proseguire.

L'ho chiamata Isabella, perché anche abbreviato è un bel nome, come un'opera d'arte. L'uomo aggiunse il nome nel documento, accanto al mio. E il padre? Scossi la testa ed egli tirò una riga. Nient'altro che una riga di traverso della sua penna stilografica sulla colonna corrispondente, come se con questo si fosse detto tutto. Rimasi seduta, in silenzio. Il padre naturalmente c'era, ma non voleva né me né la bambina.

Il mio di padre la vedeva alla stessa maniera, e suggerì di sbarazzarsene. Proprio così disse, «sbarazzarsene». Andai dalla dottoressa, una donna russa di poche parole, che portava uno chignon che le dava un'aria severa. Fece appena un cenno, chiese da quanto tempo e tirò fuori un modulo che dovevo firmare. Una iniezione ed era fatta, ma poteva essere poco piacevole, quando il corpo avrebbe rigettato il feto. Aveva la R moscia, e ogni volta che la pronunciava era come se stesse affilando un coltello.

Mi sono immaginata molto concretamente questo frammento vivente che cade da in mezzo alle mie gambe, questo grumo di sangue che viene risucchiato nel gabinetto, io che poi mi asciugo le cosce, e mai, mai più avrei potuto guardare il mio sangue senza provare vergogna.

Mormora qualcosa. Guardo in basso. Si è voltata e fa dondolare le gambe. I suoi occhi vagano attenti sul bosco innevato. Rimango ferma, le tolgo il berrettino e la bacio sulla testa, poi la sistemo ancora più stretta a me e riprendo a camminare.

Così non va, disse mio padre. Una bambina proprio adesso non va bene. Una guerra è passata, ed ecco un'altra catastrofe. Quella cosa deve andarsene. Mia madre, silenziosissima, sedeva al tavolo in cucina e rammendava dei buchi. Alla fioca luce delle candele non riuscivo a vedere i loro volti. La tovaglia attorno al ventre, che ancora non lasciava presagire nulla. Le settimane passarono, e mio padre non disse più una parola. Due volte venne l'insegnante del villaggio, con cui mio padre parlò a lungo in una stanza attigua. Mia madre mescolava in silenzio il minestrone ed io lucidavo le piastrelle. Col passare dei mesi divenne sempre più complicato, e la mia rotondità mi impacciava durante le faccende domestiche. Quando un giorno volli portare fuori il cesto della biancheria, mia madre mi venne dietro e, senza che nessuno gliel'avesse chiesto, prese il cesto dalle mie mani. Va dentro, disse, e mi misi ai fornelli.

Quando la piccola venne al mondo, non la degnarono di uno sguardo. Se a tavola non finiva di mangiare tutto, venivo sgridata, se si contorceva sulla sedia per provare a stare in piedi, mio padre sbatteva i pugni sul tavolo. Un giorno mia madre stava preparando i dolcetti di Natale, quando Isabella afferrò per curiosità il mattarello. Appena mia madre se ne accorse, scacciò via la sua manina dal mattarello, e ancora oggi ricordo l'espressione negli occhi della bambina, che capì cosa significa venire rifiutati.

La luce si affievolisce. Devono essere le quattro, o magari anche più. Ancora un'ora, forse, poi sarà buio. Mi chino, tra il fogliame vedo la recinzione. Il mio respiro si condensa, a Isabella piace. Cerca di afferrare le nuvolette di condensa, come se fossero sue. Slaccio la tracolla alla schiena, mi sfilo lo zaino e la prendo in braccio. Sgambetta. Così tanto bianco, mi sento dire. Isabella si infila il dito nelle labbra, mordicchiando in attesa di una risposta. Riempio la mia mano di neve e la lascio cadere lentamente sulla sua di mano. Si contrae, strizza gli occhi due, tre volte.

La fascio nuovamente alla pancia, le sistemo il berretto e guardo la cartina. La zona viene pattugliata ogni ora, ma se avrò fortuna non saranno così puntuali nel guidare verso una tormenta di neve. Ma non posso fare affidamento unicamente sulla fortuna.

Tiro fuori la cartina e studio il sentiero. Non che serva veramente, dato che ce l'ho in testa da settimane. Questo pezzo di carta, del resto, è la mia assicurazione sulla vita, e pianificare tutto quanto mi è costato soldi e preparazione.

Catene da neve! Il rumore è inconfondibile, le si sente spingersi energicamente sulla superficie bianca. Scompaio dietro un albero, premo la bambina contro di me, e mi piego sulle ginocchia. Le luci dei fari precedono il veicolo, che passa oltre. Bevo una sorsata d'acqua, gocce cadono dalla bocca e finiscono sulla neve.

Un anno, avevano detto. Un anno e non un giorno di più. Erano tutti e tre nella mia camera, la Santa Trinità: Padre, Madre e il mio Insegnante. Una famiglia c'era già, e sapevo che mio padre avrebbe ricevuto dei soldi. Soldi per un nuovo tetto, un tetto in cambio di una bambina. I lavori cominciarono dopo il parto. Sopra di me si sbriciolava l'intonaco, si martellava, si trapanava. Sedevo al piano terra davanti al forno, la piccola in grembo, e andavo avanti e indietro sulla sedia a dondolo.

Non volevano dirmi il nome, e neanche dove avevano intenzione di portarla, questo era l'accordo. Vedevo la bambina gattonare spensierata sul tappeto e fare versetti, e mi chiedevo perché non riuscivano a vedere quello che vedevo io. Il modo in cui guardava fuori dalla finestra mentre sedeva sulle sue gambette, e come le sue dita si alzavano verso l'alto quando vedeva un uccello, una nuvola nello sconfinato cielo blu. Come la mattina presto scopriva a calci la coperta e iniziava a balbettare tra sé e sé, quasi volesse smuovere l'intera casa e far alzare tutti per non dover rimanere coricata nel letto senza motivo. E quando la sera non voleva andare a dormire, perché nascosta dentro di lei c'era ancora tanta energia ed allegria. Spesso la invidiavo per la sua serenità, questo esserino spensierato che ancora non conosceva i lati bui della vita. Più di una volta ringraziai Dio, a cui in questo paese non si doveva credere, per non essermi «sbarazzata» di questo autentico concentrato di energia in forma umana. Iniziai a studiare cartine geografiche, a cucire vestiti. Scaldamuscoli per braccia e gambe, un berretto per Isabella, e riparai anche degli stivali, ma il cuoio era vecchio e screpolato. Era l'unico paio di calzature che ancora possedevo. Il giorno della partenza entrai di soppiatto nell'ufficio, forzai il secrètaire e mi intascai i soldi rimasti. Per me sarebbero stati per sempre denaro sporco.

Pensai al momento in cui Isabella aveva voluto alzarsi in piedi per la prima volta, ma non riuscendoci si era piegata su di un lato ed aveva cominciato ad urlare dalla rabbia e dallo sdegno. Alla luce nei suoi occhi, questa assoluta volontà di stare in piedi. Mi fu chiaro che chi lotta con tale forza per alzarsi, non potrà mai cadere nella vita.

Marciai con lei senza interruzione per sette ore nel bosco, lontano dalle strade. Le pause scorrevano veloci. Isabella piagnucolava, poi pianse, e infine iniziò a gridare. La strinsi a me, pregando ed implorando che stesse tranquilla, ed in qualche modo si addormentò dalla stanchezza, così che potei infine continuare a marciare nel gelo. Che mi trovino ora o che mi sparino alla recinzione al confine, sono comunque morta.

Mi rimane un po' di denaro, e così potrò forse garantire per la sua vita. Forse.

L'oscurità si posa sulla foresta. Sono ancora accovacciata dietro l'albero, e mi dondolo lentamente avanti e indietro. Ho aperto la giacca a vento perché possa almeno posare la testolina sul mio petto. Nonostante il freddo, le mie mani sono madide di sudore. Mi sollevo per fare i miei bisogni in mezzo a due cespugli, poi metto insieme le mie cose e prendo lo zaino. La cartina arrotolata, stretta in pugno. Non mi serve più, eppure ne ho ancora bisogno. Sento di nuovo le catene da neve, di nuovo il bagliore dei fari illumina la via. Il veicolo è passato. Meno di un minuto.

Di nuovo tutto tranquillo. Mi allaccio gli stivali un'ultima volta. Stretti, così, alle gambe. Non ti inciampare, non ti fermare.

Isabella dorme, respira regolarmente. Con prudenza faccio un passo dopo l'altro. Il filo spinato è spesso ed ingombrante, e mi taglia i palmi delle mani. Mi accovaccio finché mi è possibile, afferro le tenaglie e le chiudo. Trattengo il fiato e stringo con tutte le mie forze, finché non sento le tenaglie serrarsi. I due pali a sinistra e a destra vibrano pericolosamente. Ripeto la procedura e piego su di un lato le punte terminali del filo spinato. Il foro è grande quanto un cesto per la biancheria.

Mi metto sul dorso, premuta contro il terreno, e striscio attraverso l'apertura. La neve mi entra nel colletto del cappotto, va direttamente sulla nuca, e i capelli sotto il berretto divengono umidi. Ma la cosa più importante è che la piccola sia asciutta. Con il braccio afferro lo zaino e lo trascino dal mio lato. Neve ovunque. Nei capelli, nella schiena, nei vestiti.

Cinquantaquattro minuti, da adesso.

COMMENTO DI SIMONE GREGORIO

«Weiße Erde» è un racconto interessante per molti aspetti. Innanzitutto, possiede la qualità più importante per un'opera di narrativa: è avvincente. Inizia con la protagonista senza nome che procede a fatica nella neve, per poi andare indietro attraverso vari flashback, e chi legge è subito portato a continuare per capire perché la protagonista e a sua figlia Isabella si trovino in quella situazione e, soprattutto, cosa succederà loro alla fine della storia.

Le sofferenze della protagonista, una ragazza madre che a causa della sua gravidanza e del suo rifiuto ad abortire diventa indesiderata agli occhi della sua stessa famiglia, preoccupata solo di non destare scandalo nel villaggio dove vive e del fatto che avranno una bocca in più da sfamare, tutto questo è descritto benissimo ed è molto toccante. Come toccante è la relazione tra la donna e la figlia, Isalbella, quasi una relazione simbiotica, visto che entrambe sono state rifiutate da tutti.

Ad impreziosire la storia è l'ambientazione d'epoca, appena accennata, ma che le dona spessore. Per un lettore italiano, che può anche non avere grande conoscenza della storia tedesca, si tratta di un motivo in più d'interesse.

Mi è piaciuto molto leggere «Weiße Erde», e tradurre questo racconto è stata un'esperienza assieme piacevole e interessante, grazie al tandem con Natalja. «Weiße Erde» ha un merito importantissimo, di cui si accorgeranno anche i lettori: è una bella storia, di quelle che non si smette di leggere finché non è terminata, e anche allora, dopo l'ultimo punto, si vorrebbe sapere ancora come continua.

LE TRIBOLAZIONI DI UN EROE
SIMONE GREGORIO

A San Pietroburgo, come si sa, può capitare che le statue si animino e si mettano ad inseguire i poveri passanti. Niente del genere potrebbe mai accadere a Torino, dove le statue hanno ben altro contegno e si confanno alla natura di *bogia nen* dei piemontesi. In quella città le statue sono però molto ciarliere e spesso, facendo attenzione a non farsi notare, parlano da sole o tra loro, commentando tutto quello che vedono.

Questo è particolarmente vero per la statua di Pietro Micca, che si trova dal 1864 davanti al mastio della cittadella. Dal suo alto piedistallo, la proba statua dell'eroe gode di una posizione privilegiata su tutto quello che succede all'incrocio tra Corso Ferraris e Via Cernaia, guardando in direzione della «sua» via che parte da Piazza Castello. Ogni mattina, al sorgere del sole, la statua dà il buongiorno a sé e ai monumenti circostanti, e si prepara a veder sfilare sotto i suoi baffoni le torme di torinesi più o meno indaffarati. All'inizio, quando la prima luce dell'alba lambisce appena il suo bronzeo volto e gli alti tetti di Via Cernaia, non si vedono passare che gli ultimi relitti della nottata appena trascorsa, alla deriva verso casa. Frammisti a questi ultimi, vi sono i primi lavoratori della giornata. Il cielo da arancione diventa lentamente azzurrognolo, il volto di Pietro Micca è serio come al solito. Sui marciapiedi sempre più affollati passano ora i torinesi diurni e la strada si popola di veicoli. I bus e i tram fanno la spola, caricando e scaricando a ritmo costante. Uomini e donne, vecchi e giovani, impiegati e dirigenti, negozianti che alzano le serrande, tabaccai, carabinieri, studenti, tutta la città pare in movimento.

Ma ecco che il flusso rallenta, il sole è ora in alto nel cielo. Sotto i portici di Via Cernaia la gente procede adesso più lentamente, chi dà un'occhiata ai negozi, chi entra in un ristorante, chi compra il giornale o prende l'ennesimo caffè. All'ombra degli alberi del Corso un uomo si ferma e aspetta qualche secondo, prima di avventurarsi nuovamente alla luce del sole. Nel parco antistante il mastio, alcuni si siedono sotto

133

gli alberi, mentre altri ispezionano la struttura quadrangolare, quasi un castello in miniatura e ridotto alla sua forma essenziale, camminando lungo le sue rosse mura in mattoni. Una donna volge lo sguardo verso Pietro Micca, che a dispetto dell'espressione severa pare sorriderle, poi passa oltre. Qualcuno comincia a mangiare un panino, un'insalata, nell'aria si spande l'odore speziato di un piatto esotico. Via via sono sempre più gli studenti dell'università e delle scuole, e col passare delle ore il loro aspetto si fa più curato, l'abbigliamento più elegante, gli zaini e le borse scompaiono, e al loro posto ecco apparire bicchieri di birra e spritz.

A sera la folla che aveva attraversato Via Cernaia nelle prime ore del mattino fa il percorso inverso, a piedi o stipata nei mezzi pubblici. Un altro giorno è passato. E quando le strade si fanno deserte, gli unici segni di vita sono gli echi dei locali notturni più in avanti e tutt'al più qualche passante solitario. Oramai è notte, e Pietro Micca è sempre lì, sul suo piedistallo, ad osservare la strana umanità che si palesa solo nelle ore più tarde. Una vera processione, passanti che, da soli o a gruppetti di quattro o cinque, percorrono la strada del ritorno dopo i bagordi della serata.

Ma bisogna aspettare ancora un po' per vedere gli esemplari più strani. Sono soprattutto uomini, provenienti da qualche oscuro mondo parallelo, e di loro non si capisce chi siano, cosa facciano, dove vadano e soprattutto perché siano svegli nel pieno della notte. Durante il giorno erano rintanati in qualche oscuro angolo, lontano da sguardi pieni di giudizio, ma ora che è buio e l'intera città è immersa nel sonno, come pipistrelli, inconsapevoli e sconosciuti alla vita che si svolge quando il sole è alto, escono dalle loro tane. Torino è tutta per loro.

Anche di fronte ad essi, la statua di Pietro Micca pare sorridere. Perché in fondo lui li ama questi torinesi, notturni e diurni, vecchi e giovani, diligenti e disoccupati, ne va fiero, come un orgoglioso giardiniere che ad ogni innaffiata vede crescere la sua piantina prediletta. Perché, come ama ripetere, «questa è la città che ho salvato».

In questi momenti d'orgoglio, il volto dell'eroe si fa ancora più serio, il petto si gonfia e da sotto i suoi baffi spunta un sorriso compiaciuto e con tono imperioso incomincia a raccontare le sue gesta:

«Era, come sapete, il trenta agosto 1706, e le armate di Francia cingevano d'assedio la nostra bella città…»

Le altre statue, che si sono già sorbite la tiritera innumerevoli volte, ascoltano in religioso silenzio, senza grande interesse ma cercando di non mostrarsi troppo distratte. Nessuno prova a contraddire o ad interrompere il sermone. Solo la statua di La Marmora, dalla sua posizione negli omonimi giardini, ha l'ardire di correggerla quando le sue sparate, non incontrando alcuna resistenza, si innalzano fin verso le vette dell'assurdo, quando le truppe francesi si moltiplicano fino a diventare centinaia di migliaia e la miccia a cui dare fuoco si fa sempre più corta.

«Quante balle!», dice divertito «mi sembra di leggere la Busiarda!» La statua di Pietro Micca, spazientita ma non troppo, alza un po' la voce: «Ma va là! È tutto vero, fino al più piccolo dettaglio. Non crediate a La Marmora, che oltre ad essere qui da tre anni meno di me, non ha mai salvato, che io sappia, alcuna città» e mentre pronuncia le ultime parole sembra debba mettersi a ridere.

La statua riprende allora da dove era stata interrotta: «...al che dissi al mio compagno «gaute da lì, ti ses pi lung d'na giurnà sensa pan. Lassa fe a mi, pensa a salvete!» La Marmora continua ad ascoltare divertito «...e fu così che l'attacco francese fu sventato, e Torino fu salvata!» E un sospiro sembra levarsi dalle altre statue.

*

Ma a dispetto dei suoi momenti d'orgoglio, la statua dimostra sempre un contegno calmo e ragionevole. Nei suoi oltre cento anni di vita, d'altra parte, è stata testimone degli avvenimenti più vari, e nulla può più impressionarla. Quando fu sistemata, la città era ancora capitale, ma le cose dovevano cambiare di lì a poco. Non erano passati quattro mesi, quando un pomeriggio si udì un gran trambusto e un rumore di spari provenire da Piazza Castello. La statua, che solo da poco si era abituata alla nuova posizione, drizzò le orecchie e con molta agitazione si mise in ascolto.

«Che sia forse scoppiata una guerra?», pensò. O era forse un'invasione? Un'altra invasione nella sua città? E chi mai poteva essere? Di nuovo i francesi? O forse gli austriaci? Gli anarchici? Nonostante tutto, ebbe fiducia nelle forze cittadine, e rimase al suo posto, e in effetti di lì a poco il frastuono cessò come era iniziato.

Finché il giorno seguente, stavolta verso sera, non si sentì un baccano ancora maggiore provenire dal centro, grida, molte grida, e il tuono di mille spari. Ben presto le strade si riempirono di persone provenienti dal centro, in fuga. Alcuni piangevano, in molti erano scuri in volto, altri ancora erano fuori di sé dalla rabbia, urlavano o erano agitati, gesticolavano, muovevano in alto i pugni. La statua vide con sgomento che alcuni premevano le mani su un ginocchio, sulla pancia, sul braccio, e in quei punti i vestiti erano rossi ed inzuppati di sangue. Era la ritirata da un campo di battaglia, una battaglia combattuta nel centro della città. Nella la folla che gli passava davanti in quel momento, c'era anche una donna già avanti con gli anni, il viso oppresso, gli occhi stanchi e rossi, i capelli oramai tendenti al grigio raccolti a chignon. Unica, in tutta la calca, a notare la statua da poco posizionata, si voltò verso Micca e piena di rabbia, con le lacrime che le segnavano il volto, gli lanciò un anatema: «Co ti, piciu! A vantava lasela ai fransais, sa sità d'merda!» Mentre la folla ferita si ritirava da Piazza San Carlo, uno stuolo di carabinieri a cavallo, via via sempre più numerosi, attraversava Via Cernaia nella direzione opposta, diretti verso il centro.

Al povero Micca queste scene apparvero come in un sogno e non riuscì o non volle da subito accettare la realtà dei fatti che si svolgeva sotto i suoi occhi, e che sentì e risentì nei giorni successivi, e cioè che le truppe avevano aperto il fuoco sui cittadini inermi, lasciando a terra innumerevoli morti. Un'angoscia ancora più grande si impadronì di lui quando venne a sapere il motivo del massacro, ovvero lo spostamento della capitale da Torino a Firenze. Non riuscì a non pensare alle parole di quella donna, a cosa fosse servito salvare la città se poi la prima minaccia per i suoi abitanti veniva non da qualche esercito straniero, ma dal suo interno. Avrebbe voluto versare almeno una lacrima, ma il suo senso dell'onore e soprattutto il suo essere una statua glielo impedì. Le statue, del resto, non piangono.

Nonostante non fosse più capitale, lo sviluppo della città non si arrestò e verso la fine del secolo raggiunse il suo apogeo. La statua di Pietro Micca aveva nuovamente di che essere felice, per quanto i nuovi cittadini, patrioti, giornalisti, esteti ed artisti, mostrassero a volte un'attenzione anche eccessiva nei suoi confronti.

Tra questi nuovi ammiratori c'erano molti pittori o presunti tali. Uno di questi era solito mettere uno sgabello davanti a Micca, e lì seduto stava anche per ore a fare schizzi e disegni sul suo album. Era un uomo oramai avanti con gli anni, ma dall'aria da vero intellettuale. Quando era particolarmente concentrato, si metteva gli occhiali e con sguardo rapito menava fendenti con la matita, poi alzava lo sguardo verso la statua, rifletteva un po', ne osservava le fattezze con occhio attento, poi tornava a combattere la sua battaglia contro il foglio bianco. La statua era giustamente inorgoglita da tutte queste attenzioni, per di più da un artista come quello.

«Anche in questi pazzi tempi di socialismo, statuti e omnibus, non smetto di ispirare i bravi torinesi patriottici.» Si trastullava già all'idea di un grande quadro, anzi, di una serie di quadri, aventi per tema la sua vittoria sui francesi, magari da sistemare accanto alle altre tele di grandi battaglie nella Reale Galleria.

Un giorno il vecchio artista stava creando da alcune ore, quando un ragazzino che passava in quel momento sul marciapiede si fermò accanto all'uomo, come fulminato. Corse via e quando tornò alcuni minuti dopo era accompagnato da un'intera combriccola di suoi simili. I ragazzini ronzavano attorno al vecchio, che non riusciva a nascondere il suo fastidio. Tentò di scacciarli, disse loro qualcosa, ma quelli non desistevano, gli camminavano attorno, allungavano il collo, sbirciavano nell'album, ogni tanto sembrava volessero rubargli un foglio, e intanto parlottavano e ridacchiavano con grande eccitazione. Vedendo che non riusciva a mandarli via, capitolò: strappò dall'album il foglio a cui stava lavorando e lo consegnò ad uno dei ragazzini. «Eccovi qua», disse, «e ora fuori dai piedi.» In quel breve momento, la statua vide per la prima volta qual era il frutto del lavoro del suo pittore e delle molte ore passate davanti a lui. Sul foglio non c'era il suo eroico profilo, non c'era lui intento a dar fuoco agli esplosivi, non c'era neanche qualche grandiosa battaglia. Al centro dello spazio bianco vide con chiarezza una figura di donna, nuda, senza neanche un vestito, il colore rosa appena accennato col pastello a dar forma e profondità al seno, poi lunghe gambe, ombelico, tutto quanto disegnato con chiarezza ed anzi perizia. Ai lati del foglio facevano capolino altre avvenenti signorine, poco più di bozzetti a matita, non molto rifinite ma inequivocabilmente nude anch'esse. I ragazzini afferrarono con avidità il foglio, se lo contesero e lo stropicciarono, poi si diedero un'occhiata intorno e decisero di piegarlo e uno di loro, forse il capo, se lo sistemò in tasca. Se ne andarono fieri del loro tesoro, saltellando e ululando. Il pittore riprese da dove aveva iniziato, ma la statua non era più così felice di fare da ispiratore per tali sconcezze. Il vecchio artista tornò nei giorni successivi, ma visto che oramai c'era sempre qualche monello che gli rendeva difficile il lavoro, ben presto si stancò e andò altrove a cercare ispirazione, cosa di cui Micca fu ben più che contento.

Un'avventura ancora più strana coinvolse un ometto che in una mattinata fin de siècle si presentò davanti alla statua. Era un essere curioso, paffuto, con baffi bianchi e una barbetta caprina pendente dal mento che, nel loro insieme, parevano sfidare i baffoni metallici di Micca. Completavano l'insieme dei piccoli occhialetti pince-nez per gli ancor più piccoli occhi. La testa era invece voluminosa ma stempiata, l'attaccatura dei capelli, che rispetto alla barba e ai baffi conservavano ancora un colore argenteo, era infatti retrocessa di molto rispetto alla fronte. Il nuovo venuto era completamente preso dalla statua e in particolare dalla testa, che osservava da ogni angolazione possibile, spostandosi a sinistra e destra del piedistallo, attorno a cui fece più di un giro. Nel frattempo scriveva e prendeva appunti su di un taccuino che aveva tratto dalla tasca della giacca. Subito la statua pensò di avere a che fare con un responsabile dei monumenti cittadini, con un altro artista dilettante o con un antiquario, ma la sua insistenza gli parve comunque eccessiva. Al termine dell'ennesimo giro attorno al piedistallo, l'uomo ripose il taccuino nella tasca da cui l'aveva tirata fuori e tastò quella dall'altro lato della giacca, quasi per assicurarsi di avere portato con sé qualcos'altro, poi si guardò attorno con fare furtivo e poggiò un piede sul bordo del piedistallo, come per salirci sopra. Non aveva neanche cominciato la scalata che una mano si posò sulla sua spalla sinistra.

«Dutur», gli si rivolse con gentilezza il carabiniere alle sue spalle, «non faccia di queste cose. Già l'abbiamo tirata giù dalla statua di Lagrange l'altro giorno, e meno male che nessuno l'ha vista...» L'uomo si volse adirato, guardando di sbieco il nuovo venuto, fece un leggero movimento di spalla per togliersi di dosso la sua mano, e si girò infine verso il carabiniere, dando le spalle alla statua.

«Come ho già tentato di spiegare ai suoi colleghi, quello che faccio ha uno scopo altissimo e niente affatto bizzarro...»

«Lo so bene», rispose il carabiniere, «ma la prego di dedicare i suoi sforzi ad altro». Si spostò di lato e lasciò andar via l'uomo, che s'incamminò spedito in direzione del castello. Il carabiniere diede ancora una veloce occhiata al monumento e se ne andò via anche lui.

La statua di Pietro Micca credette di averla scampata, ma non aveva tenuto conto della cocciutaggine di quel tale, che gli si ripresentò davanti quello stesso giorno a notte fonda, al sicuro stavolta da qualche zelante forza dell'ordine. L'eroe che non era indietreggiato davanti alle truppe francesi al punto da sacrificarsi per il bene della città, si riempì di paura. Quali erano le intenzioni di quell'uomo? Voleva forse imbrattarlo? Tagliargli il naso? O qualcosa di ancora peggiore?

L'uomo aveva intanto cominciato un'ardua lotta tra il piedistallo e il suo tutt'altro che atletico corpo, a cui l'atto vandalico doveva sembrare quasi la scalata di una montagna. Con molta fatica e solo dopo aver rischiato di ruzzolare più di una volta, riuscì ad issarsi sul piedistallo, reggendosi al contempo alla gamba destra della statua. Da lì alzò lo sguardo verso il volto di Micca, e per un momento ebbe l'impressione che la statua lo sfidasse a fare del suo peggio. Rinvigorito e quasi indemoniato, si mosse a sinistra e destra della gamba di Micca nel vano tentativo di inerpicarsi ancora più in alto, fin in cima alla vetta. Fece diversi tentativi, ma nel giro di un'ora non riuscì a salire di un solo centimetro. A questo punto, il timore che aveva colto la statua fino a poco prima era svanito: i vari e ridicoli assalti dell'omino l'avevano convinto che quello non poteva essere un semplice vandalo e cresceva invece in lui la curiosità per quello che avrebbe fatto. Capiva anche che senza un aiuto non sarebbe stato in grado di fare nulla.

Senza farsi vedere, spostò quindi la mano sinistra, quella serrata a pugno, un po' più in basso e più vicino alle gambe. Dopo un po' l'uomo, madido di sudore, la vide e vi si aggrappò per salirci sopra, riuscendo poi a mettersi a cavalcioni del braccio e da lì si alzò infine in piedi, reggendosi al corpo di Micca. Avendo raggiunto il più alto possibile, i due erano quasi tête-à-tête, da un lato Micca, che avrebbe voluto sorridere delle fatiche del maldestro scalatore, e dall'altra l'uomo.

Così imbariccolato, quest'ultimo trasse dalle tasche alcuni oggetti che, con grande sollievo della statua, somigliavano più a strumenti da geometra che altro. Con un filo di spago tentò di prendere la circonferenza della testa di Micca, poi con l'ausilio di oggetti simili a compassi ne controllò l'ampiezza della fronte, la lunghezza del cranio e tutto quanto era possibile misurare. Nel mentre bofonchiava tra sé e sé parole come «indice cefalico», «dolicocefalia», «tratti atavici» e molte altre che alla statua risultarono incomprensibili. A Micca del resto tutte quelle misurazioni divertivano, e stette al gioco per una mezz'ora. Quando però gli venne infilato per la seconda volta un righello dietro l'orecchio, non riuscì a reprimere un leggerissimo movimento involontario in avanti che fu sufficiente a far perdere l'equilibrio all'uomo. La statua riuscì comunque a spostare il braccio così da facilitargli la caduta e il suo ruzzolone, che sarebbe potuto finire molto male, si risolse in una non troppo dolorosa caduta sul sedere.

L'uomo si rotolò per alcuni secondi sul marciapiede, lamentandosi per il dolore, e appena riuscì a rimettersi in piedi rivolse di nuovo le sue attenzioni alla statua, i cui movimenti erano evidentemente passati inosservati.

«Altro che eroe! Criminale nato! Cretino! Mentecatto! Coglione che non eri altro, idiota, beté, va t'la pié n'tel cu…»

Mentre la rabbia dell'uomo fluiva libera, e i suoi insulti contro la statua, molto divertita dalla scenetta, passavano velocemente da un linguaggio forbito al dialetto, prima una e poi, due, tre, quattro, tante luci si accesero dietro le finestre del palazzo di fronte, e qualcuno degli

139

inquilini si mise a guardare fuori lo strano spettacolo. Rosso in viso e umido per il sudore che gli usciva a fiotti, l'uomo si accorse di aver esagerato. Con uno sguardo furente, diede una ultima occhiata all'odiato monumento e se ne andò.

La statua non lo rivide più passarselo davanti, e pensò che forse avesse incominciato ad evitare di proposito quella strada. Venne più tardi a sapere che quell'uomo era davvero un «dutur» molto noto, e che a seguito della sua disavventura notturna aveva dato alle stampe un lungo trattato su di lui, Pietro Micca, in cui sosteneva che «nuovi e sorprendenti elementi» provavano che Micca, «lungi dall'aura di eroe costruitagli attorno dal popolino», era invece «un mattoide e criminale nato», come mostravano i «caratteri atavici, pitecoidi e degeneri del suo cranio».

Ma la statua di Pietro Micca non se la prese, in quanto, come già detto, negli anni passati tra corso Ferraris e via Cernaia erano avvenuti davanti a lui eventi d'ogni tipo, e molti altri ne sarebbero capitati.

La città si era ingrandita sempre più, era divenuta più grigia, poi di nuovo un po' più luminosa, di cavalli non se ne vedevano più, sostituiti dalle auto, il piemontese era usato sempre meno, il carattere stesso degli abitanti era mutato, almeno all'apparenza. La Porta Palatina fu spogliata, mentre vicino al fiume cresceva la Mole, e palazzi venivano oramai eretti anche in centro città.

Capitava a volte che un'indefinita nostalgia s'impadronisse della statua, che rimpiangesse un periodo lontano, diverso, a cui forse neanche aveva mai partecipato, ma a cui sentiva di appartenere in modo imprecisato. Un velo di tristezza si posava allora sull'eroe della città di Torino. Ma a chi lo osservava da fuori egli appariva sempre lo stesso, forte, risoluto, sempre fedele alla sua posizione davanti al mastio. Nulla e nessuno avrebbe potuto smuoverlo.

*

Torniamo all'oggi. La statua di Pietro Micca è lì dove ci si aspetterebbe di trovarla, davanti al mastio della cittadella, con il solito atteggiamento ardimentoso. Ma circola una notizia che desta la preoccupazione generale: sembra che qualcuno, in America, stia rimuovendo delle statue.

È abbastanza per eccitare ed intimorire tutta la vasta comunità cittadina di intellettuali, militari e personaggi di qualche rilievo in metallo o pietra.

«Ma perché», si chiede uno di essi, «piazzare una statua per poi rimuoverla?»

«Per sostituirla», è una delle risposte, «sicuramente hanno messo al loro posto qualche orribile esempio di arte moderna. Un cubo di vetro, uno strambo oggetto in plastica rosa o una cosa del genere», conclude con autocompiacimento il genio alato di Piazza Statuto.

Alcune statue protestano.

«È assolutamente impossibile che un'opera d'arte come noi venga sostituita da un obbrobrio simile.»

Inizia una discussione che presto sfocia in un vociare incomprensibile tra chi ritiene la fine oramai prossima e chi è scettico.

«Tra noi, chi potrebbe essere il primo a venir rimosso?» si chiede, senza troppa preoccupazione, la statua della primavera in Piazza Solferino, scambiando uno sguardo malizioso con la statua maschile davanti a lei, che le sorride.

«Noi statue siamo fatte per durare, non possiamo essere rimosse come se niente fosse», si sente dire.

«Certo che è possibile.»

Tutti tacciono. La voce, profonda ed autorevole, è quella di una delle grandi statue egizie del museo.

«Noi siamo fatti per durare, ma non siamo eterni. Invecchiare più lentamente degli uomini può essere una maledizione. La generazione che ci ha voluto, creato ed apprezzato, quella che ci ha accolto con giubilo, velocemente decade sotto i nostri occhi, e così decade la benevolenza nei nostri confronti. Ben presto sorge l'indifferenza, se non il disprezzo. E allora ogni occhiataccia, ogni sasso che ci viene lanciato, ogni iscrizione offensiva incisaci addosso, ogni dito, ogni naso spezzato e portato via diventa il marchio di una tortura a lungo termine. Poi sopraggiunge una rivoluzione, un editto, un golpe, un'invasione, e ogni motivo, non importa quanto ridicolo, è sufficiente per eliminarci. E se non lo fanno gli uomini sono il vento e l'acqua che lentamente ci rodono e ci riducono alla roccia bruta che eravamo prima di nascere.»

Si ferma per un attimo, e nessuno osa dire una parola.

«Ma voi perché credete che io sia qui? Ricordo a mala pena i giorni in cui venni al mondo e la folla mi guardava con riverenza. Ora quella folla è scomparsa per sempre, come perdute sono le loro case, i grandiosi edifici sono sepolti dalla sabbia, l'intero paese è svanito. Mai più vedrò la luce dell'Egitto. Mi sono dovuto adattare al freddo, all'odore dello smog e ai lampi delle macchine fotografiche. Sono sopravvissuto, ma io sono un'eccezione. Sapevate che c'era in Torino una torre con in cima un toro in bronzo, un tempo?»

Nessuno risponde, e allora continua: «Non potete saperlo ovviamente, del resto voi ancora non c'eravate allora. Ovviamente né la torre né il toro ci sono più, e sapete che fine hanno fatto?» Come previsto nessuno che sappia la risposta. Riprende quindi la parola: «la torre fu smantellata, e il toro venne fuso. Se ne trassero monete, tante belle e preziose monete, ben più indispensabili a una città di qualsiasi monumento».

L'ultima frase fu sufficiente a far terminare ogni discussione, e tra le statue calò un silenzio lugubre.

Intanto la statua di Pietro Micca ascoltava in silenzio, senza alcuna intenzione di partecipare al dibattito. Conosceva fin troppo bene la vacuità di quelle discussioni, perché in fondo tutte le statue dovevano compensare i lunghi momenti di silenzio con periodi di grande eccitazione. Non era minimamente interessato a quello che accadeva in America né alle opinioni degli altri. Egli, Pietro Micca, era l'eroe della città, e un eroe non è sostituibile.

Ma la sua sicurezza non era così salda come voleva ostentare. Non era forse vero che sempre meno gente sapeva chi fosse? Che sempre di meno erano quelli che, quando leggevano il suo nome, non si chiedessero chi era quel Pietro Micca?

Tentò senza successo di liberarsi dai pensieri tetri acuiti da quella discussione, ma ben presto si tramutarono in un generale stato di sconforto e di uggia che lo affliggevano senza dargli tregua. Il suo mondo divenne grigio, e non bastava più la prima luce del mattino per fendere quella oscurità. Osservava distaccato la vita cittadina scorrere di fronte a lui, non partecipava più agli amori appena sbocciati degli studenti, non sorrideva bonario per il travet grassoccio che in mezzo alla folla arrancava sudando verso il suo ufficio, e il tubare delle tortore che si posavano sula sua testa non lo rallegrava come un tempo.

Continuò così per qualche tempo finché non avvenne il misfatto.

Quella domenica c'era una manifestazione in centro, una delle tante. Non è importante sapere se fosse a favore o contro, e quale fosse l'oggetto del contendere: la statua di Pietro Micca, del resto, non ci fece granché caso. In altri tempi avrebbe senz'altro solidarizzato con i manifestanti e con la loro causa, indipendentemente da quale essa fosse, e sarebbe sceso volentieri dal suo piedistallo per marciare con loro in testa al corteo, se il suo senso del dovere non l'avesse obbligato a stare nella solita posizione. Ma quei tempi gli sembravano oramai lontani ed irraggiungibili.

Partiti da Piazza castello, i manifestanti si muovevano ora lentamente e tranquillamente in via Cernaia, in direzione Porta Susa, sfilando proprio davanti alla statua. Ma niente di quello che vedeva era sufficiente ad attirare la sua attenzione, tanto generiche gli sembravano quelle scene, ripetutesi davanti a lui migliaia di volte. Un fastidioso senso di déjà vu lo colse mentre squadrava annoiato i giovani e non così giovani manifestanti, gli slogan dei loro cartelli, ai suoi occhi tutti banali, l'aria seria di alcuni di loro, i vacui ed insensati discorsi politici di alcuni, l'odore di erba emanata dal corteo man mano che l'età media dei partecipanti davanti a lui si stabilizzava tra i venti e trenta anni, l'aria annoiata delle forze dell'ordine che all'imboccatura di una strada secondaria assistevano alla manifestazione.

Dopo alcuni minuti il flusso di persone si ridusse sensibilmente, i manifestanti marciavano ora in file più compatte e alcuni di loro tenevano in alto dei fumogeni. Sulla strada esplosero dei petardi e qualche bottiglia di vetro, al che gli sparuti uomini della polizia si ritirarono, per compattarsi con i colleghi più avanti nella strada e fare da muro ai vandali che avevano preso il posto dei pacifici manifestanti passati poco prima. La statua continuava ad osservare la scena con un certo distacco, ma il volto, che ora era più severo del solito, lasciava trapelare fastidio più che noia. Man mano che i manifestanti si facevano avanti, i vetri delle auto parcheggiate nei pressi così come i vetri dei negozi andavano in frantumi, e i muri si riempivano di scritte e vernice a spray.

Quando gli passarono davanti, uno dei manifestanti, staccatosi dalla torma, andò sotto il piedistallo.

«E te chi cazzo sei...», lo sentì dire la statua.

Dopo aver fissato il volto di Micca per alcuni lunghissimi istanti, afferrò un secchio che si era portato dietro e ne versò il contenuto contro di lui.

«Toh, stronzo!» e sia il piedistallo che i piedi della statua iniziarono a grondare di vernice rossa.

Non era la prima volta che la statua di Pietro Micca era oggetto di «gesti discutibili», come li chiamava lui: dai tempi del folle craniologo di quella lontana notte, aveva sopportato e si era abituato a tutto o quasi, e al contempo aveva perso ogni timore nei confronti dei vandali. Ma quel giorno, in quella particolare circostanza, nella disposizione in cu si trovava da settimane, non agì affatto come il pacifico e soddisfatto monumento che era di solito.

«Chi sono io?», tuonò, «io sono Pietro Micca, nato a Sagliano (Sagliano Micca, precisiamo!) nell'anno 1677, ai tempi dell'assedio dei francesi, e a 29 anni ho sacrificato la mia vita per salvare la città e permettere secoli dopo a gente come te di venire ad insultarmi nel punto dove fui smembrato dalle bombe. E ora vorrei tanto sapere chi sei tu, pidocchioso buono a nulla, ingrato, per permetterti di usare quel tono con me!»

Tutti, dall'incauto manifestante alle forze dell'ordine, lo guardarono stupefatti. Le altre statue non dissero una parola, e se mai sudarono freddo, lo fecero in quegli istanti.

Per la prima volta da quando era stata posta tra Via Cernaia e Corso Ferraris, la statua di Pietro Micca, più infuriata che mai, mandò al diavolo l'attitudine da *bogia nen* e, come fece Pietro il Grande in sella al destriero, scese dal suo piedistallo.

DIE LEIDEN EINES HELDEN
SIMONE GREGORIO
Aus dem Italienischen von Natalja Althauser

In St. Petersburg kann es bekanntlich vorkommen, dass die Statuen zum Leben erwachen und die armen Passanten jagen. Nichts dergleichen könnte jemals in Turin passieren, wo die Statuen eine ganz andere Haltung haben und der piemontesischen Natur von Bogianen, die bekanntermaßen Stubenhocker sind, entsprechen. In dieser Stadt sind die Statuen jedoch sehr gesprächig und oft, um nicht bemerkt zu werden, sprechen sie allein oder untereinander und kommentieren alles, was sie sehen.

Dies gilt insbesondere für die Statue von Pietro Micca, die seit 1864 vor dem Bergfried der Zitadelle steht. Von ihrem hohen Sockel aus genießt die Statue des Helden, dessen Aussehen ohne Furcht ist, eine privilegierte Position auf alles, was an der Kreuzung Corso Ferraris und Via Cernaia passiert, mit Blick in Richtung «seiner» Straße, die von der Piazza Castello ausgeht.

Bereits bei Sonnenaufgang wünscht die Statue sich selbst und den umliegenden Monumenten einen «Guten Morgen» und bereitet sich darauf vor, die Menge der mehr oder weniger geschäftigen Turiner unter seinem Schnurrbart eifrig herumwuseln zu sehen.

Am Anfang, wenn das erste Licht der Morgendämmerung gerade sein bronzenes Gesicht und die hohen Dächer der Via Cernaia berührt, ziehen die letzten Wracks der Nacht vorbei, treiben in Richtung Heimat. Mit letzteren vermischt erscheinen die ersten Arbeiter des Tages. Der Himmel verfärbt sich langsam von orange zu bläulich, Pietro Miccas Gesicht ist wie immer ernst. Auf den immer dichter werdenden Bürgersteigen ziehen die Turiner tagsüber vorbei und die Straße ist voller Fahrzeuge. Busse und Straßenbahnen pendeln, laden und entladen in einem konstanten Tempo. Männer und Frauen, Alt und Jung, Angestellte und Manager, Kioskbesitzer, die ihre Rollläden hochziehen, Carabinieri, Studenten, die ganze Stadt scheint in Bewegung zu sein.

Aber hier verlangsamt sich die Strömung, die Sonne steht nun hoch am Himmel. Unter den Arkaden der Via Cernaia geht es jetzt langsamer voran. Jemand, der sich die Geschäfte ansieht, ein Restaurant betritt, die Zeitung kauft oder noch einen Kaffee trinkt. Im Schatten der Bäume am Corso bleibt ein Mann stehen und wartet ein paar Sekunden, bevor er sich wieder ins Sonnenlicht wagt. Im Park vor dem Bergfried sitzen die einen unter den Bäumen, die anderen begutachten den viereckigen Bau, ein fast aufs Wesentliche reduziertes Miniaturschloss, entlang seiner roten Backsteinmauern. Eine Frau richtet ihren Blick auf Pietro Micca, der sie trotz seines strengen Gesichtsausdrucks anzulächeln scheint, dann geht sie weiter. Jemand fängt an, ein Sandwich zu essen, einen Salat, der würzige Geruch eines exotischen Gerichts breitet sich in der Luft aus. Nach und nach kommen die Studenten der Universität und Schulen, und im Laufe des Tages wird ihre Erscheinung raffinierter: je eleganter die Kleidung, desto eher verschwinden die Rucksäcke, und an ihre Stelle treten Gläser mit Bier und einem abendlichen Spritz.

Am Abend tritt die Menge, die in den frühen Morgenstunden die Via Cernaia überquert hatte, den umgekehrten Weg an, zu Fuß oder in öffentliche Verkehrsmittel gepackt. Wieder ist ein Tag vergangen. Und wenn die Straßen menschenleer werden, sind die einzigen Lebenszeichen das Echo der Nachtclubs weiter vorne und allenfalls ein paar einsame Passanten. Inzwischen ist es Nacht, und Pietro Micca ist immer da, auf seinem Podest und beobachtet die seltsame Menschheit, die sich erst in den späteren Stunden offenbart. Ein richtiger Umzug, Passanten, die allein oder in Vierer- oder Fünfergruppen nach den Feierlichkeiten den Rückweg antreten.

Aber wir müssen noch etwas warten, um die seltsamsten Exemplare zu sehen. Es sind meist Männer, die aus einer dunklen Parallelwelt kommen, und es ist nicht klar, wer sie sind, was sie tun, wohin sie gehen und vor allem, warum sie mitten in der Nacht wach sind. Tagsüber verschanzten sie sich in einer dunklen Ecke, fern von urteilenden Blicken, aber jetzt, wo es dunkel ist und die ganze Stadt in Schlaf versunken ist, sind sie wie Fledermäuse, die ahnungslos und unbekannt von dem Leben, das bei Sonnenaufgang vor sich geht, ausgehen. Turin ist alles für sie.

Sogar vor ihnen scheint die Statue von Pietro Micca zu lächeln. Denn schließlich liebt er diese Turiner, nacht- und tagaktiv, alt und jung, fleißig und arbeitslos, er ist stolz auf sie, wie ein stolzer Gärtner, der mit jedem Gießen seine Lieblingspflanze wachsen sieht. Denn, wie er gerne wiederholt, «das ist die Stadt, die ich gerettet habe».

In diesen Momenten des Stolzes wird das Gesicht des Helden noch ernster, seine Brust schwillt an und ein zufriedenes Lächeln kommt unter seinem Schnurrbart hervor und mit herrischem Ton beginnt er von seinen Taten zu erzählen:

«Es war, wie Sie wissen, der 30. August 1706, und die Armeen Frankreichs belagerten unsere schöne Stadt ...»

Die anderen Statuen, die das Spiel schon unzählige Male ertragen haben, lauschen in pietätvollem Schweigen, ohne allzu großes Interesse, aber bemüht, nicht zu zerstreut zu wirken. Niemand versucht, der Rede zu widersprechen oder sie zu unterbrechen. Nur die Statue von La Marmora hat von ihrer Position in den gleichnamigen Gärten die Kühnheit, sie zu korrigieren, wenn die Schüsse ohne Widerstand in die Höhen des Absurden aufsteigen, wenn sich die französischen Truppen zu Hunderttausenden vermehren und die angezündete Zündschnur immer kürzer wird.

«Wie viele Lügen!» sagt er amüsiert «Ich scheine die «La stampa» zu lesen!»

Die Statue von Pietro Micca, ungeduldig, aber nicht zu sehr, erhebt die Stimme ein wenig: «Aber geh hin! Es ist alles wahr, bis ins kleinste Detail. Glauben Sie nicht, dass La Marmora nicht nur drei Jahre jünger ist als ich, sondern meines Wissens noch nie eine Stadt gerettet hat.» und als er die letzten Worte sagt, scheint er lachen zu müssen.

Die Statue macht dann dort weiter, wo sie aufgehört hat: «... sodann ich zu meinem Begleiter sagte: «Geh, du bist länger als einen Tag ohne Brot, lass es mich tun. Rette dich!» La Marmora hört amüsiert weiter zu. «... und so kam es, dass der französische Angriff vereitelt und Turin gerettet wurde!» Und ein Seufzer scheint von den anderen Statuen zu ertönen.

*

Aber trotz eines Momentes des Stolzes zeigt die Statue immer eine ruhige und würdige Haltung. Andererseits hat sie in ihren mehr als hundert Jahren des Lebens die unterschiedlichsten Ereignisse miterlebt und nichts kann sie mehr so wirklich beeindrucken. Als die Statue aufgestellt wurde, war Turin noch die Hauptstadt, aber kurz darauf sollte sich einiges ändern. Es waren noch keine vier Monate vergangen, als eines Nachmittags ein großer Aufruhr und das Geräusch von Schüssen von der Piazza Castello ausgingen. Die Statue, die sich erst vor kurzem an ihre neue Position gewöhnt hatte, spitzte die Ohren und lauschte erregt.

«Könnte ein Krieg ausgebrochen sein?» dachte sie. Oder war es vielleicht eine Invasion? Eine weitere Invasion in ihrer Stadt? Und wer könnte es sein? Schon wieder die Franzosen? Oder vielleicht die Österreicher? Die Anarchisten? Trotz allem hatte sie Vertrauen in die Stadtkräfte und blieb auf ihrem Posten, und tatsächlich hörte der Lärm so schnell auf, wie er begonnen hatte.

Bis zum nächsten Tag, diesmal gegen Abend, drang aus der Mitte ein noch größerer Lärm, Rufe, zig Rufe und das Donnern von tausend Schüssen. Bald füllten sich die Straßen mit Menschen aus dem Zentrum, die flohen. Manche weinten, viele hatten ein dunkles Gesicht, wieder andere waren außer sich vor Wut, kreischend oder aufgeregt, gestikulierend mit erhobenen Fäusten. Die Statue sah mit Bestürzung, dass einige ihre Hände auf ein Knie drückten, auf den Bauch, auf den Arm, und an diesen Stellen war die Kleidung rot und blutdurchtränkt. Es war ein Rückzug von einem Schlachtfeld, eine Schlacht im Zentrum der Stadt. In der Menge, die in diesem Moment vor ihm vorbeiging, befand sich auch eine Frau, die schon älter war. Ihr Gesicht war eingedrückt, die Augen müde und verquollen, ihr Haar nur noch ein grauer Knoten. Als einzige in der Menge, die die kürzlich aufgestellte Statue bemerkte, drehte sie sich zu Micca um und verfluchte ihn voller Wut mit Tränen, die ihr Gesicht zeichneten: «Du Idiot! Man sollte den Franzosen diese beschissene Stadt lassen.»

Während sich die verwundete Menge von der Piazza San Carlo zurückzog, überquerte eine nach und nach immer zahlreicher werdende Schar von Carabinieri zu Pferd die Via Cernaia in entgegengesetzter Richtung zum Zentrum.

Dem armen Micca erschienen diese Szenen wie in einem Traum, und er konnte oder wollte nicht sofort die Realität der Tatsachen akzeptieren, die sich vor seinen Augen abspielte und die er in den folgenden Tagen empfand. Er war verärgert darüber, dass die Truppen das Feuer auf unbewaffnete Bürger eröffnet und unzählige Tote hinterlassen hatten. Eine noch größere Angst erfasste ihn, als er den Grund für das Massaker erfuhr, nämlich die Verlegung der Hauptstadt von Turin nach Florenz. Er konnte nicht anders, als an die Worte dieser Frau zu denken, worin der Sinn der Rettung der Stadt bestand, wenn die erste Bedrohung für ihre Bewohner nicht von einer fremden Armee, sondern von innen kam. Am liebsten hätte er eine Träne vergossen, aber sein Ehrgefühl und vor allem sein Standbild hielten ihn davon ab. Außerdem weinten die Statuen nicht.

Obwohl sie nicht mehr Hauptstadt war, hörte die Entwicklung der Stadt nicht auf und erreichte gegen Ende des Jahrhunderts ihren Höhepunkt. Die Statue von Pietro Micca hatte wieder einmal etwas, worüber sie sich freute, auch wenn die Neubürger, Patrioten, Journalisten, Ästheten und Künstler ihr manchmal sogar übertrieben viel Aufmerksamkeit entgegenbrachten. Unter diesen neuen Bewunderern befanden sich viele Maler oder vermeintliche Maler. Einer von ihnen stellte vor Micca einen Hocker und saß stundenlang da und machte Skizzen und Zeichnungen. Er war ein Mann fortgeschrittenen Alters, aber mit der Miene eines wahren Intellektuellen. Wenn er besonders konzentriert war, setzte er seine Brille auf und spitzte mit gespanntem Blick den Bleistift, sah dann zur Statue hoch, überlegte ein wenig, beobachtete ihre Züge mit aufmerksamem Blick und kehrte dann zurück, um gegen das Weiß auf dem Blatt zu kämpfen. Die Statue war zu Recht stolz auf all diese Aufmerksamkeit, noch dazu von einem solchen Künstler.

«Selbst in diesen verrückten Zeiten von Sozialismus, Statuten und Omnibussen höre ich nicht auf, die guten patriotischen Turiner zu inspirieren.» Er amüsierte sich bereits mit der Idee eines großen Gemäldes, ja einer Reihe von Gemälden, die seinen Sieg über die Franzosen zum Thema hatten, vielleicht neben den anderen Gemälden großer Schlachten in der Königlichen Galerie.

Eines Tages hatte der alte Künstler einige Stunden lang gezeichnet, als ein kleiner Junge, der gerade auf dem Bürgersteig vorbeiging, neben dem Mann stehen blieb, als hätte ihn ein Stromschlag erfasst. Er rannte weg und als er ein paar Minuten später zurückkam, wurde er von einer ganzen Schar seiner Kameraden begleitet. Die Kinder schwirrten um den alten Mann herum, der seinen Ärger nicht verbergen konnte. Er versuchte sie zu verjagen, sagte etwas zu ihnen, aber sie ließen nicht locker, gingen um ihn herum, reckten die Hälse, spähten in das Skizzenbuch, ab und zu schienen sie ein Blatt Papier stehlen zu wollen, und in der Zwischenzeit plapperten und kicherten sie vor Aufregung. Als er sah, dass er sie nicht wegschicken konnte, kapitulierte er. Er riss das Blatt, an dem er arbeitete, aus dem Buch und reichte es einem der Kinder. «Hier», rief er, «und jetzt verschwindet.»

In diesem kurzen Moment sah die Statue zum ersten Mal, was die Frucht der Arbeit des Malers und der vielen Stunden, die er vor ihm gesessen hatte, war. Sein heroisches Profil stand nicht auf dem Zettel, er hatte nicht die Absicht, Sprengstoff anzuzünden, es gab nicht einmal eine große Schlacht. In der Mitte des weißen Blattes sah er deutlich eine Frauenfigur, nackt, ohne Kleider, die rosa Farbe nur mit Pastell angedeutet, um der Brust Form und Tiefe zu verleihen, dann lange Beine, Nabel, alles gut sichtbar und mit Geschick gezeichnet. An den Seiten des Blattes blickten andere attraktive junge Damen hervor, kaum mehr als Bleistiftskizzen, nicht sehr raffiniert, aber auch ein-deutig nackt. Gierig griffen die Kinder nach dem Blatt, kämpften darum und zerknitterten es, dann sahen sie sich um und beschlossen, es zu falten, und einer von ihnen, vielleicht der Anführer, steckte es in seine Tasche. Sie waren stolz auf ihren Schatz, hüpften und sprangen herum.

Der Maler machte dort weiter, wo er angefangen hatte, aber die Statue war nicht mehr so glücklich solch einer Unanständigkeit zu dienen. Der alte Künstler kehrte in den folgenden Tagen zurück, aber da es mittlerweile immer wieder ein paar Gören gab, die ihm die Arbeit erschwerten, wurde er bald müde und suchte woanders nach Inspiration, womit Micca mehr als zufrieden war.

Ein noch seltsameres Abenteuer betraf einen kleinen Mann, der an einem Morgen des Fin de Siècle vor der Statue auftauchte. Er war ein neugieriges, pummeliges Wesen mit einem weißen Schnurrbart und einem Kinnbart, der zusammengenommen Miccas metallischem Schnurrbart zu trotzen schien. Vervollständigt wurde das Ensemble nur noch von einer Zwickerbrille und noch kleineren Augen. Der Kopf war stattdessen voluminöser und der Haaransatz, der im Vergleich zu Bart und Schnurrbart immer noch eine silbrige Farbe hatte, befand sich tatsächlich weit hinter der Stirn. Der Neuankömmling war von der Statue und insbesondere von dem Kopf, den er aus allen möglichen Winkeln betrachtete, der sich links und rechts um das Sockel wuselte, ganz eingenommen. Währenddessen schrieb er und machte sich Notizen in einem kleinen Buch, das er aus seiner Jackentasche geholt hatte. Sofort dachte die Statue, er hab etwas mit einem Denkmalpfleger der Stadt, einem anderen Hobbykünstler oder mit einem Antiquitätenhändler zu tun, doch seine Beharrlichkeit schien ihm übertrieben. Am Ende der x-ten Runde um den Sockel steckte der Mann das Notizbuch wieder in die Tasche und betastete die andere Seite der Jacke, als ob er sich vergewissern wollte, dass er noch etwas mitgebracht hatte. Dann sah sich er sich um und stellte seinen Fuß auf die Kante des Sockels, als wollte er darauf treten. Er hatte noch nicht mit dem Aufstieg begonnen, als eine Hand auf seiner linken Schulter landete.

«Doktor», sagte der Carabiniere hinter ihm sanft, «tun Sie das nicht. Wir haben es neulich schon von der Lagrange-Statue abgebaut, und Gott sei Dank hat es niemand gesehen ...»

«Wie ich Ihren Kollegen bereits zu erklären versucht habe, hat das, was ich tue, einen sehr hohen Zweck und ist keineswegs bizarr ...»

«Ich verstehe», erwiderte der Carabiniere, «aber bitte widmen Sie Ihre Bemühungen etwas anderem.» Er trat zur Seite und ließ den Mann los, der schnell auf das Schloss zuging. Der Carabiniere warf noch einen kurzen Blick auf das Denkmal und ging ebenfalls weiter.

Die Statue von Pietro Micca glaubte, ihr entkommen zu sein, aber er hatte die Sturheit dieses Mannes nicht berücksichtigt, der am selben Tag mitten in der Nacht vor ihm auftauchte, diesmal sicher vor einer eifrigen Ordnungsgewalt.

Der Held, der sich vor den französischen Truppen nicht so weit zurückgezogen hatte, dass er sich für das Wohl der Stadt opferte, war von Angst erfüllt. Was waren die Absichten dieses Mannes? Wollte er es verschmieren? Seine Nase abschneiden? Oder etwas noch Schlimmeres?

Inzwischen hatte der Mann einen mühsamen Kampf zwischen dem Sockel und seinem alles andere als athletischen Körper begonnen. Der Vandalismus ähnelte einer Bergbesteigung. Mit viel Mühe und erst nach mehrmaligen Beinahe-Stürzen gelang es ihm, sich auf das Podest zu ziehen und sich gleichzeitig am rechten Bein der Statue festzuhalten. Von dort sah er zu Miccas Gesicht auf und hatte für einen Moment den Eindruck, dass die Statue ihn herausforderte. Erfrischt und fast besessen bewegte er sich links und rechts von Miccas Bein in einem vergeblichen Versuch, noch höher zu klettern. Er wagte mehrere Versuche, aber innerhalb einer Stunde kam er keinen einzigen Zentimeter weiter. An diesem Punkt war die Angst, die die Statue bis vor kurzem erfasst hatte, verschwunden: Die verschiedenen und lächerlichen Angriffe des kleinen Mannes hatten ihn davon überzeugt, dass er kein einfacher Vandale sein konnte, und stattdessen wuchs die Neugierde auf das, was er vorhatte. Er verstand auch, dass er ohne Hilfe nichts tun könnte.

Ungesehen bewegte er dann seine linke Hand, die zur Faust geballt war, etwas tiefer und näher zu den Beinen heran. Nach einer Weile sah der schweißgebadete Mann die Faust und klammerte sich daran fest, um darauf zu klettern, dann schaffte er es, sich an Miccas Arm zu klammern und von dort stand er schließlich auf und hielt sich an Miccas Körper fest. So hoch wie möglich angelangt, waren die beiden fast auf Augenhöhe, einerseits Micca, der die Mühen des tollpatschigen Kletterers gerne belächelt hätte, und andererseits der Mann. Etwas verlegen holte dieser einige Gegenstände aus seinen Taschen, die, sehr zur Erleichterung der Statue, eher wie Vermessungswerkzeuge, als etwas andere aussahen. Mit einer Schnur versuchte er den Umfang von Miccas Kopf zu erfassen, dann prüfte er mit Hilfe zirkelähnlicher Gegenstände die Stirnbreite, die Schädellänge und alles, was man messen konnte. Währenddessen murmelte er Worte wie «Cephalus-index», «Dolichozephalie», «atavistische Züge» und viele andere vor sich hin, die der Statue unverständlich waren.

Micca genoss all diese Messungen und er spielte das Spiel eine halbe Stunde lang mit. Als er jedoch zum zweiten Mal ein Lineal hinter seinem Ohr einführte, konnte er eine ganz leichte unwillkürliche Vorwärtsbewegung nicht unterdrücken, die ausreichte, um den Mann aus dem Gleichgewicht zu bringen. Die Statue schaffte es immerhin noch seinen Sturz abzufedern – ein Sturz, der durchaus hätte schlimm enden können – sodass nicht mehr passierte, als dass der Mann schmerzhaft auf seinem Hintern landete.

Der Mann wälzte sich einige Sekunden lang auf dem Bürgersteig, klagte über Schmerzen, und sobald er wieder auf die Beine kam, wandte er seine Aufmerksamkeit wieder der Statue zu, deren Bewegungen offensichtlich unbemerkt geblieben waren.

«Du bist alles andere als ein Held! Geborener Verbrecher, du! Unfähiger Dummkopf! Du Narr! Du Arschloch, Du warst nichts anderes, als ein Dummkopf, Idiot, Blödmann. Leck mich am Arsch!»

Während die Wut frei aus ihm herausschoss und die Beleidigungen gegen die Statue, die sich sehr amüsiert über die Szene zeigte, schnell von einer raffinierten Sprache in den Dialekt wechselte, gingen zuerst eines und dann zwei, drei, vier, Lichter hinter den Fenstern der Gebäude gegenüber an, und einige der Mieter begannen, die seltsame Szene zu beobachten. Die Zornesröte im Gesicht und nass vor Schweiß erkannte der Mann, dass er übertrieben hatte. Er warf einen wütenden Blick auf das verhasste Denkmal und ging.

Die Statue sah ihn nie wieder an sich vorbeiziehen und dachte, dass er vielleicht absichtlich begonnen hatte, diese Straße zu meiden. Später erfuhr er, dass der Mann in der Tat ein sehr bekannter «Doktor» war und dass er nach seinem nächtlichen Missgeschick eine lange Abhandlung über ihn, Pietro Micca, veröffentlicht hatte, in der er behauptete, dass «neue und überraschende Elemente» bewiesen, dass Micca , «weit entfernt von der Aura eines Helden, die die Bevölkerung um ihn herum aufgebaut hat», sei stattdessen «ein geborener Wahnsinniger und Krimineller», wie die «atavistischen, affenähnlichen und degenerierten Züge seines Schädels» zeigen.

Doch der Statue von Pietro Micca machte auch dies nicht aus, da sich, wie bereits erwähnt, in den vergangenen Jahren zwischen Corso Ferraris und Via Cernaia Ereignisse aller Art vor ihr abgespielt hatten. Die Stadt wuchs stetig, sie war grauer geworden, dann wieder ein wenig heller, irgendwann waren keine Pferde mehr zu sehen, da diese durch Autos ersetzt wurden. Der piemontesische Dialekt wurde immer weniger benutzt, der Charakter der Bewohner hatte sich, zumindest scheinbar, verändert. Die Porta Palatina wurde entkernt, die Mole wuchs in Flussnähe und auch im Stadtzentrum wurden nun Gebäude errichtet.

Es kam manchmal vor, dass eine unbestimmte Sehnsucht die Statue erfasste, dass er einer entfernten, andere Zeit nachtrauerte, an der er vielleicht nie teilgenommen hatte, der er sich aber auf unbestimmte Weise zugehörig fühlte. Ein Schleier der Traurigkeit legte sich dann auf den Helden der Stadt von Turin. Aber auf diejenigen, die ihn nur beobachteten, wirkte er immer gleich, stark, entschlossen, immer in seiner Position vor dem Bergfried. Nichts und niemand hätte die Statue bewegen können.

*

Doch blicken wir zurück auf den heutigen Tag. Die Statue von Pietro Micca steht dort, wo sie immer stand, vor dem Bergfried der Zitadelle, mit der üblichen unbeirrbaren Haltung. Aber es kursieren Nachrichten, die Anlass zur Sorge geben: Es scheint, dass jemand in Amerika Statuen entfernt. Die Nachricht genügt, um die gesamte städtische Gemeinschaft von Intellektuellen, Militärs und bedeutenden Figuren aus Metall oder Stein zu erregen und in Angst zu versetzen.

«Aber warum», fragt sich einer von ihnen, «eine Statue aufzustellen und sie dann wieder zu entfernen?»

«Um sie zu ersetzen», lautet eine der Antworten, «haben sie sicherlich ein schreckliches Abbild moderner Kunst an ihre Stelle gesetzt. Ein gläserner Kubus, ein komisches pinkfarbenes Plastikobjekt oder so ähnlich», schließt das geflügelte Genie von Piazza Statuto selbstgefällig. Einige Statuen protestieren.

«Es ist absolut unmöglich, ein Kunstwerk wie uns durch eine solche Schande zu ersetzen.»

Es beginnt eine Diskussion, die bald zu einem unverständlichen Geschrei zwischen denen, die das Ende naheglauben, und denen, die skeptisch sind, führt.

«Wer von uns könnte der Erste sein, der entfernt wird?» fragt die Frühlingsstatue auf der Piazza Solferino unbekümmert und wechselt einen verschmitzten Blick mit der männlichen Statue vor ihr, die sie anlächelt.

«Wir Statuen sind für die Ewigkeit gemacht, wir können nicht entfernt werden, als wäre nichts gewesen», hören wir.

«Natürlich ist das möglich.»

Alle schweigen. Die Stimme, die dann erklingt, ist tief und hoheitsvoll. Sie gehört einer der alten, ägyptischen Statuen im Museum.

«Wir sind für die Ewigkeit gemacht, aber wir sind nicht ewig. Langsameres Altern als das der Männer kann ein Fluch sein. Die Generation, die uns wollte, schuf und schätzte, die uns mit Jubel begrüßte, verfällt schnell vor unseren Augen, und so verfällt das Wohlwollen uns gegenüber. Gleichgültigkeit stellt sich ein, wenn nicht sogar Verachtung. Und dann wird jeder schmutzige Blick, jeder auf uns geworfene Stein, jede auf uns eingravierte beleidigende Inschrift, jeder Finger, jede gebrochene und weggenommene Nase zum Zeichen einer langjährigen Folter. Dann kommt eine Revolution, ein Edikt, ein Putsch, eine Invasion, und jeder noch so lächerliche Grund reicht aus, um uns zu beseitigen. Und wenn nicht die Menschen es sind, so sind es Wind und Wasser, die langsam an uns nagen, und uns auf den rohen Felsen reduzieren, der wir vor unserer Geburt waren.»

Er hält für einen Moment inne, und niemand wagt das Wort zu erheben.

«Aber warum, glauben Sie, bin ich hier? Ich erinnere mich kaum noch an die Tage, als ich geboren wurde und die Menge mich mit Ehrfurcht ansah. Jetzt ist diese Menge für immer verschwunden, ihre Häuser sind verloren, die grandiose Architektur vom Sand begraben, die ganze Stadt ist verschwunden. Nie wieder werde ich das Licht Ägyptens sehen. Ich musste mich an die Kälte, den Smoggeruch und die Blitze der Kameras gewöhnen. Ich habe überlebt, aber ich bin eine Ausnahme. Wussten Sie, dass es in Turin einmal einen Turm mit einem bronzenen Stier darauf gab?»

Niemand antwortet, und dann fährt er fort: «Ihr könnt es nicht wissen, schließlich wart ihr damals noch nicht da. Offensichtlich sind weder der Turm noch der Stier mehr da, und wisst ihr, was mit ihnen passiert ist?»

Wieder antwortete keiner. Dann ergreift die Statue wieder das Wort: «Der Turm wurde abgebaut und der Stier geschmolzen. Daraus wurden Münzen gezogen, viele schöne und kostbare Münzen, die für eine Stadt viel unverzichtbarer sind, als jedes Denkmal.» Der letzte Satz reichte aus, um jede Diskussion zu beenden und eine düstere Stille breitete sich zwischen den Statuen aus.

Währenddessen hörte die Statue von Pietro Micca schweigend zu, ohne die Absicht zu haben, sich an der Diskussion zu beteiligen. Er kannte die Momente der Stille nur zu gut, denn im Grunde mussten alle Statuen diese langen Momente mit Phasen großer Aufregung kompensieren. Er interessierte sich nicht im Geringsten für das, was in Amerika vor sich ging, oder die Meinungen anderer. Er, Pietro Micca, war der Held der Stadt, und ein Held ist nicht zu ersetzen.

Aber sein Selbstvertrauen war nicht so stark, wie er zur Schau stellen wollte. Stimmte es, dass immer weniger Leute wussten, wer er war? Dass immer weniger Menschen sich beim Lesen seines Namens fragten, wer dieser Pietro Micca eigentlich war?

Er versuchte erfolglos, sich von den düsteren Gedanken zu befreien, die durch diese Diskussion verschärft wurden, aber bald verwandelten sie sich in einen allgemeinen Zustand der Verzweiflung und Düsternis, der ihn heimsuchte. Seine Welt wurde grau, und das erste Licht des Morgens reichte nicht mehr aus, um diese Dunkelheit zu durchdringen. Distanziert sah er das Stadtleben an sich vorbeiziehen, er nahm nicht mehr an den neu erblühten Studentenlieben teil, er lächelte nicht gutmütig über die einfachen Angestellten, die mitten in der Menge schwitzend in ihr Büro liefen, und das Gurren der Turteltauben, die sich auf seinem Kopf niederließen, erheiterte ihn nicht mehr wie früher.

Dies dauerte einige Zeit an, bis das Verbrechen geschah.

An diesem Sonntag gab es im Zentrum eine Demonstration, eine von vielen. Es ist nicht wichtig zu wissen, wogegen demonstriert wurde. Die Statue von Pietro Micca schenkte ihr nicht viel Aufmerksamkeit. Zu anderen Zeiten hätte er zweifellos mit den Demonstranten und ihrer Sache sympathisiert, was auch immer es war, und wäre gerne von seinem Podest herabgestiegen, um mit ihnen an der Spitze des Zuges zu marschieren, wenn ihn sein Pflichtgefühl nicht daran erinnert hätte, in der gewohnten Position zu verharren. Aber diese Zeiten schienen ihm jetzt fern und unerreichbar.

Ausgehend von der Piazza Castello zogen die Demonstranten nun langsam in die Via Cernaia in Richtung Porta Susa und stoppten direkt vor der Statue. Aber nichts von dem, was er sah, war interessant genug, um seine Aufmerksamkeit zu erregen, so allgemein erschienen ihm diese Szenen, die sich tausendmal vor ihm wiederholt hatten. Ein nerviges Déjà-vu überkam ihn, als er gelangweilt auf die jungen und nicht mehr ganz so jungen Demonstranten blickte, die Parolen ihrer Schilden erschienen ihm in seinen Augen banal, die Ernsthaftigkeit mancher von ihnen, die inhaltsleeren und sinnlosen politischen Reden, der Geruch von Marihuana, der von der Prozession ausging, während sich das Durchschnittsalter der Teilnehmer irgendwo zwischen zwanzig und dreißig Jahren einpendelte und die gelangweilte Miene der Polizei, die an der Einfahrt zu einer Nebenstraße der Demonstration beiwohnte.

Nach wenigen Minuten war der Menschenstrom deutlich weniger geworden, die Demonstranten marschierten nun in kompakteren Linien und hielten zum Teil Rauchbomben in die Höhe. Auf der Straße explodierten Feuerwerkskörper und ein paar Glasflaschen, woraufhin sich die hageren Polizisten zurückzogen, um sich mit ihren Kollegen weiter unten auf der Straße aufzustellen und als Mauer für die Vandalierenden zu fungieren, die an die Stelle der kurz zuvor vorbeige-kommenen friedlichen Demonstranten getreten waren.

Die Statue beobachtete die Szene weiterhin mit einer gewissen Distanz, aber das Gesicht, das jetzt strenger als üblich war, verriet eher Ärger als Langeweile. Als die Demonstranten vorrückten, zersplitterten die Scheiben der in der Nähe geparkten Autos, sowie der Geschäfte und die Wände füllten sich mit Graffiti und Sprühfarbe.

Als sie an ihm vorbeigingen, ging einer der Demonstranten losgelöst von der Menge unter das Podest.

«Und wer zum Teufel bist du ...», hörte ihn die Statue sagen.

Nachdem er Micca einige lange Momente ins Gesicht gestarrt hatte, schnappte er sich einen mitgebrachten Eimer und goss seinen Inhalt gegen ihn.

«Da, du Arschloch!» und sowohl der Sockel als auch die Füße der Statue begannen mit roter Farbe zu tropfen.

Es war nicht das erste Mal, dass die Statue von Pietro Micca Gegenstand «einer fragwürdigen Geste» war, wie er es nannte: Seit jener Nacht des verrückten Kraniologen hatte er alles oder fast alles ertragen und sich an alles gewöhnt, und gleichzeitig hatte er jede Angst vor Vandalen verloren. Aber an diesem Tag, unter diesen besonderen Umständen, in der Stimmung, in der er seit Wochen war, benahm er sich überhaupt nicht wie das friedliche und zufriedene Denkmal, das er normalerweise war.

«Wer bin ich?», donnerte er, «Ich bin Pietro Micca, geboren in Sagliano (Sagliano Micca, lass uns genau sein!) Im Jahr 1677, zur Zeit der französischen Belagerung, mit nur neunundzwanzig Jahren habe ich mein Leben geopfert, um dieser Stadt und Menschen wie dir Jahrhunderte später zu erlauben, zu kommen und mich an der Stelle zu beleidigen, an der ich von den Bomben zerstückelt wurde. Und jetzt würde ich gerne wissen, wer du bist, lausiger, undankbarer Taugenichts und mit welchem Recht du in diesem Ton mit mir sprichst?!»

Alle, vom unachtsamen Demonstranten bis zur Polizei, sahen ihn erstaunt an. Die anderen Statuen sagten kein Wort, und wenn sie jemals der kalte Schweiß überkam, dann war es in diesem Moment.

Zum ersten Mal, seit er zwischen Via Cernaia und Corso Ferraris aufgestellt wurde, bewegte sich die Statue von Pietro Micca, wütender denn je - zum Teufel mit der Haltung Bogianen der Peimonteser den Stubenhockern - und stieg, wie es Peter der Große auf seinem Ross tat, von seinem Sockel.

Le Tribolazioni di un Eroe – Die Leiden eines Helden ist ein lakonisches Zeitdokument. Aus der Perspektive verschiedener Statuen dringen wir in die Stadtgeschichte Turins ein, werden (Zeit-)Zeuge einer sich wandelnden Stadt und Gesellschaft. Wie die Pferdekutschen der Industrie wich ist nur ein Beispiel dafür, dass die Modernisierung unserer Gesellschaft im Vergleich zur gesamten Menschheitsgeschichte eine wahnsinnig kurze, rasante Entwicklung darstellt. Simone versteht es, in wenigen Bildern etwas von Italien, wie wir es kennen oder kennen zu scheinen, einzufangen und darüber hinaus einen Bogen zur aktuellen Tagespolitik zu schlagen. Was darf Geschichte? Wer darf sich erinnern? Und wie versucht man diese Erinnerung «passend» zu machen? Die Statuen nehmen hierbei eine interessante Zwitter-Funktion ein: sie sind keine Menschen und doch vermenschlicht. Ihnen obliegt es in dieser Geschichte uns Lesende an der Geschichtsschreibung teilnehmen zu lassen und am Ende die dringende Frage aufzuwerfen, was Erinnerungskultur im Jahre 2021/22 für den Westen bedeutet.

ZWEI JUNGE PIONIERE IM ABSCHLUSSJAHR

ŞAFAK SARIÇIÇEK

DER JUNGE MIT DER BRILLE

I Der Rückzug, in die Bibliothek, die Angestellte kennt mich. Ein Hochpunkt der Stadt, runde Fenster und die Welt ist eine Übersicht. Die anderen Schüler, Schuluniformpunkte dort unten. Ich kann nicht mehr unterscheiden, wer einen Rock trägt oder wer Krawatte, Punkte, Striche, Pausengetümmel. Die Gespräche langweilen mich, dort unten. Wo gehen wir essen, wer hat wen geküsst oder Zigarettenrauchen in den Toilettenkabinen. Zu zweit, zu dritt, zu viert in eine Kabine gedrängt. Oder Halbstarkengefrotzel in den Gängen: Komm in die Kabinen, dort lösen wir das Problem. Hormonwallungen. Sich aufplusternde Hähne, Eigentumserklärungen zwischen Menschen: meine Freundin, der besitzergreifende Griff an den Hintern, die ständige Bekundung der Verfügungsgewalt, Heranziehen und Hahnenkampf testosteronaufplusternd, die Fortsätze des Privateigentums und marktkapitalistischen Denkens im Mikrokosmos dieser Elitenschule. Jetzt höre ich mich schon an wie diese vermeintlichen Revoluzzer im Schulhof, mit ihrem Marxhalbwissen und den Gramsci- Lesekreisen und Klassen Sit- Ins. Der Kommunistische Schülerverband. Versagervereinigung. Wenn die Ausselektierten sich zusammenschließen, gibt es keine Selektion mehr, sagen sie. Und das ist doch nur Wichtigtuerei, der Typ mit den absichtlich verwuschelten Haaren und dem farbigen T- Shirt unter seinem Sakko, der andere, der mich mit seinem Ideologiegeschwafel vollzubenebeln versuchte, sie möchten auch Eigentum und Verfügungsgewalt, auf hinterlistigere Art, mit vorgeschobenem Uninteressiertsein an sogenannten niederen Betätigungen, sie möchten sich auch langfristig den Akt des freien Körperflüssigkeitsaustauschs mit der kurzen Ekstasenfolge sichern. Irgendwie absurd, das hinter den höchsten Idealen, hinter jedem idealen Mikrokosmos, genau das vorherrschend ist, was von eben diesen Idealträgern als Feindbild angeprangert wird. Und ich bin kein bisschen besser als sie alle, ich

159

will auch, jenseits von meinem Überbau des Schulstrebers, des Hochbegabten, des unverstandenen Außenseiters und fragilen Bibliothekshausenden und vielleicht gerade mit diesem nach außen projizierten Bild nur eins: die schönste von allen im Pausenhof, das It-Girl, die beste Abiturnote und in der Verknüpfung von Kausalketten über die Jahre hinweg: Geld, Macht, Dominanz in der Kunst, ein Machtverhältnis aufbauen, auf diesem Staubkorn im Kosmos das durch die Leere rauscht und irgendwann von der Sonne verschluckt wird. Und ich kann eine 1,0 im Examen haben und im Studium und summa cum laude in der Doktorarbeit, kann mein Schwanken zwischen meinen Affektlöchern und olympischen Geisteshöhen in Musik verarbeiten oder in einem Roman, alle Karmasutrapositionen ausprobieren, um auch die sinnlichen Erfahrungen auszureizen oder eine stabile langfristige Beziehung, die vorbildlich erfüllend und ausgeglichen ist. Deshalb implodiert das Universum nicht weniger in sich zusammen, bin ich meiner Endlichkeit nicht weniger bewusst oder von mir aus schon, aber bin dennoch nie zufriedenes Pinguin unter Pinguinen wie Camus sagen würde. Sei's drum. Ich brenne im Moment und wenn ich das Feuer, die Freude in den Anderen entfachen könnte, für einen Atemzug, die Symphonie des Universums, die ewige Wiederkunft in meinem Handeln widerspiegeln kann, sei's drum, dann war es das wert.

II Das Abschlussjahr ist ein Schlachtfeld, ich weiß es, so wie die gesamte Schule ein Schlachtfeld, ein Ausselektieren ist. Meine Hand ist oben: sie sagen richtige Antwort, sie sagen, das ist so nicht vorgesehen oder das geht über den Stoff hinaus. Ich spüre ihre Angst, die Unsicherheit, eine Lehrerin stinkt nach Schweiß und zittert. Der andere mokiert sich, dass er nicht eine persönliche Einladung zum Schulabschlussball erhalten hat, seine Pedanterie, wunde Haut vom Rasierklingengefecht auf seiner vetrockneten Haut, ein seelenloser Mann, aber dafür mit Doktortitel. Seine Eitelkeit stinkt wie sein Parfüm auf einer Haut, für die es nicht vorgesehen wurde. Ein Aliud. Und Frau Becker hat diesen linken Sprachgebrauch, aber danach sehe ich sie immer in dem gewerkschaftsfeindlichen Kaffeehausfranchise. Andererseits ist sie die einzige, die mir bisher überhaupt etwas beigebracht hat, was ich schon nicht weiß, sie hat mir hin und wieder einige Anreize hin zu den Existentialisten gegeben. Ihre Empfehlungen zeigen mir, dass sie durchaus selbstsicher ist und sich nicht hinter Arroganz versteckt, angesichts meiner Antworten im Unterricht oder sich nicht versteckt hinter ausweichender Angst. Überhaupt ist es so eine

Sache mit der Angst, die ich scheinbar auslöse, wenn ich rede und jetzt ist das auch über die uns als Lehrer zugeteilten Halbgebildeten hinausgehend gemeint. Ich sehe es in ihren Blicken, wenn ich ihnen ihre Schwächen vor Augen führe, ihre Befürchtungen, Argumente zerpflücke, die Absurdität unserer menschlichen Kondition bewusst mache und aber auf das Entfachen der universellen Symphonie in unserem Handeln als zufriedenstellenden Ausweg weise. Denknotwendig, dass man mich nach einem Gespräch meidet oder im Jahrbuch schreibt: manchmal machen mir deine Antworten Angst. Denknotwendig vielleicht, dass ich mich zurückziehe vor der überwältigenden Langeweile im Pausenhof, dem Smalltalk, den ich zwar gewieft einsetzen kann, aber dieses Spiel langweilt, langweilt, da ist kein Auflodern, das ist nicht mal mehr Staub, der aufgewirbelt wird. Da hilft nur der Rückzug in die Bibliothek und zumindest die Angestellte grüß ich. Sie kennt mich vom Sehen und sie kennt die Bücher, die ich ausleihe und daher habe ich einen gewissen Grad an Verbundenheit zu ihr. Die Bibliothek ist kein Schlachtfeld.

DER JUNGE MIT DEN FARBIGEN T-SHIRTS UNTER SEINEM SAKKO

III Die Schule ist ein Schlachtfeld, aber die Stadt auch, denkt er. Die Metropole, in der die Schule ist, ein Ort der Widersprüchlichkeiten. Gegensatz Orient Okzident, Gegensatz jung und alt, Gegensatz links und rechts und das alles von Stadtviertel zu Stadtviertel. Hier wurden Griechen und Armenier enteignet und hier dürfen die Nachtclubs ihre Stühle nicht mehr nach außen platzieren, die Alkoholsteuer kennt keine Grenzen mehr. Im Parlament hat man das Kinderehengesetz versucht, durchzubringen. In der Stadt kämpfen Demonstranten und das staatliche Gewaltmonopol haut zurück.

Das erste Bild, die ersten Bilder in seinem Kopf war der Kampf. Soldaten kommen und brennen die Häuser von dem Ort namens Zuhause ab, sie müssen wegziehen. Der Weg ist erst holprig, später mit Steinen bepflastert und Wochen später rauschen Häuser und holprige Wege an ihm und seiner Mutter vorbei. In einem Güterwagon zur Metropole.

Später hat er verstanden, dass in seinem ersten Zuhause, in seinem Herkunftsort, nicht nur die Brücken, die Steinhäuser, die Nussbäume, die Wälder zerstört und dem Feuer überlassen wurden. Das Feuer galt der Kultur. Dort Gebetshäuser errichtet, wo Menschen keine Gebetshäuser, keine Unterwerfung der Natur unter den Menschen, sondern nur die Einheit, nicht die Entfremdung kannten. Die urtümliche Sprache dort hat man verbrannt und verbannt die Zeremonien, die flackernden Gebete bei den heiligen Bergen, die als häretisch, als falsch verschrien wurden. Das erste Bild, die ersten Bilder die er kannte waren Kampf, war der Kampf.

IV Das Stipendium hat ihm den Besuch dieser Schule ermöglicht und er wusste das durchaus zu schätzen. Aber der Unterricht war nicht genug, die Inhalte einer heilen Welt, die so nicht stimmen konnte, die nicht vereinbar war mit dem allerersten Bild, der ihn auf der Welt geprägt hatte. Die Metropole war keine heile Welt, in der ersten Zugfahrt hierher ganze Viertel die über Nacht entstanden, die Übernachtbauten, wo Millionen in Schlamm und chemischen Abfallstätten hausten, Möwen fielen vom Himmel auf Mülldeponien herab, deren Müll aus den ultradigitalen, ultrareichen, ultrasicheren Stadtgebieten hier in das Stadtende gekotzt wurden, übelriechend, hier aß die Stadt ihre Bastarde auf, ihre Waisen. Dieser neue wortlose Kampf, fand seine Verwortlichung in den Flyern die eines Tages im Schulgelände verteilt wurden, ein Jugendverband der marxistischen Partei. Er nahm ein Blatt entgegen und er sprach mit ihnen. Die Sprache war eine andere als die seine. Fremdwörter, mit dringendem Ton, aber er verstand, dass diese Menschen auch den Kampf kennengelernt haben mussten, ihre Welt war keine heile, also gesellte er sich von da an immer zu ihrem Stand. Mit der Regelmäßigkeit kam ein Verständnis herauf, Zusammenhänge, die sich ihm erschließen. Erste Besuche in dem Keller, wo sich der Jugendverband traf, er konnte mitreden und brachte seine eigenen Bilder ein, wie ich das sehe sagte er irgendwann, was wir tun müssen, sagte er bald. Nach den Treffen zusammen in die Kneipen, die Ausgehviertel, in den abends herrschendem Sog, dem Nachtpuls, Nachschattengewächse der Metropole, die Tollkirsche der Metropole. Rausch.

Die Gitarre die er für sich entdeckte und das bewusste Zuwiderhandeln gegen das Uniformgebot, häufig Sakkotragen. Während der Nationalhymne, jede Woche Montagsfrühe: Herumalbern. Wieder ein Tag, wo er zum Rektor vorgeladen wird. Von Disziplin redet dieser und vom Hochhalten der Schulideale. Puritanismus, Fleiß, die Vorbildfunktion als Stipendiat. Er antwortete: ich schreibe ihnen doch die guten Noten, ich gewinne ihnen ihre Landeswettbewerbe, lassen sie mir meine Freiheit. Irgendwann muss der Rektor sich mit dem unbeherrschbaren Temperament, diesem einzelnen Funken, der beim

Zurechtschleifen der Schüler seine Freiheit behauptete, abgefunden haben, jedenfalls hatte es so seinen Anschein.

DER JUNGE MIT DER BRILLE

V Russland unterstützt mit vollem Herzen diese Resolution sprach er und übergab die restliche Redezeit dem Vorsitzenden der Spezialrats. Ein Raum mit 30 Schülern in Anzügen, adrett angezogen, im Halbkreis sitzend. Sie zog sich vier Tage diese Simulation der Vereinten Nation, dieses Planspiel, wie es im eigens herausgebrachten Handbuch stand. Aber das war mehr als ein Planspiel, viel mehr, der Raum verwandelte sich, sobald er mit seinem Anzug eintrat, den ihm zugewiesen Platz mit dem Namensschild RUSSLAND bezog, er wurde zu einem Energieball, was man tut, was man auch tut, muss bis in die kleinste Pore wahrhaftig, eine Widerspiegelung des Kampfes mit unserer Absurdität sein. Das empfand er an diesen MUN- Tagen, es setze mit der Schlaflosigkeit ein, mit dem Kaffeeautomaten. War es Zeit für das informelle Lobbying, windete er sich durch die Nachwuchsdiplomaten, sprach hier und dort ein Wort, einnehmend, das Gegenüber vollumfänglich auf der intuitiven Ebene erfassend. Ein Schlachtfeld, das Spaß macht, nicht nur das Niedermachen des Gegenübers. Kooperationsmöglichkeiten, Gelesenes, sein politischer Wissensfundus, sein Gehirn, dass ein großes Speicher war, die Impulse an Wissen, die durch seine Neuronen rauschten, kamen hier zur Anwendung. Wussten Sie, dass Angola, diese Vereinbarung unterzeichnet hat, damit sind sie, verehrter Ambassador von Angola in einer gewissen Zwickmühle, lassen sie mich Ihnen herausfinden, mein Vorschlag für die Resolution sieht diese Subklauseln vor, was denken Sie diesbezüglich. Und das Wunderbare war, hier gab es auch Ebenbürtige, für die dies auch nicht bloß ein Planspiel, war, wo er spürte, dass er verstanden wurde und auch den anderen verstand. Die sich von Tag zu Tag steigernde Euphorie und der Anklang bei den Anderen, verstanden zu werden, wenn auch ein bisschen, wenn auch über Metaphern, über dieses Rollenspiel. Er ließ sich am Abend sogar bei der Abschlussfeier blicken und betrank sich mit den anderen Delegierten, die vorhin noch Spanien waren, Malta, Vietnam oder der Vatikan. In diesem Zustand, wo es plötzlich um die wahren Namen ging, um den Menschen hinter der Rolle die den Tag über gespielt wurde, wäre er im Regelfall zurückgewichen, weil er sich gelangweilt hätte und erst Recht wäre er nicht so weit gegangen, sich auf diese primordiale Ebene des Alkoholrausches hinzugeben, aber er hatte sich hineinbegeben. Er wusste, dass er diesen Moment des Verstehens und Verstandenwerdens packen musste, sich ganz in ihn hineinlassen, denn dies war ein seltener Fall, wo er Gleichgesottene fand, Pioniere, die ebenso das ewige Lied vernahmen, dass durch alle Dinge zog und sich im kleinsten im Absurdesten widerspiegelte, die es sahen oder bereit waren es zu sehen, zu empfinden und dieses kosmische Raunen in jedem der noch so belanglos erscheinen Pflichten, im Alltag zum Vorschein zu bringen, zu begeistern und begeistert zu werden. Weil sie ihrer Endlichkeit und zugleich der Unendlichkeit bewusst waren, dies sie nicht traurig stimmte, nicht traurig stimmen konnte, weil es ein Wert an sich war, daran teilzuhaben und er jetzt auch verstand, dass das Instinktive genau so ein Ausdruck davon war, nur eben sprachlos, ein Rausch.

VI Es hat Wellen geschlagen in den Medien, in der Politik, der Nationalversammlung wo sich die Abgeordneten geschlagen haben, live übermittelt. Die Repräsentanten der Nation.

Die Zeitung, die seine Familie bezog, war eine oppositionelle, die Schlagzeile auf dem jährlich günstiger wirkenden Zeitungspapier:

GEKAUFTE PRÜFUNG !
DIE ARMEE DES IMAMS HAT ZUGESCHLAGEN !

Er las den Artikel interessiert durch, von manipulierten Prüfungsfragebögen war da die Rede, die Universitätsaufnahmeprüfungen waren für bestimmte Schüler, genauer für vorbestimmte Schüler mithin fehlerfrei lösbar, ohne Vorbereitung, alleine dadurch, dass sie im Vorfeld manipulierte Bögen erhalten hatten. Von Unterwanderung des Prüfungswesens war da die Rede und er war kaum erstaunt, da die Gesamtunterwanderung doch evident war. Die ständigen Scheinprozesse gegen gewisse militärische Würdenträger aufgrund vermeintlicher Putschversuche mit kurios anmutenden Namen, die stetige Zunahme langbärtiger Zivilpolizisten in den Städten, neuartige Privatrepetitorien mit Namensbezeichnungen, die religiös angehaucht waren und lianenartig ihre Netze durch das Repetitoriumsmarkt zogen, Enthüllungsbücher, die detailliert nachzeichneten, wie Polizei Justiz und Schulwesen unterlaufen wurden, infiltriert wurden, mit unheimlich systematischem Vorgehen, es war doch offensichtlich, aber man sprach nur verhalten und mit vorgehaltener Hand darüber. Die Enthüllungsbuchautoren verschwanden in Prozessen orwell'scher Dimensionen, Grüße an Kafka.

Jetzt war das Abschlussjahr, die manipulierten Prüfungen waren für ihn nicht von Belang, denn er bereitete sich auf das ausländische Examen vor, das ihn hier weg bringen und in Orte der Möglichkeiten, an die Universitäten der Ambitionierten, der Träumer bringen würde, wegkatapultieren würde ihn das Examen weg und weit nach oben, niemand hielte ihn zurück in einem Land, wo eine solche Unterwanderung möglich war. Und wenn man studiert, dann bitte dort wo man gefördert wird, individuell betreut, wo einem die Werkzeuge an die Hand gegeben werden oder die Werkzeuge in einem drin, das Rasen im Kopf systematisiert und in ordentliche Bahnen gelenkt wird oder jenseits der Bahnen, jenseits des bisher denkbaren angehoben wird Schritt für Schritt, also die Wissenschaft an ihren Grenzen feilt. Weiter vorzudringen, immer weiter, bis wir wissen, ob es Multiversen gibt, ob es ein Big Bounce ist, dass dieser ewigen Melodie zugrundeliegt, das Universum expandierend und kollabierend, das Auf und Ab seiner Anstrengungen, unser aller Anstrengungen, der Weg hin zum Leben und zum Tod. So viel gibt es zu entdecken, denkt er, so viel und ich weiß nicht, wo ich anfangen soll und ich weiß jetzt schon, dass meine Zeit nicht reichen wird, aber es versuchen, es gut, hervorragend zu versuchen, das müssen wir.

VII Der Junge mit der Brille läuft zur Padishah- Gasse und will wie gewohnt einbiegen, wie gewohnt als einer der Ersten, wie gewohnt zum Deutschunterricht mit Frau Becker, in Gedanken versunken und bestimmt. Beinahe prallt er an die Schüler, die dort zu mehreren Dutzend stehen und die Gasse versperren, an die Wand neben ihnen ist eine rote Graffitischrift: Nieder mit der Armee des Imams und darunter der Hammer und Sichel mit der Abkürzung des Kommunistenjugendverbands versehen. Wir demonstrieren gegen die Schweinerei, die sich in diesem Land abspielt, in diesem Bildungssystem, in diesem System, das die Handlanger der Imperialisten erschaffen haben, sagt der ständige Wegbegleiter des Jungen mit dem Sakko und den farbigen Shirts, letzterer bemalt mit anderen zusammen ein Transparent . Der ständige Wegbegleiter, der den Jungen mit der Brille in der Vergangenheit schon für seine Sache bekehren wollte ist klein, leicht dicklich, hat blondes Haar (was auffallend ist, hier haben die allermeisten schwarze Haare), ansonsten unauffällig. Unter den Leuten die sich dort tummeln, ist auch das Mädchen, das dem Junge mit der Brille seit einiger Zeit aufgefallen ist, so sehr aufgefallen, dass sie sich in seine Träume eingeladen hat, was ihn beunruhigte, was er als Zeichen seiner Schwäche sah, er der das Ziel hatte, seine Examensambition der 1,0 zu realisieren, sich jetzt keine Schwärmerei leisten konnte, aber der das wollte und zugleich nicht wusste, wie.

VIII Der Junge mit der Brille denkt, dass er die Argumentation des leicht dicklichen Jungen entkräften sollte, seinen Schluss vom Sein aufs Sollen, will mit der Natur der Menschen argumentieren, zugleich weiß er, dass der dickliche Junge im Kern, jenseits der ideologischen Aufgeladenheit, jenseits seines historischen Fatalismus in der Sache, im Spezifischen Recht hat und denkt und denkt. Und denkt. Denkt zugleich parallel vieles, wie benehme ich mich vor diesem Mädchen, denkt er, ich laufe ungelenk daher, ich sollte sie natürlich grüßen, sollte ich sie nach dem Kennenlernen umarmen? Studien beweisen, dass im sozialen Kontext Berührungen dazu führen, dass man sich eher und positiver an das Gegenüber erinnert. Aber es muss natürlich wirken ! Und was wenn sie nicht so klug ist, nicht so klug, wie ich denke das sie es ist. Was, wenn sie nur so mysteriös aussieht und nix dahinter ist. Ist es dementsprechend nicht besser, wenn ich sie so belasse, wie sie ist, als Ideal in meinem Kopf, denn so ist sie perfekt und ich vermeide eine eventuelle Enttäuschung in meinem Leben. Er denkt parallel, eigentlich finde ich den Jungen mit dem Sakko sympathisch und bei dem Schulkonzert hatten die Werke seiner Band eine emotionale Reife, außergewöhnliche Metaphorik und zugleich auch eine gesellschaftliche Ebene. Ihre Musik ist zum Teil Ausdruck einer existentiellen Depression, die Frage nach dem Warum im Sein und wie schaffen sie es alle so lässig zu sein, so entspannt. Wenn er wüsste, dass wir im Grunde beide den ewigen Strom des Seins Denkmäler setzen wollen, das Leben so sehr ausschöpfen wollen, dass die Momente aufleuchten wie die Facetten eines Diamanten, wir beide verstanden werden wollen und verstehen, aber was wenn dem so nicht ist und vielleicht bewahre ich doch eine ideelle Mumie seiner in meinem Geiste, ein guter Freund, so wie ich ihn wünschte, aber den es nie so geben wird, weil es ihn bisher nicht gab und bisher nur Niederträchtigkeiten mir entgegen geworden und zwischen den Menschen entgegengeworfen wurden, ex ante und ex post jeden Tag, aus meinem Horizont gesehen, mag er auch beschränkt sein.

IX Seine Gedanken bleiben im Kopf.

Der Junge mit der Brille sagt, dass er jetzt zum Deutschunterricht gehen wird und tritt an dem dicklichen Jungen vorbei, Niemand macht Anstalten, ihn aufzuhalten. Die Schulgänge sind weitgehend leer. Die Klasse ist bis auf drei Schüler absolut leer. Die Stimme des Schuldirektors gibt knisternd bekannt, dass der Unterricht stattfindet. Frau Becker verteilt an die drei Anwesenden Schüler den Ersatzstundenplan. In der Pause gehen die beiden anderen, zwei Mädchen, die ihm nie besonders durch Meldungen, aber auch sonst nicht aufgefallen sind, auf den Schulhof, wie er von der Bibliothek heraus beobachten kann, in die er sich zum Denken zurückgezogen hat. Die Angestellte ist nicht da. Nach der Pause ist er alleine im Klassenzimmer. Eine Viertel Stunde später blickt das eine Lehrergesicht herein, von der morgendlichen Rasur wund, mit dem Doktortitelblick und ein Parfümdunst eilt ihm nach: Du kannst gehen, sagt der Doktortitel.

Als er durch die Padishahgasse zur Metroanlage gehen möchte, die Pflaster der Straße zählend, sind hunderte Schüler versammelt. Sie scheinen Anstalten zu machen, eine Menschenkette zu bilden und sie singen. Autos mit Wasserwerfern sind weiter hinten geparkt. In den umliegenden Gebäuden, sind die Balkone überfüllt. Da sind such wieder diese Männer mit den langen Bärten, hinter Gardinen Fotoapparaturen. Man sagt, sie unterstehen direkt dem inländischen Geheimdienst.

NIEDER MIT DER ARMEE DES IMAMS ! singen die Schüler.
Der hintere Ausgang ist auch eine Möglichkeit, dachte er.
Der Gedanke bleibt in seinem Kopf.

Und dieser Autor sieht in seinem Kopf, wie der Junge mit der Brille einen Schritt hin zu der Menschenkette macht.

Und dieser Autor sieht in seinem Kopf, wie der Junge mit der Brille sich bei dem Letzten der Menschenkette einhakt. Der Letzte hat sich seines Sakkos entledigt.

Und der Autor sieht im Fernsehen die Wasserwerfer vorfahren, macht den Fernseher zu.

Der offene Ausgang ist auch eine Möglichkeit denkt er.

Die Bilder werden zu Gedanken werden zu neuen Bildern in seinem Kopf, zu einer Symphonie der ewigen Wiederkunft.

Es für einen Moment, einen Atemzug widerzuspiegeln. Sprachlos. Bildlos. Im
Rausch.

DUE GIOVANI PIONIERI ALL'ULTIMO ANNO
ŞAFAK SARIÇIÇEK
Traduzione in modo creativo di Sara Bianchetti

IL GIOVANE CON GLI OCCHIALI

I 'Ritirata. Nella biblioteca. L'impiegata mi conosce. Sono nel punto
più alto della città, finestre rotonde, il mondo sembra così piccolo visto
da qui. Gli altri studenti, laggiù, sono dei puntini che si muovono nelle
loro uniformi scolastiche. Non riesco più a distinguere tra chi porta
una gonna e chi una cravatta, vedo punti, tratti, confusione durante la
ricreazione. I loro discorsi mi annoiano. Dove andiamo a mangiare, chi ha
baciato chi, andiamo a fumare nei bagni. In due, tre, quattro ammassati
per fumare. Scherzi da teppisti nei corridoi che i bulli risolvono in
bagno. Ormoni a mille. Galletti che si danno delle arie, dichiarazioni di
proprietà tra gli uomini: la mia ragazza, poi la presa possessiva dei
fianchi, la costante manifestazione del proprio potere sugli altri. Lui la
tira a sé, inizia la lotta tra galletti carichi di testosterone. Questa è l'e-
stensione della proprietà privata e del pensiero capitalista nel microcosmo, in una scuola d'élite.

E io devo sopportare, così come mi devo subire i discorsi di quei
presunti rivoluzionari nel cortile, mentre esibiscono le loro superficiali
conoscenze marxiste. L'associazione giovanile comunista, che gruppo
di falliti! Parlano dei poveri proletari sfruttati, ma la loro è solo una
facciata. Il tipo con i capelli volutamente arruffati e la maglietta colorata sotto l'uniforme; l'altro che cerca di confondermi con le sue ciance
ideologiche; tutti loro vogliono proprietà e potere, ciascuno al suo per-
fido modo.

E io non sono meglio di loro, anch'io voglio scendere dal mio piedistallo di secchione, di superdotato, di emarginato incompreso e fragile
topo da biblioteca. Voglio la più bella della scuola, la It-Girl, il migliore
voto di maturità; voglio innestare una reazione a catena che negli anni
mi porti ricchezza, potere, egemonia artistica su questo granello di sabbia che è la Terra. Un granello in un Universo immenso, un granello

che rumoreggia nel vuoto e che, prima o poi, svanirà inghiottito dal Sole.

E io posso prendere il massimo in un esame, fare il dottorato con la lode, posso impiegare la mia oscillazione tra vuoti d'affetto e acutezza d'ingegno nella musica o in un romanzo, posso affinare le esperienze dei sensi oppure intraprendere un'esemplare, esaustiva ed equilibrata relazione a lungo termine. Ma a che scopo? Perchè fare tutto questo se tanto l'Universo collasserà su sé stesso? Ebbene, così sia. Io mi limiterò a bruciare nella speranza di riflettere l'armonia dell'universo nell'eterno ritorno nel mio agire, anche solo per un momento. Solo così, il mio vivere avrà avuto un senso.'

II 'L'ultimo anno è un campo di battaglia, lo so bene. Tutta la scuola lo è.

La mia mano è alzata. Mi dicono: risposta corretta, ma questo non è previsto oppure questo non c'entra nel discorso. Io avverto la loro paura, la loro insicurezza, sento la puzza di sudore dell'insegnante. La vedo tremare.

L'altro scherza dicendo che non ha ricevuto un invito personale al ballo di fine anno. Pedante dalla pelle secca, professore con ferite inferte dalla lametta da barba, uomo senz'anima! Alle sue mancanze vi rimedia bene con un titolo di dottorato, tuttavia. La sua vanità puzza come il suo profumo scadente, inadatto per la sua pelle. Tutto in lui è fuori posto.

Ma la professoressa Becker non è meno contraddittoria! Parla come una di sinistra, ma dopo io la vedo nei caffè antisindacali. D'altro canto, però, lei è l'unica che si possa dire mi abbia insegnato qualcosa di nuovo che io non sapessi già, iniziandomi allo studio degli esistenzialisti. I suoi suggerimenti mi dimostrano che lei negli anni abbia acquisito una certa sicurezza nell'insegnamento e non necessiti di nascondersi dietro un volto arrogante o una risposta evasiva di fronte alle mie domande, come invece fanno altri.

A quanto pare, infatti, io incuto molto timore quando parlo, cosa che d'ora in avanti estenderò anche ai professori superficialmente istruiti che mi hanno assegnato. Lo vedo nei loro sguardi, quando sventolo davanti ai loro occhi le loro debolezze, le loro paure. Certo, critico le loro argomentazioni e li rendo consapevoli dell'assurdità della nostra condizione umana, ma non senza indicare una via d'uscita soddisfacente nell'accensione della sinfonia universale nel nostro agire. Non lo capiscono questo.

Per forza dopo nessuno vuole parlare con me e mi ritrovo scritto nell'annuario: 'a volte le tue risposte mi fanno paura'. E' naturale, dunque, che io mi ritiri in biblioteca prima dell'inizio della straordinaria noia della ricreazione in cortile. Certo, potrei iniziare un chiacchiericcio furbamente, ma questo gioco annoia e annoia! Per questo mi è d'aiuto solo un po' di solitudine in biblioteca. L'impiegata, per lo meno, la saluto. Lei mi conosce di vista e conosce i libri che prendo in prestito e, di conseguenza, ho sviluppato un certo affetto per lei. La biblioteca non è un campo di battaglia.'

IL GIOVANE CON LA MAGLIETTA COLORATA SOTTO LA GIACCA

III 'La scuola è un campo di battaglia, ma la città non è da meno', si ritrovava a pensare spesso il ragazzo. La metropoli in cui era situata la scuola era, infatti, un luogo dalle molte contraddizioni. C'erano contrasti tra oriente e occidente, giovane e vecchio, sinistra e destra politiche e il tutto si estendeva di quartiere in quartiere. Qui vennero espropriati i Greci e gli Armeni e, sempre qui, i nightclub non potevano piazzare le proprie sedie all'esterno, le tasse sugli alcolici continuavano a crescere.

In Parlamento si era cercato di far passare addirittura una legge sul matrimonio infantile. Ma in città avevano protestato e lo Stato aveva fatto un passo indietro.

La prima immagine, anzi no, le prime immagini ad affacciarsi alla mente del ragazzo furono quelle della lotta. Riusciva ancora a vederla: soldati che arrivavano e davano fuoco alle case di un posto che un tempo chiamava 'casa', lui e la madre che scappavano per avere salva la vita.

Il cammino era inizialmente accidentato e faticoso, ma più andavano avanti, più le cose miglioravano; le strade si facevano lastricate e, settimane dopo, le vecchie case e sentieri mormoravano lontane. Erano in viaggio ormai, in un vagone merci verso la metropoli.

Solo dopo gli fu chiaro che nella sua prima 'casa', nel suo paese d'origine, non solo i ponti, le case di pietra, i castagneti e i boschi erano stati sacrificati al fuoco, ma anche la cultura. Furono eretti templi di culto in un posto che non ne aveva mai avuti, dove non vi era pretesa di sottomettere la natura all'uomo; si conoscevano solo unità e armonia. La lingua originaria pure era stata bruciata, bruciate le cerimonie, le preghiere tremolanti ai piedi delle sacre montagne, perché adesso erano eretiche, sbagliate.

Quindi sì, la prima immagine, le prime immagini che lui conosceva erano lotta, era la lotta.

IV La borsa di studio gli aveva permesso di frequentare questa nuova scuola e lui sapeva che avrebbe dovuto apprezzarlo con tutto sé stesso. Eppure, la lezione non era mai abbastanza: quei contenuti, tipici di un mondo sereno, non potevano essere veri; non erano conciliabili con la primissima immagine di lotta che l'aveva plasmato fin da bambino.

La metropoli non era un bel mondo. Nel primo viaggio in treno per raggiungerla aveva visto apparire dall'oggi al domani interi quartieri, i cosiddetti 'tirati su di notte', dove milioni di persone vivevano tra fango e rifiuti chimici. Si vedevano i gabbiani rovistare nelle discariche, i cui rifiuti venivano dai quartieri più tecnologici, ricchi e sicuri della città, rifiuti maleodoranti che venivano scaricati qui, in periferia. E in questo modo la città divorava tutti i suoi orfani.

Questa nuova e silenziosa lotta trovò la sua espressione nei volantini che un giorno furono distribuiti a scuola dalla associazione giovanile del partito marxista.

Lui accettò un volantino e parlò con loro. La loro lingua era diversa dalla sua. Usavano parole straniere con tono pressante, eppure lui riusciva a vedere oltre queste: anche quei ragazzi dovevano aver conosciuto la lotta. Come lui, non dovevano venire da un mondo sereno e, per questo motivo, d'ora innanzi egli si sarebbe unito alla loro causa.

Con la regolarità di frequentazione venne la comprensione e gli si dischiusero davanti nuove possibilità, conoscenze.

I primi incontri si svolsero in cantina, dove l'associazione si riuniva abitualmente. Lì poteva conversare e esporre la propria opinione. Inizialmente esordiva dicendo 'per come la vedo io'; tuttavia questo si trasformò ben presto in un 'dobbiamo agire così'.

Dopo gli incontri andavano tutti insieme nei pub, risucchiati dalla vita notturna, circondati dalle crescenti ombre della metropoli. A godersi la vita, nell'ebbrezza.

Per lui non esistevano più regole. Partì con il trasgredire l'obbligo dell'uniforme: indossava una maglia colorata e ricorreva spesso a una giacca sopra la maglia.

Poi durante l'inno nazionale, ogni lunedì mattina, iniziò a fare lo sciocco.

A quel punto venne convocato dal rettore. Questi gli parlava di disciplina e lo esortava a tenere alti gli ideali della scuola: puritanesimo e impegno. Doveva essere d'esempio, gli ripeteva, considerando che era lì solo grazie a una borsa di studio.

Il ragazzo ribatteva infastidito: «Ho voti alti, vinco i vostri concorsi regionali, quindi lasciatemi la mia libertà!» E il rettore ascoltava.

Un giorno doveva essersi rassegnato davanti a questo temperamento indomabile. Doveva averla vista per quello che era: una scintilla isolata, che, dopo essersi lasciata trascinare da altri, parlava di libertà. Per lo meno aveva la sua reputazione.

IL GIOVANE CON GLI OCCHIALI

V «La Russia sostiene con tutto il cuore questa risoluzione», disse lui e passò la parola al presidente del Consiglio speciale. Si trovava in una stanza con 30 studenti in giacca e cravatta, vestiti di tutto punto, disposti in semicerchio.

Questa simulazione delle Nazioni Unite gli impegnò quattro giorni e, in teoria, era un'esercitazione come da manuale. Ma questo era più di un'esercitazione per lui, molto di più. Non appena lui entrava indossando il suo completo, la stanza si trasformava.

Si sedette al posto destinato a lui contrassegnato da una targhetta con sopra scritto 'Russia'.

Divenne una sfera energetica. Si ripeteva che quello che si faceva, doveva essere sentito con ogni fibra del proprio corpo e doveva rispecchiare a pieno la lotta nella sua totale assurdità. Fece questa considerazione durante le giornate MUN (Model United Nations), giornate insonni, trascorse a bere litri di caffè.

Era un tempo di lobbismo informale e lui doveva farsi strada tra i nuovi cadetti diplomatici, dire qui e là qualche parola, essere avvincente. Era un campo di battaglia che lo divertiva, dove non si trattava solo di sopraffare l'altro, bensì di collaborarvi.

Il suo sapere politico, le sue letture e il suo cervello furono mobilitati e gli tornarono utili in quest'occasione.

«Sapevate che Angola ha sottoscritto questo accordo, cosicché lei onorevole ambasciatore dell'Angola è in un bel pasticcio? Lasciate che io trovi per voi una soluzione che prevede queste sottoclausole. Ditemi, cosa ne pensate?» E la cosa meravigliosa era che qui c'erano dei suoi pari, per i quali questa non era solo un' esercitazione. Era strano ed entusiasmante allo stesso tempo: per la prima volta si sentiva compreso e comprendeva anche gli altri.

L'euforia crebbe di giorno in giorno grazie all'approvazione e la comprensione ricevute dai suoi compagni, anche se in piccola misura, anche se attraverso metafore, attraverso questo gioco di ruolo.

Partecipò alle serate e anche alla festa di chiusura, si ubriacò con gli altri delegati di Spagna, Malta, Vietnam e Vaticano. In queste circostanze, dove improvvisamente si trattava dei propri nomi , delle persone dietro il ruolo, lui normalmente sarebbe fuggito, perché si sarebbe annoiato e non si sarebbe lasciato trascinare dall' ebbrezza. Eppure lo fece.

Sapeva di dover cogliere quell'attimo e abbandonarsi ad esso, perché era un fatto veramente raro quello di incontrare pionieri che, come lui, percepivano l'eterna musica universale che attraversava ogni cosa e si rifletteva nell'assurdo. Giovani pionieri che vedevano o erano disposti a vedere, sentire e accettare questo strano mormorio, perché consapevoli della propria finitezza e al tempo stesso dell'infinità che li circondava. Il che non li rattristava, non poteva rattristarli! Aveva un valore in sé parteciparvi, comprendere che tutto ciò che era istintivo era un'espressione muta, un mormorio.

VI Aveva destato scalpore nei media, in politica e nell'assemblea nazionale, dove i deputati si erano picchiati e il tutto era stato trasmesso in diretta. Questi erano i rappresentanti delle nazioni!

Il giornale che leggeva la sua famiglia era dell'opposizione. I titoli sulla carta annualmente più economica recitavano così:

ESAMI COMPROMESSI!
L'esercito dell'imam ha colpito ancora!

Lesse l'articolo attentamente. Si trattava di questionari d'esame falsati. Gli esami di ammissione all'Università erano stati, infatti, risolti correttamente da certi studenti, o meglio da certi studenti prescelti, ma non perché avessero un'ottima preparazione, bensì perché avevano ricevuto anteriormente le soluzioni.

Che si fossero infiltrati in questo modo non lo sorprendeva affatto, visto che l'infiltrazione complessiva era evidente. Gli attuali processi venivano studiati a tavolino: erano contro certi dignitari militari per via di presunti tentativi di colpi di stato. Si leggeva di nomi dall'apparenza curiosa e del continuo aumento di agenti in borghese dalla barba lunga nelle città. Circolavano libri rivelatori che descrivevano dettagliatamente come nella scuola e nella polizia non ci fosse più giustizia, perché i nemici si erano infiltrati con spaventoso avanzamento sistematico. Era senza dubbio evidente, ma si faceva attenzione a parlarne. Gli autori di questi libri rivelatori scomparivano in processi manipolati, dal carattere orwelliano, altro che Kafka.

Era l'ultimo anno per lui, non gli importava nulla di quegli esami contraffatti. Al momento si stava preparando per un esame straniero che gli avrebbe permesso di andarsene via da lì e l'avrebbe condotto in luoghi di infinite possibilità, in università per ambiziosi e sognatori. Quest'esame l'avrebbe catapultato lontano e in alto; nessuno l'avrebbe trattenuto in un Paese dove era permessa una simile corruzione. Perchè se uno studia, lo vuole fare lì dove si sente sostenuto e seguito, dove gli vengono forniti gli strumenti necessari e gli viene indicato il percorso da intraprendere, affinché passo dopo passo lui possa migliorarsi.

'Studiare è necessario', pensava il ragazzo. 'Bisogna andare sempre avanti finché non scopriamo se ci sono multiversi, se c'è stato veramente il Big Bounce che sta alla base di questa eterna melodia di un universo che si espande e che collassa. C'è così tanto da scoprire e io non so da dove dovrei iniziare, ma so già che il mio tempo non sarà sufficiente. In ogni caso dobbiamo provarci, questo lo dobbiamo fare.'

VII Il giovane con gli occhiali corse verso via Padishah e voleva essere, come di solito, uno dei primi ad arrivare a lezione di tedesco con la signora Becker. Era assorto nei suoi pensieri, ma deciso.

Tuttavia, per poco non urtò alcune dozzine di studenti che bloccavano la strada. Sulla parete vicino a loro c'era un graffito rosso: 'abbasso l'esercito dell'imam'. Sotto figuravano un martello e una falce con un'abbreviazione dell'associazione dei giovani comunisti.

'Noi dimostriamo contro la schifezza che ha luogo in questo Paese, in questo sistema d'istruzione, in questo sistema che i lavoratori dei capitalisti hanno creato', disse il compagno del giovane con la giacca e la maglia colorata. Quest'ultimo realizzò con gli altri uno striscione per protestare.

Questo stesso compagno (che in passato aveva già provato a convincere il giovane con gli occhiali ad unirsi alla sua causa), era un ragazzo basso e robusto dai capelli biondi. Il che era motivo di distinzione per lui, visto che la maggioranza degli studenti aveva i capelli scuri; in caso contrario sarebbe stato invisibile.

Tra le persone che si erano raggruppate lì c'era anche la ragazza che da un po' di tempo aveva attirato l'attenzione del giovane con gli occhiali. Gli piaceva così tanto da intrufolarsi nei suoi sogni. Il ciò lo turbava perché lo vedeva come un segno della propria debolezza: lui si era preposto l'obiettivo di uscire con 10 dall'esame e non poteva permettersi alcuna distrazione. Eppure, lui la desiderava e, allo stesso tempo, non sapeva come agire.

VIII Il giovane con gli occhiali pensò che avrebbe dovuto confutare l'argomentazione del biondo e argomentare con una riflessione sulla natura dell'uomo. Allo stesso tempo, però, lui sapeva che questi aveva ragione e, quindi, pensava e pensava, senza parlare.

Contemporaneamente i suoi pensieri tornavano alla ragazza che gli piaceva. Si domandava come avrebbe dovuto comportarsi. Sarebbe potuto andare goffamente da lei, salutarla con disinvoltura e poi forse abbracciarla? Gli studi dimostrano che nel contesto sociale avere contatto fisico con una persona aiuta affinché questa ti ricordi con maggiore positività e facilità.

'Ma dovrebbe sembrare naturale! E cosa succederebbe poi, se lei non fosse così intelligente come io immagino che sia? E se il mistero che l'avvolge fosse solo una facciata e dietro non ci fosse nulla? Non sarebbe meglio lasciarla idealizzata nella mia mente? In questo modo rimarrebbe eternamente perfetta e io mi risparmierei un'eventuale delusione.'

Poi venne la volta del giovane con la giacca e la maglia colorata. Alla fine non era così male: lo trovava simpatico e al concerto della scuola i brani della sua band gli erano sembrati di una maturità emotiva unica. Erano metafore straordinarie che non venivano meno all'aspetto sociale. La loro musica era parzialmente espressione di una depressione esistenziale, di una domanda sul perché dell'essere, sulla disinvoltura e sulla distensione delle persone.

'Se lui sapesse che entrambi in fondo desideriamo stare nella corrente eterna dell'essere, desideriamo goderci la vita a pieno e vivere quei momenti che risplendono come i lati di un diamante, allora capirebbe di essere simile a me. Ma se così non fosse? Allora io conserverei una mummia idealizzata nel mio spirito, un buon amico come io lo desideravo, ma che non potrà mai essere. Perchè a lui, alla fine, piace vivere limitato.'

IX Tutti quei pensieri non vennero espressi.

Il giovane con gli occhiali disse semplicemente che sarebbe andato a lezione di tedesco e passò accanto al ragazzo robusto senza che nessuno lo fermasse.

I corridoi della scuola erano vuoti e la classe pure, se non fosse stato per tre studenti.

La voce del preside echeggiò annunciando un normale svolgimento delle lezioni.

Viste le circostanze, la signora Becker distribuì ai tre studenti presenti l'orario scolastico alternativo.

Durante la pausa le due ragazze che erano con lui uscirono per andare nel cortile della scuola, non che lui se ne dispiacesse, considerando che non aveva mai avuto contatti con loro. D'altro canto lui stesso lasciò l'aula per ritirarsi in biblioteca e perdersi nei propri pensieri. L'impiegata non c'era stavolta.

Dopo la pausa tornò in classe e si ritrovò solo. Un quarto d'ora dopo un professore si affacciò alla porta dell'aula, quello con le ferite da rasatura e il dottorato e il profumo scadente.

«Puoi andare», gli disse l'insegnante.

Poco dopo era di nuovo in strada: voleva raggiungere la metropolitana passando per via Padishah, ma era bloccata da centinaia di studenti. Sembrava che stessero cercando di fare una catena umana, e cantavano.

Le macchine con i cannoni d'acqua erano parcheggiate più in là. Negli edifici adiacenti i banconi erano affollati. Si vedevano di nuovo quegli uomini dalle lunghe barbe nascosti dietro grosse macchine fotografiche. Si mormorava rispondessero direttamente ai servizi segreti nazionali.

«Abbasso l'esercito dell'imam», cantavano gli studenti.

'Potrei provare un'altra strada' pensò lui, ma il pensiero rimase congelato nella sua mente .

E l'Autore vide nella sua mente come il giovane con gli occhiali faceva un passo verso la catena umana.

E quest'Autore vide nella sua mente come il giovane con gli occhiali si agganciava all'ultima persona della catena umana. Quest'ultimo si era sbarazzato della sua giacca.

E l'Autore vide in televisione avanzare i cannoni d'acqua e spense l'apparecchio.

«Potrei lasciare un finale aperto», pensò.

Le immagini diventavano pensieri, si trasformavano in nuove immagini nella sua testa, una sinfonia dell'eterno ritorno. Tutto, tutto si rifletteva in un momento, in un unico respiro. Senza parole, senza immagini, nell'ebrezza.

COMMENTO DI SARA BIANCHETTI

Il racconto tratta della storia di due ragazzi che non hanno un nome. Ricordo come a una prima lettura questa scelta mi avesse stupito, perché il nome si associa all'identità, dice chi siamo e da dove veniamo. Eppure, per conoscere un nome, bisogna prima approcciare l'altra persona e andare oltre le apparenze, oltre un paio d'occhiali e una maglietta colorata nascosta sotto una giacca. E, nella società superficiale di oggi, questo non sempre accade: ci si limita a catalogare le persone e a confinarle in categorie, chiamare il primo giovane introverso e il secondo estroverso, senza approfondire. Si fa fatica a conoscere la confusione dei loro pensieri, la gravità dei loro problemi, a meno che non ci si trovi immersi nella loro interiorità sin dal principio, così come avviene in questo testo, dove due studenti apparentemente tanto diversi sono uniti nella lotta per l'esistenza. La lotta va intesa come sopraffazione reciproca, scontro con l'ingiustizia che, nello specifico caso del racconto, ha luogo in Turchia, ma che divampa nel mondo intero, nell'universo, addirittura, a cui ci si appella nel disperato tentativo di darle un senso. E questo risponde, basta saperlo ascoltare. Risponde con un mormorio, una musica eterna e immutabile che desta stupore per la sua infinità e, allo stesso tempo, incute terrore nelle menti di chi risveglia: le rende consapevoli della loro finitezza.

E' così che due giovani anonimi acquistano il ruolo di pionieri che scoprono nuove possibilità e mostrano, anche al più scettico, quanto l'universale si possa cogliere nel particolare, in una scuola.

Riuscire a rendere il testo nella sua profondità e complessità originale è stata una vera sfida, tanto che a volte mi sono vista costretta a ricorrere a semplificazioni per riuscire a trasmetterne al meglio il messaggio, senza mai venire meno alla trama ovviamente.

Ma è proprio a questo che serve la collaborazione in tandem: a confrontarsi, capire e imparare.

IL
CLUB
DEGLI
SCRITTORI
Sara Bianchetti

Giorni fa, durante una delle mie solite notti insonni, mi tornò alla mente la tragica storia di Never. Pioveva a dirotto ed io ero sceso in cucina per una tazza di latte caldo, quando ad un tratto arrivò una folata di vento talmente forte da far sbattere le ante della stanza. All'udire l'improvviso tonfo, sobbalzai, come colui che nasconde uno scheletro nell'armadio e, al primo rumore, teme che qualcuno entri e lo scopra. Era strano: fino a qualche anno prima un temporale di quella portata mi avrebbe fatto dormire sonni tranquilli...Adesso, invece, mi rendeva inquieto.

Mi avvicinai alla finestra, con la tazza calda tra le mani, e mi misi a osservare la notte buia. Un lampo illuminò il cielo. Iniziai allora a contare mentalmente, curioso di sapere quanto il temporale fosse effettivamente lontano; arrivai a nove secondi, tre chilometri di distanza, poi il tuono.

Quella notte, mi sembrò di essere colpito e squarciato allo stesso modo delle tenebre. Vecchi ricordi riaffiorarono e il mio latte caldo sembrò convertirsi nel caffè che, tre mesi fa, Never prendeva tutte le mattine. Lo scrosciare della pioggia accompagnava i miei pensieri e piano piano la mia cucina sfumò via per far spazio a quella di Never, apparecchiata con caffè e brioche fumanti, la mattina in cui tutto ebbe inizio.

Era una domenica. Normalmente Never non si sarebbe alzato prima delle dieci, ma quella domenica in particolare, sua madre si prese la libertà di svegliarlo con due scossoni poco amichevoli, mentre spalancava le finestre per farlo investire dalla luce mattutina.

«C'è la messa in onore dello zio Massimo oggi, sveglia!», gridò a gran voce.

Never mormorò qualcosa di incomprensibile e, dopo vari solleciti, si alzò. Con fatica si trascinò in cucina, dove vi trovò già accomodati i due fratelli minori e il babbo, nascosto come sempre dietro alle enormi pagine di giornale. Erano già vestiti e pettinati, quasi pronti. Solo Never si atteggiava come uno zombie in pigiama, altamente confuso e non ancora connesso; lì per lì non sarebbe stato neanche in grado di dire cosa avesse fatto il giorno prima, cosa avesse mangiato...Tutto era avvolto dalla nebbia nella sua mente.

«Ancora non riesco a credere che lo zio Massimo non sia più tra noi, uno a uno cadremo tutti come foglie!», esordì la madre con voce stridula. «Pensate, stamattina mi ha chiamato la vedova Brigatti per dirmi che è spirato anche Piero, il marito di sua sorella! Pensate, poverine!»

Tutti si comportarono come se niente fosse, continuando a sorseggiare caffè e leggere il giornale. Solo il padre esclamò sorpreso, secondi dopo: «Eh! L'Italia non sta facendo molto bene agli europei!»

Never sospirò e, appena poté, scappò in camera sua con la scusa di doversi vestire per la messa. Tra il padre fanatico di calcio e la madre più appassionata alla cronaca nera che al gossip, non sapeva chi fosse peggio.

Un'ora dopo erano tutti in chiesa, eleganti e composti, ad ascoltare il sermone di don Luciano. Never, in realtà, non è che ascoltasse molto: si alzava e sedeva a seconda del comportamento dei fedeli e, nel frattempo, investiva il suo tempo in maniera, a suo dire, molto più degna: pensando allo zio Massimo. Ma più ci pensava, più si rendeva conto che lui, lo zio, non lo conosceva per niente. L'aveva visto un paio di volte fuori casa sua, forse ci aveva parlato, tutto qui. Allora perché gli pareva di star perdendo una persona cara?

Improvvisamente avvertì qualcosa vibrare nella tasca dei pantaloni. La madre lo fulminò con lo sguardo, quindi lui si affrettò a tirar fuori il cellulare. Gli uscì 'numero sconosciuto', rifiutò. Secondi dopo si ripeté la stessa dinamica con la differenza che sua madre lo guardò molto peggio della prima volta; quindi lui diede un'occhiata allo screen del cellulare e lo spense. Nell'attimo in cui lo fece, scosse il capo: 'l'Autore'? A dispetto dei rimproveri della madre, riaccese l'apparecchio per ricontrollare, andò nelle chiamate perse e lesse il nome di sua cugina: Laura Vettore. Tirò un sospiro di sollievo e mise via il cellulare una volta per tutte. A pensarci bene, era meglio concentrarsi sulla messa.

Quando tutti i fedeli furono congedati e le persone iniziarono ad avviarsi fuori dalla chiesa, la vedova Brigatti, bassina e zoppicante, si avvicinò alla madre di Never per un saluto che finì inevitabilmente in uno scambio di condoglianze. In seguito volse i suoi occhi azzurri verso Never e, prendendogli le mani, si congratulò con lui per essere cresciuto bene ed essere diventato un bell'uomo. Never sorrise imbarazzato e cercò l'aiuto dei fratelli, ma la vedova sembrò non volerlo lasciare e gli parlò dei suoi innumerevoli gatti, del marito morto, di come anche il marito di sua sorella fosse ora morto e di molte altre cose che Never dimenticò sul momento. Solo un'ultima frase lo lasciò perplesso, quando la vedova, andandosene, finalmente esclamò: «chissà cos'ha in serbo per noi l'Autore!». Si riferiva forse al...Signore?

Il giorno dopo fu sicuramente più frenetico per Never: per le sette e mezza era già in strada, fermo al semaforo, diretto a lavoro. Preso dalla noia, iniziò a specchiarsi per sistemarsi i capelli. Che strano, non aveva mai notato di avere già tanti capelli bianchi! Aveva solo 26 anni, eppure ne dimostrava improvvisamente dieci di più! Anche gli occhi gli parevano più scuri degli altri giorni, chissà forse per le occhiaie. In realtà non aveva trascorso una bella nottata: il rimuginare continuo sulle parole della vedova l'aveva tenuto sveglio.

«Che modo quello di pensare a Dio come all'autore di una storia!», esclamò ad alta voce in macchina. «E io cosa sarei allora, un personaggio?» Scattò il verde. Never fece un sorriso storto, consapevole che le coincidenze iniziavano a dargli alla testa. Iniziò a pensare a come la vita fosse effettivamente come un libro: con un inizio, uno svolgimento, una fine. Come non si sapesse cosa ci fosse prima dell'inizio, né cosa attendesse dopo la fine. Nel frattempo il mentre appariva altrettanto incerto. Sembrava di essere in un libro in cui certe coincidenze sembrano premeditate dal destino, che altro non è se non la trama stabilita dall'autore, l'unico che vede nelle coincidenze uno schema.

Una volta raggiunta l' ICDS PRESSE, Never promise a sé stesso di dedicarsi interamente al suo lavoro di assistenza clienti e non perdersi via in ulteriori fantasie che a nulla portavano. Lui, infatti, era un tipo normale: buon lavoro, buona famiglia, buona condizione. Normale doveva rimanere. Così come aveva abbandonato da bambino il sogno di diventare astronauta per un lavoro sicuro in una ditta di presse, ora doveva abbandonare fantasie ben più irrealistiche e lavorare sodo.

Sicuro nel suo proposito, Never salutò velocemente tutti ed andò dritto dritto nel suo ufficio per iniziare la mattinata. Non era passata neanche un'ora, quando Otis, suo collega e amico, irruppe nel suo ufficio col fiatone.

«Mia moglie è completamente impazzita!», esordì strabuzzando gli occhi. «Posso sopportare i suoi divieti al fumo e alla visione di film violenti, ma quando è troppo è troppo!»

«Di cosa parli?», chiese Never confuso, aggrottando la fronte.

«Parlo del guru! Adesso si è rivolta pure a un guru!», si sfogò Otis, abbandonandosi alla poltrona dell'ufficio di Never, sconsolato. «Ma ci pensi? Questo dice di essere la reincarnazione dell'apostolo Pietro, di voler liberare il mondo dal male con la preghiera, di voler far luce sull'oscurità! E tu che ti lamentavi dell'ossessione di tua madre per la Chiesa, mia moglie è entrata in una setta!»

«Setta! Addirittura! Mal che vada sarà un ciarlatano, no?», cercò di calmarlo Never.

«Un ciarlatano convincente! Mi sta confondendo le idee in una maniera...Lui, l'autore della verità!»

Never fu percorso da un brivido al sentir nominare di nuovo l'autore. «Perché autore della verità, scusa?»

«Autore? No, no», lo corresse Otis, «ho detto fautore, fautore della verità.» Stette un attimo in silenzio, poi esclamò di nuovo: «Dannazione, mia moglie è entrata in una cavolo di setta!»

Never stava per rispondere, quando improvvisamente ebbe un vuoto di memoria, dimenticandosi completamente ciò che volesse dire. Otis si teneva la testa tra le mani, disperato, ma in un certo qual modo anche congelato nella sua disperazione.

«Dici che potrei conoscere questo guru?», chiese Never, sorprendendolo.

«Sì, potresti...Domani a casa mia c'è un incontro con lui, ma sei sicuro? Ti ho appena detto che ti crea confusione in testa...», obiettò Otis incerto. «Tranquillo, è pura curiosità. Ci vediamo domani», lo rassicurò Never passandosi una mano sui corti capelli neri e salutando l'amico.

Dopo Otis venne Marco a far visita a Never: volle chiarire lo status di alcuni ordini, ma inevitabilmente finì per parlare della famiglia e delle numerose morti e disgrazie nel paese nell'ultimo periodo, come quella dello zio Massimo e di Pietro, cognato della vedova Brigatti. Never sembrava, però, perso nei propri pensieri: Pietro. Avrebbe giurato che il suo nome fosse un altro...

La sera dopo doveva andare a casa di Otis. Era nella sua camera a prepararsi e pettinarsi, quando la madre entrò inaspettatamente per chiedergli l'affitto. Never annuì e cercò nel cassettone i soldi che le doveva per il mese appena finito; glieli consegnò e lei scomparve così come era apparsa. Tornò a osservarsi allo specchio compiaciuto: ben presto avrebbe avuto abbastanza denaro per provvedere a sé stesso da solo e comprarsi un appartamento. Prese il giubbotto e salutò i familiari.

Aveva appena imboccato la via della chiesa, quando udì una voce chiamarlo.

«Never! Never!», sentì ancora. Si girò e vide sua cugina Laura corrergli incontro in compagnia di una ragazza riccia e robusta.

«Dove vai a quest'ora?», gli chiese Laura.

«A casa di un mio collega, voi?», rispose tranquillo.

«Noi stiamo andando a prenderci una pizza, ma visto che ti vedo ti presento Silvia. Lei è la ragazza di cui ti ho parlato domenica, quella che ha il fidanzato ceco. Che coincidenza, non trovi? Potreste andare insieme in macchina, tu a trovare la tua fidanzata a Praga e lei il suo!»

Never tacque un momento. «Quand'è che abbiamo parlato domenica, scusa?»

Laura rise. «I tuoi trentasei anni si fanno tutti sentire, eh? Andiamo, non ti ricordi? Ti ho chiamato, salvandoti dalla messa, siamo andati al bar insieme e poi io ti ho parlato di Silvia.»

Never annuì, ricordando, e strinse la mano a Silvia. Fecero qualche parola e poco dopo lui si congedò con la scusa di essere in ritardo per la cena a casa di Otis.

Non appena le lasciò, quel leggero senso d'inquietudine che aveva addosso si triplicò, trasformandosi in un angoscioso tormento indefinito: sapeva che qualcosa non quadrava, ma non avrebbe saputo spiegare cosa.

Bussò alla porta e Otis lo accolse con un sorriso sornione, che in realtà mascherava solo il suo desiderio di scacciare gli invitati da casa sua. Never entrò nel salotto cautamente e fece un cenno di saluto ai presenti che, a tutti gli effetti, gli parvero gli adepti di una setta, tanto pendevano dalle labbra del loro maestro.

Chi fosse il guru risultò abbastanza ovvio. Fu il primo che notò, lì in piedi sulle scale, intento a gesticolare e predicare. Never doveva ammetterlo: aveva ottime capacità oratorie. Eppure sentiva che il predicare dall'alto fosse un po' eccessivo, oltre che estremamente teatrale. Condivise il suo pensiero anche con Otis, il quale annuì e replicò con un sorriso malizioso che, forse, il palchetto gli serviva più per farsi notare in mezzo alla folla, vista la sua altezza, che per altro… La moglie di Otis, lì vicino, udì questo suo ultimo commento e gli pestò il piede in segno di rimprovero. Never sogghignò, Otis si allontanò, invece, con il piede dolorante e l'orgoglio ferito.

Quando la riunione ufficiale terminò e tutti andarono a cena, il guru lanciò un'occhiata eloquente a Never, il quale fu costretto ad avvicinarglisi.

«Salve Never, quindi tu volevi conoscermi», affermò l'omino calvo, scrutandolo per bene.

«Mi incuriosiva l'idea di conoscere un guru», ammise sinceramente.

«Ma c'è di più, a quanto vedo», insistette il guru sovrappensiero, «qualcosa ti tormenta, vero? Qualcosa come...L'Autore.»

Never indietreggiò stupito. «Quindi ne sospetta l'esistenza pure lei!»

«Io non sospetto, io sono certo della sua esistenza. Stasera, se non scapperai via una volta finita la cena, avrai le prove che cerchi». Sorrise in modo enigmatico e si recò dalle sue pecorelle.

Arrosto e patate non furono sufficienti per distogliere Never da quelle ultime parole. Gli adepti parlavano e ridevano con quel guru, mentre Never neanche aveva il coraggio di guardarlo negli occhi, tanto temeva che potesse scrutargli l'anima.

«Tutto a posto?», gli domandò Otis con le guance piene. «Da quando hai parlato con quel guru ti vedo un po' scosso. Non ti sarai lasciato impressionare, vero?» Poi avvicinandosi e sussurrando: «Io e te qui siamo gli unici sani di mente, quindi ti prego non abbandonarmi.»

Never non fece in tempo a contestare, che Otis si lamentò improvvisamente, massaggiandosi la gamba. Sua moglie li stava fissando malamente ed era evidentemente già passata all'azione.

«Ahi! Cavolo! Vado a prendere altre carote in cucina!», esclamò Otis irritato, alzandosi dal tavolo. E a Never sembrò di udire più di un'imprecazione sommessa.

Verso le undici, le eccellenti doti teatrali di Otis diedero i loro frutti: aveva finto già due attacchi di mal di pancia e un mal di testa insopportabile, ma il colpo da maestro fu l'usare i fiori di sua moglie contro di lei. Così si avvicinò al vaso di garofanini in mezzo alla sala e, con nonchalance, osservò: «Cara, perché sentono di letame?»

Un silenzio tombale calò tra gli adepti e tutti si precipitarono ad annusarli, constatandone il buon odore e fissando Otis.

«Davvero? Aspettate, non penserete che io... Andiamo, amici! Mi sarò sbagliato! Mi è successo anche prima quando avevo scambiato le patate per il gorgonzola! Niente di cui preoccuparsi!»

Silenzio, scambi di sguardi. Secondi dopo, tutti presero cappotti e cappelli e, ringraziando per l'ospitalità, tornarono a casa di corsa. Otis sorrise soddisfatto. La parosmia da Covid funzionava sempre.

Never attese che il guru uscisse, trepidante. Non sapeva ancora se poteva fidarsi di lui, ma per lo meno lo rincuorava il fatto di non essere l'unico ad aver sentito nominare l'Autore.

«Vieni, andiamo in chiesa», lo esortò il guru una volta fuori e, Never, decise di seguirlo senza far domande.

«Dimmi, Never, perché le persone pregano?» gli chiese una volta di fronte l'edificio.

«Perché sperano di ottenere l'aiuto di Dio.»

«Esattamente», confermò il guru.

«Perché mi hai portato qui? Vengo già in chiesa spesso per conto mio.»

«Non lo metto in dubbio, anzi credo sia qui che tu abbia avuto la prima chiamata dall'Autore, mi sbaglio?»

Never tacque.

Il guru compiaciuto, continuò: «Vedi, Flaubert diceva che l'Autore deve essere nelle sue opere come Dio nell'Universo: presente dovunque, non visibile in nessun luogo. Eppure, non è che normale che tu ne avverta la presenza maggiormente in luoghi di preghiera, specialmente se sorgono su un punto energetico come questo.»

Never scosse il capo: «Quindi tu veramente credi nell'Autore! All'essere un...» Non ebbe il coraggio di finire la frase. Era un'idea troppo assurda quella che gli era balenata in testa.

«...Un personaggio di un libro? Sì», intuì comunque il guru.

«Ma è una follia!»

«Affatto, tuttavia può condurre alla follia.»

«Che prove hai per affermarlo?»

Il guru sorrise. « Infinite! Ti sei mai dimenticato ciò che volevi dire all'improvviso? Quello era l'Autore che cambiava la tua battuta per un ripensamento. Ti sei mai sentito osservato? L'Autore contemplava le pagine della tua vita, le rileggeva. E quel senso di paralisi, di congelamento? Quello era l'Autore che, incerto su come continuare la tua storia, si fermava e prendeva una pausa dalla scrittura.»

Never iniziò a sfregarsi il viso e scuotere la testa più animatamente. «No, no! Se questo fosse vero, noi non ci saremmo accorti di essere dei personaggi! La nostra consapevolezza mette a rischio l'intera storia!» «E' vero, in parte. Ma noi non ne siamo sempre consapevoli, ecco perché la storia va avanti. Se possiamo parlarne in questo momento è perché l'Autore non sta vigilando su di noi, evidentemente si sta dedicando a un nostro coprotagonista. Immaginati l'Autore come un burattinaio che tira le fila delle sue marionette per creare una storia... Ogni tanto deve lasciare a terra delle marionette, per dedicarsi alla continuazione della storia delle altre. Momenti come questo, in cui le marionette a terra riacquistano lucidità e libero arbitrio, oppure dormono sonni inconsapevoli.»

Never non rispose. Era decisamente troppo da elaborare. Non solo era un personaggio di un libro, ma era pure un prigioniero della sua stessa storia! Non aveva possibilità di scelta! Non aveva libertà!

Nei giorni a seguire fu un continuo procrastinare. Dato il persistere della sua consapevolezza, Never si sentiva infatti motivato a riflettere e comprendere meglio la sua condizione, prima che l'Autore riprendesse la sua storia in mano e lo privasse del libero arbitrio. Il guru, come lui stesso aveva dichiarato, non si era mai spinto oltre le delucidazioni del giorno prima, forse per saggezza, forse per timore di ciò che avrebbe potuto scoprire. Ma Never doveva sapere.

Dunque, partendo dal principio, era un personaggio di un libro. La sua vita era regolata da un'entità superiore denominata «l'Autore» che scriveva giorno dopo giorno la sua storia, imponendogli scelte e decisioni che non erano sue, tranne che in momenti di lucidità (altrimenti vista come trascuratezza), quale quello presente. L'Autore era a tutti gli effetti come una specie di Dio, presente ovunque nei suoi personaggi, nei loro gusti, nelle loro ideologie, nella bellezza del loro mondo, ma non visibile in nessun luogo. Qui sorgeva però la domanda del secolo: come era possibile che un singolo individuo scrivesse la storia di tutti gli otto miliardi di persone di questo mondo? Infatti, seppure era vero che Never non si fosse mai avventurato oltre le Alpi, un giorno l'avrebbe potuto fare in un momento di consapevolezza, così come altri suoi conoscenti l'avevano già fatto per volere dell'Autore. Per non parlare dell'immensità di informazioni, immagini, studi e ricerche scientifiche, articoli e diari di viaggio, recensioni, post dei social media che si trovavano su Internet: le altre persone esistevano, il mondo esterno esisteva. Never non aveva mai avuto contatto diretto con loro, ma Internet ne attestava la presenza. Di conseguenza, o l'Autore aveva il dono dell'onnipresenza, onniscienza e onnipotenza, era atemporale ed eterno (ma questo avrebbe reso impossibile la presa di coscienza di Never), oppure era qualcuno di molto meno metafisico di quanto pensasse il guru.

Il tempo doveva scorrere per l'Autore e quel momento presente lo dimostrava: Never era libero di filosofare, solo perché l'Autore si dedicava ad un altro personaggio della sua storia, in scene che lo escludevano. Ergo, non poteva seguire otto miliardi di personaggi contemporaneamente, altrimenti questi sarebbero stati abbandonati a loro stessi per la maggior parte della loro vita.

Inoltre c'era un altro punto da mettere in evidenza: la percezione da protagonista che ogni personaggio aveva di sé stesso. Ognuno è il protagonista della propria storia. E, per quanto i coprotagonisti fossero più che possibili, permettendo momenti di lucidità, era impossibile pensare che tutte le persone del mondo facessero parte dello stesso libro: ne dovevano esistere di diversi. Questi poi dovevano essere scritti anche con stili diversi, ecco giustificata la grande varietà di vite, dalle più miserabili alle più fortunate, e di caratteri, dal più normale al più stravagante. C'era un ordine? Probabile, magari in base ai personaggi che uno incontrava si creava una saga, un microcosmo che comprendeva tutti quegli individui che si erano conosciuti.

Ma la domanda permaneva: era veramente possibile che un singolo Autore fosse così versatile, efficiente, originale e instancabile? O era forse più probabile che avesse un appoggio, un aiuto, che più autori lavorassero alla realtà fittizia di cui Never faceva parte? Chissà, magari esisteva un club, sì, il club degli scrittori. Si scambiavano idee, consigli, stabilivano le regole e le leggi che tutti i libri avrebbero dovuto rispettare, inventavano nuove illusioni come Internet, affinché personaggi di libri diversi si sentissero parte dello stesso macro libro: il mondo.

Ma questo club, questi scrittori, chi erano, da dove venivano? Vivevano in un mondo come il suo? Erano umani come lui? Era un mistero. D'altronde, come avrebbe potuto immaginarsi la loro origine, quando neanche conosceva la sua?

Giovedì aveva presto bussato alla porta e Silvia si era recata da Never. A malavoglia lui le aveva aperto e l'aveva invitata ad entrare, facendo esultare la madre che, speranzosa, credeva questo un preludio di una storia d'amore tra suo figlio e un'italiana.

«Era ora tu ti togliessi dalla testa quella ragazza dell'est!», gli sussurrò all'orecchio, mentre Silvia saliva le scale. Never, che conosceva l'ignoranza e i pregiudizi della madre, non rispose e aspettò che i biondi ricci di Silvia e il suo corpo bassino e formoso le fossero davanti. Come previsto, la madre storse il naso e se ne andò subito senza proferir parola: anche l'agognata italiana deludeva le sue aspettative.

«E' vero che parti per Praga domenica?», gli domandò diretta Silvia, una volta soli.

«Sì, vado a trovare Stela, la mia fidanzata.»

«Bene, vengo anch'io», dichiarò con nonchalance Silvia, scioccando Never.

«Noi due non ci conosciamo molto bene in realtà...», cercò di obiettare lui, a disagio.

«Guadagni tanto da rifiutare un passeggero che potrebbe pagarti metà viaggio?»

«No.»

«Siamo d'accordo allora. Domenica alle sei in punto in piazza, sii puntuale!» E così come era entrata, uscì, strappandogli un passaggio e decidendo pure l'orario della partenza. Aveva una disinvoltura notevole, non c'era alcun dubbio.

Dopo quello strano incontro, Never si diresse al supermercato con una lista infinita di prodotti stilata dalla madre frustrata. Stava cercando disperatamente i fichi, quando tornò lucido tutto d'un colpo. Da quanto tempo rivestiva il ruolo di uomo-zerbino come suo padre? Prima la spesa, dopo la cena, i piatti da lavare, la casa da pulire, un'eterna sottomissione ai capricci della madre! Basta, non poteva più tollerarlo! Abbandonò così il carrello in mezzo al corridoio e si allontanò il più possibile dal supermercato, al diavolo i fichi!

«Che se li compri l'Autore da solo e scriva dopo aver saziato le sue voglie, non prima!», esclamò ad alta voce Never. «Io ora me ne vado da Otis.»

Improvvisamente il cielo iniziò ad oscurarsi sempre più, fino a che i nuvoloni si gonfiarono di pioggia e la riversarono sul paesino. Never, che si rifiutava categoricamente di tornare al supermercato, fu così punito e arrivò alla porta di Otis fradicio e tremante. L'amico parve sinceramente stupito, ma nonostante ciò gli diede asilo.

«A cosa devo la visita? Pensavo ti fossi preso il giorno libero per andare al Civile, per alcune analisi, come ti aveva consigliato Laura.»

«Come? Cosa stai dicendo?», domandò Never ansimante, rannicchiandosi sotto la coperta calda offertagli da Otis.

«Ieri, ricordi? Hai avuto un'altra specie di attacco di panico al lavoro e Laura sostiene che tu debba andare a fondo e fartelo certificare. Magari è la volta buona che ti danno un'altra persona nell'assistenza.» Never annuì e si domandò come mai non era andato al Civile come doveva, tra l'altro aveva pure un appuntamento...Non poteva fare tardi! Ringraziò Otis e tornò a casa per prendere in prestito la macchina del padre. Nel frattempo aveva smesso di piovere.

In macchina si guardò nello specchietto e si spaventò: da quando era tanto trasandato e sudicio? I capelli sembravano più neri, il viso più giovane, eppure più mediocre e brutto di come se lo ricordava. Ma lui non aveva prenotato alcun appuntamento al Civile, ora che ci rifletteva su...Frenò l'auto di colpo, rifiutandosi di seguire il copione un'altra volta, un copione che, evidentemente, era stato cambiato da poco, un po' come la sua età altalenante e il nome del cognato della vedova Brigatti. La macchina dietro di lui sterzò per evitare di tamponarlo e, nel farlo, andò addosso a una jeep con a bordo una famigliola con due bambini di un altro libro, che mai avrebbero dovuto incontrare Never, ma che quasi morirono a causa sua. Lui non batté ciglio, scese dal veicolo e si mise a urlare in mezzo al traffico: «Smettila di direzionarmi, Autore! Questa è la mia vita! Non sono una pedina da muovere, una marionetta da giostrare!»

Ai personaggi che lo circondavano quel giorno, sembrò un povero pazzo sotto shock coinvolto in un evento spiacevole. Per me, fu la prima spia di una falla: non solo Never aveva smesso di seguire il percorso da me tracciato, ma lo faceva di proposito. E questo mi spaventò, tanto da indurmi a commettere il più grande errore di tutti: guardare altrove e lasciare che lui risolvesse tutto da solo, nella speranza che si trattasse di un problema momentaneo. Mi dedicai dunque a Stela, alla sua vita a Praga e alla sua impazienza di rivedere Never. Al tempo ero convinto che l'amore l'avrebbe salvato.

Purtroppo, Never non desiderava più una famiglia e una casa propria come quando l'avevo creato. La consapevolezza l'aveva cambiato radicalmente, reso più inquieto, nervoso, imprevedibile.

Avrei dovuto scrivere del suo incontro con Silvia, della sua partenza per Praga, del viaggio insolito ed esilarante, del bacio dato a Stela sul Ponte Carlo. Tuttavia, questo non avvenne. Never si rifiutò di ascoltarmi, era troppo lucido per sottostare al mio giogo e, in nome della sua libertà, decise di non presentarsi. Così, non solo deluse la sua fidanzata, insidiando in lei il dubbio di non esser amata abbastanza, ma provocò la rottura tra Silvia e il suo fidanzato. Aveva fame di risposte, ormai.

Non c'era niente che mi venisse in mente che potesse ricondurlo sulla retta via: la bella trama che avevo in serbo per lui, me l'aveva rovinata. Allora facevo pressione sul suo personaggio: cercavo di delinearlo meglio, laddove all'inizio l'avevo lasciato abbastanza indefinito; descrivevo ogni singolo attimo della sua storia per contenerlo; gli imponevo una routine per normalizzare la sua bizzarria. Tutto inutile: non appena lo mettevo a dormire e io stesso mi coricavo, questi spalancava gli occhi ed iniziava a vagare per la casa pensieroso, per poi finire chissà dove il mattino seguente.

I suoi comportamenti stravaganti iniziavano a notarsi. Otis aveva già preso le distanze da Never, accusando il guru di averlo fatto impazzire; la madre pensava fosse diventato sonnambulo e che fosse sulla strada per il manicomio e Stela vedeva quegli sbalzi di lucidità come scostanza nei suoi confronti. La fitta rete di personaggi che avevo creato attorno a Never stava piano piano iniziando a tagliarlo fuori dalla propria vita e, io, che mai avrei immaginato la mia prima opera tanto disastrosa, non sapevo che fare.

Disperato, ricorsi all'unico mezzo che ogni autore sconsigliava: il dialogo cosciente. Approfittando di don Luciano, personaggio pacato e pacifico, il più simile a me della storia, indussi la madre di Never a portarmelo in Chiesa per un saluto. L'unica soluzione era parlargli a cuore aperto, rompere la parete che ci divideva e sperare avesse abbastanza buon senso da tornare sulla strada principale, finché ancora era in tempo. L'unica soluzione era ammettere la sua coscienza mentre io scrivevo il dialogo con lui, invece che per lui.

«Voleva vedermi, don?», chiese Never con viso scuro, sembrava non dormire da giorni.

«E' da un po' che non sei tra i primi banchi, è successo qualcosa, figliolo? So che dall'incidente d'auto sei un po' scosso...»

Never lo fissò per un momento. «Sto bene.»

«Quando succede questo genere di cose, di solito ci si chiude in sé stessi, dimenticandosi dell'aiuto che gli altri potrebbero darci. Parlarne dà sollievo, il più delle volte...»

«La famiglia sta bene, io sto bene, non ho niente di cui parlare a riguardo. Quindi vada al punto e non mi faccia perdere tempo, don. O dovrei chiamarla forse Autore?»

Non ci era voluto molto perché mi scoprisse, ormai era diventato troppo bravo nel distinguere la trama dalla libertà d'azione, un personaggio dormiente da uno cosciente.

Il sorriso benevolo di don Luciano svanì tutto d'un tratto. «Devi fermarti», lo intimai allora con tono perentorio. «Ti stai avventurando in acque pericolose, se procedi oltre potresti affogare.»

«Che metafora spaventosa!», sghignazzò Never. Quel bagliore nei suoi occhi non mi piaceva. «Sai cos'è più spaventoso, però? Scoprire di essere frutto dell'immaginazione di un Autore! Scoprire che il mio mondo è tutta una finzione! Perché? Qual è il senso della mia vita? Dimmelo! Condannato alla mediocrità, alla rinuncia, al fallimento! Mi avessi almeno creato un genio, mi avessi dato fama e ricchezza! Ma io sono normale, un tipo come altri in un paesino dimenticato da Dio! Sempre che ci sia un Dio!»

«Modera il tono! Dovresti essermi grato per esistere, invece di lamentarti della tua sfortuna! Ti sei mai guardato attorno? Non ti ho fatto mancare nulla! Non vivi sotto un ponte o in mezzo alla savana! Hai famiglia, amici, lavoro e presto avresti avuto anche l'amore! Non ti basta?»

«Mi manca la cosa più importante: la mia libertà!», esplose Never.

«Sei un personaggio, per l'amor del cielo! Non puoi che agire nei limiti del tuo carattere ed abilità! C'è una trama, uno schema, un piano da seguire! Non puoi fare quel che ti pare e piace!»

«Perché tu mi hai creato così!», scoppiò un'altra volta.

«Esistono delle regole! Un ordine naturale delle cose! Le sto già infrangendo per te in questo momento, perché non voglio abbandonarti. Non costringermi a farlo Never! Arrenditi finché puoi, torna all'isola e vivi la tua vita! L'oceano in tempesta che tu vuoi esplorare ti ucciderà!»

«Non se io uccido prima te!» Con uno scatto, Never tirò fuori un coltello e si scaraventò sul parroco. Impulsivo, impetuoso, pazzo personaggio! Che stava facendo?!

Don Luciano si accasciò a terra, con un coltello conficcato nello stomaco e un ansimante Never che lo fissava compiaciuto. Le poche persone che erano in chiesa, iniziarono a strillare terrorizzate, disperdendosi fuori e invocando aiuto. La polizia arrivò da lì a poco.

«Fermo, non si muova! Mani in alto, mani in alto!», gridavano i poliziotti vedendolo inginocchiato accanto al cadavere del prete.

Never non muoveva un muscolo, non poteva. Nonostante l'iniziale soddisfazione di aver ucciso il suo carceriere, di essersi finalmente liberato delle catene con cui era nato, ora provava solo rimorso. Don Luciano non era l'Autore, nessun personaggio poteva esserlo! Perché, perché l'aveva ucciso? Perché aveva portato il coltello? Perché aveva sfruttato il suo momento di libertà solo per limitare la sua vita futura? Aveva ucciso, ucciso! Un innocente! Tali erano lo shock, la paura e l'agitazione, che il corpo di Never non rispondeva più ad alcun comando. Fu ammanettato, portato in carcere, processato, dichiarato colpevole.

Aveva deciso di ignorare la strada da me indicata ed aveva intrapreso il sentiero sbagliato. Uccidendo don Luciano, tentando di uccidere me, aveva ucciso sé stesso.

Avrei potuto cancellare l'omicidio nella chiesa, avrei potuto riscrivere quella scena, ma a che scopo? Per quanto volessi bene a Never, la sua malattia era troppo avanzata per una regressione. Dovevo tagliarlo fuori dalla storia, lasciarlo nella prigione che si era costruito in nome di quella libertà che tanto reclamava. Eccola, l'aveva ottenuta. Era più felice adesso, nel rimorso e nella disperazione? Adesso che tutto era dato da una sua libertà d'azione?

Giorno dopo giorno, il rimpianto consumò le sue emozioni, fino a che di sentimenti non ne rimasero più. Rimanevano una cella fredda, un cuore apatico, una mente cosciente, un uomo che più nulla sente.

Tempo dopo, la gente del suo paesino apprese la dolorosa notizia: "16 dicembre, prigioniero si suicida nella sua cella. Inciso sulla parete il suo ultimo messaggio: ascolta le voci, prendi coscienza. "

Un tuono mi fece ritornare al mio presente, a quella notte insonne, alla mia tazza di latte caldo.

Da quando Never se ne era andato, non riuscivo più a dormire bene. Le sue ultime parole mi perseguitavano giorno e notte. Erano forse per me? O erano solo il suo ultimo disperato tentativo di svegliare altri personaggi? Perché si era suicidato? Se solo avesse atteso un altro po', avesse riflettuto sulle sue azioni…L'avrei fatto uscire, l'avrei fatto redimere, l'avrei reintegrato nel suo mondo! Una lacrima mi scese inaspettata lungo la guancia. Non desideravo la sua morte.

La pioggia si fece a quel punto più violenta: un altro lampo e subito dopo un tuono. La tempesta era sopra di me, saette lucenti si susseguivano nel cielo.

Curioso come l'illuminazione possa sopraggiungere solo attraverso una lacerazione, come se la crepa, creata con fatica dal fulmine che squarcia il cielo, rappresenti al tempo stesso la fine dell'oscurità e l'avvento della luce. Ma chi può dire se la luce effettivamente porta salvezza?

E se fosse proprio lei la rovina dell'io?

E se anche io fossi il mero personaggio di un libro?

DER
CLUB
DER
SCHRIFTSTELLER
SARA BIANCHETTI
Aus dem Italienischen von Şafak Sarıçiçek

In einer Nacht vor einigen Tagen, als ich wie üblich nicht schlafen konnte, wurde ich an Nevers tragische Geschichte erinnert. Der Regen fiel in Strömen. Ich war in die Küche gegangen, um mir eine Tasse Milch zu holen, als der Wind plötzlich so heftig durch das Fenster fuhr, dass die Fensterflügel zuschlugen. Als ich den Knall hörte, zuckte ich zusammen, wie jemand, der in seinem Schrank ein Skelett versteckte und befürchtete, jemand könnte hereinkommen und es entdecken. Es war seltsam: Ein Sturm von solch einem Ausmaß hätte mich, bis vor einigen Jahren, noch ruhig schlafen lassen. Jetzt aber brachte er mich aus der Fassung.

Mit der heißen Tasse in der Hand ging ich zum Fenster, um in die Nacht zu schauen.

Hell zeriss ein Blitz den Himmel. Ich wollte wissen, wie weit das Gewitter wirklich entfernt war und begann in Gedanken zu zählen. Ich kam auf 9 Sekunden und also 3 Kilometer Entfernung.

Dann der Donner.

Mir war in dieser Nacht so, als schien ich ebenso zerrissen zu sein wie die Dunkelheit. Mit dem Auftauchen alter Erinnerungen schien sich auch meine heiße Milch in den Kaffee zu verwandeln, den Never vor 3 Monaten noch morgendlich zu trinken pflegte. Im strömenden Regen verschwommen meine Gedanken und meine Küche, nur um jener von Never Platz zu machen, von wo der Kaffee dampfte, am Morgen, wo alles seinen Anfang nahm.

Es war ein Sonntag. Vor zehn Uhr wäre Never normalerweise nicht aufgestanden. An diesem Sonntag erlaubte sich seine Mutter jedoch, ihn mit zwei unfreundlichen Stößen zu wecken, nachdem sie die Fenster öffnete, um ihn im Morgenlicht baden zu lassen.

„Heute ist die Messe zu Ehren deines Onkels Massimo, wach auf!" rief sie laut.

Never brummte etwas Unverständliches. Nach mehreren Ermahnungen stand er schließlich auf.

Mühsam schleppte er sich in die Küche, wo seine beiden jüngeren Brüder und der Vater bereits saßen, wie immer hinter vielen Zeitungsseiten versteckt. Alle waren schon angezogen und gekämmt, fast fertig. Nur Never war wie ein Zombie im Schlafanzug, im höchsten Maße verwirrt und kaum anwesend: er wäre dort und in dem Augenblick nicht imstande gewesen zu sagen, was er gestern getan hatte, was er gegessen hatte. Sein Kopf war wie von dickem Nebel durchwabert.

„Ich kann es einfach immer noch nicht glauben, dass Onkel Massimo nicht mehr bei uns ist, einer nach dem anderen werden wir alle wie die Blätter fallen" setzte die Mutter mit schriller Stimme an. „Stell dir vor, heute morgen hat mich die Witwe Brigatti angerufen, um mir mitzuteilen, dass Piero, der Ehemann ihrer Schwester ebenfalls verstorben ist! Stellt euch nur vor, die Armen!"

Alle taten so, als wäre nichts geschehen, nippten weiter an ihren Kaffees und lasen Zeitung. Bloß der Vater rief Sekunden später aus:„ Eh! Italien schlägt sich bei der EM nicht sehr gut!".

Never seufzte und flüchtete, so schnell er konnte, in sein Zimmer, mit der Ausrede, sich für die Kirche anziehen zu wollen. Zwischen seinem fußballfanatischen Vater und seiner Mutter, die sich entweder für Verbrechen oder Klatsch interessierte, konnte er wirklich nicht sagen, wer von den beiden schlimmer war.

Eine Stunde später saß die ganze Familie in der Kirche, elegant und gelassen, der Predigt Pater Lucianos zuhörend. Never hörte nicht wirklich zu. Er stand mit auf und setze sich, sich an das Verhalten der Gemeinde anpassend und verbrachte währenddessen seine Zeit mit einer, seiner Ansicht nach, wesentlich würdevolleren Sache: er dachte nämlich an Onkel Massimo. Aber je mehr er über ihn nachdachte, desto mehr war es ihm gewiss, dass er den Onkel und dieser ihn gar nicht kannte. Ein paar Mal hatte er ihn vor seinem Haus gesehen. Oder doch nicht? Vielleicht aber hatte er mit ihm mal gesprochen, das war dann aber alles. Woher rührte dann das Gefühl, jemanden zu verlieren, der ihm lieb und teuer war? Es war wieder etwas matschig in seinem Kopf, fast wieder so ein Nebel wie beim Frühstück.

Plötzlich vibrierte es in seiner Hosentasche. Seine Mutter blickte missbilligend zu ihm, also holte er eilig sein Handy heraus. „Unbekannte Nummer" stand auf dem Display. Er lehnte ab.

Wenig später erneut der selbe Ablauf, nur dass seine Mutter nun sehr viel böser zu ihm sah, sodass er sein Handy ganz ausmachte. Er schüttelte den Kopf und es fuhr ihm unvermittelt durch den Kopf: „Der Autor?". Er schaltete das Gerät trotz der Schimpftiraden seiner Mutter wieder an und überprüfte die verpassten Anrufe. Dem Display entnahm er den Namen seiner Cousine: Laura Vettore. Er atmete erleichtert auf und steckte das Telefon endgültig weg. Es wäre besser, sich auf die Messe zu konzentrieren.

Als die ganze Gemeinde entlassen wurde und die Leute begannen, die Kirche zu verlassen, näherte sich die Witwe Brigatti, eine kleine und hinkende Gestalt, Nevers Mutter für einen Gruß, der unumgänglich in Beileidsbekundungen mündete. Sodann wandte sich die Witwe mit ihren blauen Augen Never zu. Sie beglückwünschte ihn, seine Hände ergreifend, dazu, dass er gut gewachsen und ein geradezu stattlicher Mann geworden sei. Never lächelte unbeholfen und suchte die Hilfe seiner Brüder. Die Witwe aber ließ nicht von ihm ab und erzählte ihm von ihren unzähligen Katzen, ihrem toten Gatten, davon, dass der Mann ihrer Schwester nun auch tot sei, und von vielen anderen Dingen, die Never im selben Moment schon wieder vergaß. Nur ein Satz verblüffte ihn. Denn beim Weggehen rief die Witwe schließlich noch:„ Wer weiß, was der Autor mit uns vorhat!".

Bezog sie sich... auf den Herrn?

Wesentlich hektischer war der darauffolgende Tag: Um halb acht war er bereits auf dem Weg zur Arbeit und hielt gerade an der Ampel. Aus Langeweile blickte er in den Autospiegel, um sein Haar zu richten.

Seltsam, er hatte nie bemerkt, dass er bereits so viele weiße Haare hatte!

Er war erst 26 Jahre alt. Aber er sah plötzlich zehn Jahre älter aus. Sogar seine Augen wirkten dunkler als sonst. Lag es an den dunklen Ringen unter seinen Augen? Er hatte gar keine gute Nacht gehabt: das unablässige Grübeln über die Worte der Witwe hatte ihn wach gehalten.

„Was für eine Art, sich Gott als Autor einer Geschichte zu denken", rief er laut im Auto aus.

„Was bin ich dann, eine Figur?". Das Licht der Ampel sprang auf Grün.

Never lächelte schief und merkte, dass ihm die Zufälle langsam zu Kopf stiegen. Er dachte darüber nach, dass das Leben eigentlich wie ein Buch war. Anfang, Mitte und Schluss. Man wusste weder, was vor dem Anfang lag, noch was nach dem Ende kommt. Die Zeit selbst war unsicher. Es war, als ob man in einem Buch drin wäre, wo bestimmte Zufälle vom Schicksal herzurühren schienen, was aber nichts anderes war, als der willkürliche Plan des Autors, der als Einziger in den Zufällen ein Muster zu sehen vermag.

Bei der DCDS PRESSE angekommen, versprach Never sich selbst, keinen weiteren Phantasien mehr nachzugehen und sich stattdessen ganz der Arbeit im Kundendienst zu widmen. Er war doch eigentlich bloß ein ganz normaler Typ mit einem guten Job, einer guten Familie, also gut statuiert. Innerhalb des Normalen musste er auch bleiben. Genau so wie er den als Kind oft gehegten Traum, Astronaut zu werden, für eine sichere Stelle in einem Presseunternehmen aufgegeben hatte, musste er nun weitaus abstrusere Hirngespinste beiseite legen und hart arbeiten.

Auf dieses Ziel vertrauend, ging Never, ohne sich mit den anderen Mitarbeitern aufzuhalten, direkt in sein Büro, um den Morgen zu beginnen. Kaum eine Stunde später stürmte Otis, sein Kollege und Freund, schnaufend in sein Büro:

„Meine Frau ist völlig übergeschnappt" rief er und rollte mit den Augen "Ich kann mich mit ihren Rauchverboten und Gewaltfilmverboten abfinden, aber genug ist ja wohl genug!".

„Wovon redest du?" fragte Never verwirrt und runzelte die Stirn.

„Vom Guru! Jetzt hat sie sich auch noch einem Guru zugewandt" schimpfte Otis. Er ließ sich deprimiert auf den Stuhl in Nevers Büro fallen. "Das muss man sich erst einmal vorstellen. Der Typ sagt doch allen Ernstes, er sei die Wiedergeburt des Apostels Petrus. Er wolle mit seinem Gebet die Welt vom Bösen befreien, er wolle Licht in die Dunkelheit bringen! Und da beschwerst du dich noch über die Kirchenbesessenheit deiner Mutter. Meine Frau hat sich einer Sekte angeschlossen!".

„Vermutlich ist dass doch nur so ein Scharlatan" versuchte ihn Never zu beschwichtigen.

„Aber ein äußerst überzeugender! Gewissermaßen verwirrt er auch mich... Er, der Autor der Wahrheit ".

Er erschauderte, als schon wieder der Autor erwähnt wurde. „Wie bitte? Wieso denn der Autor der Wahrheit?"

„ Autor? Ach nein, nein. Ich sagte doch Befürworter, Befürworter der Wahrheit".

Einen Moment schwieg er. Dann rief er erneut:„ Verdammt nochmal! Meine Frau ist einer verdammten Sekte beigetreten!".

Gerade als Never ansetzte, etwas zu erwidern, vergaß er vollends was er sagen wollte. Der seinen Kopf in den Händen wiegende Otis wirkte ebenfalls verzweifelt, aber irgendwie auch erstarrt in dieser Verzweiflung.

„ Denkst du, ich könnte diesen Guru treffen?" fragte Never, ihn überraschend.

„Ja, du könntest das schon... Morgen ist ein Treffen mit ihm bei uns zuhause, aber willst du es wirklich? Ich sagte dir gerade, dass es bei dir im Kopf verwirrend ist..." wandte Otis unsicher ein.

„Keine Sorge, reine Neugier meinerseits. Dann bis morgen." versicherte ihm Never und fuhr sich durch sein makellos pechschwarzes und kurzes Haar und winkte zugleich seinem Freund zu.

Nach Otis besuchte ihn Marco. Der wollte den Stand einiger Aufträge klären, kam aber unweigerlich auf die Familie zu sprechen und die zahlreichen Todesfälle, Unfälle und Unglücke im Dorfe in der letzten Zeit, wie den von Onkel Massimo und Pietro, dem Schwager der Witwe Brigatti. Pietro? Never schien wieder in Gedanken zu versinken: Pietro. Er hätte schwören können, dass sein Name ein anderer war...

Am nächsten Abend stand der Besuch in Otis' Haus an. Er machte sich in seinem Zimmer fertig und kämmte sich die schulterlangen Haare, als seine Mutter unangekündigt hereinkam, um nach der Miete zu fragen. Never nickte und suchte in der Kommode nach dem Geld für den vergangenen Monat. Er reichte es ihr und sie verschwand genau so unerwartet schnell wie sie hereingekommen war. Er betrachtete sich erneut im Spiegel und freute sich schon, bald endlich genügend Geld für den Kauf einer eigenen Wohnung und die Selbstständigkeit zu haben. Er hob seine Jacke auf, verabschiedete sich im Flur von seiner Familie und trat auf die Straße.

Als er in die Straße bei der Kirche einbog, vernahm er eine Stimme, die nach ihm rief.

„Never! Never!" hörte er immer wieder. Wie er sich umdrehte, sah er seine Cousine Laura. Zusammen mit einem kräftig gebauten Mädchen, mit lockigen Haaren, lief diese auf ihn zu.

„Wo gehst du denn um diese Zeit hin?" fragte Laura ihn.

„Zu meinem Arbeitskollegen. Du?" antwortete er leise.

„Wir gehen eine Pizza essen, aber da wir uns nun über den Weg liefen, stelle ich dir mal Silvia vor. Sie ist das Mädchen, von dem ich dir am Sonntag erzählte, also die mit dem tschechischen Freund. Zufälle gibt's, nicht? Ihr könntet doch zusammen im Auto fahren, also nach Prag. Du zu deiner Freundin und sie zu ihrem Freund!". Er schwieg einen Moment, verdutzt...,Tschuldige, aber wann haben wir denn am Sonntag gesprochen?" Laura lachte auf: „Deine 36 Jahre merkt man dir aber langsam an, was? Komm schon, du erinnerst dich also wirklich nicht? Ich habe dich doch angerufen, von der unsäglichen Messe gerettet und wir sind sodann in die Bar gegangen, wo ich dir von Silvia erzählte".

Never nickte, begann sich zu erinnern und schüttelte Silvias Hand. Sie unterhielten sich noch etwas und kurz darauf verabschiedete er sich bereits mit der Entschuldigung, dass er sich zu dem Abendessen in Otis' Haus verspäten würde.'

Sobald er die beiden verließ, verdreifachte, vervielfachte sich sofort sein leichtes Unbehagen. Ihn quälte eine stetige, aber unbestimmte Pein: er wusste, dass etwas nicht stimmte. Aber er konnte sich einfach nicht erklären, was es denn nun sei.

Er klopfte an Otis' Tür und dieser begrüßte ihn mit einem verschmitzten Lächeln, wohinter sich dessen Wunsch verbarg, die Gäste aus seinem Domizil zu vertreiben. Never betrat vorsichtig das Wohnzimmer und nickte den Anwesenden zu, die so aussahen, wie man sich Kultisten vorstellt. Sie warteten sehnsüchtig auf jedes einzelne Wort ihres Meisters. Es wurde sofort deutlich, wer von ihnen der Guru war. Er war die erste Person, die Never beim Eintreten auffiel, so wie er auf der Treppe stand, gestikulierend und predigend. Never musste zugeben: er war ein hervorragender Redner. Allerdings empfand er diese Predigt von da oben herab als etwas übertrieben und theatralisch. Never teilte seine Gedanken Otis mit, welcher zustimmte und schelmisch erwiderte, dass er das Podest wohl eher brauchte, um aus der Menschenmenge hervorzustechen, obgleich er doch angeblich so ein großer Guru sei. Otis' Frau, die neben ihm stand, hörte dessen Bemerkung und stampfte vorwurfsvoll auf seinen Fuß. Das Lachen verschluckend, mit wundem Fuß und verletztem Stolz ging Otis davon.

Mit dem Ende des formellen Teils der Sitzung gingen alle zum Abendessen. Da warf der Guru einen vielsagenden Blick auf Never .

„Hallo Never. Du wolltest mich also kennenlernen" sagte der Glatzkopf und ließ seinen Blick fest auf ihm ruhen.

„Ich war durchaus fasziniert von der Idee, einen Guru zu treffen", gab er offen zu.

„Aber ich sehe doch, dass es um wesentlich mehr geht" beharrte der Guru nachdenklich „irgendetwas stört dich, nicht wahr? So etwas wie... sagen wir... der Autor." Never schreckte erstaunt zurück: „ Sie vermuten also auch seine Existenz!"

„Ich hege keinen Verdacht, sondern seiner Existenz bin ich mir sicher. Solltest du heute Abend nach dem Essen nicht weglaufen, wirst du den Beweis haben, den du suchst." Er lächelte rätselhaft und ging sodann zu seinen Schafen.

Selbst der Braten und die Kartoffeln waren Never nicht mehr Ablenkung genug nach diesen letzten Worten.

Derweil sprachen und lachten die Anhänger mit dem Guru. Never aber wagte es nicht einmal dem Guru in die Augen zu schauen, da er fürchtete, er könnte seine Seele entblößen.

„Alles in Ordnung?" mampfte Otis mit vollen Wangen. „Seit du mit diesem Guru gesprochen hast, wirkst du etwas aufgewühlt. Er hat dich doch nicht etwa auch beeindruckt, oder?" Dann lehnte er sich näher an Never heran und flüsterte ihm zu: „Wir sind hier die beiden einzigen Zurechnungsfähigen, also lass mich hier bitte nicht im Stich."

Bevor er widersprechen konnte, beschwerte sich Otis plötzlich und massierte sein Bein.

Seine ihn böse anblickende Frau hatte offenbar bereits gehandelt.

„Autsch! Uff... Ich hole noch ein paar Karotten aus der Küche" rief Otis gereizt und stand vom Tisch auf. Never schien noch mehrere leise Schimpfwörter zu vernehmen.

Gegen elf Uhr zahlte sich Otis' ausgezeichnetes schauspielerisches Talent aus: Er hatte bereits zwei Magenschmerzen sowie unerträgliche Kopfschmerzen zum Besten gegeben. Seine Meisterleistung aber bestand darin, die Blumen seiner Frau gegen sie einzusetzen. Dazu näherte er sich der Vase mit den Nelken in der Mitte des Raumes und bemerkte wie beiläufig: „Liebling, warum riechen die denn nach Mist?"

Ein Schweigen legte sich über die Kultisten, und alle bemühten sich, an den Nelken zu riechen, nur um zu bemerken, wie gut diese rochen und starrten alsbald Otis an.

„Wirklich? Warte, ihr glaubt doch nicht etwa, dass ich... Kommt schon, Freunde! Ich muss mich geirrt haben! Ist mir schon mal passiert, als ich Kartoffeln mit Gorgonzola verwechselt habe! Kein Grund zur Sorge!"

Schweigen und viele wechselseitig ausgetauschten Blicke folgten. Sekunden später griffen alle nach ihren Mänteln und Hüten, bedankten sich allesamt für die Gastfreundschaft und eilten nach Hause. Otis lächelte zufrieden.

Die COVID-Parosmie hatte schon immer funktioniert.

Never hatte draußen ängstlich darauf gewartet, dass auch der Guru die Wohnung verließ. Er wusste immer noch nicht, ob er ihm trauen konnte. Es war jedenfalls ermutigend, dass Never nicht der Einzige war, der von dem Autor gehört hatte.

„Komm mit zur Kirche" drängte ihn der Guru, als er draußen stand und Never beschloss ihm ohne weitere Fragen zu folgen.

„Sag doch, Never, wieso beten die Menschen?", fragte der Guru, als sie vor der Kirche standen.

„Weil sie hoffen, dass ihnen Gott hilft".

„Genau" pflichtete ihm der Guru bei.

„Warum hast du mich hierher gebracht? Ich suche die Kirche schon oft genug alleine auf"

„Das will ich gar nicht bestreiten, vielmehr glaube ich sogar, dass du an diesem Ort auch deinen ersten Anruf vom Autor erhalten hast. Oder irre ich mich womöglich?"

Never stand völlig still.

Der selbstgefällige Guru fuhr fort: „Schau, Flaubert sagt, dass der Autor in seinen Werken gleich Gott im Universum sein muss: überall anwesend, nirgends zu sehen. Und doch ist es selbstredend, dass man seine Gegenwart an Orten des Gebets noch mehr verspürt. Vor allem, wenn Sie an einem Energiepunkt wie diesem gelegen sind."

Never schüttelte den Kopf: „Du glaubst also wirklich an den Autor! Eine ..." Er brachte nicht den Mut auf, den Satz zu beenden. Die ihm durch den Kopf schießende Idee war einfach zu absurd.

„Eine Figur aus einem Buch zu sein? Ja" vollendete der Guru seinen Gedanken.

„Aber das ist doch verrückt!"

„Das ganz gewiss nicht. Aber es kann in den Wahnsinn hinein führen."

„Welche Beweise hast du für deine Behauptung?"

Der Guru schmunzelte: „Unendlich viele! Hast du schon einmal vergessen, was du plötzlich sagen wolltest? Das war der Schriftsteller, der deine Zeile aus einer nachträglichen Überlegung heraus abgeändert hat. Fühltest du dich schon einmal beobachtet? Der Autor betrachtete die Seiten deines Lebens und las sie erneut. Und was ist mit dem Gefühl der Lähmung? Dieses Erstarren? Eben der Autor, welcher, da er nicht wusste, wie er seine Geschichte fortsetzen sollte, eine Schreibpause einlegte.

Never begann sich das Gesicht zu reiben und den Kopf lebhafter zu schütteln: „Nein, einfach nein!

Wenn das zutreffen würde, wüssten wir gar nicht, dass wir Figuren sind! Bereits unser Bewusstsein bringt doch die ganze Geschichte in Gefahr!"

„Das stimmt schon, aber nur teils. Wir sind uns dessen nicht stets bewusst, darum kann die Geschichte weiter gehen. Wenn wir in diesem Moment darüber reden können, dann nur deshalb, weil der Autor nicht über uns wacht, sondern sich denknotwendig einem unserer Co-Protagonisten widmet. Du musst dir den Schriftsteller als einen Puppenspieler denken, der an den Fäden seiner Puppen zieht, um eine Geschichte zu erschaffen... Hin und wieder muss er einige Puppen zu Boden lassen, um sich der Fortsetzung der Geschichte anderer Charaktere zu widmen. In Augenblicken wie diesen erlangen die Puppen auf dem Boden die Klarheit und den freien Willen wieder oder aber fallen unbewusst in den Schlaf."

Never antwortete nicht. Das war einfach zu viel, um es verarbeiten zu können. Er war nicht nur bloß eine Figur in einem Buch, sondern auch noch ein Gefangener in seiner eigenen Geschichte! Er hatte keinerlei Wahl! Er hatte keine Freiheit!

Die folgenden Tage waren ein ständiges Hinauszögern. Mit dem Erlangen des Bewusstseins, fühlte sich Never bestrebter denn je, über seine Lage nachzudenken und diese besser zu verstehen, bevor der Autor seine Geschichte wieder ergreifen und ihm so erneut seinen freien Willen rauben würde. Der Guru würde, wie er es ihm selbst versichert hatte, nicht über die Erklärungen des Vortages hinausgehen. Vielleicht aus einer tieferen Weisheit, vielleicht weil er befürchtete, was Never entdecken würde. Aber Never musste einfach mehr wissen.

Von Beginn an war er also nur eine Figur in einem Buch. Sein Leben wurde von einer ihm übergeordneten Instanz, dem „Schriftsteller" bestimmt, der tagtäglich seine Geschichte schrieb und ihm Entscheidungen auferzwang, die nicht seine eigenen waren, außer in den Momenten der Klarheit, also denen der Nachlässigkeit des Autors. Wie in dem jetzigen Moment. Der Autor war in jeder denkbaren Hinsicht eine Art Gott, der in seinen Figuren, in ihrem Geschmack, in ihrer

Weltanschauung, überall in der Schönheit ihrer Welt gegenwärtig war, aber nirgends sichtbar. An diesem Punkt stellte sich aber die Jahrhundertfrage: Wie konnte es möglich sein, dass ein einziger Mensch die Geschichten von acht Milliarden Menschen auf der Erde schreiben konnte? Auch wenn Never sich etwa nie über die Alpen hinausgetraut hatte, könnte er dies vielleicht doch eines Tages in einem solchen Moment des Bewusstseins tun, genau so, wie andere, die er kannte, es auf Geheiß des Schriftstellers bereits getan hatten. Ganz zu schweigen von der Unmenge an Informationen, Bildern, Studien und wissenschaftlichen Untersuchungen, Artikeln und Reiseberichten, Rezensionen und Beiträgen in den sozialen Medien, im Internet: es gab evident andere Menschen, es gab die Welt da draußen. Er hatte vielleicht nie Kontakt mit ihnen, aber das Internet zeugt von ihrer Präsenz. Folglich war der Autor entweder allgegenwärtig, allwissend und allmächtig, war also zeitlos und ewig (was aber das Bewusstsein von Never unmöglich gemacht hätte), oder er war weit weniger metaphysisch als dies der Guru angedacht hatte. Für den Autor musste die Zeit fließen und der gegenwärtige Moment war dessen Beweis: Never konnte frei philosophieren, bloß weil der Autor sich einer anderen Figur in seiner Geschichte widmete, in Szenen, die ihn ausschlossen. Ergo war er nicht fähig, acht Milliarden Menschen auf einmal zu verfolgen, sonst wären sie den Großteil ihrer Lebenszeit sich selbst überlassen gewesen.

Darüber hinaus stach ein weiterer Punkt hervor: die Selbstwahrnehmung der einzelnen Figuren als Protagonisten. Jeder ist Protagonist in seiner eigenen Geschichte. Und obwohl es durchaus Co-Protagonisten gab, die Augenblicke des klaren Bewusstseins ermöglichten, war es unmöglich zu denken, dass alle Menschen auf der Welt Teil des selben Buches waren: Es musste zahlreiche geben. In unterschiedlichen Stilen geschrieben, was die große Vielfalt an Lebensläufen erklärte. Vom elendigsten Leben bis zum glücklichsten und vom normalsten Charakter bis zum extravagantesten. Alles war vertreten. Gab es einen übergeordneten Sinn? Wahrscheinlich, vielleicht auf der Grundlage des Zusammentreffens der Figuren. Wenn sie sich trafen, entstand eine Sage, ein Mikrokosmos, der alle umfasste, die sich da begegnet waren. Doch die Frage blieb: Konnte ein einziger Schriftsteller wirklich derart vielseitig, effizient, einfallsreich und unermüdlich sein?

Oder war es eher so, dass er unterstützt wurde, Hilfe bekam und also mehrere Autoren an der fiktiven Wirklichkeit arbeiteten, zu der Never gehörte? Wer weiß, vielleicht gab es ja einen Club da irgendwo, den Schriftstellerclub. Dort tauschten sie Ideen und Ratschläge aus, legten allgemeingültige Regeln fest, Gesetze, an die sich alle Bücher zu halten hatten und erfanden neue Illusionen wie etwa das Internet, damit sich die Figuren aus verschiedenen Büchern als Teil des selben Makrobuchs fühlen konnten, mit dem Titel: Welt.

Aber dieser Club, diese Schriftsteller, wer waren sie, woher kamen sie? Haben sie auch in einer Welt wie der seinen gelebt? Waren sie Menschen wie er es war? Es war ein Rätsel. Wie sollte er sich ihre Herkunft denken können, wenn er nicht einmal seine eigene kannte?

Am Donnerstag, in der Frühe, klopfte es an der Tür und Silvia trat in Nevers Haus ein. Er hatte ihr widerwillig die Haustüre geöffnet und sie hereingebeten. Dies hatte seine Mutter sehr erfreut und geradezu hoffnungsvoll gestimmt, denn sie glaubte, hierbei handele es sich um den Auftakt einer Liebesbeziehung zwischen ihrem Sohn und einer Italienerin.

„Es wird ja auch Zeit, dass du dir dieses Ostmädchen endlich aus dem Kopf schlägst", flüsterte sie ihm ins Ohr, während Silvia noch die Treppen zur Wohnung hochlief. Never, mit den Vorurteilen der Mutter hinlänglich bekannt, antwortete darauf nichts und wartete bis schließlich Silvia mit ihren lockigen blonden Haaren und ihrem kurzen wohlgeformten Körper vor ihr stand. Wie zu erwarten, rümpfte die Mutter die Nase und ging sofort wortlos weg: auch das sehnsüchtig begehrte italienische Mädchen enttäuschte ihre Erwartungen.

„Stimmt es, du fährst am Sonntag nach Prag?", fragte ihn Silvia direkt, sobald sie alleine waren.

„Ja, ich besuche dort Stela, meine Freundin."

„Nun, ich bin auch dabei", tat Silvia lässig kund und schockierte damit Never.

„Aber wir kennen uns doch gar nicht so gut", versuchte er, mit sichtlichem Unbehagen, einzuwenden.

„Verdienst du genug Geld, um einen Mitfahrer abzuweisen, der die halben Fahrtkosten übernimmt?".

„Nein".

„Dann sehen wir uns am Sonntag um sechs Uhr auf dem Platz und sei bloß pünktlich!".

Und wie sie eingetreten war, stolzierte sie schon wieder heraus, nahm seine Fassung mit und bestimmte sogar nebenbei noch die Uhrzeit der Abfahrt. Ihre Leichtigkeit war bemerkenswert, das war zweifellos.

Nach dieser seltsamen Begegnung machte sich Never mit einer nicht enden wollenden Liste von Einkaufssachen, zusammengestellt von seiner frustrierten Mutter, auf den Weg zum Supermarkt. Getrieben, auf einer verzweifelten Suche nach Feigen, ergriff ihn unmittelbar wieder ein lichter Moment. Wie lange schon spielte er eigentlich die Rolle der männlichen Hure, wie sein Vater vor ihm? Mit den Einkäufen nahm es den Anfang, dann das Abendessen, der Abwasch, das Putzen und also die ewige Unterwerfung durch die Launen der Mutter! Genug, er konnte es nicht mehr ertragen! Er ließ den Einkaufswagen mitten im Gang stehen und nahm sich vor, so weit wie möglich vom Supermarkt wegzugehen. Zum Teufel mit den Feigen!

„Soll der Autor sie doch selbst kaufen und erst dann schreiben, wenn er sich satt gegessen hat, nicht vorher", rief Never laut aus. „Ich gehe jetzt zu Otis."

Augenblicklich begann sich der Himmel zu verdunkeln, bis sich die Wolken mit Regen füllten und diesen auf das Dorf hinabfallen ließen. Never, der sich strikt weigerte, erneut in den Supermarkt zu gehen, wurde dafür bestraft und kam schließlich durchnässt und zitternd vor Otis' Tür an. Dieser schien aufrichtig erstaunt zu sein, ihn anzutreffen, aber gewährte ihm dennoch Unterschlupf.

„Welchem Umstand verdanke ich diesen Besuch? Ich dachte, du nimmst dir den Tag frei, um in die Verwaltung zu gehen. Für die Testsache. So wie Laura es dir geraten hat."

„Was? Was sagst du da?", fragte Never keuchend und hüllte sich mit einer Decke ein, die ihm Otis reichte.

„Erinnerst du dich denn nicht an Gestern? Du hattest doch wieder eine Panikattacke bei der Arbeit. Laura hatte gesagt, du musst runtergehen und es beglaubigen lassen. Vielleicht ist es auch an der Zeit, dass sie dir einen anderen Therapeuten zuweisen»' Never nickte und fragte sich außerdem wieso er noch nicht seinen Termin im Bürgeramt wahrgenommen hatte... Er durfte doch nicht zu spät kommen! Er dankte Otis und ging nach Hause, um sich das Auto seines Vaters zu leihen. In der Zwischenzeit hatten sich die Wolken gelichtet und der Regen hatte aufgehört.

Als er im Auto den Blick auf den Rückspiegel wagte, erschrak er: Seit wann war er so ungepflegt und seine Kleidung so schmutzig? Sein Haar schien dazu schwärzer als sonst, sein Gesicht zudem jünger, aber auch durchschnittlicher und insgesamt auch unansehlicher. Überhaupt, wenn er so recht darüber nachdachte, er hatte doch gar keine Verabredung mit dem Bürgeramt ausgemacht...

Er bremste abrupt den Wagen und weigerte sich schon wieder dem Drehbuch zu folgen. Dem Drehbuch, an dem ganz klar in letzter Zeit Änderungen vorgenommen wurden. Genauso wie an seinem Alter und an dem Namen des Schwagers der Witwe Brigatti. Das hinter ihm fahrende Auto wich aus, um nicht mit ihm zusammenzustoßen und prallte dadurch aber gegen einen Jeep, in dem sich eine kleine Familie mit zwei Kindern aus einem anderen Buch befanden. Ihnen hätte Never eigentlich niemals begegnen dürfen und nun wären sie wegen ihm fast gestorben. Never verzog keine Miene, verließ sein Fahrzeug und brüllte in den Verkehr: „Hör auf mich zu dirigieren, Autor! Das ist mein Leben! Ich bin kein Spielball, den man bewegen kann, keine Marionette, die man lenkt!"

All die Menschen um ihn herum sahen an diesem Tag einen durch ein Unglück zutiefst geistig verwirrten und sich daher närrisch verhaltenden Mann in ihm. Ich sah in dem Ereignis das erste Anzeichen eines Fehlers. Er hatte nicht nur den für ihn geschriebenen Pfad verlassen. Er tat dies sogar nun vorsätzlich. Das hat mich derart erschrocken, dass ich den allergrößten Fehler beging: ich sah weg, um ihn alleine damit fertig werden zu lassen, hoffend, dass es sich dabei um ein vorübergehendes Problem handelte. Stattdessen widmete ich mich Stela, ihrem Prager Leben und ihrem Verlangen, Never endlich wiederzusehen. Damals war ich noch der Überzeugung, dass ihm mit der Liebe geholfen war.

Leider wollte Never aber nicht mehr länger eine Familie und auch kein eigenes Zuhause mehr haben. Die Erkenntnis hatte ihn radikal verändert. Er wurde zunehmend unruhig, nervös und überhaupt unberechenbar.

Die Begegnung mit Silvia, seine Abreise nach Prag, die kuriose und aufregende Reise, der Kuss, den er Stela auf der Karlsbrücke gab, kamen nie zustande. Er weigerte sich mir zuzuhören, war sich seiner selbst zu bewusst, als dass er sich meinem Joch unterwerfen wollte und beschloss im Namen seiner Freiheit nicht zu erscheinen. Dadurch enttäuschte er nicht nur seine Verlobte, indem er ihr so den Zweifel einflößte, nicht genug geliebt zu werden, sondern er verursachte auch noch einen Bruch zwischen Silvia und ihrem Verlobten. Never war hungrig nach Antworten, doch es gab einfach nichts, was mir einfallen wollte, um ihn wieder auf den richtigen Weg zu bringen. Ich hatte so einen schönen Plan für ihn, der nun für mich ruiniert war. Also übte ich Druck auf seinen Charakter aus. Versuchte ihn genauer zu beschreiben, an all den Stellen, wo ich ihn zu Beginn unbestimmt gelassen hatte. Jeden einzelnen Moment seiner Geschichte habe ich genauestens beschrieben, um sein Verhalten einzudämmen. Ich legte ihm eine Tagesroutine an, um seine Seltsamkeiten unter Kontrolle zu kriegen. Alles ohne Erfolg: Sobald ich mich schlafen legte und selber ins Bett ging, öffnete er die Augen und irrte grübelnd im Hause umher, nur um am nächsten Morgen wer weiß wo zu landen. Sein verrücktes Verhalten wurde immer ausgeprägter. Otis hatte sich bereits von Never distanziert und bezichtigte den Guru, ihn in den Wahnsinn zu treiben; seine Mutter dachte, er sei zum Schlafwandler geworden und kurz vor der Klapsmühle; und Stela empfand diese Geistesblitze als Unhöflichkeit ihr gegenüber. Das dichte Netz an Figuren, welches ich um Never herum geschaffen hatte, begann ihn langsam von seinem eigenen Leben abzuschneiden und ich, der mir nie hätte denken können, wie katastrophal mein Erstlingswerk werden würde, wusste schlichtweg nicht mehr, was tun.

In meiner Verzweiflung ergriff ich schließlich das einzige Mittel, von dem jeder Schriftsteller abrät: den bewussten Dialog. Ich nutze hierfür Don Luciano, ein friedfertiger und gleichmütiger Charakter, der mir in der Geschichte am nächsten stand, und veranlasste Nevers Mutter, ihn zum Abschied in die Kirche zu bringen. Die einzig verbleibende Lösung bestand darin, mit offenem Herzen zu Never zu sprechen, die Mauer, die uns trennte, niederzureißen und zu hoffen, dass er noch genug Verstand besaß, um zu dem Hauptnarrativ zurückzukehren, solange dies noch ging. Ich musste ihm sein freies Gewissen eingestehen, während ich den Dialog mit ihm und nicht für ihn schrieb.

„Du wolltest mich sehen, Don?", fragte Never mit finsterer Miene. Er sah so aus, als hätte er seit Tagen nicht mehr geschlafen.

„Es ist nun schon eine Weile her, dass du in der ersten Reihe gestanden hast. Was ist geschehen, mein Sohn? Ich weiß, dass du seit dem Autounfall ein wenig aufgewühlt bist..."

Never starrte ihn einen Moment nicht an. „ Mir geht es gut.»

„Wenn solch ein Unglück geschieht, verschließen wir uns in der Regel und vergessen die Hilfe, die uns andere geben können. Darüber zu sprechen, bringt meistens Erleichterung..."

„Der Familie geht es gut. Mir geht es gut. Ich habe nichts darüber zu sagen. Kommen Sie also zur Sache und verschwenden Sie nicht meine Zeit, Don. Oder soll ich Sie vielleicht lieber Autor nennen?"

Es hatte nicht lange gedauert, bis er mich entdeckte. Er war zu gut darin geworden, den Handlungsstrang von der Handlungsfreiheit, und eine schlafende Figur von einer wachen zu unterscheiden. Das wohlwollende Lächeln Don Lucianos verschwand mit einem Mal. „ Du musst aufhören", befahl ich ihm daraufhin in einem unmissverständlichen Ton. „Du begibst dich in gefährliche Gewässer. Wenn du nicht kehrt machst, könntest du ertrinken." „Welch gruselige Metapher!" kicherte Never. Das Glitzern in seinen Augen gefiel mir überhaupt nicht. „Aber weißt du, was noch erschreckender ist? Herauszufinden, dass meine Welt eine bloße Fiktion ist! Herauszufinden, dass ich ein Hirngespinst bin, das Hirngespinst eines Autors! Welchen Sinn hat mein Leben? Sagen Sie es mir! Zum Mittelmaß verdammt, zum Verzicht und zum Scheitern! Hätten Sie mich wenigstens als ein Genie erschaffen, oder mir Ruhm und Reichtum verschafft! Aber ich bin völlig normal, irgendein Typ in einem gottverlassenen Dorf! Wenn es denn überhaupt einen Gott gibt!"

„Achte auf deinen Tonfall! Mäßige dich! Statt dich zu beschweren, solltest du mir danken, dass es dich überhaupt gibt! Hast du dich schon einmal umgesehen? Ich habe dir nichts angetan! Weder musst du unter einer Brücke leben, noch mitten im Busch! Du hast eine Familie, Freunde, einen Beruf und bald hättest du auch die Liebe gehabt! Genügt dir das nicht?"

„ Ich vermisse das Wichtigste: meine Freiheit!" platzte es aus Never heraus.

„Du bist eine Persönlichkeit, um Himmels willen! Du kannst nur innerhalb der Grenzen deines Charakters und Fertigkeiten handeln! Es gibt eine Handlung, ein Muster, einen Plan. Das muss man befolgen! Du kannst nicht einfach machen, was du willst!"

„Eben weil du mich so geschaffen hast!" schrie ihm Never entgegen.

„Es gibt Regeln! Die Dinge haben ihre natürliche Ordnung! Bereits jetzt breche ich sie für dich, weil ich dich nicht im Stich lassen will. Zwing mich nicht es zu tun, Never! Hör auf, solange es noch geht, geh zurück auf deine Insel und lebe dein Leben! Der stürmische Ozean, den du erforschen willst, er wird dich umbringen!"

„Nicht, wenn ich dich zuerst töte.» Mit einem Ruck zog Never ein Messer hervor und stürzte auf den Pastor zu. Impulsiver, stürmischer, wahnsinniger Charakter! Was tat er da nur?

Don Luciano sackte mit einem Messer in seinem Bauch zu Boden. Ein schwer atmender Never starrte ihn süffisant an. Die wenigen Leute in der Kirche schrien vor Angst, rannten raus und riefen nach Hilfe. Bald traf die Polizei ein.

„Stehen bleiben und nicht bewegen! Hände hoch, Hände hoch!", riefen die Polizisten, als sie ihn neben der Leiche des Priesters knien sahen.

Er konnte keinen einzigen Muskel mehr bewegen. Die anfängliche Genugtuung, seinen Kerkermeister los geworden zu sein und sich also von seinen Ketten befreit zu haben, wich den jähen Gewissensbissen. Don Luciano war nicht der Autor, keine einzige Figur konnte der Autor sein! Warum, warum hatte er ihn getötet? Wieso hatte er das Messer mitgebracht? Warum hatte er den Moment der Freiheit zur Begrenzung seines zukünftigen Lebens genutzt? Getötet hatte er, getötet! Einen Unschuldigen hatte er auf dem Gewissen!

Der Schock, die Angst und Aufregung waren derart groß, dass Nevers Körper sich allen Befehlen verwehrte. Er wurde in Handschellen abgeführt, wurde ins Gefängnis gebracht, letztlich vor Gericht für schuldig befunden und zur Haft verurteilt.

Es war sein Beschluss gewesen, den von mir beleuchteten Pfad zu ignorieren und so war er auf Abwege geraten. Indem er Don Luciano umbrachte, indem er also mich zu töten versuchte, besiegelte er seinen eigenen Tod.

Den Mord in der Kirche hätte ich streichen können, die Szene umzuschreiben, wäre mir ein Leichtes gewesen. Aber wozu? So sehr ich Never auch liebte, seine Krankheit war viel zu weit fortgeschritten. Eine Zurückbildung ihrer Auswüchse war nicht mehr möglich. Es blieb nur eins übrig, nämlich dass ich ihn aus der Geschichte nahm, ihn also im Gefängnis beließ. Ihn in der Haft beließ, deren Mauern er sich im Namen seiner verzweifelten Freiheitssuche selbst gebaut hatte. Er hatte geerntet, was er gesät hatte. War er denn nun glücklicher, inmitten all der Reue und Verzweiflung? Nun, da er seine Handlungsfreiheit engstirnig umgesetzt hatte?

Tag für Tag zehrte das Bedauern an seinen Gefühlen, bis keine mehr da waren. Was blieb, war die Tatsache der kalten Zelle, ein apathisches Herz, ein sich seiner selbst bewusst gewordener Verstand: ein Mann, der nichts mehr fühlte.

Einige Zeit später erhielten die Bewohner seines Dorfes die schmerzliche Nachricht: „16. Dezember, Häftling begeht Selbstmord in seiner Zelle. An die Wand geritzt, seine letzte Botschaft: Höre auf die Stimmen, werde dir deiner Selbst bewusst."

Mit einem Donnerschlag holte mich meine Gegenwart ein und riss mich in jene schlaflose Nacht zurück, zu meiner Tasse heißer Milch. Seit Never gegangen war, konnte ich nicht mehr gut schlafen. Tag und Nacht verfolgten mich seine letzten Worte. Waren Sie für mich bestimmt gewesen? Oder nur sein letzter, ohnmächtiger Versuch auch andere Personen zu wecken? Warum hatte er Selbstmord begangen? Hätte er nur ein wenig länger gewartet und über seine Taten nachgedacht... Ich hätte ihn rausgelassen, ihn erlöst, ihn wieder in seine Welt integriert! Unerwartet lief mir eine Träne über die Wange. Seinen Tod habe ich mir nicht gewünscht.

Dann wurde der Regen heftiger, ein Blitz folgte und noch ein Donnerschlag. Das Gewitter zog über uns hinweg, helle Blitze zuckten über den Himmel.

Wie merkwürdig, dass die Erleuchtung nur durch einen Riss kommen kann. Als ob der Riss, welchen der mühsam den Himmel durchschlagende Blitz erzeugt, gleichzeitig das Ende der Dunkelheit und das Kommen des Lichtes darstellt. Aber wer kann schon sagen, ob das Licht wirklich die Erlösung bringt?

Was, wenn es ein Fluch für das Eigene, für das Selbst ist?

Was, wenn auch ich nur eine Figur in einem Buch bin?

KOMMENTAR VON ŞAFAK SARIÇIÇEK

Der Club der Schriftsteller ist ein komischer und tragischer Text, der in der Einspeisung der „genauen Portion» Komik und Tragik gelungen ist. „Der Club» ist also ein kluger Text. Fast jedes Mal, wenn ich diese Geschichte lese, gibt es mindestens drei – vier Stellen, die so lustig sind, dass ich da jedes Mal lachen muss. Zugleich verliert sich das Narrativ nicht im Humoristischen, sondern ist mit philosophischen Diskursen versetzt, also verlässt die seichten Gewässer zugunsten der Tiefe, mit Leichtigkeit. Das Traumargument wird seit jeher in den verschiedensten Traditionen (sei es in Zhuangzis Traum vom Schmetterling, Platons Höhlengleichnis oder etwa in der hinduistischen Lehre, bei den Aborigines oder in heutigen Kontexten der «Simulierten Realität») bearbeitet. Sara hat die Thematik in die Literatur und Sprache versetzt, in den Solipsismus der AutorInnen. Gewitzt lässt sie den Protagonisten, dessen Name bereits seine Nichtigkeit verdeutlicht (Never) sich gegen den diktatorischen Autor seiner Welt auflehnen. Da die lustigen Elemente den Ernst genau richtig ausstaffieren, war es mir wichtig, möglichst nah am Text zu bleiben. Zugleich habe ich versucht, allzu hypotaktische Strukturen gelegentlich etwas parataktischer zu gestalten. Ein Punkt, der sich ab und zu als Herausforderung gestaltete, waren die vielen unterschiedlichen Perspektiven im Text, wo mir Sara bei der Präzisierung sehr weiter geholfen hat. Wer spricht zu wem, wer ist jetzt gemeint und auf wen bezieht sich die Aussage? Worin sich gerade wieder das Traumhafte, Träumende der erzählerischen Energie in diesem Werk zeigt.

DER NICHT-MANN IM WARENHAUS
JASCHA RIESSELMANN

Der Nicht-Mann besucht wieder einmal das Warenhaus. Er nimmt sich jede Woche einen Nachmittag Zeit und beginnt stets, die blanken Füße der Vagabunden hinter ihm ignorierend, bei den Schaufenstern. Hier, gerade erst im Dunst des Geldmuseums angekommen, wo das Licht noch nicht allumfassend ist, sondern sich durch die klinisch geputzten Scheiben zum Nicht-Mann hinaus arbeiten muss, kündigt sich in ihm bereits der Moment einer inneren Feierlichkeit an. Damit rüstet sich der Nicht-Mann gleichzeitig für die Blicke, die gleich kommen werden. Denn die Blicke kommen immer, ganz gleich was der Nicht-Mann trägt oder wie er sich verhält. Heute hat er sich für schlichte Kleidung entschieden, der man nicht gleich ansieht, dass die Stoffe und Schnitte großes Kapital bedingen. Aber großes Kapital hilft nicht gegen diese Blicke, denkt der Nicht-Mann wie jede Woche, und darauffolgend, beim letzten Prüfen seiner Garderobe im leicht spiegelnden Glas: Es schielt sich ja immer gut im Warenhaus.

Die wenigen Schritte zum Windfang nutzt er noch für eine feine Korrektur seines Bewegungsapparats. Die innere Feierlichkeit versucht er in eine selbstbewusste, ja kaiserliche Haltung umzusetzen. Das Warenhaus gehört zwar allen, aber heute gehört es ihm noch ein bisschen mehr.

Im Windfang gibt er sich dem leichten Sog hin, der aus den sich mischenden Atmosphären entsteht, aus Dunst wird Duft, und der Nicht-Mann weidet sich in der nun wie maschinell einsetzenden Plauderei seiner Untergebenen und steht dann dort, wo er stehen muss: Im strahlenden Licht!

Er hat diesen Moment schon so viele Male genossen, doch hält er stets einen Moment lang inne, verharrt in der Wärme der Zivilisation und lässt sie seinen Körper ummanteln. Und hier im Warenhaus, da hat die Kultur ihren wahren Höhepunkt erreicht, ein Schauplatz für alle und heute können alle vor allem ihn anschauen. Ist es nicht gerade der elektrische Schein, der sowohl ein Schutzschild als auch eine Demaskierung verspricht?

Während er so verweilt und noch vor dem Blick auf die neuen Produkte, welche auf den Auslagen präsentiert werden, setzt der Nicht-Mann ein kleines Lächeln auf. Nicht zu viel, denkt er, denn ein Kaiser lächelt nie zu viel.

Alsbald schreitet er los, sich auf die Treppe zubewegend, die nach unten führt und die sich, sobald er sie betritt, vor ihm rasch leert, während oben eine Familie ihre zwei Buben – aus Ehrfurcht, versteht sich - zischend zurückhält. Das einzige Manko an einem Warenhaus ist doch, denkt der Nicht-Mann, dass man nicht sofort im Keller anfangen kann, um sich dann tatsächlich jedes einzelne Obergeschoss immer weiter nach oben zu arbeiten, bis man schließlich im vierten Obergeschoss vor einer Portion Kaiserschmarrn mit Sahne sitzt und verdientermaßen auf die sinnliche Eleganz und die schwatzenden Menschen herunterblicken kann. So muss man vor dem Aufstieg zunächst ganz nach unten und dann wieder hinauf, obwohl man dort schon war. Aber den Kaiserschmarrn hat man sich erst verdient, wenn man von ganz unten kommt.

Im Kellergeschoss angekommen hat sein Gang ihn umgehend zu den Hygiene-Stoffen geführt. Der Herrscher kommt - und stehenden Fußes ist er alleine in der Abteilung. So muss es ja auch sein!

Er befühlt die Textilien und beginnt damit jenes Schauspiel, welches er so gerne treibt. Die Aufführung besteht aus dem Streicheln der feinen Stoffe, einem suchenden Blick und dem Warten. Es dauert immer sehr lange, bis eine Mitarbeiterin den ersten Akt beenden muss, sich aus ihrer unverhohlenen Schielerei löst und sich zögernd durch die strahlende Ware schlängelt, um dann zu fragen, ob sie etwas für ihn tun könne. Zweiter Akt. Nein, entgegnet der Nicht-Mann dann im dritten Akt, ich schaue mich lediglich um. Kurz ist er stolz auf das Wort lediglich, an dem er lange geübt hat. Wenn Sie etwas brauchen, dann schreien sie einfach, sagt die heutige Mitarbeiterin, deren Namensschild den Allerweltsnamen Sabine Müller trägt; sie ist sichtlich erleichtert, dass sie die Retardation hinter sich hat, wieder gehen kann und im letzten Akt nicht mehr auftreten muss. Der Nicht-Mann entgegnet auf die frivole Aussage von Sabine Müller natürlich nichts, denn er muss nicht schreien, um bemerkt zu werden. Er muss lediglich warten und im Licht stehen. So endet das Spiel vorläufig.

Schließlich marschiert er würdevoll in Richtung der Treppe, streift mit den Augen die Küchengegenstände, streift die Fischtheke und wendet sich mit einem kleinen Rümpfen der Nase vom Gemischtwarenladen ab. So nennt er die «Abteilung Feinkost» bei sich. Dort erscheint ihm vor allem das Licht so ungeheuer ungebührlich für ein Warenhaus. Und angesprochen wird er dort auch nie, egal wie lange er sein ausgeleuchtetes Warte-Spiel auch versucht.

Er folgt lieber dem verheißungsvollen Licht des Erdgeschosses, wo er sich heute für den Schmuck entscheidet. Jede Woche trifft er bereits auf der Treppe, die hinauf und damit zurück ins Erdgeschoss führt, die Entscheidung zwischen Schmuck und Parfüm, denn er weiß, dass er, sollte er beide Abteilungen besuchen, keine Zeit mehr für das Herabblicken mit Kaiserschmarrn haben wird. Er schreitet heute also in Richtung des Schmucks, weicht dem Silber aus, denn es beschwört ein ganz bestimmtes Bild einer ganz bestimmten Uhr herauf, welches er nicht umgehen kann, aber da er die eiserne Regel hat, keinen Weg im Warenhaus zwei Mal zu gehen und keine Treppe zwei Mal zu benutzen und es somit ohnehin unausweichlich wird, am Silber wenigstens vorbeizugehen, bringt er es meistens, so er sich zuerst für den Schmuck entscheidet, gleich hinter sich.

So kommt er beim Gold an, welches ihm aus den Vitrinen heraus etwas vorfunkelt. In diesem Bereich des Warenhauses gilt es wiederum, anders als bei der Hygiene, die Pupillen nicht auf ein bestimmtes Objekt zu fokussieren, denn dies würde bedeuten, dass man sich nur für dieses eine Objekt interessiert und sich vermutlich nur dieses eine leisten kann. Beim Gold muss man vielmehr leicht desinteressiert schlendern, mal hier, mal da ein kurzes Nicken in die Vitrinen schicken. Hier stehen meistens Männer zur Dienstleitung bereit und nach noch längerem Zögern als im Keller, welches der Nicht-Mann im Augenwinkel aufmerksam verfolgt, wuselt einer der Massenarbeiter heran und das Schauspiel verändert sich zu einem langen Einakter. Hier, wie beim Parfüm übrigens auch, muss der soeben angewuselte Massenarbeiter nicht mit einem präzisen «Lediglich» abgewiesen werden: im reflektierenden Glitzern des Schmucks verlangt der Nicht-Mann stattdessen nach einer Empfehlung des Hauses, so als ginge es um einen guten Rotwein, und den austauschbaren Massenarbeiter freut diese Formulierung natürlich, denn er kann daraufhin wie Sabine Müller unten ebenfalls sichtlich erleichtert sein, vielleicht weil er merkt, dass es sich vor ihm doch um einen Menschen (von Rang, denkt der Nicht-Mann) handelt, und so ist die folgende Ehrerbietung dem

Kunden gegenüber etwas weniger gespielt – der Nicht-Mann möchte jedoch nichts kaufen, er genießt vielmehr die Pflichterfüllung, die ihm nun entgegengebracht werden muss und als ihm fast das ganze Sortiment vorgeführt wurde, wechselt er den Rhythmus und deutet an, nun keine Zeit mehr zu haben, er werde es sich überlegen, denn es sei ein besonderer Anlass und dann linst er noch kurz abschätzig auf das Namensschild des Massenarbeiters, liest den Allerweltsnamen Daniel Schmidt, blickt auf die Uhr des Massenarbeiters Daniel Schmidt und zwar genau so lange, bis Daniel Schmidt es verstanden hat und noch bevor es für Daniel Schmidt oder die Schielenden um sie herum gänzlich unangenehm wird.

Das Licht führt den Nicht-Mann nun in die erste Etage, die Treppe wird wiederum für den Kaiser geräumt, vor ihm die leise schimmernde Damenabteilung. Leider funktioniert hier sein Schauspiel manchmal schlecht, denn er kann sich vor lauter billigen Accessoires nicht konzentrieren. Er wünscht sich, dass die Accessoires nur an einem Ort gelagert würden, aber sie befinden sich überall versteckt zwischen den Hüten, Schals, Kleidern, Blusen, Dessous, Hosen, Schuhen, kurz: zwischen allem, was diese Abteilung ausmacht. Außerdem gibt es so viele Mitarbeiterinnen und so viele Kundinnen, dass es oft sogar vorkommt, dass auf das Schielen verzichtet und der Nicht-Mann direkt angestarrt wird. Auch heute hat er so ein Gefühl, dass es einfach zu voll sein könnte, die Accessoires ihn beim Flanieren stören und er nicht über die Blicke gebieten kann.

Über eine weitere sehr ruhige Treppe gelangt er also zur Herrenabteilung, aber bei den Herren ist sein Schauspiel fehl am Platze. Es würde zu einer Bretterbude verkommen und Bretterbuden gehören, wie die blanken Füße draußen mit ihrer exotischen Klampferei, in ein anderes Jahrhundert und so nimmt er gleich die nächste Kurve und folgt seinem unausweichlichen Aufstieg nach oben. Wieder bleibt die Treppe leer und in dieser kurzen Schielpause seiner Untergebenen erscheinen dem Nicht-Mann die Aufenthalte im zweiten und dritten Obergeschoss heute erstaunlich kurz und er überlegt, ob er über den Notausgang zum Ausgleich dieser Raschheit nicht doch noch zum Parfüm gehen sollte, noch einen kleinen Einakter geben sollte, aber er verwirft die Idee schnell, da er sicher auf einen von ihm schon ausgeleuchteten Pfad kommen würde. Dies wäre gegen die Regeln – ein Herrscher betritt keine ausgetretenen Pfade. Außerdem ziehen ihn die brennenden Glühbirnen glasklar nach oben, denn im vierten Obergeschoss kommen ihm die Lampen nicht nur wie Lichtmacher vor, sondern auch wie Schattenvernichter. Hier strahlt das Licht noch einige Lux mehr, der Kaiser kommt an in seiner Pfalz. Es gib noch einen fünften Stock, aber der ist für die Kinder. Das soll auch so bleiben. In der Kurve zum Fünften wollte er schon so manches Mal stehen bleiben und den Müttern und Vätern sagen, dass die Kinder oben gut alleine zurecht kommen würden.

Aber er tut es diese Woche wieder nicht, sondern setzt sich in der raumgreifenden Gourmetabteilung direkt auf den Thron an der nicht ganz sauberen Glasbrüstung. Wieder dauert es lange bis eine Oberin kommt und er bestellt in einem äußerst kurzen Monodrama den Kaiserschmarrn und als Heißgetränk eine Schokolade, die er so betont als würde das S am Anfang fehlen und als sei das K in der Mitte ein C. Er wartet bis die Oberin zurückkehrt und seine Bestellung flüchtig auf seinem Tisch abstellt, nimmt eine kleine Gabel Hochkultur, trinkt einen Schluck Hochkultur und blickt erst dann hinunter.

Und wie jede Woche denkt der Nicht-Mann, dass er nächste Woche wiederkommt und die Woche darauf und die Woche darauf und so fort, und dass er den steifen Gang aushalten wird und das stinkende Raumparfüm, das Ignoriertwerden und die Augen, die ihn schreckerfüllt angaffen, die Menschen, die sich aus diffusem Ekel nicht mit ihm auf den Treppen aufhalten möchten, das billige Silber und die Massenarbeiter!nnen und den furchtbaren, von zu viel Stärke durchsetzten Kaiserschmarrn und den widerwärtigen Kakao und das ganze abstoßende Warenhaus mit seinem viel zu grellen Versprechen, ein Ort mit einer offenen Tür zu sein.

IL NON-UOMO AI GRANDI MAGAZZINI
JASCHA RIESSELMANN
Traduzione di Gabriele Galligani

Il Non-Uomo torna ai grandi magazzini. Si prende un pomeriggio a settimana e, immancabile, comincia dalle vetrine senza curarsi dei piedi bianchi dei vagabondi alle spalle. Davanti alla penombra del gioielliere, dove la luce non è sparata ma sfiora i suoi occhi attraverso il vetro clinicamente lucidato, il Non-Uomo già sente la cerimonia interiore che si avvicina. Così si prepara alle occhiate sempre in arrivo, poco importa cosa indossi o come si comporti. Oggi ha scelto abiti assai semplici, che non ostentino il grosso capitale richiesto dai materiali e dal taglio. I grandi capitali non aiutano contro le occhiate, pensa il Non-Uomo come ogni settimana, mentre verifica per l'ultima volta il proprio aspetto nel vetro leggermente specchiante. Ci si osserva bene ai grandi magazzini.

Utilizza i pochi passi fino al frangivento per aggiustare l'apparato motorio, convertendo la cerimonia interiore in un portamento tanto sicuro di sé quanto regale. I grandi magazzini sono di tutti, ma oggi sono un poco più suoi.

Dietro il frangivento lo coglie il leggero risucchio tipico del mischiarsi di atmosfere diverse: dalla foschia alla fragranza. Nel giungere finalmente alla luce abbagliante che gli spetta, si crogiola nel chiacchiericcio artificioso dei suoi subordinati.

Si è goduto questo momento già parecchie volte, ma si ferma sempre un attimo nel caldo della civilizzazione per lasciarsi ammantare il corpo. Nei grandi magazzini, dove la cultura ha raggiunto l'apice, tutti hanno qualcosa da guardare: oggi possono guardare lui prima del resto.

Il medesimo bagliore elettrico, non può forse sia smascherare che proteggere? Mentre si attarda a guardare i nuovi prodotti esposti all'acquisto, il Non-Uomo sfodera un piccolo sorriso. Piano, si dice. Un sovrano non sorride troppo.

Procede verso le scale che scendono e si svuotano non appena le raggiunge: due genitori trattengono i figli bisbigliando per reverenza, si dice il Non-Uomo. Il solo difetto di un grande magazzino, pensa, è che non si può iniziare dal sottosuolo e salire ogni piano sempre più in alto, fino a sedersi al quarto a gustare una fetta di dolce dell'imperatore coperto di panna e ammirare dall'alto l'eleganza sensuale e gli uomini che blaterano. Deve invece prima scendere in fondo e poi risalire dove è già stato. Solo chi viene dal fondo merita il dolce dell'imperatore.

Una volta nel sottosuolo, la sua andatura lo porta rapido al reparto igiene. Il sovrano arriva: ritto sui piedi è il solo nel reparto, e così dev'essere. Palpa i tessuti e dà inizio alla recita che mette in scena così volentieri: consiste nell'accarezzare le stoffe eleganti, lanciare uno sguardo di ricerca e attendere. Dura sempre molto prima che una commessa concluda il primo atto: si muove alla sua occhiata furtiva, serpeggia titubante tra le merci che sfavillano e gli chiede se può aiutarlo. Secondo atto.

No, risponde il Non-Uomo nel terzo atto, «mi guardo solamente attorno». È subito molto orgoglioso della parola «solamente», che si è tanto allenato a pronunciare. «Se le serve qualcosa, non esiti a chiamarmi», dice la commessa di oggi. La sua etichetta porta il nome banale di Sabine Müller. È visibilmente sollevata di lasciarsi l'impiccio alle spalle e andare via senza dover più apparire nel terzo atto.

Naturalmente il Non-Uomo non risponde alla frase banale di Sabine Müller, anche perché lui non ha bisogno di chiamare, per farsi notare. Basta aspettare nella luce. Così finisce la recita, per ora.

Cammina altero verso le scale, lambisce con lo sguardo gli articoli da cucina, sfiora la teca dei pesci e si volta dagli articoli vari storcendo il naso. Si avvicina al reparto gastronomia dove la luce illumina più lui del resto, fatto inusuale per un grande magazzino. Mai nessuno gli rivolge parola lì: poco importa per quanto a lungo tenti il suo gioco d'attesa, sebbene illuminato.

Preferisce seguire la luce piena di promesse del piano terra: oggi opta per il reparto gioielli. Già sulla scala che risale al pianoterra sceglie ogni settimana tra gioielli e profumi; sa che non può visitarli entrambi se vuole avere abbastanza tempo per guardare dall'alto con la sua torta regale. Oggi va dai gioielli: scansa l'argento perché gli suscita, senza che possa evitarlo, il ricordo assai preciso di un momento assai preciso. La regola ferrea di non percorrere due volte lo stesso tragitto nei grandi magazzini e di non usare nessuna scalinata due volte, gli impone di transitare dagli argenti. Ciò lo porta spesso a scegliere subito il gioiello alle sue spalle. Così giunge all'oro scintillante dalle vetrine. In questa sezione dei grandi magazzini funziona all'opposto che al reparto igiene: le pupille non vanno fissate su un oggetto preciso, cosa che significherebbe essere interessato solo a tale oggetto in quanto l'unico che può comprare. Qui bisogna girovagare molto più disinteressato e gettare cenni qua e là alle vetrine. I commessi sono per lo più uomini, e dopo un'esitazione maggiore che nel sottosuolo – esitazione che il Non-uomo studia con la coda dell'occhio – uno dei lavoratori seriali gli si affretta incontro.

La recita diventa un lungo atto unico. Qui come dai profumi, non deve respingere il poc'anzi affaccendato lavoratore in serie con un preciso «solamente». Tra lo sbrilluccichio dei gioielli, il Non-Uomo chiede un consiglio, quasi come cercasse un buon vino rosso. Come la Sabine Müller del piano di sotto, il lavoratore seriale intercambiabile si rallegra per la frase, che lo alleggerisce a vista d'occhio. Forse realizza di avere davanti un Uomo «di rango» – pensa il Non-uomo – e le reverenze indirizzategli sono un po' meno finte. Ma il Non-uomo non intende acquistare: si gode l'adempimento degli onori che gli spettano e, dopo che gli viene mostrata quasi l'intera collezione, si affretta e spiega di non avere più tempo. Ci penserà, poiché si tratta di un'occasione speciale. Dà una sbirciata sdegnosa all'etichetta del lavoratore seriale, legge il banale nome Daniel Schmidt e guarda l'orologio del lavoratore seriale Daniel Schmidt il tempo necessario perché Daniel Schmidt se ne accorga. Ma lo distoglie un attimo prima che diventi troppo imbarazzante per Daniel Schmidt e per i guardoni attorno.

La luce porta il Non-Uomo al primo piano. La scala si svuota di nuovo per il sovrano e davanti a lui si apre il reparto donne, piuttosto luccicante. Purtroppo la sua recita non funziona sempre qui, perché non riesce a concentrarsi davanti ad accessori così economici. Si augura che questi siano stipati in un angolo, ma ne trova nascosti dappertutto tra cappelli, scialli, vestiti, bluse, sottane, pantaloni e scarpe; per farla breve, in mezzo a tutto quello che costituisce il reparto. E poi ci sono così tante commesse e clienti che spesso rinunciano alle occhiate e guardano subito fisso il Non-uomo. Anche oggi ha una sensazione di questo tipo, che possa semplicemente essere troppo pieno, che gli accessori disturbino il suo passeggiare e che egli non possa imporsi agli sguardi.

In cima ad un'altra scala assai tranquilla raggiunge il reparto uomini, ma qui la sua recita è del tutto fuori luogo, come se accettasse una squallida baracca di legno. Le baracche di legno appartengono a un altro secolo, come i piedi nudi fuori e il loro scalpiccio esotico. Così sterza subito e riprende la sua ineluttabile ascensione verso la cima. La scala resta di nuovo vuota e, in questa breve pausa di occhiate provenienti dai suoi sottoposti, le visite odierne al secondo e al terzo piano appaiono al Non-Uomo sorprendentemente rapide; riflette se non sia il caso di tornare dai profumi usando l'uscita di sicurezza, a mo' di compensazione per questa fretta; se non debba regalare ancora un piccolo atto unico, ma scarta velocemente l'idea. Sarebbe di certo finito in un percorso già illuminato prima dal suo passaggio. Sarebbe contro le regole, visto che un sovrano non percorre sentieri battuti. Inoltre le lampadine incandescenti gli indicano chiaramente di salire: le lampade del quarto piano non gli paiono tanto come fonti di luce quanto come distruttrici di ombra. Laddove la luce sfolgora qualche Lumen in più, il re riconosce il suo palazzo.

C'è ancora un quinto piano, ma è per i bambini e tale deve restare. Talvolta vorrebbe fermarsi nella curva al quinto e dire a madri e padri che i figli dovrebbero stare da soli al piano superiore.

Neanche questa settimana lo fa. Si siede invece nella vasta sezione gourmet, direttamente sul trono vicino alla balaustra di vetro non del tutto pulita. Anche questa volta ci vuole tempo prima che una cameriera lo raggiunga e lui, in un monodramma assai conciso, comandi la Torta Regale e una Cioccolata Calda. Enfatizza quest'ultima al punto che la CI- a inizio parola diventa SCI- e lo scempio -CCO- nel mezzo indebolisce in -CO-.

Aspetta che la cameriera arretri e deponga fugace la sua ordinazione sul tavolo, prende una piccola forchettata di alta cultura, beve un piccolo sorso di alta cultura e finalmente lancia uno sguardo di sotto.

Come ogni settimana, il Non-Uomo pensa che ritornerà anche la seguente e quella dopo e quella dopo ancora, e così via, e che sopporterà sempre l'andatura eretta e l'olezzo della stanza, l'essere ignorato e gli occhi che lo fissano terrorizzati a bocca aperta, e gli uomini, che non gradiscono intrattenersi con lui sulle scale a causa del diffuso disprezzo, e l'argento da poco e le lavoratrici seriali e la maledetta torta addensata da troppo amido, e il ripugnante cacao, e gli interi, repellenti Grandi Magazzini con la loro promessa troppo palese di avere le porte sempre aperte.

COMMENTO DI GABRIELE GALLIGANI

Quando ho letto per la prima volta «Der Nicht-Mann im Warenhaus» non avevo ancora avuto modo di conoscerne l'autore, Jascha Riesselmann. Tante domande sul racconto, sull'origine della storia e sui suoi significati mi sono spuntate in testa, insieme all'istinto un po' maniaco di voler capire sapere tutto per poter tradurre adeguatamente. Chi è questo «Non-Uomo» che si appresta ad entrare in un centro commerciale? Si tratta di non-uomo in quanto donna? In quanto alieno? In quanto animale? Dopo i lunghi dialoghi con Jascha – dialoghi che usavano i nostri rispettivi racconti come punti di partenza per discutere di scrittura, poetiche e anche delle nostre vite private – ho capito che uno dei tanti punti di fascino e forza del racconto era proprio questa sua capacità di creare mistero e suscitare curiosità in un'azione tanto quotidiana e banale quanto una visita al centro commerciale. Oltre a tutte le ipotesi prima citate, gli occhi del Nicht-Mann protagonista del racconto di Jascha Riesselmann mi sono apparsi così, poco a poco, anche quelli dello scrittore che vaga per le corsie della quotidianità studiando la vita che lui non vive, talvolta con attitudine pregna di arroganza, talaltra di interesse celato dietro la timidezza.

LA PRESBIOPIA DEL DESIDERIO E ALTRI MALI MINORI
GABRIELE GALLIGANI

Tutte le pupille ci puntano nemmeno fossimo opere immortali da fotografare. Immaginate due esseri di mezza età, lei malata e bella come un fantasma preraffaellita e io fuori forma come sempre. Le nostre teste calve luccicano tra i dipinti. I visi sono bianchi di cipria da parere porcellana, gli occhi e la bocca neri di trucco e vino. Sembriamo sacerdoti di un culto tutto nostro.

Scorriamo i quadri decisi a regalare al mondo il nostro capolavoro d'amore. Lei mi sorride complice e raggiunge il prescelto con il pennarello in mano. Invidio la sua grafia e adorerei guardarla scrivere i nostri nomi sulla tela del bacio, come fanno gli adolescenti su panchine scrostate. Ma ho un compito da portare a termine. Scoppio a ridere attirando gli ultimi visitatori che ancora non ci osservavano; forse per colpa dei farmaci che rincoglioniscono pure me o della terapia-del-dolore-di-vivere che ci somministriamo, abbasso i pantaloni e scarico tutto il male sul blu della moquette. Chissà che penserebbero i clienti dello studio? Qualche volta li raggiravo con una tabella di Snellen dalle lettere già sfuocate, oppure usavo quella normale facendo leggere in sequenza «S-O-N-O C-I-E-C-O» o anche peggio, per poi annunciare che la situazione dei loro occhi non era così grave. Per lo più apprezzavano, ma defecare nel museo avrebbe scandalizzato anche quelli con più humour.

La trovata funziona: mentre i fotorecettori dei presenti deprecano la mia massa accovacciata, lei ha tutto il tempo di scrivere i nostri nomi e cerchiarli con un cuore. Anche se non lo vedo, sono sicuro che il capolavoro è kitsch come volevamo. Lei mi prende la mano e mi bacia le labbra. Scoppiamo di gioia quando galoppiamo per la galleria; delle conseguenze legali non ci frega nulla perché la morte ci arresterà prima.

Non corriamo per scappare dagli agenti ma per esaurire le energie: allora sì che il riposo della tomba sarà meritato. Quella notte non dormiamo e sputiamo fumo di erba contro il cielo.

«Dopo l'opera d'arte del nostro amore, cos'altro vuoi fare prima della fine?», le chiedo e depenno la voce dalla lista. Lei sorride e mi prende la mano mentre il fumo bianco le accarezza la fronte. Quando ricevo la risposta, impallidisco sotto la cipria. Lo dice con voce tremante da bambina gaia, e io sprofondo all'idea di ricevere nella retina l'immagine di lei lasciva con un altro.

«Sesso a tre, ti va?»

Non è facile raccontare cosa ci ha ridotti così. O aumentati. È straziante focalizzare su noi poco più che ragazzi senza intasarmi l'apparato di deflusso del pianto: io non ho mai avuto un aspetto memorabile, ma lei era un cerbiatto che attraversava strade, una festa per coni e bastoncelli. Le auto inchiodavano a guardarla con fari così lampeggianti da azzerare tutte e venti le diottrie.

La disparità tra noi mi svegliava la notte; sentivo che la nostra storia non poteva durare e disperavo senza godere della fortuna che avevo. Era già la presbiopia, visto che quella del desiderio non dipende dall'età. Il desiderio di quel che mi sembrava inarrivabile – un avvenire insieme a lei – mi consumava come il fuoco di certe danze; l'unico modo per non bruciare era non fermarsi. Escursioni, mostre e attività le architettavo la notte per non farla annoiare di me. Era come se la impegnassi a giocare a squash da mattina a sera: le tiravo palline da rincorrere e far rimbalzare. Per fortuna lo studio oculistico non mi dava grane e l'unica preoccupazione che mi tormentava era posticipare all'infinito l'appuntamento con la nostra separazione.

Ho visto tutto nero il pomeriggio in cui ha detto di non volermi vedere. Intendeva per pochi giorni, ma io pensavo fosse la fine: ho annullato gli appuntamenti allo studio e mi sono buttato sul suo balcone. La finestra era aperta e lei ha urlato. Che sollievo scoprire che era solo un brufolo scarnificato sulla punta del naso, proprio dove i campi visivi dei due occhi si sfiorano senza toccarsi. Perfezionista com'era, non voleva mostrarsi a nessuno finché il difetto non fosse sparito.

Non so dove ebbi l'ispirazione, la più grande idea dei cinquanta e passa anni della mia vita. Mi sono incollato sul naso un cerotto di quelli che usavo per coprire i bulbi oculari dei pazienti. Era così grosso da invadermi il campo visivo e insozzarsi di unto a ogni pasto. Avevo tenuto quel pannolone in faccia per giorni: i conoscenti che ci incontravano non notavano il cerotto color pelle sul naso di lei, ma chiedevano cosa fosse capitato a me. La storia del morso di un topo che voleva mangiarmi il naso l'avevo inventata per divertirla: sono sempre stato un campione di stronzate, al punto che spesso convinco pure me. Per colpa del cerotto sono sprofondato sotto terra: era così ingombrante da nascondermi il tombino aperto sul marciapiede. Lei non smetteva di ridere mentre gli operai mi riempivano di scherno. Mi imbestialiva leggere nei loro sguardi la certezza che il deficiente incerottato che spuntava dal tombino non potesse andare a letto con la cerbiatta che moriva dalle risa, come fossimo due occhi mal assortiti per lo stesso viso. Una rivalità binoculare irrimediabile, sembrava.

Mi sono rialzato a livello degli altri e ho zoppicato via veloce malgrado la storta. Gli sguardi addosso si diradavano ma un rumore mi seguiva come un peso morto che ara l'asfalto. Quando mi sono girato, la retina ha elaborato la visione angelica. Dicono che ogni retina ne registra almeno una nella vita, per poi ammirarla in loop quando le palpebre vengono sigillate in eterno. Era lei, che zoppicava più disarticolata di me e mi sorrideva incurante dei presenti. Così come io l'avevo protetta dagli sguardi con il cerotto al naso, lei mi aveva reso il favore: per amore verso di me, era scesa nel mondo dell'imperfezione. Mano nella mano, ci siamo allontanati nella nostra danza sciancata.

È stata la nostra svolta, la creazione di una routine che rompeva la routine: appena l'uno s'imbatteva in un malanno, l'altro fingeva di averlo ancora più grave e nessuno capiva più chi dei due fosse malato davvero. Così, il giorno in cui diagnosticai che le servivano occhiali da vista, già avevo preparato quelli che avrei indossato io: le lenti erano finte ma la montatura era spessa e invadente come giocassi a fare il pagliaccio. La volta che mi sono rotto il polso a squash, invece, mi chiedo quale dottore scriteriato abbia accettato di ingessare il braccio a lei. La notte del nostro matrimonio abbiamo ballato più a lungo di tutti, malgrado le stampelle di lei e la sedia a rotelle per me. O era il contrario?

In ogni caso, il nostro gioco ci regalava situazioni di spasso così unico verso il mondo, che finivamo per dimenticare il male, qualunque fosse, e ci divertivamo come complici malati. Di testa. Così abbiamo fatto la scoperta da trascrivere su ogni foglio illustrativo: anomalie, diversità e malattie nascondono diamanti, se non si perde tempo a temerle. Avevamo imparato a giocare con loro, e in cambio ricevevamo spunti che rinforzavano il nostro amore all'infinito.

Purtroppo.

È stato perché credevamo la nostra relazione indistruttibile, che ha colpito la presbiopia. Dopo aver impiegato una vita a rinsaldare il nostro rapporto, diagnosticavo proprio in noi due quel calo del potere di accomodazione dell'occhio interiore, per cui il desiderio focalizza solo su ciò che è lontano e irraggiungibile e non vede ciò che ha vicino, anche fosse quanto di più abbagliante. La presbiopia del desiderio, insomma.

Lei rideva sempre meno e il suo umore diventava graffiante. Non per questo l'avrei lasciata se non fosse passata in studio mentre era presente la tirocinante, una ragazza così bella da ridare la vista ai casi più disperati. Quando vidi la pelle perfetta di ventenne accanto a quella di mia moglie, ho focalizzato d'un colpo le rughe che ne avevano solcato il viso in quegli anni trascorsi assieme. Era come se un maleficio le avesse tracciate ai miei occhi in quell'attimo: come fossi stato da sempre ipovedente e un oculista migliore di me avesse sostituito le mie lenti finte.

Le pratiche di divorzio avanzavano senza che ci parlassimo più. Malgrado siano passati solo pochi mesi, ricordo quel periodo terribile quasi fosse sfocato come il tabellone di Snellen che avevo sabotato per i pazienti. Mi dissero che lei stava per partire per un grande viaggio, sicuramente non da sola. Pochi giorni dopo ho ricevuto la chiamata: l'ospedale mi avvisava dell'accaduto, visto che per loro eravamo ancora marito e moglie.

La stanza della clinica era meno deprimente del responso medico: malgrado di norma siano gli uomini i primi ad andarsene, a lei restavano solo poche settimane. Non so dove ho raccolto la forza per organizzare il ricovero di me stesso. Al risveglio mi ha trovato vestito del suo camice e degente nel letto accanto. Ricordo il suo sorriso, amico come se non ci fossimo mai odiati e rassicurante neanche fossi io il malato da accudire.

Agli orari prestabiliti, lei smezzava le pasticche con me: ci guardavamo negli occhi mentre le nostre teste cadevano all'indietro per deglutire, come scolassimo vodka d'un sorso. Certe volte facevamo anche quello. Corpo e testa anche miei risentivano degli effetti collaterali, ma era fondamentale che condividessi la terapia per immedesimarmi a fondo. Malgrado i letti fossero separati, ci tenevamo la mano fino a che il sonno ci strecciava le dita.

Quando mi svegliavo la mattina, lei usciva dal bagno già triste: la testa era calva dei lunghi capelli chiari che non aveva tralasciato fino alla sera prima di spazzolare. Per me è stato più facile perché ne avevo già pochi. Rinchiusi in un luogo di malati dove non eravamo più noi quelli speciali, il nostro gioco perdeva efficacia. Non critico medici e infermieri – erano già troppo gentili a reggere la nostra follia – ma ho deciso di levare le tende quando una crisi ci ha insozzato. Forse è venuta lì l'idea che avrei riciclato come diversivo al museo: di sicuro ho capito che l'ospedale andava lasciato quando vidi il ribrezzo con cui gli infermieri ci pulivano sotto. Le mie ghiandole lacrimali scoppiarono a vederla ridotta così.

Uscire dalla clinica è stato una resurrezione. I medici la imploravano di pensare alla salute e non dare retta al malato di mente che le stava accanto. Come papa e papessa, abbiamo istigato i degenti a seguirci e riprendersi le loro vite. È da non credere quanti aspettassero quelle parole: tantissimi ci hanno seguito, le flebo trascinate dietro come cani pigri al guinzaglio. Se resta poco tempo da vivere, non è lì dentro che va sprecato.

Afferro la balaustra e deglutisco il lamento. La pellicola lacrimale mi intasa le cornee su cui le luci della notte si sfaldano come gocce di colore su una pozza scura.

«Sesso a tre?», le faccio eco, mentre le mie palpebre sbattono come volessero volare via.

Vederla ridursi a oscena appendice del membro di uno sconosciuto non è la maniera in cui avevo immaginato il nostro gran saluto, ma non ho la forza di negarglielo.

«Certo, amore. Con chi ti piacerebbe?»

La risposta è straziante perché mi sbatte in faccia la sua superiorità; ragiona come se non spettasse a lei il diritto di vivere le ultime gioie, ma a me.

«Una ragazza giovane e perfetta com'ero io», dice gaia.

Confesso che la proposta non mi contraria più tanto: «Chi?»

«La tua tirocinante».

Sembra leggermi in testa, o forse il nostro gioco di immedesimazione ci ha resi così uguali da indurci le stesse voglie?

Non so dove raccolga la forza di organizzare tutto; a me non resta che spogliarmi nella stanza d'albergo. Siamo noi tre, sulle coperte di un velluto blu molto più scuro del cielo e delle pasticche azzurre per la miopia della voglia carnale. I nostri quattro occhi sono rapiti dal corpo giovane che rifrange le luci basse come un serpente che striscia sotto la luna. Quando allungo le dita per afferrarla, la sua vita mi sfugge dalle mani.

È la tirocinante a chiamare i soccorsi. L'unico modo che ho per aiutare mia moglie è continuare il gioco, sdraiarmi a terra e fingermi anch'io in punto di morte; il panico negli occhi non c'è bisogno di simularlo. Mi immedesimo così bene da confondere i soccorsi, già distratti dalla bellezza in sottoveste; non capiscono niente e portano via me prima di mia moglie agonizzante.

Nella corsia ci stringiamo le mani su letti vicini, un orecchio premuto contro il cuscino a non sentire il baccano terrestre. Non spiaccichiamo parola, ma i nostri occhi comunicano l'un l'altro creando un «8» di potenziali elettrici che trasmettono la luce del mondo dal suo cervello al mio, un circuito chiuso infinito, come fosse una respirazione bocca a bocca, ma fatta con lo sguardo. Avviene prima che i chirurghi possano strecciare le nostre dita, la visione angelica che la mia retina conserverà. Non io ma lei trova la forza di alzarsi dal letto e venire a baciarmi un'ultima volta, mentre sussurro di non avere paura.

Come se il nostro gioco gabbasse anche loro, i medici spingono prima me in sala. Io sono così commosso da non riuscire a protestare. Il mio campo visivo è attaccato dai cerchi abbaglianti delle luci al soffitto che sfrecciano come Ufo impazziti. Poi un viso maschile s'affaccia come a baciarmi: gli vedo i pori sul mento e provo a scansarmi. Le mie pupille sono fisse, mentre la sua mano mi leva gli occhiali finti da pagliaccio, mi sfiora la fronte e scende a sigillarmi gli occhi una volta per tutte.

Gocce nere punteggiano il lavandino. La gravità le risucchia allungandole a strisce concentriche sulla ceramica bianca. La luce dei bagni del pronto soccorso è nemica di occhi arrossati dal pianto per la morte del marito. La donna osserva la collina di pasticche letali nel proprio palmo aperto. Alza lo sguardo sullo specchio e osserva la testa calva: pelarsi ogni giorno è stata una tortura, quasi che i capelli spingessero per ricrescere come germogli sulla terra di una tomba che non si arrende all'aridità. Si carezza la nuca e sente radici ruvide graffiarle i polpastrelli.

Tempo prima, dopo che il medico l'aveva chiamata per annunciarle la malattia del quasi ex-marito, lei era accorsa trovandolo privo di sensi. Erano passati mesi dalla loro separazione, quando lei aveva smesso di amarlo e lui la implorava di concedergli tempo per rimediare alla miopia dell'amore. Ma vedendolo abbandonato in ospedale, aveva deciso di lasciare le valige e il nuovo compagno di viaggio. Al risveglio, gli occhi offuscati dalla cataratta di tristezza di lui si erano ravvivati nel trovarla sdraiata accanto. Lei pensava di averlo affiancato solo per compassione e non immaginava quel che sarebbe successo nelle settimane a fingersi malata accanto a lui che perdeva il senno: il proprio desiderio aveva riconosciuto così luminosa e irraggiungibile la possibilità di riavere il marito come prima, da risvegliare in lei anche l'amore. La «presbiopia del desiderio» – ripeteva lui, come rivelasse chissà che verità...

Esausta per le settimane di corsa, la mano le trema nel soppesare le pasticche letali. Immagina la loro discesa rapida nel lavandino e la compara con l'eternità che le servirebbe a lasciar ricrescere i capelli in testa e assistere alla ripresa delle loro vite: da corti e ispidi come quelli di una detenuta che sconta la pena fino a sentirli carezzarle il collo a ogni passo in avanti. La «presbiopia del desiderio» – ripeteva lui come rivelasse chissà che verità – non è solo una condanna, ma anche il più grande stimolo ad andare avanti.

AUGENSCHMERZEN
GABRIELE GALLIGANI
Aus dem Italienischen frei übersetzt von Jascha Riesselmann

1

Man führe sich die Meisterstücke Raffaels vor Augen. Unsterbliche Kunst, für immer angeschaut, wieder und wieder fotografiert. Nun dringt Raffael selbst in die Netzhäute ein, der schöne Geist für das Sehen, sein eigenes Kunstwerk. Raffael ist der Arzt für leidende Augen. Und neben Raffael ist Maria da Bibbiena zu sehen, Raffaels Muse, die so schön ist, dass selbst dieAugen des großen Künstlers noch staunen. Man könnte diese Liebe so in ein Museum stellen. Aber Maria da Bibbiena ist schon seit einiger Zeit krank und der Maler ist es auch. Noch dazu ist er außer Form. Beide haben sich die Gesichter weiß angemalt, Maria fiebert, Raffael benutzt seit kurzem nur noch Porzellan, um über dieses Material wieder zu sich selbst zu finden. Aber er verzweifelt. Mehr als neues Material braucht er seine Muse, aber sie siecht dahin, er malt ihnen beiden die Augen schwarz, sie trinken Wein, bis auch ihre Münder dunkel sind. Während Raffael die Augen nach hinten rollt, bis man nur noch das Weiße sieht, lächelt Maria ihn an und nimmt mit zittriger Hand einen Pinsel. Raffael möchte ihrer eleganten Schrift zuschauen, möchte sehen, wie sie ihrer beider Namen auf die Leinwand schreibt, wie sich Schweiß und Farbe küssen, wie sie ihre Jugendsünden noch einmal begehen, auf Wiesen, Bänken oder gleich auf der Leinwand.

Aber er kann nicht.

Er lässt nach Publikum rufen, er weiß, dass alle kommen werden, wenn der große Raffael, Augenheiler Gottes, nach Schauenden ruft, zerkaut noch etwas Kirschlorbeer gegen diese furchtbaren Kopfschmerzen, gegen Fieber, gegen Schüttelfrost, gegen seine künstlerische Unfähigkeit, da kommen sie schon angerannt, schauen sich um. Er lacht wild, wie in einem heidnischen Ritual, das nur er zu kennen scheint und spätestens jetzt hat er alle Augen im Raum beisammen, während Maria im Hintergrund mühsam aus den schmutzigen Laken aufsteht.

Die Lorbeerblätter sind plötzlich kreischende Steine in seinem Magen. Er zieht seine Hose herunter, setzt sich mitten in seinem Atelier auf eine weiße Leinwand und leert das Böse darauf aus. Was der Geistliche dazu sagen wird, ist ungewiss. Raffael hat ihn vor kurzem schon einmal getäuscht, um seine Krise zu kaschieren. Als der Künstler etwas vorführen sollte, um vor dem Geistlichen seine horrenden Kosten zu rechtfertigen, hatte er eine Brille aus menschlicher Netzhaut entworfen, die das von ihm gemalte Bild unscharf werden ließ. Man könne es nur mit dieser speziellen Brille richtig betrachten. Erst als sein Mäzen die Brille aufgesetzt hatte, ließ Raffael das Gemälde in den Raum bringen. Der Geistliche zuckte kaum, sagte nichts und ließ Raffael und das Gemälde nach ein paar Minuten der Stille wieder aus dem Raum schicken. Er hatte weiterhin sein Geld bekommen. Die Diener konnten zum Glück nicht lesen, denn auf dem Bild hatten nur die Buchstaben «S-O-N-O C-I-E-C-O» gestanden – «Ich bin blind».

Raffael ahnt, dass er mit dieser öffentlichen Entleerung doch zu weit gegangen ist. Dann aber sieht er Maria vor einer anderen Leinwand, ihr Pinsel sinkt. Sie hat ihrer beider Namen in blau geschrieben und mit purpurnen Korallen ummalt. Die Photorezeptoren des Publikums nehmen das nicht wahr, sondern sind ausschließlich auf ihn gerichtet, der sich wieder die Hose hochzieht. Meine kitschige Maria, denkt er, und sie kommt zu ihm, nimmt seine saubere Hand, küsst ihm auf die Augen und sie rennen wie zwei Wildpferde aus dem Atelier.

Raffael versucht sich in dieser Nacht nicht um seinen Ruf zu kümmern – er ist voller Euphorie. Er möchte weiterrennen, immer weiter, es geht ihm nicht um die Soldaten, die ihm vermutlich folgen, er will einfach so lange rennen, bis er nicht mehr kann, bis er und seine Maria einfach umfallen. Sollen sie doch kommen, am Ende wartet nur der Tod. Aber selbst dieser muss erst verdient sein.

So rauschen sie gegen ihre zerfallenden Körper an. Sie rennen bis zur Abtei. Sie hieven sich auf den ersten Balkon. Weiter will Maria nicht.

Raffael: «Wir haben es getan.»
Maria: «Ja.»
Raffael: «Was möchtest du jetzt noch machen?»
Maria flüstert ihm etwas ins Ohr. Raffael wird nervös.
Raffael: «Jetzt?»
Maria: «Ja.»

Raffael: «Mit wem?»

2

Wie ist es nur so weit gekommen? Waren wir besser als wir beide noch naiv waren? Oder doch schlechter? Du, meine Maria, dich haben alle Lichter angezogen, alle Männeraugen haben sich auf deinen scheuen Blick gerichtet. Ich habe damals eines dieser Augen aufgeschnitten, um zu verstehen, was sie sehen. Stäbe und Kegel, die auf Sonnenlicht reagieren. Aber mehr nicht.

Alles was ich sehe, ist unsere Naivität, unsere erste Zeit, als wir die Welt noch anders betrachtet haben. Es ist schwer meine Tränen zurückzuhalten.

3

Nachdem der erste Rausch ihrer Liebe vorbei war, hatte Raffael begonnen schlecht zu schlafen, denn ihn hatte das Gefühl einer Ungleichheit umgetrieben. Maria schien ihm zu entgleiten. Zwar hatte sein Verlangen nicht abgenommen, doch wurden seine Glücksaugen bereits schlechter. Der Wunsch nach einem Leben mit ihr verzehrte ihn, als hätte sein Inneres vergiftete Beine, die einen Tarantella tanzen.

Er musste den Rausch aufrechterhalten. Er musste immer neue Attraktionen für seine Maria produzieren. Wenn er nicht schlafen konnte, saß er über Plänen für das nächste Abenteuer. Keine Pause, sie durfte sich nicht langweilen, am besten sollte sie kaum atmen können.

4

Dann hatte sie den Satz gesagt, von dem er hoffte, dass er ihn nie hören würde.

Maria: «Ich möchte dich nicht sehen.»

Raffael: «Mir wird schwarz vor Augen.»

Maria: «Es sind nur ein paar Tage.»

Raffael: «Ich weiß nicht, was ich ohne dich machen soll.»

Maria: «Mach das Fenster auf.»

Raffael: «Ich sage alle Termine ab, und komme mit dir mit.»

Marias Augen erschraken.

Raffael: «Was ist?»

Maria: «Dein Gesicht. Schreckliches Gesicht.»

Raffael: «Ich sehe nichts.»

Maria: «Deine Nase, aufgeschürft. So kann ich dich nicht mitnehmen.»

Raffael: «Das ist nicht schlimm. Ich lasse mir etwas einfallen, wenn ich nur mitkommen darf.»

Er hatte eines der Tücher, mit denen er die Augen seiner Probanden bedeckte, direkt auf seine kaputte Nase geklebt. Raffael war stolz auf sich. War dies vielleicht seine genialste Idee? Während er mit Maria in ihren höheren Gesellschaften aß, bemerkte er aber, dass das Tuch zu groß war.

Raffael, schielend: «Schau mal, meine Augenlichter können sich berühren und berühren sich doch nicht.» Manchmal landete das Tuch im Fett. Er fand jedoch keine Zeit sich ein neues zu schneiden. Die feinen Damen und Herren bemerkten es allerdings kaum. Sie fragten beiläufig, was mit ihm geschehen sei und er versuchte verschiedene Geschichten – ein Faustkampf, der Stein eines seiner Bauwerke, ein Skorpion – entschied sich aber für den Biss einer Maus, was die Leute amüsierte.

Raffael war von seinen schlaflosen Nächten so müde, dass er sich seine Geschichte bald selbst glaubte. Das Tuch wurde dabei immer störender, aber er durfte es um Marias Willen nicht abnehmen.

5

Wir waren spazieren, es war so heiß, die Straße wurde neu angelegt und es ging dieser gewisse Wind. Da habe ich schon geahnt, dass etwas anders wird. Mir ist das Tuch von der Nase geflogen, dann bin ich in das ausgehobene Loch gefallen. Hätte ich das Ding nur fliegen lassen. Vielleicht wäre dann alles gut geworden. Du hast so laut gelacht, dass die Straßenarbeiter kamen. Die lachten auch und dabei konnten sie dich gut anglotzen. Wenn sie gewusst hätten, dass dieser bandagierte Idiot da unten der Liebhaber dieser Schönheit ist. Du gackerndes Reh. So schön warst du. Hätte ich danach wirklich humpeln müssen? Ich weiß es nicht. Ich wollte nur weg, mich nicht mehr von diesen Männern auslachen lassen.

6

Er hatte damals ein schweres Geräusch hinter sich gehört, das Verstummen der Männer, dann ein Schlurfen – wie eine Leiche, die über die Steine gezogen wird. Er drehte sich um und hatte eine Erscheinung des Auges, wie er es nannte. Jeder Künstler soll im Leben mindestens einen solchen Moment erleben, der selbst im Tod noch hinter den versiegelten Augen nachglimmt. Seine Maria, Engel auf Erden, die jetzt auch humpelnd hinter ihm herkam, war diese Erscheinung. Sie lächelte ihr Kitzlächeln. Aus Liebe zu ihm war sie wohl in seine kaputte Welt hinabgestiegen und tanzte sich jetzt mühsam zu ihm. Gemeinsam humpelten sie weiter.

Es war der Wendepunkt ihrer Beziehung. Ein neuer Liebesakt mit einer neuen Lebensregel. Sobald der eine auf eine Krankheit stieß, tat der andere so, als habe er sie noch ernster, bis sich Raffael irgendwann nicht mehr sicher war, wer von beiden wirklich die Krankheit oder die Verletzung hatte und wer nicht. Als Maria bemerkte, dass ihre Augen schlechter wurden, hatte Raffael schon eine neue Unschärfe-Brille auf der Nase. Ein paar Tage später brach er sich bei Leibesübungen das Handgelenk, sie trug ein paar Stunden später schon eine Schlaufe für den ganzen Arm. Wenn sie je geheiratet hätten, dann hätte er Krücken gehabt und sie ein Holzbein. Oder umgekehrt.

Raffael wurde ruhiger. In einigen Nächten fand er wieder Schlaf. Und er machte in diesem Spiel noch eine wichtige Entdeckung. Erst die Anomalie, das Ungleiche, das Absonderliche enthüllt den Blick auf die ewige Liebe. Er durfte das Ungleiche nur nicht fürchten. Er musste es einladen, selbst wenn es Kopfschmerzen verursachen würde. Raffael und Maria spielten mit dem Ungleichen ihrer ewigen Liebe.

Leider.

Denn sein Blick wurde jeden Tag stumpfer, wenn er auf seine Maria schaute. Sie lachte immer weniger. Das Spiel zermürbte ihre Liebe. Schließlich dachte er darüber nach, Maria zu verlassen, aber erst als sie nach einer langen Nacht gemeinsam in sein Atelier gingen und er dort eine Dienerin beim Aufräumen sah, erwachten seine Augen für das andere Verlangen. Ein makelloser Rücken, Kurven an richtiger Stelle, eine präzise Glätte. Als er wieder zu Maria schaute, da sah er nichts von dieser Schönheit. Er schloss die Augen, im Versuch, beim Öffnen wieder seine Maria zu sehen, aber sie kam nicht zurück. Er fragte sich sogar, ob er nicht von Anfang an seinen Blick verstellt hatte, um diese Frau begehrenswert zu finden. Als hätte ihm jemand einen anderen Augapfel eingepflanzt, wenn er zu ihr gesehen hatte. Falten, die Haut vergilbt. Maria war alt geworden. Wie hatte er das nicht sehen können?

7

Von ihrer schweren Krankheit erfuhr er erst Monate nach ihrer Trennung. Trotz des Gefühls, das ihr Anblick seiner Arbeit nicht guttun würde, bekam er ein unreines Gewissen. In der Nachricht hieß es, dass ihr nur noch wenige Wochen blieben. Raffael erinnerte sich wieder an das Spiel, welches sie so gerne gespielt hatten. Einen letzten Akt war er Maria vielleicht noch schuldig. Er ließ sich ein Bett in der Abtei einrichten, wo sie lag. Weil er Raffael war, durfte er sein Bett direkt neben das von Maria stellen. Vermutlich hatte der Geistliche auch hier seine Macht demonstriert. Raffael bekam seine Krankenkleidung und erbat Geld, um noch weitere Menschen einzukaufen, die ebenfalls Kranke spielen sollten.

Die Tabletten wurden immer zur gleichen Zeit gereicht. Mit einem scharfen Messer – so wunderbar zur Sektion eines Auges geeignet – teilte Maria ihre Medizin, um Raffael die Hälfte zu geben. Die Nonnen vermischten Kräuter mit schwerem Wein. Beide kippten das Gemisch in schnellen Zügen hinunter. Wie in alten Zeiten, dachte Raffael. Seine Organe reagierten stark auf die Behandlung, die er nicht brauchte, aber er ließ sich nichts anmerken. Er hielt jede Nacht ihre verschwitzte Hand.

Jeden Morgen lagen ihre dunklen Haare, die jetzt ihre Locken verloren hatten, auf dem Kissen. Auch Raffael versuchte seine Haare loszuwerden. Wenn sie eins verlor, schnitt er sich zwei ab. Spielfreude stellte sich dabei nicht ein.

Dann kam die Pest.

Er versuchte, nicht die Nonnen zu verfluchen, denn sie hatten schon bei seiner vollkommen narrenhaften Aufführung mitgespielt, aber der Anblick, wie sie die Ergebnisse der schwarzen Krankheit unter den Körpern fortwischten, ekelte ihn an. Er verließ das Krankenhaus. Marias kaputtes Bild ließ seinen Tränenapparat platzen.

8

Das Verlassen der Abtei war wie eine Auferstehung. Er fühlte, dass er nicht nur Genie, sondern nun auch Prophet war. Seiner Inszenierung waren seine Anhänger bis in die Pest gefolgt. Keiner hatte ihm die Schuld gegeben. Als hätten alle auf Raffael gewartet, der die Narren in den Tod überführt. Mit diesem Gedanken hatte die nächste Zeit begonnen.

Er versuchte sich verzweifelt an neuen Gemälden, neuen Entwürfen für Bauwerke und betrieb Studien zu Visualität und zur Theorie der

Tränen. Alles ohne Fortschritt. Das Prophetische erzeugte keine Kunst. Gerade als er an verschiedenen Augen, die man ihm gespendet hatte, die Reaktionen auf unterschiedliche Farben untersuchte, erhielt er ihren Brief. Maria wollte noch einmal zu ihm kommen. Sie schickte ihm außerdem ein Stück kaputtes Porzellan mit. Als Inspiration. Seine Tränendrüsen reagierten.

9

Dieser Tränenfilm trug sie beide bis auf diesen Balkon. Dort steht sie und die Nachtlichter laufen wie Farbtropfen an ihr herunter, in den dunklen Teich dieser Nacht fallend.

Maria: «Hast du mich gehört?»

Raffael: «Einen Dreier?»

Maria: «Ja.»

Raffael: «Sicher, meine Liebe. Mit wem möchtest du?»

Sie dreht ihn um und da steht die Dienerin mit der perfekten Haut. Raffaels Herz malt ein Meisterwerk. Maria widmet ihm ihre letzten Momente.

Maria: «Ein perfektes junges Mädchen, wie ich es war.»

Raffael sieht seine Muse an. Kann sie in seinen Kopf schauen, haben sie sich so sehr gleich gemacht?

10

Man stelle sich die Szene vor. Raffael ruft die Nonnen, sie sollen ein Gemach vorbereiten, Samt, blauer Samt, Decken und Kissen, dunkel wie diese Nacht. Sie ziehen sich aus und schauen dann der Dienerin beim Entkleiden zu. Sie sind beide plötzlich wieder kurzsichtig füreinander, genau in dem Moment, wo das andere Verlangen offen und nackt mit ihnen im Raum ist. Die kleinen Muskeln des jungen Körpers bewegen sich wie eine Schlange, die unter den Mond kriecht. Raffael greift den Arm der nackten Dienerin, die Haut ist noch glatter als er es ahnen konnte.

Raffael beginnt die Augen der Dienerin zu küssen, drückt sanft auf ihnen herum. Maria knickt neben ihm ein. Er drückt fester auf die Augen. Maria sieht ihn matt an. Er stopft der Dienerin ein Stück Tuch in den Mund und drückt die Augen noch tiefer in die Höhlen. Maria darf jetzt nicht sterben, sie darf es nicht, nicht jetzt. Das Tuch rutscht dem Mädchen aus dem Mund, es schreit. Er lässt los, die Dienerin rennt weg. Maria ist ganz auf den Boden gesunken. Er weiß, was er zu tun hat. Er legt sich auch auf den Boden und entspannt alle seine Muskeln. Das Spiel ist fast gespielt.

Die vom Schrei alarmierten Nonnen kommen in den Raum, sehen das Paar, ziehen zuerst Raffael auf dem Boden entlang in den Gang. Maria wird neben ihn gelegt. Er schaut sie an, sie schaut zurück, sie schweigen, ihre Rezeptoren schließen einen letzten Pakt, ein unendlicher Kreislauf zwischen Bildern, die hin- und hergeschickt werden. Da hat Raffael noch eine zweite Erscheinung. Eine liegende «8» brennt sich in sein Auge. Maria steht noch einmal auf, um seine geschlossenen Augen zu küssen.

Raffael: «Hab keine Angst.»

Maria: «Ich habe keine Angst.»

Raffael: «Gut.»

Maria: «Ich liebe dich.»

Raffael: «Du bist die Erscheinung meines Auges.»

Vier kräftige Hände tragen Raffael in ein Zimmer und legen ihn auf einen schmutzigen, feuchten Tisch. Blut und das Böse fühlt er unter sich. Er schaut auf die «8» in seinem Geist. Ein Mann beugt sich über ihn und schüttelt den Kopf. Raffael dreht seinen Kopf zur Seite. Er sieht Maria durch eine offene Tür im Gang liegen. Ihre Augenflüssigkeit ist ein perfektes Bild. Er ist gerührt und dreht den Kopf zur Decke, wo ein Kerzenleuchter wackelt. Der Mann erscheint wieder über ihm, als wolle er ihn küssen. Er sieht die Poren am Kinn und spricht ein letztes Mal.

Raffael: «Ich habe die Augen aufgemacht.»

Raffaels Augenlider werden starr. Seine Stirn wird gestreichelt und dann werden ihm die Augenlider ganz sanft für immer geschlossen.

11

Man stelle sich Maria da Bibbiena vor. Sie weint schwarze Tränen. Sie erinnert sich an das Atelier, Priester und Priesterin. Die Tränen verschwimmen mit dem Wasser in ihrer Waschschüssel. Mit letzter Kraft schleppte sie sich gestern zum Zimmer von Raffael, da war er aber schon tot.

Die Nonnen gaben ihr Kirschlorbeer. Sie weiß, was passieren wird, wenn sie diese Pflanzen schluckt. Sie erahnt das Licht dahinter. Sie hält den Lorbeer auf ihrer Handfläche, versucht den Arm ruhig zu halten.

Sie sitzt dabei vor einem Spiegel und schaut auf ihren haarlosen Kopf. Ihr Spiel hat sie viel gekostet, jeden Tag die Haare herausreißen, jeden Tag wuchsen sie nach, wie aus einem Grab, dessen Erde von den

Toten fruchtbar gemacht wurde. Sie streichelt ihren Nacken. Schon wieder Haare.

Sie hatten das Spiel noch ein letztes Mal gespielt, obwohl ihre Liebe schon lange vorbei war. Sie hatte gewonnen. Sein Blick, wie sie dort gelegen hat, kurz vor ihrem vermeintlichen Tod, da hat er wieder diesen Funken gehabt. Raffael, der Künstler, der Pestkranke. Diesen Mann hatte sie noch einmal bei sich haben wollen. Noch einmal kurzsichtig mit Raffael sein.

Man stelle sich den kurzen Moment vor, wie tödliche Pflanzen in eine Waschschüssel fallen und vergleiche das mit der Zeit, die Haare wachsen müssen, um ihre Zeugenschaft an einer unendlichen Liebe zu verschleiern.

Es sind diese Haare, die für das Weiterleben stehen. Von kleinen, struppigen Häftlingshaaren bis zum Geräusch wie Seide im Wind, wenn Finger durch Locken gleiten.

Die ewige Liebe und der naive Rausch. Das, was man nicht hat, ist immer interessanter als das, was man hat. Das ist keine besondere Wahrheit. Aber es ist eine Überzeugung. Und es ist der größte Anreiz, um weiterzumachen.

KOMMENTAR VON
JASCHA RIESSELMANN

1. Es lassen sich nur 5000 Zeichen gleichzeitig übersetzen.
2. Das Wort «Warenhaus» ist sehr speziell.
3. Ich finde, dass «grandi magazzini» schön klingt.
4. Es wurden manchmal vier Sprachen gesprochen.
5. Ich kann jetzt Teile des Weinetiketts verstehen.
6. Ich habe jetzt einen noch größeren Respekt für die Tätigkeit des Übersetzens.
7. Der Kern der Sache und die Moral der Geschichte.
8. Ich habe schon lange nicht mehr eine so adäquate Bearbeitung der Komplexität einer Liebesbeziehung gelesen, wie La presbiopia del desiderio e altri malanni minori. (Zwei Liebende, die sich ihre Krankheiten nachahmen – was für eine tolle Idee!)
9. Augenarzt und Lebenstheater. Sehen. Gesehen werden. Der eigenen Wahrnehmung nicht trauen. Der Zuverlässigkeit der Erzählung nicht trauen können. Ambivalenzen versprachlichen.
10. Kafka, Brecht, Queerness, Berlin, Sampierdarena und die Liebe.
11. Vorlesen, um über Geschwindigkeit nachzudenken. (Egal, wie viele Punkte ich durch Kommata ersetzt habe, so wurde mein Text nie so schnell, dass er der Vorlage entsprochen hat.)
12. Der Unterschied zwischen Romanen und Kurzgeschichten.
13. Der Unterschied zwischen deutschem und italienischem Buchmarkt.
14. Der Unterschied zwischen «übersetzen» und «verstehen».
15. «Achsoooo.»
16. «Wie geht es dir?» - «Sto bene.»
17. Einigkeit, dass dieses Tandem eine sehr besondere Erfahrung war.
18. Sicherheit, dass diese Begegnung erst ein Anfang war.
19. Freundlichkeit und Neugier.
20. Privates.
21. «A presto.»

BÜGELN
CHARLOTTE WEBER-SPANKNEBEL

Wentje ist unterwegs. Im Netz mit ihren Augen, die sind quadratisch. Müde auch. Der Bildschirm ist schon ganz gelb. Wegen dieser App, die kriegt Wentje nicht mehr weg. Wentje muss heut noch was zu Papier bringen. Wentje fragt direkt die ganze Welt. Wie schreibt sich eine Kurzgeschichte. Google sagt sehr endgültig wie und was das ist. Wentje hat da keinen Bock drauf. Früher haben sich die Kids in der Kita immer alles so gedreht wie sie's wollten, also heut ist Gegenteiltag. Dann macht das Wentje jetzt auch. Der Haupttreffer bei ungefähr 4.300.000 Ergebnissen sagt: Eine Person steht im Mittelpunkt (höchstens zwei). Das Person ist fettgedruckt. Wentje entscheidet sich, im Mittelpunkt soll nicht eine Person stehen. Dann steht da noch viel andres. Wentjes linkes Augenlid kippt nach unten. Wentje liest, das Fabulieren mit Freunden das hilft. Wentje hat grad keine Freunde bei sich. Die sind alle noch im Urlaub. Wentje denkt schnell wieder woanders hin, das macht sie sonst nur traurig. Eigentlich wär sie grad auch gern irgendwo, nur nicht hier. Aber das geht nicht. Google sagt eine Kurzgeschichte ist wenige Seiten lang. Das gefällt Wentje. Dann steht da eine bestimmte Stimmung. Wentje denkt nach. Seit zwei Wochen regnet es. Wentje hatte italienische Freunde zu Besuch und die haben am Ende ihren Flug nach vorne umgebucht. Ich kann in einer solchen Kälte nicht leben. Hat der eine gesagt. Wentje hatte noch versucht die Stimmung aufzuhellen mit Sachen wie normalerweise ist der August hier auch nett. Sogar manchmal dreißig Grad. Das wollten ihr die Freunde nicht glauben und jetzt sind sie ja eh weg zwei Tage früher. Sollen sie doch. Eigentlich ist Wentje ja nur. Die passen hier eh nicht rein. Google sagt nämlich auch keine Nebencharaktere. Pfui weg damit. Ein bisschen macht Wentje jetzt vielleicht doch was Google sagt. Machen ja doch alle. Dann noch keine Nebenhandlungen. Wentje denkt an Pferde mit Scheuklappen. Bloß nicht um die Ecke schauen. Am drittwichtigsten ist: Ein bestimmtes Ereignis/Problem steht im Mittelpunkt. Sagt Google. Immer dieser Mittelpunkt. Sagt Wentje. Warum nicht einfach auch mal am Rand. Wentje schaut aus dem Fenster raus. Dann in ihren Tee, der steht auf Kipp am Rand. Der sagt was zu dir gehört wird zu dir kommen. Kein Komma. Muss da eins hin? Egal. Das Komma ist Nebencharakter, also schnell raus damit. Ab jetzt. Wentje liest den Spruch nochmal. So ein Kack. Heißt das also warten? Wentje weiß nicht recht. Schließt die Augen und wartet. Wentje zieht ihr rechtes Augenlid hoch mit einem Finger. Das Telefon klingelt. So ein Zufall. Wentje hebt ab. Vom Schreibtisch und das Telefon. Hallo. Wentje bist du's. Ja ich bin's Wentje. Wentje hör mal. Ich höre. Hör mal mein Festnetz hat sich wieder ausgestellt. Immer dasselbe ist das ich krieg die Krise. Kannst du vorbeikommen und mal gucken. Ich kann doch nicht mit dem Rücken. Wentje schielt zur Uhr. Die steht seit Tagen auf zehn Uhr zwölf. Wentje entscheidet sich erstmal für ein Lächeln. In sich herein. Der erste Tee heute meinte Lächeln ist die einfachste Art für Friedensarbeit. Also lächelt Wentje. Hallo hörst du mich ich fasse's nicht jetzt das auch noch das Handy. Wentje antwortet lächelnd. Angelika ich hör dich ich bin grad am Lächeln deswegen das ist schwer. Angelika atmet laut aus. Du ich dacht schon. Wentje sagt Du alles gut ich komm rum. Angelika atmet laut aus nochmal. Klasse Wentje auf dich ist Verlass sagt man das noch so auch bei euch. Ja schon. Wentje legt auf. Ob das ein bestimmtes Ereignis/Problem ist. Am Rand ja schon. Wenigstens nicht so Klischee wie Katze im Baum. Oder Opa im Krankenhaus. Wentje muss an den Traum denken von letztens. Liest nach im Buch neben dem Bett. Papa stürzt die Treppe runter - ich denke er hat sich das Genick gebrochen. Unfassbar traurig. Ist er dann aber doch nicht. Steht da. Das ist das Ende vom Traum im Traumbuch. Wentje denkt im Halbschlaf funktioniert das nicht mit Satzzeichen und Grammatik. Heißt das Papa ist doch nicht unfassbar traurig. Aber der ist ja eh tot. Oder doch nicht. Ist das jetzt komisch für die Stimmung. Und ja Nebenhandlung. Eigentlich Rückblende. Darf die hier rein. Wentje schüttelt den Kopf. Träumt viel. Gestern Nacht wurde sie beschossen mit ganz vielen kleinen Pfeilen die waren wie Akupunkturnadeln. Das war sogar angenehm. Wentje hat eine Freundin die nadelt sie immer. So sagt man das. Aber grad nicht. Die ist in Portugal wie irgendwie alle. Die Uhr steht immer noch auf zehn Uhr zwölf. Die Zeit wo die immer hin ist. Sagt Angelika sonst. Wentje steht auf. Macht das Licht aus. Wentje hat einen kennengelernt letztens. Der trug seinen Fahrradhelm den ganzen Tag auch ohne Fahrrad. Fühl mich sicherer so hat er gesagt. Wentje hat genickt. Jetzt angelt sie nach ihrem. Nicht leicht im Dunkeln. Meistens holt sich Wentje so einen blauen Fleck. Alle in Wentjes Familie haben Probleme mit Thrombose. Nur Wentje hat Probleme mit dem Gegenteil. Jede Woche drei neue blaue Flecken. Wentjes Schwester hat immer gesagt Du bist halt adoptiert. Und Wentje dann stimmt gar nicht. Selber. Das ist her. Wentje hat ein Neunquadratmeterzimmer. Da ist nichts fest an der Wand. Alles provisorisch. Sagt sich so schön. Weil Wentje damals nur kurz hier wohnten wollte. Also Matratze auf den Boden. Bücher gestapelt. Bügelbrett als Schreibtisch. In der WG bügelt niemand. Zumindest nicht mehr seitdem. Seit damals sind zwei Jahre weggeflogen. Wohin weiß Wentje nicht - unters Bett schonmal nicht. Das geht nämlich gar nicht. Wentje streift beim Rausgehen den einen Bücherstapel. Das eine Buch das schwere fällt runter. Aber nicht auf Wentjes Zeh. Das wär zu leicht. Also nicht das Buch. Dann denkt Wentje an den Traum von vorgestern. Da ist ihr ein komplettes Klavier auf die Finger gefallen. Das hat gekracht. Aber gekümmert hat's niemanden. Da hat sich Wentje aufgeregt im Traum. Gesagt sagt mal wollt ihr mich verarschen meine Finger könnten ab sein. Aber war ja nur ein Traum. Sich an jedem Moment zu erfreuen - das ist der Sinn des Lebens. Wentje versucht zu denken wie der Tee. Wentje erfreut sich also an diesem Moment. Lächelt. Drückt die Türklinke runter. Dann nochmal. Im Treppenhaus riecht es nach gekochten Kichererbsen. Wentje denkt zurück. An den Schnellkochtopf vom Mitbewohner. Der war toll. Also der Schnellkochtopf. Aber dann hat die Ex-Freundin von dem den mitgenommen. Also den Schnellkochtopf. Ein trauriger Tag war das. Wentje seufzt und geht die Treppe runter. Jetzt bloß nicht stolpern. Wentje verbietet sich das Denken an den einen Traum. Eins weiter unten wohnt der komische Nachbar. Der hat sich mal beschwert. Euer Kühlschrank piept das höre ich. Bis nach hier unten. Könnt ihr das verstehen. Wentje hat Mitleid mit ihm. Aber den Kühlschrank den braucht sie. Seitdem meidet sie Blickkontakt. Im Hinterhof steht Fabian. Wentjes Fahrrad. Treue Seele. Außer wenn er mal wieder einfach sich verliert. Den Ständer. Das Hinterlicht. Die eine große Schraube vorne. Aber das stehen Wentje und Fabian durch gemeinsam. Fahren das durch. Im Durchgang zur Straße riecht es immer nach Pisse. Oder wie im Zirkus. Das ist ein schöner Gedanke. Wentje lächelt. Toll diese Friedensarbeit. Wentje drückt die Tür auf. Huscht mit Fabian ins Dämmerlicht. Wentjes Straße sieht jeden Tag aus wie ein Tag nach Sylvester. Ist es dunkel kann all der Müll auch welkes Laub sein. Den Herbst mag Wentje. Nur nicht im August. Wentje und Fabian machen los. Wentje rechnet die Strecke in U-Bahn-Stationen um. Alte Gewohnheit. Diesmal weiß sie den Weg. Wentjes Smartphone war altersschwach und ist dann tragisch im Regen verendet. Andere Geschichte. Auf jeden Fall hat Wentje jetzt ein Handy das kann manchmal nicht telefonieren. Und immer eigentlich kein GoogleMaps. Stattdessen hat sie einen Stadtplan den kann man falten. Eine Papierarbeit ist das. Jedes Mal. Und wenn es dann noch gießt. Letztens hat sich Wentje so verfahren. Aus dreißig Minuten wurden neunzig. Zwischendurch hat Wentje an jeder roten Ampel geweint. Alle sind gegen mich. Hat Wentje gedacht. Da kannte sie den Teespruch noch nicht. Den mit dem Lächeln. Wentjes Orientierungssinn ist fraglich also. Wentje hat eine Freundin die weiß immer den Weg. Wentje ist baff jedes Mal. Da unterhalten sich die beiden nett. Spazierend versteht sich. Wentje ist also anderswo mit sich und den Gedanken. Dann bleibt die Freundin stehen. Zeigt mit ihrem Finger auf einen Punkt der ist so fern. Und sagt DA. Das heißt dann DAHIN. Und das dann alle zwei Minuten. Am Ende klingt dann alles russisch. Oder avantgardistisch. Angelika wohnt zum Glück nur vier Stationen Richtung Osten. Und wo der Osten ist das weiß Wentje. Und ganz notfalls macht Wentje was der Tee sagt. Geh nur Wege mit Herz. Der ist sogar ganz schön. Angelika wohnt sogar am Rand. Das passt also auch. Ein Ereignis am Rand. Wentje und Fabian kommen. Dein Festnetz geht nicht. Kein Problem. Alles kein Problem wir kommen. Die Ampel vor ihr ist sehr rot. Letztens hat Wentje ihren ersten Punkt bekommen in Flensburg. Da ist sie mit Fabian bei der Ampel über rot. Auf einmal war da ein Polizist. Der hat gleich fünfmal hintereinander gesagt warum sind Sie über rot gefahren. Das war mal ein Stress. Wentje hat ehrlich geantwortet. Weil ich hier wohne. Da ist meine Haustür. Und hat auf eine Tür gezeigt zwei Meter entfernt von der Ampel. DA. Das hat der Polizist nicht verstanden. Deshalb bleibt Wentje also diesmal stehen. Und dreht sich um. Das ist so eine Sache. Wentje ist Romantikerin. An jeder Ampel kann hinter ihr die Liebe ihres Lebens stehen. Oder aber auch eine nette Bekanntschaft für Fabian. Wer weiß. Also dreht sich Wentje jedes Mal um. Das hat den Polizisten vielleicht auch irritiert damals. Jetzt ist da niemand hinter Wentje. Das wär's ja. Ein Ereignis im Mittelpunkt an einer roten Ampel. So nicht. Denkt Wentje. Wentje tritt also in die Pedale und fährt über Rot. Ist jetzt auch egal. Wentje überlegt wie das mit den Punkten war. Google hat gesagt letztens Sie dürfen sieben Punkte ansammeln. Das klingt erstrebenswert. Wenn Google das sagt. Bald ist's geschafft. Und Geduld zahlt sich aus. Das sagt der Tee der am Kühlschrank klebt. Gleich sind Wentje und Fabian da. Heute hat

Fabian nicht gebockt. Wentje tätschelt den Lenker. Da fallen Wentje die Pferde mit Scheuklappen ein. Die hat sie ganz vergessen. Wer sagt eigentlich wann was Nebenhandlung ist und wann nicht. Das hier ist zielstrebiges Lösen eines Problems am Rande. Passt dann ja denkt Wentje. Da ist auch schon Angelikas Hausnummer. Die kann sich Wentje nur merken weil daneben ist ein Kiosk. Da ist Wentje früher immer rein mit ihrer Schwester. Zehn Centershocker bitte. Und ein Colakracher. Danke. Das ist Wentjes Kindheit. Erstmal hat Wentjes Schwester die Centershocker in den Mund. Abgeleckt die äußere Schicht die ist so sauer immer. Und dann hat Wentje die gekriegt. Weil innen sind die so schön süß. Das ist mal Schwesternschaft. Egal ob adoptiert oder nicht. Aus dem Fenster im zweiten Stock sagt jemand huhu. Angelika sagt huhu und winkt. Hinter ihr warmes Licht. Wentje lächelt. Huhu. Ich mach dir auf sagt Angelika. Damit meint sie sie drückt den Knopf. Es surrt. Wentje nickt Fabian zum Abschied zu. Der weiß was zu tun ist. Warten. Und sich an jedem Moment zu erfreuen. Das ist - wissen wir ja schon. Angelika steht im Türrahmen oben. Ach Wentje du siehst deiner Mama aber auch ähnlich. Wentje lächelt. Komm erstmal rein du. Lieb dass du direkt. Ach und hier das ist der Thomas mein Nachbar. Wentje schaut zu Thomas. Der sitzt am Küchentisch und lächelt auch. Wentje das ist mir jetzt unangenehm der Thomas stand vor meiner Tür und ich hab den direkt gefragt mit dem Festnetz. Und da hat der sich das angeschaut. Und guck mal. Angelika hält ihr Festnetztelefon hoch. Direkt vor Wentjes Gesicht. Funktioniert wieder. Sachen gibt's. Mensch und ich hab dann versucht dich anzurufen. Direkt auch mit dem Festnetz. Damit du nicht umsonst. Und da war bei dir nur so ein Piepen. Wentje denkt an das neue Handy das nichts kann. Und an den Kühlschrank. Angelika guckt Wentje an ein bisschen ängstlich. Na hast doch auch so viel zu tun Wentje. Wentje winkt ab. Angelika alles gut ist doch schön. Freut mich. Super so die Nachbarschaft. Die hilft sich. Angelika bejaht und nickt. Ja der Thomas. Thomas räuspert sich. Ich wollt dann mal hoch die Doku geht gleich los. Ach die über Deutschlands Bäche. Ruft Angelika. Die wollt ich auch. Thomas klatscht in die Hände. Ist nicht wahr. Wentje freut sich an dem Moment. Was ein schöner Zufall. Wie Wentje so über den Moment nachdenkt. Wentje steht immer noch im Türrahmen. Angelika und Thomas sitzen auf dem Sofa schon. Geht gleich los ach Wentje du bist ja noch da. Bin ich aufgeregt. All das hin und her. Das macht aber auch wuschig das Technikzeug. Nicht wahr Thomas. Dass der Strandkorb 1882 in Warnemünde erfunden wurde. Wusstest du das. Setz dich magst du Tee. Letztens im Google gelesen. Wentje sagt das ist ja was. Wieder was gelernt. Und winkt ab. Ist gut Angelika ich muss nochmal ans Bügelbrett heut. Angelika nickt und hat eigentlich eine Frage das sieht man. Aber Wentje dreht sich um und geht die Treppe runter. Ohne zu stolpern. Tschüss auch an Thomas. Sagt Wentje zum Fenster hoch. Alle Bäche Deutschlands in einem Wohnzimmer. Ein lautes Rauschen ist in der Straße. Wentje schließt Fabian ab und schiebt. Richtung Westen. Das ist einfach. Einmal sagt Angelika noch ehrfürchtig Oh so laut dass Wentje das noch um die Ecke hört. Fabian stimmt ein und quietscht ein bisschen. Kein Wunder. Nach so einem Einsatz. Wieder mal kein Problem am Rand gelöst auf acht Seiten quasi ohne Komma und mit Stimmung. Mittendrin am Rand: Die Kurzgeschichte itself. Und Wentje. Und Fabian und Angelika und Thomas. Und der Polizist. Egal. Und der Nachbar. Und die eine Freundin. Und die andere. Und Papa. Und Mama und die Schwester. Wenn die wüssten. Was der Tee dazu sagt. Sag nichts zu dem du nicht stehen kannst. Wieder ohne Komma. Wentje denkt kurz nach. Bleibt stehen. Wentje kann dazu stehen. Sogar nur auf einem Bein. Das ist gut. Denkt Wentje laut. Und geht. Mit Herz versteht sich.

STIRARE

CHARLOTTE WEBER-SPANKNEBEL
Traduzione di Feliciana Chiaradia

Wentje gira. Navigando con i suoi occhi. Sono squadrati. E anche stanchi. Lo schermo è già molto giallo a causa di quella applicazione, di cui Wentje non riesce a liberarsi. Wentje deve scrivere qualcosa oggi. Wentje lo chiede direttamente al mondo intero, come si scriva un racconto breve. Google spiega molto chiaramente come e cosa sia. Ma Wentje non ne ha voglia. Ai tempi dell'asilo, i bambini hanno sempre girato tutto a loro favore, tipo istituendo il «giorno dei contrari». Quindi oggi è il giorno dei contrari anche per Wentje. Il primo di circa 4.300.000 risultati dice: «protagonista è una persona (al massimo due)». 'Persona' è scritto in grassetto. Wentje decide che, nella sua storia, l'attenzione non sarà focalizzata su un solo personaggio. Ci sarà molto di più. La palpebra sinistra di Wentje si inclina verso il basso. Wentje legge. Confabulare con gli amici aiuta. Wentje momentaneamente non ha nessuno dei suoi amici accanto. Sono ancora tutti in vacanza. E siccome questo pensiero la rende molto triste, Wentje pensa rapidamente ad altro. In realtà le avrebbe fatto piacere essere da qualche altra parte, non qui. Ma non è possibile. Google le dice che un racconto breve è lungo solo poche pagine. Questa notizia fa piacere a Wentje. Poi le comunica di dover decidersi per una certa 'atmosfera'. Wentje pensa. Sono due settimane che piove. Wentje aveva degli amici italiani in visita che però hanno deciso di cambiare il loro volo di ritorno. «Non possiamo vivere con questo freddo», uno di loro le ha detto. Wentje ha allora cercato di alleggerire l'atmosfera con cose del tipo «normalmente agosto è bello anche qui. A volte, anche trenta gradi». Ma i suoi amici non le hanno creduto e ora se ne sono andati con due giorni di anticipo. Bene così. Wentje è sola. D'altronde gli amici sarebbero stati fuori contesto lo stesso. Anche Google dice che non ci sono personaggi secondari. Quindi li lasciamo fuori. Forse Wentje farà un po' quello che dice Google. Lo fanno tutti. Allora anche nessuna trama secondaria. Wentje pensa ai cavalli con i paraocchi. Impossibile guardare dietro l'angolo. La terza cosa più importante è che un certo evento/problema sia al centro della storia, dice Google. Sempre questo essere al centro, dice Wentje. Perché non al margine? Wentje guarda fuori dalla finestra. Poi nel suo tè, che è inclinato sul bordo. Dice che «ciò che ti appartiene verrà a te». Senza virgola. Deve essercene sempre una? Non importa. La virgola è un carattere secondario, quindi va lasciata fuori, d'ora in poi. Wentje legge di nuovo il messaggio. Che palle. Questo significa che bisogna aspettare? Wentje non lo sa esattamente. Chiude gli occhi e aspetta. Wentje si tira su la palpebra destra con un dito. Il telefono suona. Che coincidenza. Wentje risponde. Dalla scrivania e dal telefono. Pronto. Wentje. Sei tu? Sì. È Wentje. Wentje. Ascolta... Sto ascoltando. Ascolta. Il mio telefono fisso ha smesso di funzionare di nuovo. È sempre lo stesso. Mi manda in crisi. Puoi venire a dare un'occhiata. Non posso farlo con la mia schiena. Wentje guarda strabica sull'orologio. È fermo da giorni alle dieci e dodici. Wentje decide di sorridere per il momento. Dentro sé stessa. Il primo tè di oggi le ha detto che «sorridere è il modo più semplice per lavorare in pace». Così Wentje sorride. Pronto. Mi senti? Non ci posso credere ora anche il cellulare. Wentje risponde con un sorriso. Angelica. Ti sento. Sto sorridendo in questo momento per questo è difficile. Angelica espira forte. Lo immaginavo. Wentje dice che va tutto bene. Arrivo. Angelica espira di nuovo forte. Grande. Wentje. Si può ancora contare su di te. Si dice questo in giro su di te. Sì. Vabbè. Wentje riattacca. Forse questo è un buon evento/problema. Decisamente. Almeno non così cliché come un gatto sull'albero. O il nonno in ospedale. Wentje deve pensare al sogno che ha fatto l'altra notte. Cerca un appunto sul libro che tiene sul comodino. Papà cade dalle scale - credo che si sia rotto l'osso del collo. Incredibilmente triste. In realtà non è. C'è scritto. Questa è la fine del sogno nel Libro dei Sogni. Wentje pensa che la punteggiatura e la grammatica non funzionino nello stato di dormi-veglia. Ciò indica che il papà incredibilmente triste in realtà non è. Ma è morto comunque. O forse no. È strano. Per ricreare un'atmosfera. E trovare una sottotrama. Flashback. In realtà. È permesso qui? Wentje scuote la testa. Sogna molto. Ieri sera è stata colpita da tante piccole frecce che erano come aghi di agopuntura. Era persino piacevole. Wentje ha un'amica che la «puntura». Così si dice. Ma non in questo momento. È in Portogallo come tutti gli altri. L'orologio è ancora impostato sulle dieci e dodici. L'orario di sempre. Questo è quello che Angelica dice di solito. Wentje si alza. Spegne la luce. Wentje ha incontrato qualcuno l'altro giorno. Indossava il suo casco da bicicletta. Perennemente però. Anche quando non andava in bici. Mi sento più sicuro. Ha detto. Wentje aveva annuito. Ora sta cercando il suo. Non è facile al buio. Il più delle volte Wentje si procura un livido in questo modo. Tutti nella famiglia di Wentje hanno problemi di trombosi. Solo Wentje ha problemi con il contrario. Tre nuovi lividi ogni settimana. La sorella di Wentje ha sempre detto «sei stata adottata». E Wentje «non è vero. Tu lo sei stata». Era molto tempo fa. Wentje ha una stanza di nove metri quadrati. Sui muri: niente. Tutto è provvisorio. Che bella parola. Perché Wentje voleva vivere qui solo per un breve periodo. Quindi un materasso sul pavimento. Libri impilati. Un'asse da stiro come scrivania. Nessuno stira nell'appartamento. Almeno non più da allora. Da allora sono passati due anni. In quale direzione siano andati esattamente Wentje non lo sa. Sotto al letto sicuramente no. Non è possibile. Wentje urta la catasta di libri mentre esce. Uno dei libri pesanti cade. Ma non sull'alluce di Wentje. Sarebbe troppo semplice. Cioè non il libro. Poi Wentje pensa al sogno che ha fatto l'altro ieri in cui un intero pianoforte le era caduto sulle sue dita. Ha fatto «crack». Ma non importava a nessuno. Wentje si è arrabbiata nel sogno. Ha detto: «Dite un po' state scherzando? Le mie dita avrebbero potuto essere mozzate». Ma era solo un sogno. Godersi ogni momento - questo è il senso della vita. Wentje cerca di pensare come il tè. Così Wentje si gode questo momento. Sorride. Spinge giù la maniglia della porta. Poi di nuovo. La tromba delle scale odora di ceci cotti. Wentje ripensa. Al pentolone a pressione del suo coinquilino. È stato fantastico. Il pentolone a pressione. Ma poi la sua ex ragazza se l'è portato via. Il pentolone a pressione. Quello fu un giorno triste. Wentje sospira e scende le scale. Per favore non inciampare. Wentje si proibisce di pensare a quel sogno. Uno strano vicino abita al piano di sotto. Una volta si è lamentato. «Il vostro frigorifero suona e lo sento. Fino a qui sotto. Cercate di capire». Wentje si era dispiaciuta per lui. Ma aveva bisogno del frigorifero. Da quel momento ha evitato il contatto visivo con lui. Fabian è in giardino. La bicicletta di Wentje. Anima fedele. Tranne quando si perde di nuovo. Il cavalletto. La luce posteriore. L'unica grande vite nella parte anteriore. Ma Wentje e Fabian hanno superato tutto questo insieme. Ci sono passati sopra. Verso la strada c'è sempre odore di piscio. O come in un circo. Questo è un bel pensiero. Wentje sorride. Grande. Questo lavorare in pace. Wentje spinge la porta. Si precipita nella penombra con Fabian. Ogni giorno sulla strada di Wentje sembra il giorno dopo Capodanno. Quando è buio. Tutti i rifiuti possono essere confusi con del fogliame appassito. A Wentje piace l'autunno. Solo non in agosto. Wentje e Fabian partono. Wentje calcola il percorso in stazioni della metropolitana. Una vecchia abitudine. Questa volta conosce la strada. Lo smartphone di Wentje era vecchio decrepito e poi è morto tragicamente sotto la pioggia. Ma questa è un'altra storia. Ad ogni modo Wentje ha ora un cellulare che a volte non può fare chiamate. Ma sempre nessun GoogleMaps. Al suo posto ha una mappa della città pieghevole. Una scartoffia. Ogni volta. E quando piove ancora peggio. Poco tempo fa Wentje si è persa così. Trenta minuti sono diventati novanta. Wentje piangeva ad ogni semaforo rosso. Tutti sono contro di me. Aveva pensato Wentje. All'epoca non aveva ancora letto il detto del tè. Quello che parla del sorridere. Poi c'è da dire che il senso di orientamento di Wentje è discutibile. Wentje ha un'amica che conosce sempre la strada. E Wentje rimane sbalordita ogni volta. Si fanno una bella chiacchierata. Camminando per capirsi. Anche se Wentje è altrove con il pensiero. Poi la sua amica si ferma. Indica con il dito un punto molto lontano. E dice LA. Questo significa verso quella direzione. LA. E questo ogni due minuti. Sembra parli russo. O avanguardista. Per fortuna Angelica vive solo quattro stazioni a est. E Wentje sa dov'è l'est. Wentje farà quello che le ha detto il tè se dovesse esserci un'emergenza. Camminare lungo i sentieri seguendo il cuore. In realtà è molto bello. Angelica vive in periferia. Quindi va bene. Qualcosa di marginale. Wentje e Fabian arrivano. Il tuo telefono fisso non funziona. Nessun problema. Nessun problema. Stiamo arrivando. Il semaforo davanti a lei è rosso. Da poco Wentje ha preso il suo primo punto a Flensburg. Lei e Fabian sono passati con il rosso. Improvvisamente c'era un poliziotto. Ha detto cinque volte di seguito: «Perché sei passata con il rosso?». È stato stressante. Wentje ha risposto onestamente. Perché io vivo qui. Ecco la mia porta d'ingresso. E aveva indicato una porta a due metri dal semaforo. LA. Il poliziotto non l'ha capita. Per questo motivo adesso Wentje si ferma. E si gira. Questa è una di quelle cose alla Wentje. Wentje è una romantica. L'amore della sua vita potrebbe essere dietro di lei ad ogni semaforo. O una bella conoscenza per Fabian. Chi lo sa? Così Wentje si gira ogni volta. Forse anche questo ha irritato il poliziotto. Ora non c'è nessuno dietro Wentje. Questo è tutto. Un evento incentrato su un semaforo rosso. No. Ma non adesso. Wentje pensa. Quindi Wentje pedala e passa con il rosso. Ora non ha importanza. Wentje pensa a quello che è successo con i punti. Google ha detto l'altro giorno che si possono accumulare fino a sette punti. Sembra che ne valga la pena. Se lo dice Google presto diventerà realtà. E la pazienza paga. Così dice il tè attaccato al frigorifero. Wentje e Fabian saranno presto arrivati. Fabian oggi non ha dato problemi. Wentje accarezza il manubrio. Poi Wentje si ricorda dei cavalli con i paraocchi. Se ne era dimenticata. Chi decide se una trama sia secondaria o non lo sia? Questa è una soluzione determinata ad un problema marginale. Funziona benissimo. Pensa Wentje. C'è il numero di casa di Angelica. Wentje se lo ricorda solo perché c'è un chiosco accanto. Wentje ci andava con sua sorella. Dieci Centershocker. Per favore. E un Colakracher. Grazie. Questa è l'infanzia di Wentje. Per prima cosa la sorella di Wentje si metteva in bocca i Centershocker. Va leccato lo strato esterno perché è sempre così acido. E poi li dava a Wentje. Perché all'interno sono dolci. Questa sì che è sorellanza. Adottate o meno. Dalla finestra del secondo piano qualcuno dice «huhu». Angelica dice «huhu» e saluta. Dietro di lei una luce calda. Wentje sorride. Huhu. Ti apro la porta. Dice Angelica. Con questo intende dire che preme il pulsante. Un ronzio. Wentje saluta con un cenno del capo Fabian. Lui sa cosa fare. Aspettare. E godersi ogni momento. Ma questo lo sappiamo già. Angelica aspetta sul ciglio porta del piano di sopra. Oh. Wentje. Assomigli proprio a tua madre. Wentje sorride. Entra prima tu. Sei stata gentile a venire subito. A proposito. Questo è Thomas il mio vicino. Wentje guarda Thomas. Si siede al tavolo della cucina e sorride anche lui. Wentje. Ho incontrato Thomas sulle scale e gli ho chiesto direttamente del telefono fisso. E gli ha dato un'occhiata. E guarda. Angelica tiene in mano il suo telefono fisso. Proprio davanti alla faccia di Wentje. Funziona di nuovo. E poi ho provato a chiamarti. Anche direttamente con la linea fissa. Per non farti venire invano. Ma dalla tua parte era solo tutto un «bip». Wentje pensa al nuovo cellulare che non è in grado di fare niente. E al frigorifero. Angelica guarda Wentje un po' impaurita. Beh. Hai così tanto da fare Wentje. Wentje saluta. Angelica va tutto bene. È bello. Sono contenta. Super. I rapporti di vicinato. Ci si aiuta a vicenda. Angelica dice di sì e annuisce. Sì Thomas. Thomas si schiarisce la gola. Voglio andare di sopra. Il documentario sta per iniziare. Quello sui torrenti della Germania. Angelika risponde. Lo volevo guardare anch'io. Thomas batte le mani. Non le sembra vero. Wentje si rallegra del momento. Che bella coincidenza. Wentje pensa a questo momento. Wentje è ancora in piedi sull'uscio. Angelika e Thomas sono già seduti sul divano. Sta per iniziare. Oh Wentje. Sei ancora qui. Sono così eccitata. Tutto questo avanti e indietro. Ma anche le cose tecnologiche confondono. Non è così. Thomas. Che la poltrona da spiaggia è stata inventata a Warnemünde nel 1882. Lo sapevi? Siediti. Ti piace il tè. L'ho letto su Google l'altro giorno. Wentje dice qualcosa. Ho imparato di nuovo qualcosa. E saluta. Va bene Angelica devo tornare all'asse da stiro oggi. Angelica annuisce ma in realtà ha una domanda. Si vede. Ma Wentje si gira e scende le scale. Senza inciampare. Ciao anche a Thomas. Wentje grida in direzione della finestra. Tutti i torrenti della Germania in un salotto. Mentre c'è un forte fruscio in strada. Wentje slega Fabian e spinge. Verso ovest. Questo è facile. Ad un certo punto Angelika esclama «Oh» così forte che Wentje riesce ancora sentirla da dietro l'angolo. Fabian si unisce e urla anche lui un po'. Non c'è da meravigliarsi. Dopo un tale sforzo. Ancora una volta. Nessun problema risolto ai margini di otto pagine praticamente senza virgola ma con un'atmosfera. In mezzo a tutto questo: il racconto stesso. E Wentje. E Fabian. Angelika e Thomas. E il poliziotto. Non importa. E il vicino. E quell'amica. E l'altra. E papà. E la mamma e la sorella. Se solo sapessero. Cosa dice il tè. Non dire nulla che tu non possa davvero sostenere. Di nuovo senza virgola. Wentje pensa per un momento. Sta ferma. Wentje può sostenerlo. Anche su una gamba. Sola. Questo è un bene. Pensa Wentje. Ad alta voce. E cammina. Seguendo il cuore. Ovviamente.

COMMENTO DI FELICIANA CHIARADIA

Ho conosciuto Wentje prima di conoscere Charlotte. Poi ho incontrato Charlotte e ho (ri)conosciuto Wentje. Così Charlotte aveva letto Blu prima di sentire la mia voce e forse per questo sembrava di conoscerci già. Il grande pregio di questo tandem è quello di mettere in contatto due persone di cui la scrittura arriva prima di loro, e, nel caso mio e di Charlotte, di due ragazze nel cui WG «non stira nessuno» e allora l'asse da stiro diventa scrivania, il centro del nostro piccolo mondo.

Quando scrivere è un'abitudine come stirare allora Bügeln. Che è un racconto nel racconto che Wentje cerca di immaginare facendosi guidare, come tutti, da quello che dice Google. Non appena il motore di ricerca esce di scena, il lettore è trasportato nella mente e dalla quotidianità di una ragazza di città che si muove seguendo «il cuore». Ma solo perché lo dice il tè. Wentje racconta, si costruisce e decostruisce, prende botte e punti, mentre scrive una storia. La sua storia che, per quanto personale possa essere, è la storia di tutti. Affinché l'equazione «stirare» = «scrivere» abbia un senso, deve essere «onesta». Come Bügeln, come Wentje, come Charlotte.

252

BLU
FELICIANA CHIARADIA

Il museo era disordinato e caotico proprio come non volevo fosse ma non c'era quasi nessuno e questo mi bastava. Avevo voglia di musei e quello era l'unico vuoto. Odio le code perché ti danno il tempo di pensare, come quando non ti danno il colpo di grazia non mirando dritto al cuore e te ne rendi conto, e ti hanno ferito ad una gamba che forse fa ancora più male.

Quando vado ai musei porto sempre una matita. La carta no, uso il retro delle guide, quelle gratuite, che hanno quasi sempre in tutte le lingue meno che in italiano, io scrivo sulla pianta, che tanto non mi perdo, che se mi perdo mi trovo, forse, prima o poi, se voglio, soprattutto se voglio.

«*Castellano está bien*» dico.

Dopo primo, secondo, terzo piano. Appunto solo il nome di un'opera.

Esco, prendo un caffè e me ne dimentico.

Mentre cammino per tornare a casa ci ripenso, ci ripenso un attimo ancora e rido. Mi stavo giusto chiedendo perché mi fosse piaciuta.

Ma certo.

Ora lo so.

Sono io.

Io che faccio sanguinare i pavimenti senza accorgermene, ché il bagno è il posto che preferisco, che allo specchio non mi ci guardo quasi più. Che poi il sangue è un tessuto connettivo e in quanto tale *connette*. E il sangue *respira*, lo sapevi? Preleva ossigeno dall'ambiente circostante e lo rimette ai tessuti grazie ad una curva di *dissociazione*. Una curva di dissociazione che però rimette? Sì, e ti dirò di più: in un uomo adulto il sangue costituisce circa 1/12 del peso corporeo e corrisponde a 5-6 litri, è più pesante dell'acqua ed ha un peso specifico di 1,055. Poi entra in gioco il principio di Archimede: «Ogni corpo immerso parzialmente o completamente in un fluido riceve una spinta verticale dal basso verso l'alto, uguale per intensità al peso del volume del fluido spostato». Ma se il peso specifico dell'acqua di mare oscilla tra 1,2 e 1,3 perché il principio *con* te non ha funzionato? E perché se, oltre al sale, nitrati e fosfati ci sono anche ossigeno e anidride carbonica che garantiscono la respirazione e fotosintesi clorofilliana alla vegetazione marina, lo precludono ai terrestri? Anche tu ti trovavi nella zona afotica ma il sole non l'hai mai più visto, neanche sottoforma di $C6H12O6$.

Il quadro si chiama «The Legend of Lilith» ed è di Carmen Mansilla Martin. L'etimologia della parola *Lilith* deriva dall'Ebreo «layil» e dall'Arabo «layl» che vogliono dire *notte*. Nelle lingue degli Assiri e Babilonesi «lili» vuol dire *spirito*. Charles Fossey lo ha letteralmente tradotto come «La Donna-Demone della Notte».

Forse è per questo che la immagino così, la donna-demone sulle *Scole* del Giglio, alle 21.45 del *venerdì 13* di quella notte del 2012.

Con te nelle braccia.

Che ride.

Le chiocciole possono dormire fino a tre anni se le condizioni climatiche sono avverse.

5.45. Ancora mi chiedo perché metta la sveglia così presto se poi mi addormento ma mi alzo comunque per le 6.25 e riesco addirittura ad essere puntuale. Il freddo di questi giorni punge, Barcellona come Bologna, Bologna come Alberobello. È strano prendere bus, treno della metro e treno-treno che poi mi dicevano che l'S2 si chiama «Ferrocarril» e non è un vero treno.

Mi chiedo anche perché mi sembra sempre di farti male accendendo le luci al mattino, che poi forse alle 5.45 è ancora notte. Forse da quando ho letto l'etimo di annegare = far morire. Mi sono chiesta chi fosse stato il carnefice, chi il mandante. Ho trovato la risposta più banale ma alla fine ho dato la colpa ai verbi apparentemente riflessivi e a Gregorio di Tours per non aver coniato al meglio questo paradigma che voglio assolutamente dimenticare ma da cui è impossibile allontanarsi e quindi cammino spingendo(lo) più in là.

La discesa che mi tocca fare è deserta e i semafori sono ancora gialli ad intermittenza. Perché avere la musica nelle orecchie *da allora* mi fa male? C'è sempre un uomo all'entrata della metro che vende fazzoletti, mantiene sempre la testa bassa. Mi chiedo se sia per la vergogna di stare lì, perché ha male agli occhi o semplicemente perché guardare un punto fisso più lontano da te ti permette di non perdere l'equilibrio:

non ci ho mai provato ma vorrei farlo. Di venerdì c'è sempre quella signora con la pianola che suona sempre la stessa melodia. Sinfonia n.5 di Beethoven, «Il destino bussa alla tua porta». Ai microfoni la TMB raccomanda di non muoversi, almeno non con la metro.

Anche oggi sarei rimasta volentieri a dormire, con le persiane chiuse, affinché fosse sempre notte. Per non spegnerla con la luce.

Per sentirti più vicino.

Quando un piccolo di giraffa nasce, cade dall'altezza di 2 metri (senza farsi male) perché la mamma partorisce in piedi.

Sinceramente i bambini non li sopporto. Dopo *quel giorno*, ancora di più. Tutte quelle smorfie, quei capricci assurdi, quei sorrisi senza senso e quegli occhi innocenti che innocenti non sono. Che ancora mi chiedo cosa avessero gli occhi di quel bambino più dei tuoi.

Oggi nella L2 c'era una ragazzina anche se inizialmente pensavo non lo fosse. Con i pantaloni della tuta larghi, la felpa L di quando la tua taglia è S e le Air Max, un copri-collo fino al naso e poi un cappuccio. Le braccia conserte e l'unica voglia che aveva era di evitare lo sguardo altrui. Esattamente come me, col libro di Orwell spiacciato in faccia, anche perché un po' non ci vedo. La osservo. Il tizio che ha vicino scende, lei coglie al volo questa opportunità e scivola verso l'ultimo dei quattro sedili, quello più vicino all'uscita. Avrei fatto esattamente lo stesso.

Io non voglio mai essere madre. Non voglio soffrire e far soffrire. È tutta questione (o colpa) dei *fardelli* di Kundera, di genotipo e fenotipo, di ereditarietà, di radicamento, della dromomania. Ma stamattina una sensazione strana mi ha pervaso l'anima. Avevo camminato anche io in quelle piccole Air Max per una decina di secondi impercettibili.

Sentendoti.

Ti avevo riascoltato raccontare la storia di Emiliano. Era *il 27 di gennaio*. Giornata della Memoria. E siccome siamo nel 2016 ora me lo chiedo se le date non siano pure coincidenze ma un disegno di legge ben calcolato in precedenza, un cubo di Rubik che alla fine ritrova il suo ordine prestabilito ma implica una serie di sacrifici, come un cartellino di imprevisti che finisce nella sfilza di probabilità. E per tutta Alberobello, da *quel 27* di gennaio, è stata la «Giornata della Memoria» di Emiliano, il bimbo di sei anni investito all'uscita dell'oratorio che aveva attraversato la strada senza guardare per riabbracciare il padre che lo aspettava sul marciapiede dal lato opposto. Questione di attimi, o di sangue. Quel sangue dal naso che finché si arriva in ospedale è già una emorragia celebrale.

E tu avevi otto anni ma lo avevi portato con te. Giocavate a calcetto assieme e, anche se non potevi saperlo, il «pellegrinaggio» dei primi di novembre al cimitero -per trovare i propri defunti- avrebbe fatto tappa fissa nella tomba della famiglia di Emiliano, dove c'era lui al centro con una camicia rossa e il resto marmo bianco e sotto tante macchinine e sorprese di ovetti Kinder che ti eri sempre domandato se ci avesse mai giocato. Tutte le preghiere che, quando prima di andare a dormire, tua mamma ti aveva fatto recitare da bambino o («Gesù, ti prego, proteggi l'angioletto Emiliano...»), che poi avevi continuato a farlo anche da grande e mi sembrava strano per uno che suonava metal, che aveva i capelli così lunghi, pregare.

Mi chiedevo se anche tu non avessi camminato -anzi, corso- in quelle scarpe chiare che una ne avevi ritrovato al campo di calcetto vicino la scuola, quando ci eravate tornati, quello con le reti rotte e la sabbia, che quando pioveva neanche un phon gigante avrebbe potuto asciugare, mi chiedevo se, negli occhi di quel bambino di sei anni tu ci avessi (ri)visto gli occhi a mandorla di Emiliano.

Non ho più alcun dubbio.

I colibrì di solito volano all'indietro quando indietreggiano da un fiore, dopo essersi cibati.

L'unico «contatto» che avevo avuto con un uomo da *quel giorno* è stato oggi nel treno. La metro aveva fatto tardi ed eravamo tutti incastrati a dovere. Io ne avevo uno avanti ed uno dietro, due ragazzi. Quello davanti a distanza talmente ravvicinata che non darsi un bacio sembrava essere la eccezione.

Eppure, di opportunità ne avevo avute. Ma non volevo. Sembra banale ma mi sembrava di farti un torto. Allo stesso tempo non volevo neanche cedere al «lui lo avrebbe voluto». Che ne sanno di cosa avresti voluto? A trent'anni cosa può volersi: un posto fisso, una famiglia, una casa.

No.

Tu volevi una batteria, viaggi, fondare una squadra di calcetto -la «Pro Emiliano», vero? - e me.

Sempre una questione di dissociazione.

Dicevo spesso che l'unico motivo per cui tra tanti ti avevo scelto era perché, considerando fossi più alto di me, potevo sentirmi come quando mi sedevo sugli sgabelli alti nel bar del Terminal 1 a El Prat, ricordi?

Che forse è vero che fortuna e sfortuna sono figlie della stessa madre e che, in fondo, un po' me lo merito ma comunque avrei tanto voluto sapere cosa ne pensassi tu di quest'altro venerdì 13 in cui le chitarre hanno lasciato il posto ai Kalashnikov.

Che ora al venerdì 13 ci credo più che al venerdì 17 e che quando vedo un gatto nero che attraversa la strada innesto la marcia indietro, non aspetto neanche che passi il mio successore perché sono una codarda e non gli spiattellerei mai il destino in faccia che sono stata io a somministrargli senza che se ne rendesse conto. E quando passa un carro funebre vuoto tocco sempre ferro.

Ho paura delle scale mobili troppo lunghe, di quelle di cui non si vede la fine e di quelle che si attivano solo quando tu calpesti una parte non-so-che del suolo circostante e cominciano a muoversi da sole quasi fossero più intelligenti. Ho paura che ci sia qualcuno ad aspettarmi.

O *nessuno*.

A volte vorrei provare a camminare all'indietro per vedere se in realtà vai avanti camminando all'indietro o camminando all'indietro si ritorna al punto di partenza.

Vorrei proprio vedere.

I gatti quando iniziano a soffrire si isolano, poiché vogliono morire da soli per non creare sconforto a chi ha reso la loro vita migliore.

C'era una volta un ragazzo che faceva sorridere.

Riempiva e svuotava scatole dei ricordi.

«Remember me as a time of day» diceva. E andava controvento e andava contromano e amava la pioggia.

«Please don't stop the rain» ripeteva.

C'era una volta un ragazzo che scriveva storie ma non lo sapeva. E correva dietro alla soluzione facile che poi spesso è anche la migliore.

Come uno stupido abbraccio che quando lo dai è perché lo senti forte, come quel tramonto che «adesso può arrivare anche la morte».

E con lei sapeva parlare con la forza delle linee e degli spazi del pentagramma, parole ne aveva usate troppe, tante, un sacco, un mucchio, un mondo.

La chitarra in spalla. Non l'abbandonava mai: una stazione dismessa, una strada che odorava di muffa, un cantiere di piombo guarnito non sapeva colorarlo, ma sapeva movimentarlo come la veste di un fantasma che, bianca, racconta la storia di una vita; «I think I do...» con dei fotogrammi che scorrono e si muovono, un volo di colombe si avvicina a mo' di persona ad una sfera che poi non è una sfera ma è una sfera che, tagliata in tante piccole sfere, comincia a circolare e da quella sfera si dipartono i mille mondi, le mille interiorità dell'ospite inquietante che ci accompagna e si guarda allo specchio, quel nichilismo che, contrapposto all'egocentrismo ci ricorda che quello che c'è di magico lo possiamo osservare solo se lo sguardo si sposta un po' più a nord del nostro naso; ma forse non solo a Nord, anche a Sud, Est, Ovest. Questo dipende solo dal piede che per primo muoviamo se facciamo finta di cadere ma non cadiamo; una predisposizione silente. Un po' come quelle che gli inglesi chiamano «notion», quelle idee da cui si dipartono i rami della rivoluzione interiore che facciamo ogni giorno se decidiamo di vivere come se fosse l'ultimo. Ed è meglio così. La magia delle luci di Natale che le aspetti ogni anno e anche se sono sempre uguali non ci fai caso perché sono così, talmente belle che non te ne frega niente. È un terremoto interiore, quello dei sentimenti di «Cent'anni di Solitudine» però la solitudine è solo una mera illusione perché ciò che ci fa star meglio è l'abbraccio complice di chi, volente o nolente ci ama per forza di cose, perché siamo così e non ci cambierebbe per nulla al mondo. Una melodia che piace, emoziona, ricorda, e parla di nostalgia anche se non ne comprendi a pieno il significato ma la giornata te la cambia se ti ci svegli.

Tutto quello che so è che sono persa.

Sono persa nei meandri della solitudine ma anche della compagnia, sono persa negli occhi tuoi verdi, nelle mie occhiaie scure, mi sono persa all'uscita della stazione, perché la via che sembra più facile non è sempre la migliore e che, anche se convenzionale, la strada vecchia è sempre meglio ripercorrerla; sono persa in queste parole che scrivo mentre ascolto «Ghost Stories» dei Coldplay perché mi hai detto che li hai rivalutati e in quello che dici ci credo. E sai che mi piace.

Non so per quale strano motivo ma mi viene in mente la loro canzone «Christmas Lights».

Siamo a febbraio e già ci penso. Ci penso perché non vedo l'ora che arrivi Natale, che ritorni tu, che il cielo pieno di stelle non lo guardo da sola ma che vieni tu e mi abbracci da dietro e io muoio. Muoio per via dei tuoi occhi belli e sorrido perché li vorrei io ma ce li hai tu e ti stanno bene, benissimo come le mie scarpe nuove. Mi stanno benissimo ma mi fanno male perché sono nuove.

E anche i tuoi occhi mi fanno male; sulle fotografie delle ricerche -che poi sono quelle che avevo appeso in camera mia, tra i biglietti da visita dei posti in cui mangiavamo insieme e quei biglietti dei concerti a cui (non) siamo andati- e sulla tua bianca lapide su cui mancano le macchinine.

Che a me, quello dei Dream Theater suonava come un epitaffio, quasi come quello di John Keats -quello del «his name was written in the water»-, hai presente?

Ed ho pensato alla storia degli Explosions in the Sky, a quella che mi avevi raccontato tu quando mi dicevi che le loro canzoni avevano anticipato l'attentato alle Torri Gemelle e io ridevo.

Ecco, ora non rido più e quando ascolto «The Killing Hand» dei Dream Theater ho paura.

Minuscoli, luminosissimi, misteriosi: nel Mar Rosso è stata scoperta quella che potrebbe essere una nuova specie di polipi fluorescenti.

La signora alla fermata del bus dice che tutti quelli la cui targa inizia per 78 sono autobus 32.

Non le credo. Arriva il bus ed effettivamente, in questo caso, era così.

Dalle ore diciannoveezerozero il Museo Picasso è sempre gratis e durante la settimana, in febbraio, non dovrebbe esserci nessuno. Sì, è un periodo in cui necessito arte, guardare quadri, interpretare sguardi, specchiarmi in qualcosa che sia altro da me. «Perché solo l'amore vince la morte» aveva detto Don Nicola il giorno del tuo funerale -e lo aveva ripetuto almeno cinque volte-; da quando l'amore per me era diventato come vedere qualcuno dall'altro lato della fermata della metro, quando io vado in direzione «Fondo» e lui verso «Hopital de Bellvitge».

Invece ora sono riuscita ad innamorarmi dell'arte in ogni sua forma.

Perché poi ti (ri)vedo: nelle ombre delle palme della Barceloneta, quando cammino sulle mattonelle bianche per paura di macchiare quelle nere e tu mi spingi, che raccogli i mandarini sugli alberi vicino al teatro con le luci belle del quartiere di Gracìa, che ridi quando nelle canzoni troviamo un G7 e io non ricordo mai come posizionare il terzo dito e arrivo dopo, nella filologia che ho preferito al diritto, nell'aria del mare.

Ma lo sapevi che le rocce calcaree sono prevalentemente composte da sedimenti organogeni che si formano da precipitazioni e soluzioni acquose soprasature o da rocce distrutte che si ricompongono in altro luogo?

Ma lo sapevi che mentre *giocavi a nascondino* hanno scoperto, nel Mar Rosso, una nuova specie di polipi fluorescenti?

Allora avevo pensato di averti ritrovato e avevo smesso di mangiare polipi e organizzato una gita in Africa.

Poi hanno ritrovato il tuo corpo -o quello che ne restava- incastrato sulla nave -o quello che ne restava- al Giglio, e ho capito che non potevi essere tu.

È per questo che ho pensato alle rocce calcaree.

Ai nostri trulli.

Bianchi come Ostuni.

Saldi anche senza cemento, di cui sei calce.

E li o/adoro, ti respiro, ti sento.

E capisco perché il mare è blu grazie a Picasso: «*(...)il colore Blu è come una dimensione sacra e sentimentale, l'artista guarda in faccia alla realtà, alla miseria e alla sofferenza, oltre che alla morte»* dice il cartello esplicativo nella sala alla mia destra.

E l'ho amata anch'io la sopraelevata di Genova, come un posto in prima fila ad una cerimonia che ci aveva (ri)portati lì quando in quel sottopasso Tenco, dipinto sui muri, cantava:

«Mi sono innamorato di te perché non avevo niente da fare,
il giorno volevo qualcuno da incontrare, la notte qualcuno da sognare».

Avevamo scansato la folla in coda per il pesce fritto alla Festa dell'Unità e di fronte al mare lo avevamo giurato: finché sorte non ci separi.

Sono le 12.56 A.M. di domenica 21 febbraio del 2016.

A Barcellona ci sono otto gradi.

Volevo dirti che oggi ho deciso di smetterla con l'insana abitudine, nello spogliatoio della palestra, di andare a farmi la doccia vestita per poi svestirmi una volta aver richiuso la piccola porta di quello stretto abitacolo che, tra l'altro, è trasparente e che anche se generalmente condiviso, per una decina di minuti, diventa solo mio.

Lo facevo sempre per non rendere possibile il confronto tra i miei seni giovani e quelli caduti delle presenti perché non percepissero il tempo che passa.

Poi ho dovuto ammettere che il tempo non è altro che l'esperienza umana e che ho più anni io dentro che la vecchietta con gli addominali che neanche io e te messi assieme. E' tutta una questione di intersoggettività, che però a me la vita (non) la cambia.

Dunque, ho fatto la doccia.
Tolto l'accappatoio davanti a tre signore.
Odore di cloro veniva dalla piscina.
Ho chiuso gli occhi
e (ti) ho visto
blu.
Yo también te echo de menos.
Buonanotte.

*Dedicato a Giuseppe Girolamo, un ragazzo di Alberobello che aveva fatto il liceo classico che suonava la batteria aspettando che le bacchette divenissero magiche e il mondo cambiasse.
Ma siccome tutto restava lo stesso decise di cambiare il destino del bambino a cui lasciò il suo posto sulla scialuppa che lo avrebbe riportato a riva «far out to come in when the wind shifts».
Però il vento è cambiato e Giuseppe mai tornato. Ché a trent'anni un po' ti viene quella cosa del diventare padre, o magari erano solo gli occhi della madre nel pensare di dover lasciare il figlio o abbandonarlo o scegliere quale figlio portare, chissà, oppure i brividi che ti vengono nel pensare al «prendi due, salvi nessuno». O semplicemente un «vada pure signora, io aspetto la prossima» piuttosto che la premura che, partendo dal pensiero del fratello minore, raggiunge i limiti dell'universale. Eppure, a me, nel mio mondo troppo influenzato da Tim Burton, piace pensare che qualche band di sirene alla ricerca di un batterista moro, che usa il passato remoto, che cucina una buonissima tiella e che conosca le canzoni dei Dream Theater a memoria, abbia trovato un tesoro.
Dedicato alla fidanzata di Giuseppe, ché vivere nel ricordo di chi si ama è ancora più difficile che continuare a vivere o morire.
Dedicato a Emiliano che venne investito sotto gli occhi del papà ed i miei, quando aveva sei anni e io otto, per cui continuo a pregare.
Dedicato a tutte le vittime (troppo spesso dimenticate) dei venerdì 13, dei 27 di gennaio, di tutti i 365 - 366 giorni dei 12 mesi dei 4 540 000 000 anni della terra.
Per tutti loro, il mare ed il cielo si dipingono di blu e continuano ad essere le due cose più belle per cui non smetterò di vivere e credere.

BLAU

FELICIANA CHIARADIA

Aus dem Italienischen von Charlotte Weber-Spanknebel

Unübersichtlich und chaotisch war das Museum. Genau so wie ich es nicht haben wollte. Aber da war fast niemand und das war genug. Warteschlangen hasse ich, weil sie Zeit geben zum Nachdenken. Als würden sie einem, am Herz vorbei zielend, nicht den Gnadenschuss geben und das sickert also durch im Moment im Bewusstsein. Und stattdessen haben sie aufs Bein gezielt und das tut nochmal mehr weh. Gehe ich ins Museum, dann hab ich bei mir stets einen Stift. Papier nicht, da reicht mir die Rückseite der flattrigen Museumguides. Die sind kostenlos und eigentlich immer in allen Sprachen vorhanden außer in Italienisch. Ich kritzle auf den Grundriss drauf, so verlauf ich mich nicht, und aber wenn ich mich doch verlaufe, dann find ich mich wieder, vielleicht, früher oder später, wenn ich will, ja wenn ich's überhaupt denn will.

«Castellano está bien», sage ich. Dann das erste, zweite, dritte Stockwerk. Ein einziges Gemälde, da notier ich mir den Titel. Gehe raus, trinke einen Kaffee und vergesse. Mich und anderes auch.

Und während ich so gehe Richtung nach Hause, denk ich nach, einmal, zweimal und ich lächle auch am Ende. Warum mir das Gemälde so gefallen hat, das frag ich mich. Ja. Und also dann. Weiß ich es wieder. *Ich* bin es.

Ich, die den Boden vollblutet ohne es zu merken. Das Bad, mein Lieblingsort. Ich, die sich kaum noch im Spiegel anschaut. Blut ist ein Bindegewebe und verbindet also. Und Blut, das atmet, wusstest du das? Es nimmt Sauerstoff auf aus der Umgebung und gibt ihn ans Gewebe zurück. Schau, eine Dissoziationskurve. Eine Dissoziationskurve, und hier fällt sie wieder. Ja, und noch was: Bei einem erwachsenen Menschen - da macht das Blut circa Einzwölftel des Körpergewichts aus und das sind also fünf bis sechs Liter. Schwerer als Wasser, das ist es. Eigengewicht von 1,055 irgendwas. Archimedes (und Wikipedia) sagt: «Der statische Auftrieb eines Körpers in einem Medium ist genauso groß wie die Gewichtskraft des vom Körper verdrängten

Mediums.» Also wenn aber das Eigengewicht des Meerwassers zwischen 1,2 und 1,3 liegt. Warum hat es dann nicht bei dir funktioniert? Also für dich. Neben Salz, Nitraten und Phosphaten ist da auch Sauerstoff und Kohlendioxid. Die garantieren der Meeresvegetation das Atmen und die Chlorophyll-Photosynthese. Warum funktioniert das alles bei Landlebewesen nicht? Du. Auch Du warst in der aphotischen Zone, hast aber die Sonne nie wieder gesehen. Nicht einmal in Form von C6H12O6. Das Gemälde von vorhin. Das heißt «The Legend of Lilith». Von Carmen Mansilla Martin. Lilith, im Hebräischen ,layil' und im Arabischen ,layl', beides ist ,Nacht'. In den Sprachen der Assyrer und Babylonier ist es ,Geist'. Charles Fossey meint, wörtlich: «Die Dämonenfrau der Nacht».

Vielleicht stelle ich es mir deshalb so hier vor: eine Dämonenfrau auf den Scole del Giglio, um 21:45 Uhr am Freitag dem 13., damals, im Jahr 2012.

In ihren Armen: Du.

Du lachst.

Schnecken können bis zu drei Jahren schlafen, wenn die klimatischen Bedingungen scheiße sind.

5:45. Geweckt so früh, warum. Ich schlaf doch eh wieder ein direkt. Später also doch aufgestanden, ich, um 6:25, und sogar pünktlich dann. Die Kälte dieser Tage beißt. Ob Barcelona oder Bologna, Bologna oder Alberobello, egal. Komisch so, den Bus zu nehmen, die U-Bahn, den Zug, und am Ende heißt die S2 *ferrocarril* und was ist also ein Zug?

Was ich mich auch frage: Warum hab ich jedes Mal das Gefühl dir weh zu tun, sobald ich das Licht anmache am Morgen? Um 5:45, ja eigentlich immer noch Nacht. Vielleicht ist es so, seitdem ich das Wort *ertrinken* mir angeschaut und festgestellt habe: Es kommt von *sterben lassen*. Ich habe mich gefragt: Wer hat's getan, wer hat's geplant? Die banalste Antwort auch gefunden, längst. Am Ende dann doch den scheinbar reflexiven Verben und Gregor von Tours die Schuld dafür gegeben. Dass er sich nicht ein besseres Paradigma hat einfallen lassen. Das Paradigma, das ich unbedingt vergessen will, von dem ich aber nicht loskomme. Und also gehe ich. Immer schön vor mir her schiebend, das Paradigma.

Menschenleer der Abstieg, der vor mir liegt. Und Ampeln, die gelbes Dauerblinken sind. Warum tut die Musik von damals in den Ohren weh? Es gibt da diesen einen Mann vorm U-Bahnhof, der verkauft Taschentücher. Und hält dabei den Kopf tief. Ist es, weil er sich schämt, dort zu sein? Weil ihm die Augen wehtun? Um nicht das Gleichgewicht zu verlieren mit einem festen Punkt ein wenig weiter weg? Das mit dem festen Punkt, das würde ich auch gerne mal. Freitags sehe ich oft diese Dame mit dem Pianola. Die gleiche Melodie, jedes Mal. Beethovens fünfte Sinfonie. Huhu, «Das Schicksal klopft an deine Tür», übrigens. Übers Mikrofon sagt die TMB, man komme wegen des Streikes heut nicht groß durch die Stadt, zumindest nicht mit der U-Bahn.

Heute, auch, wär ich gerne liegen geblieben, schlafend, mit geschlossener Jalousie. Damit es immer Nacht bleibt. Um sie nicht mit dem Licht auszuschalten, die Nacht.

Um dich näher bei mir zu wissen.

Eine Babygiraffe, wenn sie zur Welt kommt, plumpst, da die Mama im Stehen gebärt, aus einer Höhe von zwei Metern zu Boden. Tut sich nichts.

Ehrlich gesagt. Ich kann Kinder nicht ausstehen. Nach damals noch weniger. Die Grimassen, die absurden Wutanfälle, das sinnfreie Lächeln und die unschuldigen Augen, die nicht unschuldig sind. Immer noch frage ich mich was die Augen dieses Kindes mehr hätten als deine eigenen.

Heute, in der L2 ein Mädchen. Weite Jogginghose, Sweatshirt in Größe L. Wobei sie eigentlich Größe S hat. Air-Max-Sneaker, Schlauchschal bis zur Nase, Kapuze. Die Arme verschränkt. Bloß keine Blicke. So auch ich, mit dem Buch von Orwell vor der Nase. Ganz nah, weil ich ein bisschen nicht gut sehe. Ich beobachte sie. Einer, gerade noch neben ihr, steigt aus. Sie rutscht direkt zum letzten der vier Sitze. Nah am Ausgang. Genau dasselbe, das hätte ich auch getan.

Mutter werden will ich nicht. Nicht leiden und leiden lassen. Eine Frage, vielleicht sogar Schuld von dem, was Kundera hinterlassen hat. Genotyp und Phänotyp, Vererbung, Verwurzelung, Dromomanie. Heute morgen, da hat mich ein komisches Gefühl durchfahren. Auch ich bin in diesen kleinen Air Max gegangen, für zehn Sekunden, die waren unmerklich.

Und gespürt hab ich dich.

Ich hatte dir zugehört. Und deiner Geschichte von Emiliano. Seiner Geschichte. Am 27. Januar. Jetzt, im Jahr 2016, frag ich mich, ob solche Daten wirklich nur Zufall sind. Oder vielleicht: Ein Gesetzesentwurf, fix schon lange vorher. Ein Zauberwürfel, der am Ende seine vorherbestimmte Ordnung findet. Der eine Reihe von Opfern einfordert. Wie eine Gemeinschaftskarte, die im Stapel der Ereigniskarten landet. Und ganz Alberobello denkt an Emiliano, besonders am 27. Januar. Emiliano, ein sechsjähriger Junge, der vor dem Ausgang des Oratoriums überfahren wurde. Ohne sich umzuschauen, da überquerte er die Straße. Drüben der Vater und dessen Arme. Eine Frage des Augenblicks. Eine Frage des Blutes. Das Blut, das aus der Nase rann und, als man endlich im Krankenhaus war, schon Hirnblutung hieß. Du warst acht Jahre alt, und er bei dir. Ihr spieltet gemeinsam Fußball. Du konntest es nicht wissen, als ihr in den ersten Tagen des Novembers zum Friedhof seid. Um die eigenen Verstorbenen zu suchen. An Emilianos Familiengrab machtet ihr Halt. Heute liegt da auch er, rotes Hemd, der Rest aus weißem Marmor. Unter Spielzeugautos und Kleinkrams aus Kinderüberraschungseiern. Hätte er seinen Spaß dran gehabt? Gebete, die deine Mutter dich vor dem Zubettgehen aufsagen ließ. Jesus, bitte beschütze den kleinen Engel Emiliano. Erwachsen geworden sagtest du sie auf, weiter. Komisch für mich, zu sehen einen, dich, der Metal spielte und die Haare endlang trug. Und betete.

Ich habe mich gefragt: Bist du nicht auch in diesen hellen Schuhen gegangen, gerannt? Von denen du den einen wiedergefunden hattest auf dem Fußballplatz nahe der Schule. Als ihr zurückkamt vom Friedhof. Der Fußballplatz mit den kaputten Netzen und dem Sand. So viel davon, dass nach Regen nicht mal ein gigantischer Fön hätte alles trocknen können. Ich habe mich gefragt: In den Augen des sechsjährigen Jungen, hast du da die mandelförmigen Augen Emilianos wiedergesehen? Ich bin mir sicher, dass ja.

Kolibris fliegen rückwärts, wenn sie sich von einer Blüte entfernen, an der sie sich kurz vorher noch gelabt haben.
Heute im Zug, das war der einzige Kontakt, den ich seit damals mit einem Mann hatte. Die U-Bahn hatte Verspätung. Wir alle eng beieinander. Ich hatte einen vor und einen hinter mir. Der vor mir stand so nahe. Fast undenkbar, sich da keinen Kuss zu geben. Die Möglichkeit, die hätt' ich auf jeden Fall gehabt. Ich wollte nicht. Banal mag es klingen, aber ich hatte das Gefühl dir Unrecht zu tun sonst. Gleichzeitig, wer will ins «er hätte es so gewollt» verfallen. Ich nicht. Was wissen wir schon davon, was du gewollt hättest? Mit dreißig Jahren, was will man da: einen festen Job, eine Familie, ein Haus.

Nein. Du wolltest ein Schlagzeug, Reisen, eine Fußballmannschaft gründen - die «Pro Emiliano». So war das doch? Und mich wolltest du.

Eine Frage der Dissoziation, war es das?

Ich habe immer gesagt: Dich habe ich ausgewählt, weil du größer warst als ich. Und ich mich so fühlen konnte wie damals, als ich auf den hohen Hockern in der Bar im Terminal 1 in El Prat saß. Erinnerst du dich? Vielleicht ist es einfach so: Glück und Unglück sind die Kinder derselben Mutter. Vielleicht habe ich's auch ein bisschen verdient. Jedenfalls, gern hätte ich gewusst was du von diesem anderen Freitag, den 13. gedacht hättest. Dem, an dem die Gitarren den Kalaschnikows Platz gemacht haben.

Freitag, der 13., an den glaube ich mehr jetzt als an Freitag, den 17. Eine schwarze Katze überquert die Straße und ich, ich fliehe im Rückwärtsgang. Auf meinen Nachfolger warte ich nicht. Weil ich feige bin und ihm niemals das Schicksal unter die Nase reiben würde. Das immerhin ich ihm beschert habe. Er wird es nie erfahren. Wenn ein leerer Leichenwagen vorbeifährt, klopfe ich auf Holz.

Vor zu langen Rolltreppen habe ich Angst. Vor solchen, deren Ende man nicht sieht. Vor solchen, die sich erst dann in Gang setzen, wenn man auf einen weiß ich nicht was für Teil des Bodens tritt, ganz von allein. Als ob sie intelligenter wären als ich. Dass da jemand ist, der auf mich wartet. Davor habe ich Angst. Oder aber, dass da eben niemand ist.

Manchmal würd ich gern versuchen rückwärts zu gehen. Ob man wohl tatsächlich vorwärts kommt, wenn man rückwärts geht, oder ob man rückwärts gehend an den Ausgangspunkt zurückkehrt? Das wär was.

Sterbende Katzen isolieren sich, wenn sie zu leiden beginnen. Sie wollen alleine gehen, um denjenigen, die ihnen das Leben bereichert haben, nicht unnötig Kummer zu bereiten.

Es war einmal ein Junge. Da konnte niemand nicht lächeln.

Kisten mit Erinnerungen, die füllte und leerte er.

«Remember me as a time of day», hat er gesagt. Er ging gegen den Wind und gegen den Strom. Und den Regen liebte er.

«Please don't stop the rain», hat er gesagt, immer wieder.

Es war einmal ein Junge. Der schrieb Geschichten, ohne es zu wissen. Er rannte den einfachen Lösungen hinterher. Die sind ja tatsächlich oft die besten. Wie so eine Umarmung, die man gibt, weil man sie als stark empfindet. Wie ein Sonnenuntergang. Einer nach dem Motto: So, jetzt kann der Tod auch kommen.

Und mit ihr, der Umarmten, konnte er sprechen. Dank der Kraft der Linien und Räume des Pentagramms. Worte, davon hatte er schon zu viele, eine Menge, einen Haufen, eine Welt.

Gitarre über der Schulter. Allein gelassen hat er sie nie: Ein stillgelegter Bahnhof. Eine Straße, die nach Schimmel riecht. Eine Baustelle, garniert mit Blei. Bewegen konnte er sie nicht. Sie in Schwung bringen, das hingegen schon. Wie ein Geistergewand, flatternd, weiß, das die Geschichte eines Lebens erzählt. «I think I do...». Fließende Bilder, die sich bewegen. Ein Taubenschwarm, der nähert sich einer kugelförmigen Person, die keine Kugel ist. Und dann doch eine Kugel, die, in viele kleine Kugeln zersplittert, zu kreisen beginnt. Von dieser Kugel gehen die tausend Welten aus. Die tausend Innerlichkeiten des Gastes, der uns stört, der uns begleitet, sich selbst im Spiegel betrachtet. Ein Nihilismus, der uns ermahnt: Was es an Magie gibt, können wir beobachten. Und zwar dann, wenn unser Blick nach Norden geht, von unserer Nase aus. Im Gegensatz zum Egozentrismus. Nicht nur gen Norden vielleicht. Auch Süden, Osten, Westen. Das hängt von dem Fuß ab, den wir zuerst bewegen, wenn wir so tun als würden wir fallen. Aber ja eigentlich nicht wirklich fallen. Eine stille Veranlagung. Wie was die Engländer «notions» nennen, so. Ideen, von denen die Zweige der inneren Revolution abgehen, die wir jeden Tag machen. Wenn wir beschließen so zu leben, als wäre es unser letzter Tag. Das ist auch besser so. Der Zauber der Weihnachtsbeleuchtung. Jedes Jahr ein Warten darauf, jedes Jahr dasselbe. Das ist ok. Weil es so schön ist nämlich, so schön. Inneres Erdbeben. Ein Gefühl von «Hundert Jahren Einsamkeit». Aber die Einsamkeit ist nur reine Illusion. Was uns besser fühlen lässt, ist die komplizenhafte Umarmung derer, die uns zwangsweise lieben. Ob sie es wollen oder nicht. Weil wir so sind, wie wir sind. Uns um nichts in der Welt ändern würden. Eine Melodie, die glücklich macht, aufregt, erinnert und von Nostalgie erzählt. Auch wenn man ihre Bedeutung nicht ganz versteht. Aber den Tag verändert sie, wenn man zu ihr aufwacht.

Was ich weiß: Ich bin verloren.

Im Labyrinth der Einsamkeit hab ich mich verloren, aber auch in dem der Zweisamkeit. In deinen grünen Augen, in meinen dunklen Augenringen, am Ausgang des U-Bahnhofs. Der Weg, der am einfachsten erscheint. Ist nicht immer der beste. Und selbst wenn etwas langweilig: besser, den alten Weg zurückzugehen. In den Worten habe ich mich verloren, die ich schreibe. «Ghost Stories» von *Coldplay* höre ich dabei, weil du mir gesagt hast, dass du sie neu verstanden hast. Und ich glaube an das, was du sagst. Und dass ich das mag, das weißt du.

Ich weiß nicht, warum. Aber deren Song «Christmas Lights» kommt mir in den Kopf.

Februar, und ich denke daran. Denke darüber nach, weil ich es nicht erwarten kann, dass Weihnachten kommt. Dass du zurückkommst. Dass ein Himmel voller Sterne. Und ich drunter nicht allein, sondern mit dir hinter mir und dann sterbe ich. Ich sterbe wegen deiner schönen Augen. Ich lächle, weil ich sie gerne hätte. Haben tust du sie. Stehen dir gut, genauso wie mir meine neuen Schuhe. Sie sehen toll aus. Tun weh, weil sie neu sind.

Deine Augen, die tun mir auch weh. Auf den Fotos von den Recherchen. Die ich in meinem Zimmer aufgehängt habe. Zwischen den Visitenkarten der Lokale, in denen wir zusammen gegessen haben. Den Karten der Konzerte, auf die wir gegangen sind und nicht. Auf deinem weißen Grabstein, der nicht beparkt ist von Spielzeugautos.

Texte von *Dream Theater*, die klangen für mich oft wie eine Grabinschrift. Fast so wie bei John Keats. Mit dem «his name was written in the water». Weißt du, was ich meine?

An die Geschichte von *Explosions in the Sky* hab ich auch gedacht. Dass deren Lieder den Angriff auf die Twin Towers in sich trugen. Das hattest du gesagt. Ich musste lachen.

Jetzt. Lache ich nicht mehr. Wenn ich «The Killing Hand» von *Dream Theater* höre, dann kommt mir eine Angst.

Winzig, leuchtend, geheimnisvoll: Im Roten Meer wurde wahrscheinlich eine neue Art von fluoreszierenden Kraken entdeckt.

Die Dame an der Bushaltestelle sagt: Alle Fahrzeuge, deren Nummernschild mit 78 beginnen, die gehören zum 32er Bus. Ich glaub's ihr nicht. Der Bus kommt, und doch. Tatsächlich.

19:00 und ab da ist das Picasso-Museum immer für umsonst. Unter der Woche, im Februar, ist hier eigentlich fast niemand. Eine Zeit ist, in der ich die Kunst brauche. In der ich Gemälde anschaue, Blicke interpretiere. Mich in etwas anderem als in mir selbst spiegele. Denn nur die Liebe besiegt den Tod. Hatte Don Nicola am Tag deiner Beerdigung gesagt. Immer wieder, mindestens fünfmal. Seitdem ist die Liebe für mich etwa so: Jemanden auf der anderen Seite der U-Bahnstation zu sehen, wenn ich in Richtung «Fondo» und er in Richtung «Hospital de Bellvitge»' geht.

Mich in die Kunst mit all ihren Formen zu verlieben. Das habe ich jetzt geschafft.

Denn dann, da sehe ich dich: Im Schatten der Palmen von Barceloneta. Ich nur auf die weißen Fliesen, aus Angst, die schwarzen zu beschmutzen. Und du. Schubst mich, pflückst Mandarinen von den Bäumen. Nahe des Theaters mit den schönen Lichtern, im Gracìa-Viertel. Wir lachen. Sobald wir einen G7-Akkord in den Liedern finden. Wo ich mir nie merken kann, wie man den dritten Finger platziert. Ich immer hinterher. Spät dran, in der Philologie, die ich der Rechtswissenschaft vorzog, in der Meeresluft.

Wusstest du das: Kalksteinfelsen bestehen hauptsächlich aus organogenen Sedimenten. Entstehen durch Niederschlag und übersättigte wässrige Lösungen. Durch zerstörte Felsen, die sich an anderer Stelle wieder zusammensetzen.

Wusstest du das: Während du Verstecken spieltest, wurde eine neue Art von fluoreszierenden Kraken im Roten Meer entdeckt?

Damals dachte ich, ich hätte dich gefunden. Also hörte ich auf Kraken zu essen. Organisierte eine Reise nach Afrika.

Dann fand man deinen Körper. Was davon übrig war. Auf dem Schiff. Was davon übrig war. Bei der Insel Giglio. Und mir wurde klar: Du, das warst du nicht. An die Kalksteinfelsen gedacht habe ich deswegen. An unsere Trulli-Häuser. So weiß wie die Stadt Ostuni. Unerschütterlich, auch ohne Zement. Die Basis bist du. Und ich liebe, rieche. Atme, fühle dich.

Warum das Meer blau ist, das versteh ich. Dank Picasso. «(...) die Farbe Blau ist wie eine heilige und sentimentale Dimension, der Künstler sieht der Realität, dem Elend und dem Leiden sowie dem Tod ins Gesicht». Steht da auf dem Hinweisschild rechts von mir im Raum.

Die Sopraelevata von Genua, die habe auch ich geliebt. Wie damals bei einem Festakt, als der Platz in der ersten Reihe uns dorthin zurückgebracht hat. Auf die Wand der Unterführung gemalt, was Tenco gesungen hat: «Ich habe mich in dich verliebt, weil ich sonst nichts zu tun hatte. Tagsüber wollte ich jemanden zum Treffen, nachts jemanden, von dem ich träume.»

Auf der Festa dell'Unità waren wir den Menschenmassen ausgewichen, die für gebratenen Fisch anstanden. Vor dem Meer stehend haben wir gesagt: Bis der Tod uns scheidet.

Es ist 12:56 Uhr am Sonntag, den 21. Februar 2016.

Es sind acht Grad in Barcelona.

Was ich dir sagen wollte. Ich habe beschlossen mit einer verrückten Angewohnheit aufzuhören: in der Umkleidekabine des Fitnessstudios mit meinen Kleidern zu duschen. Mich dann auszuziehen, sobald ich die kleine Tür der engen Kabine geschlossen habe. Die ist durchsichtig und, auch wenn sie eigentlich kollektiv genutzt wird, für etwa zehn Minuten gehört sie mir allein.

Das habe ich immer so gemacht. Um meine jungen Brüste nicht mit den gefallenen Brüsten der anderen Anwesenden vergleichen zu müssen. Damit sie nicht merkten, wie die Zeit vergeht. Vergangen ist. Dass Zeit nichts anderes ist als menschliche Erfahrung. Das musste ich mir eingestehen. Dass ich innerlich älter bin als die alte Dame mit den Bauchmuskeln. Nicht einmal du und ich zusammen. Alles eine Frage der Intersubjektivität. Die für mich nichts ändert am Leben.

Dann habe ich geduscht.

Meinen Bademantel ausgezogen, vor den Augen dreier Damen.

Aus dem Schwimmbecken kam Chlorgeruch.

Ich schloss meine Augen

und gesehen hab ich (dich)

Blau.

Yo también te echo de menos.

Buonanotte.

Gewidmet Emiliano, der überfahren wurde, als er sechs und ich acht Jahre alt war. Vor meinen Augen und denen seines Vaters. Und für den ich weiterhin bete.

Gewidmet allen (allzu oft vergessenen) Opfern. Von allen Freitagen, dem 13. Vom 27. Januar. Von allen 365 bis 366 Tagen der zwölf Monate der 4 540 000 000 Jahre der Erde.

Das Meer und der Himmel, für sie alle, sind blau gefärbt. Bleiben die beiden schönsten Dinge, für die ich nicht aufhören werde zu leben und zu glauben.

KOMMENTAR VON
CHARLOTTE WEBER-SPANKNEBEL

Feliciana Chiaradia schwimmt durch ihre Kurzgeschichte, schreibend und erzählend. In Erinnerung an Menschen, die selbst es nicht mehr können. In ihrer Kurzgeschichte «Blu» tauchen prägende Tage einzelner und vieler Menschen wieder ans Licht, aus so mancher Tiefe, zuvor vielleicht ein wenig in Vergessenheit geraten. Und da sind sie nun wieder: das Wrack der Costa Concordia, ein junger Mann mit langen dunklen Haaren, ein Club in Paris, ein Junge aus Alberobello. Feliciana nimmt sich deren Geschichten an. Aus der Perspektive einer jungen Protagonistin, der Angehörigen des jungen Mannes mit langen dunklen Haaren, durchleben Leser*innen was gewesen war, was hätte werden sollen, was war und was ist. Das Lesen wird zum Fluss, ist schnell Gedankenstrom.

Wie ist es also eine Kurzgeschichte zu lesen, und dann auch zu übersetzen, die aufwühlt und betrifft? Nicht leicht. Und aufregend. Mit jedem Satz kamen da mehr Bilder auf, von irgendwo her, und gleichzeitig vertraut. In Gesprächen mit Feliciana fiel es leichter und leichter sich die Bilder zu einer Collage zusammenzudenken. Und am Ende war da ein großes Meer aus Wörtern, Sätzen, Fragen. Zwei Muttersprachen, die sich gegenüber stehen. Eine Materie, zwei Aggregatzustände. Das war ein neues Gefühl. Was das auch macht, mit mir, als Lesende, die plötzlich Schreibende wird und auch Erzählende. Von etwas, was längst alt war und doch neu ist. Gar nicht mir gehört. Und dann wieder doch.

Am Ende haben wir viel geredet. Über die Menschen, die wir nicht untergehen lassen wollen. Italienische und deutsche Worte, die Halt geben in diesem großen, weiten, tiefen Blau.

Sabine Oberpriller, Jahrgang 1989, wuchs in Landshut auf und studierte Deutsch-Italienische Studien mit Schwerpunkt Literaturwissenschaft in Regensburg und Triest. Heute lebt sie meist in Frankfurt am Main – oder bereist ihre Wahlheimat Italien. Ihre ersten Texte testete sie auf Poetry Slams. Hauptberuflich widmet sie sich als Journalistin Italien und interkulturellen Themen, und begleitet in ihren Reportagen vor allem Außenseiter und Menschen, die in einem Dilemma stecken oder große Ziele verfolgen. Das literarische Schreiben hat sie daneben nie aufgegeben.

Sara Mei wurde in Rom geboren. Sie hat mehrere Romane veröffentlicht. Sie unterrichtet kreatives Schreiben und arbeitet mit der Zeitung La Stampa zusammen. Sie hat drei Katzen, zwei Kinder und eine Rose. «Fluidi» ist ihre erste Kurzgeschichte unter einem Pseudonym.

AUTRICI E AUTORI

Sabine Oberpriller, nata nel 1989, è cresciuta a Landshut e ha studiato studi italo-tedeschi con specializzazione in letteratura a Ratisbona e Trieste. Oggi vive di solito a Francoforte sul Meno o viaggia in Italia, la sua casa adottiva. Ha testato i suoi primi testi ai Poetry Slam. Il suo lavoro principale come giornalista è l'Italia e le questioni interculturali, e nei suoi reportage accompagna principalmente persone fuori dagli schemi che si trovano di fronte a un dilemma o a grandi ambizioni. Oltre a ciò, non ha mai rinunciato alla scrittura letteraria.

Sara Mei è nata a Roma. Ha pubblicato diversi romanzi. Insegna scrittura creativa e collabora con La Stampa. Ha tre gatti, due figli e una pianta di rose. «Fluidi» è il suo primo racconto sotto pseudonimo.

Thomas Empl, geboren 1991 in München, lebt als freier Autor in Köln und arbeitet dort u.a. an dem Roman «Die Nächte im Atalante», welcher in Bologna spielt. Er stand auf den Shortlists des Wortmeldungen-Förderpreises sowie des Literaturpreises Prenzlauer Berg und veröffentlichte in zahlreichen Zeitschriften und Anthologien, zuletzt in «Almost» und «Krachkultur». 2021 erschien der Erzählungsband «Ausbruch» im Verlag parasitenpresse.

Cesare Sinatti wurde 1991 in Fano geboren. Er studierte Philosophie an der Universität Bologna und Antike Philosophie an der Universität Durham mit dem Schwerpunkt auf platonischem, neuplatonischem und stoischem Denken. 2016 gewann er mit dem Roman La Splendente (Feltrinelli 2018) die XXIX Ausgabe des Italo Calvino Preises.

Im April 2019 war er Resident Writer am Italienischen Kulturinstitut in Paris, mit dem er eine Sammlung von Kurzgeschichten in einer zweisprachigen italienisch-französischen Ausgabe mit dem Titel Épistrophe (Les Inédites de l'Hôtel de Galliffet, 2020) veröffentlichte. Einige seiner Erzählungen, Artikel und Rezensionen sind in *Altri Animali, La Balena Bianca, L'Indice dei Libri del Mese, Il Fatto Quotidiano* und *Bryn Mawr Classical Review* erschienen.

Thomas Empl, nato a Monaco di Baviera nel 1991, vive come autore freelance a Colonia e vi lavora al romanzo «Die Nächte im Atalante», ambientato a Bologna. È stato nelle shortlist del Wortmeldungen-Förderpreis e del Literaturpreis Prenzlauer Berg e pubblicato in numerose riviste e antologie, infine in «Almost» e «Krachkultur». Nel 2021, il volume di storie «Ausbruch» è stato pubblicato da parasitenpresse.

Cesare Sinatti è nato a Fano nel 1991. Ha studiato Filosofia all'Università di Bologna e Filosofia Antica all'Università di Durham, concentrandosi principalmente sul pensiero platonico, neoplatonico e stoico. Nel 2016 ha vinto la XXIX edizione del premio Italo Calvino con il romanzo La Splendente (Feltrinelli 2018). Nell'aprile del 2019 è stato scrittore residente all'Istituto Italiano di Cultura di Parigi, con cui ha pubblicato una raccolta di racconti in edizione bilingue italo-francese, intitolata Épistrophe (Les Inédites de l'Hôtel de Galliffet, 2020).

Alcuni suoi racconti, articoli e recensioni sono apparsi su *Altri Animali, La Balena Bianca, L'Indice dei Libri del Mese, Il Fatto Quotidiano* e *Bryn Mawr Classical Review*.

Natalja Althauser, *1991 in Heidelberg, lebte als Kind u.a. in Moskau, Den Haag und Berlin. 2011 begann sie ihr Studium der Slavistik und Philosophie in Freiburg im Breisgau. 2016 ging sie für ihren Master in Contemporary Performing Arts an der Royal Holloway University nach London. Seit 2017 ist sie als freischaffende Sprecherin, Schauspielerin und Regisseurin im Theater- (Der Große Gatsby, Who's afraid of Virginia Woolf?) und Kurzfilmbereich (Liebe; Alles auf Anfang) unterwegs. Im Sommer 2017 war sie Mitkuratorin des AsterFilmFestival in Strumica, Nordmazedonien. Seit Oktober 2019 arbeitet sie an ihrem Romanprojekt am Deutschen Literaturinstitut in Leipzig.

Simone Gregorio wurde 1995 in der Provinz Cuneo geboren, wo er auch heute lebt. Er studierte Sprachen, darunter Deutsch, an der Universität Turin, wo er 2020 seinen Master machte. Er war schon immer an Kultur, Literatur, Kunst und Wissenschaft interessiert, veröffentlichte populäre Artikel in italienischen Online-Magazinen und will sich weiterhin dem Schreiben widmen.

Natalja Althauser, *1991 a Heidelberg, ha vissuto da bambino a Mosca, L'Aia e Berlino. Nel 2011 ha iniziato i suoi studi di studi slavi e filosofia a Friburgo in Brisgovia. Nel 2016 si è recata a Londra per il Master in Contemporary Performing Arts presso la Royal Holloway University. Dal 2017 è speaker freelance, attrice e regista in teatro (The Great Gatsby, Who's afraid of Virginia Woolf?) e cortometraggio (Love; Tutto all'inizio) sulla strada. Nell'estate del 2017 è stata co-curatrice dell'AsterFilmFestival di Strumica, Macedonia del Nord. Da ottobre 2019 lavora al suo progetto di romanzo presso l'Istituto di letteratura tedesca di Lipsia.

Simone Gregorio è nato nel 1995 in provincia di Cuneo, dove vive. Si è laureato in lingue, tra cui tedesco, all'Università degli Studi di Torino, dove nel 2020 ha ottenuto la laurea magistrale. Da sempre interessato alla cultura, alla letteratura, all'arte e alle scienze, ha pubblicato articoli divulgativi su alcune riviste online italiane, ed è intenzionato a continuare sulla strada della scrittura.

Şafak Sarıçiçek (1992) Geboren in Istanbul. Hat Biowissenschaften in Heidelberg sowie Jura in Heidelberg und Kopenhagen studiert. Wissenschaftliche Hilfskraft an der Juristischen Fakultät in Heidelberg. Gründer des Literaturkollektivs Echolot. Zahlreiche Veröffentlichungen in literarischen Zeitschriften und Anthologien.

Auszeichnungen (Auswahl): 1. Platz, IGA Berlin 2017, Kategorie: Lyrik, Altersgruppe 20-29-Jährige / Preis, Interkulturelles Zentrum >Wir 4< 2020, Heidelberg / Stipendium, Akademie für Lyrikkritik 2021, Berlin / Preis der Heidelberger Autor:innen 2021, Heidelberg / Writer in Residence Nanjing, 2021.

Veröffentlichungen: Spurensuche. Nettetal: Elif Verlag, 2017 / Der gestaute und der frei fließende Fluß. Haßloch: Verlag Brot und Kunst, 2019 / Kometen Kometen. Edition offenes feld, 2019 / Jamsids Spiegelkelch. Edition offenes feld, 2019 / Im Sandmoor ein Android. Berlin: Quintus Verlag, 2021.

Sara Bianchetti wurde 2003 in Brescia geboren, wo sie derzeit das Sprachgymnasium Veronica Gambara besucht. Sie liebt Sprachen und Schreiben und nachdem sie sich bei einigen lokalen Literaturwettbewerben wie «Monia del Pero» und «Arte è donna» ausgezeichnet hat, erhielt sie beim europäischen Übersetzungswettbewerb «Juvenes Translatores» eine besondere Erwähnung. Sie wurde Siegerin beim Wettbewerb «Baia delle Favole» von Sestri Levante in der Kategorie Jungendliche. Sie lebt in Lograto und träumt davon, Schriftstellerin zu werden, um eines Tages ihre Geschichten mit der Welt zu teilen.

Şafak Sarıçiçek (1992) Nato a Istanbul. Ha studiato bioscienze a Heidelberg e legge a Heidelberg e Copenaghen. Assistente di ricerca presso la Facoltà di Giurisprudenza di Heidelberg. Fondatore del collettivo letterario Echolot. Numerose pubblicazioni su riviste letterarie e antologie.

Premi (selezione): 1 ° posto, IGA Berlin 2017, Categoria: Poesia, Fascia d'età 20-29 anni / Premio, Interkulturelles Zentrum >Wir 4< 2020, Heidelberg/ Borsa di studio, Akademie für Lyrikkritik 2021, Berlino / Premio degli autori di Heidelberg 2021, Heidelberg / Writer in Residence Nanjing, 2021.

Pubblicazioni: Spurensuche. Nettetal: Elif Verlag, 2017 / Der gestaute und der frei fließende Fluß. Haßloch: Verlag Brot und Kunst, 2019 / Kometen Kometen. Edition offenes feld, 2019 / Jamsids Spiegelkelch. Edition offenes feld, 2019 / Im Sandmoor ein Android. Berlin: Quintus Verlag, 2021.

Sara Bianchetti è nata nel 2003 a Brescia, dove al momento frequenta il liceo linguistico Veronica Gambara. Ama le lingue e la scrittura e , dopo essersi distinta in alcuni concorsi letterari provinciali, quali «Monia del Pero» e «Arte è donna», ed avere ottenuto una menzione speciale nel concorso di traduzione europeo «Juvenes Translatores», è arrivata prima al concorso «Baia delle Favole» di Sestri Levante, categoria ragazzi. Vive a Lograto e sogna di diventare scrittrice per poter un giorno condividere le sue storie con il mondo.

Jascha Riesselmann (*1989) arbeitet als Autor, Kulturproduzent und Dozent. In einer vorherigen Tätigkeit war er bereits als Peformance- und Aktionskünstler, Regisseur und Kurator tätig. Er schreibt Prosa, Lyrik und Dramatik seit 2006. Veröffentlichung unter anderem in den Zeitschriften Metamorphosen und Tippgemeinschaft.

2011 war er Mitbegründer des Performance Kollektivs Comic Relief in Berlin und 2017 des deutsch-serbischen Kollektivs «Center for Negotiating Reality». Seit 2017 führt er die Textperformance «Am Ende sind wir Touristen» in Europa durch. Seit 2018 arbeitet er gemeinsam mit Olav Amende als Autorenduo und geht auf Schreibreisen an ländliche Orte («Gegengefälle») und veranstaltet «Lesungen nicht für Menschen».

Jascha Riesselmann hat im Bachelor Theater- und Filmwissenschaft in Berlin studiert und im Master Theaterwissenschaft transkulturell in Leipzig. Dort war er ebenfalls als Dozent am Institut für Theaterwissenschaft in Leipzig tätig. Gerade hat er seinen Master Literarisches Schreiben am Deutschen Literaturinstitut Leipzig abgeschlossen und schreibt an seinem ersten Roman.

Gabriele Galligani (1986) unterrichtet Italienisch und Geschichte in der Mittelstufe. Nach seinem Filmstudium in Bologna besuchte er die Sorbonne und arbeitete für Pariser und Berliner Filmproduktionen. Von ihm geschnittene und/oder geschriebene Dokumentar- und Kurzfilme werden von italienischen und internationalen Festivals ausgewählt. Mit «Il vino bad» gewann er beim RIFF – Rome Independent Film Festival 2020 den Preis für das beste Drehbuch.

Seine Geschichten werden auf Carmilla Online, Malgrado Le Mosche, Nazione Indiana und in Anthologien veröffentlicht. Sein Debütroman «Transagonistica» erschien 2021 bei Battaglia Edizioni mit einem Vorwort von Wu Ming 2.

Jascha Riesselmann (*1989) lavora come autore, produttore culturale e docente. In una posizione precedente, aveva già lavorato come artista di peformance e azione, regista e curatore. Scrive prosa, poesia e teatro dal 2006 ed è stato pubblicato sulle riviste Metamorphosen e Tippgemeinschaft, tra gli altri.

Nel 2011 ha co-fondato il collettivo comico Comic Relief a Berlino e nel 2017 il collettivo tedesco-serbo «Center for Negotiating Reality». Dal 2017 conduce la performance testuale «Am Ende sind wir Touristen». Dal 2018 collabora con Olav Amende come duo di autori e continua a viaggi della scrittura in luoghi rurali («Gegengefälle») e organizza letture sul tema «Lesungen nicht für Menschen».

Jascha Riesselmann ha studiato teatro e cinema a Berlino con una laurea in studi teatrali e cinematografici a Lipsia e un master transculturale in studi teatrali. Lì lavorò anche come docente presso l'Istituto di studi teatrali di Lipsia. Ha appena completato il suo master in scrittura letteraria presso l'Istituto tedesco di letteratura di Lipsia e sta scrivendo il suo primo romanzo.

Gabriele Galligani (1986) insegna italiano e storia nella scuola media. Laureato in cinema a Bologna, ha frequentato la Sorbonne e lavorato per produzioni cinematografiche parigine e berlinesi. Documentari e cortometraggi da lui montati e/o scritti sono selezionati da festival italiani e internazionali. Con «Il vino cattivo» vince il premio di migliore sceneggiatura presso il RIFF – Rome Independent Film Festival 2020. Suoi racconti sono pubblicati su Carmilla Online, Malgrado Le Mosche, Nazione Indiana e in antologie collettive.

Il suo romanzo d'esordio, «Transagonistica», esce nel 2021 per Battaglia Edizioni con prefazione di Wu Ming 2.

Charlotte Weber-Spanknebel kam am 6. Mai 1996 in Berlin zur Welt und schaut seitdem unentwegt gern umher. Auf ihr Abitur im Jahr 2014 folgen Jahre in Schweden, Leipzig und Italien. 2019, zurück in ihrer Heimat, setzt sie ihr Studium der deutschen und italienischen Philologie auf Lehramt an der Freien Universität Berlin fort und ist da auch immer noch dran. Nach einer Kindheit, die sie vornehmlich mit drei-Wort-Sätzen und stets verfrühter Pointe füllte, ist seit einigen Jahren ein Blick für das Poetische im Alltag und in der Prosa da.

Die Teilnahme an den OpenPoems 2021 am Haus für Poesie in Berlin hat ihr Lust auf mehr gemacht. In diesem Sinne ist sie ganz gespannt auf das «Literatur-Tandem-Letterario 2022», an dem sie nun teilnehmen darf.

Feliciana Chiaradia (1995) in Trebisacce (CS), Kalabrien, Italien. Sie studierte Französische Philologie an der Universität Barcelona und Linguistik an der Universität München. Für die Masterstudiengänge Film- und Medienkultur und Interkulturelle Kommunikation untersucht sie die Repräsentation von Identitäten und die Identifikation in der Repräsentation. Sie war Halbfinalistin beim Campiello Giovani Award 2015 und arbeitet in ihrer Freizeit als Italienischlehrerin. Für ihren Blog «The Curly Salad» und schreibt sie die nächste Staffel von «(Sub) Urban (Love) Story» .

Charlotte Weber-Spanknebel è nata il 6 maggio 1996 a Berlino e da allora si è sempre divertita a guardarsi intorno. Dopo la maturità nel 2014 è stato seguito da anni in Svezia, Lipsia e Italia. Nel 2019, tornata nel suo paese d'origine, prosegue gli studi di filologia tedesca e italiana presso la Freien Universität di Berlino e ci sta ancora lavorando. Dopo un'infanzia che ha riempito principalmente di frasi di tre parole e battute sempre premature, ormai da diversi anni ha un occhio di riguardo per la poetica nella vita quotidiana e nella prosa.

Partecipare all'OpenPoems 2021 alla Haus für Poesie di Berlino l'ha fatta desiderare di più. Con questo in mente, è molto entusiasta del «Literatur-Tandem-Letterario 2022», a cui ora può partecipare.

Feliciana Chiaradia *1995 a Trebisacce (CS), Calabria, Italia. Ha studiato Filologia Francese all'Università di Barcellona e Linguistica all'Università di Monaco di Baviera. Per i master in Film e Cultura dei Media ed in Comunicazione Interculturale indaga la rappresentazione delle identità e l'identificazione nella rappresentazione. Semifinalista al Premio Campiello Giovani nel 2015, lavora nel tempo libero come insegnante di Italiano e scrive la prossima stagione di «(Sub)Urban (Love)Story» per il suo blog «The Curly Salad».

DIE HEIMANN-STIFTUNG

Im Jahr 2015 haben die Eheleute Archim und Gerda Heimann die «Heimann-Stiftung für Völkerverständigung» mit Sitz in Wiesloch gegründet.

Die Stiftung fördert die Völkerverständigung zwischen Deutschland und Italien.

Im Mittelpunkt der Stiftung stehen junge Menschen und deren kulturelle Förderung zu verantwortungsbereiten und weltoffenen Persönlichkeiten.

Wir leben in einer Zeit großer gesellschaftlicher Veränderungen, die das Zusammenleben der Menschen unterschiedlicher Kulturen berühren. Es wird immer wichtiger zu lernen, andere Völker nicht nur nach deren äußeren Merkmalen und dem Lebensstil zu beurteilen, sondern auch ihre Kultur, ihre Haltung, ihr Verhalten zu verstehen und anzuerkennen. Wenn sich die Nationen verstehen, können Konflikte vermieden und Versöhnung und Frieden geschaffen werden.

Um diese Zukunft zu gestalten ist es vor allen Dingen wichtig, dass die Jugend mit einer internationalen und interkulturellen Lebenserfahrung aufwächst.

LA FONDAZIONE HEIMANN

Nel 2015 la coppia Archim e Gerda Heimann ha istituito la «Fondazione Heimann per la comprensione fra i popoli» con sede a Wiesloch. La fondazione promuove la comprensione fra la Germania e l'Italia. Al centro dell'attenzione della fondazione ci sono i giovani ed il loro sviluppo culturale. Inoltre la fondazione promuove la formazione dei giovani affinché diventino persone cosmopolite e consapevoli delle proprie responsabilità.

Adesso viviamo in un'epoca con grandi cambiamenti sociali che influenzano la convivenza dei popoli. Diventa sempre più importante valutare gli altri popoli non solo in base alle caratteristiche esterne e allo stile di vita ma anche rispettare e comprendere la loro cultura, il loro atteggiamento e il loro comportamento. Se le nazioni si accettano i conflitti potrebbero essere evitati e la pace sarebbe mantenuta.

Per formare il nostro futuro assieme è soprattutto importante che già i giovani possano raccogliere esperienze di vita internazionali e interculturali.